张炜中短篇小说年编
请挽救艺术家

张炜◎著

时代出版传媒股份有限公司
安徽文艺出版社

图书在版编目(CIP)数据

请挽救艺术家/张炜著. —合肥:安徽文艺出版社,2012.8
(张炜中短篇小说年编)
ISBN 978-7-5396-4316-8

Ⅰ.①请… Ⅱ.①张… Ⅲ.①中篇小说-小说集-中国-当代 Ⅳ.①I247.5

中国版本图书馆 CIP 数据核字(2012)第 145147 号

总 策 划：朱寒冬　刘景琳	出版统筹：曾　冰
责任编辑：张　堃	封面设计：尚书堂

出版发行：时代出版传媒股份有限公司　www.press-mart.com
　　　　　安徽文艺出版社　www.awpub.com
地　　址：合肥市翡翠路 1118 号　邮政编码：230071
营 销 部：(0551) 3533889
印　　制：安徽新华印刷股份有限公司　(0551)5859128

开本：880×1230　1/32　印张：11.125　字数：230 千字
版次：2012 年 8 月第 1 版　2012 年 8 月第 1 次印刷
定价：28.20 元

(如发现印装质量问题,影响阅读,请与出版社联系调换)

版权所有,侵权必究

目录

序

请挽救艺术家 / 1

蘑菇七种 / 49

金米 / 173

瀛洲思絮录 / 208

附：中篇小说总目 / 349

序

我在近四十年的写作生涯中,除了长篇小说和散文之外,共写了十三部中篇小说和一百多部短篇小说。

这是我十分钟爱的文体。我把许多宝贵的时间花在这些篇章之中,可以说为之殚精竭虑。

现在的七部"中短篇小说年编",大致以写作时间为序编排。这成为一次盘点,一次回顾和总结:生命的痕迹、劳作的历史、艺术的变化、生活的记录……

时间匆匆而过,悉数消逝在渺茫无际的数字时代,好像离我们越来越远了。

不过,当重新展读这些篇章时,我却再度追上了漂流的时间,并且觉得一切都楚楚如新。

也许这就是文学的意义、写作的意义。

2012 年 1 月 12 日

请挽救艺术家

给局长朋友信

一

我本来要去你那儿,但这里有事走不开。写信也一样,我想你会重视这件事的。我此刻的心情很急切,怀着这么一线希望。我接到了一位好朋友的信。他原来曾和我在一起工作,几年前调到了你们市里的一个区电影院。从信上看,他现在的处境糟透了。我心里很难过,但又帮不了什么,只好求助于你。你离他比较近,更重要的是,文化局长是你朋友。你跟局长讲讲,让他随便关照一下,哪怕是去个电话也会好一些。总之,你看怎样好就怎样办吧。真难为你了。

他叫杨阳,今年二十七岁。他画油画,怎么说呢?说他画得多么多么好,大约你会嘲笑我。不过我讲出真实的感受,也就是我感觉得到的这个人,大约你不会取笑我。他几乎没有发表作品,也许只发过一两幅黑白插图也说不定。先后考过两次省艺术学院,没考上。他的事一直使我耿耿于怀,我怕他这样的人对付不了如今的生活。简单点说吧,我认为他是一个艺术家。

或者这样说,如果不出更大的意外的话,他肯定是个了不起的艺术家。

我想象的意外大概有两方面。一方面是他这样的性格不能取得周围的谅解,他又接受不了来自环境的各种刺激,接下去性情更坏,形成一种恶性循环。那时候他身体也糟了,精神也垮了。一句话,他完了。另一方面是他如果恰恰处于一个特殊的时代——这个时代有一个不识好赖艺术、不识大才的毛病,可以叫做艺术的瞎眼时代。这种时代无论其他领域有多大成就,但就精神生活而言,是非常渺小的、不值一提的。这种时代往往可以扼杀一个艺术家,使他郁郁萎缩,最后在艺术的峰巅之下躺倒。总之,他差不多也完了。我现在还来不及为这一方面担心,你知道,我担心的是前一个方面。

他在那个小影院里画广告画。那儿其实什么都上演,你知道这种场所是弄钱的。主要是武打片,偶尔也演演小戏、杂技和魔术。杨阳倒不在乎这些,他反正只是画广告罢了。据他信上讲,他的广告画在四周是有口皆碑了。不过是否对影院的利润产生积极影响他倒没提。你知道他过去在省里工作,后来得了病,病得较重,需要人照料,就要求回老家。那时候可能是疾病的影响,他显得急不可待,恨不能立刻调回去。我对他说,你来省城也不是一年两年了,要走也不用那么急,再说病也稳定住了。我的意思是走也可以,但要联系一个好点的单位。他说自己目前能到一个搞艺术的部门最好了。他说到这上面就发出"啧啧"的声音。他说如果能上区文化馆什么的,也很棒。我给他联系过几个地方。有个文学期刊需要美编,我就推荐了他,可后来没成。人家找画家看了他的画,说不行不行,他的画连造型都不准。再说又无学历。接着又联系了几个类似的单位,他们都以各种理由拒绝了杨阳。他万念俱灰,又想起了自己的病,就急急忙忙地联系了老家的几个单位,收拾行装了。

现在讲起这些我真后悔。我应该拦住他才好。因桌子也会发生冲突。我不敢说有很多人喜欢他。领导一次次批评他,连一些毛小子也要找茬儿训训杨阳,再跟领导汇报说:"我们又批评杨阳了!"……差不多所有人都嘲笑他的画。人们似乎不能容忍在这样一个大机关工作的人在纸上画来画去的。要说的太多了,总之是他该离开这儿。他走的那天,我和爱人起早去送他。记得那个秋末的夜晚,下了冰凉的雨,我们一路都踏着残破的落叶。

那个市的文化局并没有让他搞专业。他们推托说文化馆的人员超编,让他去电影院画广告。杨阳没有太多抱怨,干得挺来劲。除了画广告,他还要打扫卫生,抓逃票的人,等等。他尽管不太情愿,但总还是按影院经理的要求干了。事情糟到如今这个地步他也闹不明白。经理一天到晚对他吹胡子瞪眼,骂得非常难听。他有时真认为一个人刚开始搞艺术,无论如何还是呆在大城市要好一些。那时候我更多地考虑到他在这个大机关的窘境,考虑到他的疾病。我想他离父母毕竟近了,那样会好得多。在这个大机关里,搞艺术的人天生就不能容身,各种烦恼都汇拢到你这儿,使你招架不住。杨阳当时二十多岁,刚来这个机关时也不过十几岁。他怎么得了这么重的病,我完全清楚。他也许真该走,回到他那片土地上去。也许他回去了,病也就彻底好了,我心里渴念着会发生这样的奇迹。老家来函,同意他回文化局工作,具体工作待定,大约要到文化馆画画之类。杨阳高兴得很,似乎这一生的问题都有了着落。我当然也松了一口气,替他庆幸。你知道,在这儿他会彻底给糟蹋了。他似乎特别不适合在这样的一个环境工作,因为他实在受不了。经理让他干这干那,稍不如意就是一顿怒斥,还扣掉他的奖金,故意羞辱他,不让他画画。你可能不知道,艺术天分很高的人往往有极强的自尊心。经理想方设法折磨他,还说:"比你个熊样儿强的我不知制伏了多少,你算个什么玩艺儿!"影院里分配宿舍,故意让他提要求——他与好几个修理影院房屋的民工挤在一起,身上爬满了虱子,他要求换换地方。经理哈哈大笑,说行行行。结果是新宿舍没他的份,还把民工中最脏的一个老头子塞到了他们已经极端拥挤的屋子里。他没办法,只得设法求人找了一间民房。那儿离影院稍远一点,经理就偏让他做夜班守场子,还要赶早班打扫卫生。只要来晚了一步,那就一定要大会批评,扣发奖金。杨阳要求调走,经理说:"没门。"杨阳连起码的自由都失去了保障。有一次他母亲病了,从另一个区里打来电话,办公室的人接了,说一声杨阳不在,"砰"的一声就挂了。他还常常丢信,有一次就从废纸篓里发现了我给他的信。

最奇怪的是杨阳自己也不知道什么地方得罪了经理,他真的不知道。我回想一下他在省里工作的情形,发现当时他对领导的厉声厉色也常常表现出迷茫。他好像什么也没做错,又什么都错了。

大体情况就是这样,你或许会根据这些找到一点办法。注意,听说经理与文化局长也是朋友,不要在局长跟前说经理的坏话。你只说杨阳还小,不懂事,望他们照顾一下就行了。我不知道你与经理跟局长谁关系更深一些。总之你会找到适合你的角度的。也许这些在你看来不是什么大事,不过你千万帮帮忙,你相信我对他的判断吧,他需要你的手,真的。

二

信悉。你信中问杨阳与经理矛盾的根源在哪,这可得让我好好想想。不错,你只有找到根源才能对症下药。杨阳的来信又多又长,我曾竭力从字里行间分析着,问:到底为什么?

看样子经理是下决心要折磨折磨他了。这绝不是一般的矛盾。杨阳说自己平时太拖拉,不会待人接物,甚至是没有给经理送礼,等等。我想这些都可能酿成矛盾,但不会是关键。他们之间肯定还发生过什么更大的事情,不然对方不会这样想方设法去整一个涉世尚浅的年轻人。我的每一封信几乎都要探根问底,想找出症结来。他的来信只说一些鸡毛蒜皮的事,什么刚到影院时给经理画了一幅像,画得太像,惹经理不高兴啦;什么有一次见经理爱人在街上扛着一块纤维板,没有帮她一手啦。我知道这是被我的信逼急了,他挖空心思追记下的。怪可怜人的,看来他真的搞不明白。

有一次他来信中无意间流露出这样一件事：经理的女儿从师范学校放假回来，曾去看过他的画。她长得不错，真不像是经理的女儿。她来了两次，那副神气他很讨厌，等等。我看了心中一动：是否因为恋爱婚姻问题伤害了领导呢？你会明白，这个问题有时是很敏感的，特别是基层一些干部，自尊心都是很强的。比如说如果经理的女儿对杨阳有意，而经理也有这个想法，那么杨阳不理睬，拒绝了，经理就会觉得受了侮辱。发展下去，杨阳工作中是吃不消的。这都是我的假设。我后来直言不讳地在信中问了杨阳，问他有没有这种情形——经理方面直接提出的，或者仅仅是暗示出来的。我让他不要急于回答，最好是仔细想想，想想他的女儿那天都说了些什么，以及经理在他面前是怎样议论自己女儿的，更主要的是影院其他工作人员有没有人在他跟前说起过经理女儿，并有过试探性的话。杨阳停了些日子才回信。他差不多完全否定了这种可能性。只是他又如实地追认了关于别人在他面前议论那个姑娘的几句话——那天中午他正和两个人在影院门口安放广告牌，经理女儿从一边走过去了。其他两人都是经理的小耳目，很受重用，可他们这会儿远远打量着，说她的黑裤太紧了。杨阳信上写："总之，他们说得很下流，我没法告诉你。"

杨阳是个非常腼腆的人，十分内向。我曾经担心他永远学不会与女孩子相处。我不相信一般的姑娘会去爱他。他长得很瘦，背好像永远挺不直。我那时常用一只手顶住他的腰椎，用另一只手使劲扶他的胸部。他笑着，说："真是的。"那大概是说这样没用吧。他几天里也笑不了几次，好像永久地思考着什么。可是他如果笑起来,就会真正地笑一次——我从没有见过比他笑得更真更纯的人。那双眼睛完全像孩子一样,天真无邪。他笑了,两手垂在身侧,或者插在衣兜里。这个时刻如果我跟他说什么,他或者心不在焉,或者干脆不予回答。好像这一段时间在他那儿是专门用来笑的。他是可爱的吗?我觉得是这样。但更多的人不认为他有什么吸引人的地方。我们机关那时候姑娘不少,她们看也不看他一眼。邻近的一个单位有一位四十余岁的姑娘常过来办事,互相之间都很熟悉。她比较漂亮,只是脸色不好,走路时轻手轻脚的。她十分喜欢杨阳,常盯着他的脸目不转睛,说:"小杨阳,小杨阳。"有时还用手去抚摸他的头发。杨阳很不驯顺地一昂脖子跑开了。有一段时间杨阳负责保管图书,那个姑娘借走了很多,逾期不还。杨阳因此与姑娘恼了,她在楼梯上小步跑着骂:"你这个小瘦猴……"当然,杨阳在画画中也有了他的女友,但那是后来了。他们最终也没有好到哪里去。你看,杨阳就是这样的人。他在这儿的姑娘眼中不是出色的青年,在你们那个小城里呢?我想经理女儿不会看上他的,他们的矛盾也不会由此而生。当然,这事你还可以考察一番。大概不会有什么事。

　　仅仅从信上了解情况是不行的。你最好能到他那儿去一趟。如果能住上几天就更好了。你可能发现什么线索。一切都不会是无缘无故的,因为那个经理,虽然官职不大,但也要管理一个影院,一般情形下不会花费这么多精力去对付一个普通的工作人员。可是杨阳对我隐瞒了什么也是不可能的,因为他信赖我,寄希望于我,盼我能找熟人把他调出或是怎么的。他明白:我需要最真实的情况。

三

我在梦中见到了杨阳,他的样子使我一整天都不高兴,急着要给你写封信。这样也许会好一些。我见到他瘦骨嶙峋,面色发乌,头上长了青苔。我去握他的手,他的手冰凉冰凉。他领我到他的屋里去,我就跟上他走了。在一个大影院的地下室里,黑咕隆咚的,我不知踏过了多少台阶。空气越来越湿,气味难闻极了。有蝙蝠从里面飞出来,把粪便甩在我的身上。又走了一会儿,见到了一线光亮。杨阳说到了。我一看,地上渗着水,铺着稻草,卧了好多男女。我凑过去一看,见他们都是麻风病人。我的心颤抖着,贴着滴水的墙往一边挪动。好不容易到了杨阳的小床跟前。这是一张小木板床,为了与麻风病人隔开一点,四周都挂满了画。我坐在床上,满眼里都是画。画的是各种各样的人,其中有少女,也有麻风病人。他们残缺的四肢使我不敢正眼去看。杨阳说他在他们中间惯了,终于可以画他们。这里有天然的模特儿。正说着话,杨阳的咽喉被什么卡住了。我转脸一看,见一只黑红的手从画页间伸出来,卡在杨阳脖子上。不用说这是个病人,我尖叫了一声。后来我醒了,吓出一身冷汗。

这个梦当然是不祥的。伙计,你来解解这个梦吧。

一整天我都感到有些恐怖,爱人问我怎么啦,我也没有回答。杨阳的实际处境幸亏要比梦中好。他的事近一年来成了我很大的心事。我现在甚至想,杨阳会不会一气之下做出什么让人吃惊的事呢?你知道他的性格让人担心。他成天不说话,你就不知道他在想什么,但一旦行动起来是很莽撞的,又没有人和他一起商量个事情。他绝对不能没有朋友,可如今偏偏就没有!我有个过分的要求,我想请你接信后去看他一下。哪怕谈五分钟也行。你把见到的具体情况写信告诉我,这样我就可以放心了。他的住处糟到何等地步,这是我尤其牵挂的。

上次我信上讲他离开了和民工合住的小屋,自己找了房子,但房子太远,经理又瞅这个机会治他,现在很可能又搬回来了。如果这样,算是糟透了。你跟局长谈话时,可不要忘了房子的事。杨阳如能有一间宿舍,在外面受够了气,回去还可以轻松一下。现在连这样一个地方都没有。他现在的住处比在省城机关里还要差,这是我远远没有料到的。那时这儿的宿舍太紧,单身汉不可能一人一间。杨阳与另外四人合住一间小平房,潮湿得很。那四个人都属于"积极要求进步"一类的机关干部,这类人不用说你会很熟悉。他们简直不给杨阳一点好脸色,下班回来时常常教训他、调弄他。杨阳利用业余时间到野外写生,有时回来稍晚一点他们就不开门。那四个人刚刚从下面调上来时我见了,一个个穿得很土气,当然也比较质朴。由于杨阳早来两年,他们自己显得很自卑,抢着与杨阳说话。两年之后,他们渐渐认识人多了,没事常到处长科长家串门,知道杨阳是机关里不受欢迎的人,于是就变了脸。四人之间也勾心斗角,但对付起杨阳来却是非常一致。这个嫌他的画"恶心",那个就说"油漆味顶鼻子",弄到最后就偷偷踢杨阳的画。有一次杨阳气得再也忍不住,一气之下抓起了一块砖头,他们吓得赶紧跑了。事后他们一起去找科长报告，又找了副局长，说杨阳犯了精神病，要杀人。

　　杨阳当然精神健全。奇怪的是当时几乎全机关的人都认为他或多或少有点不太正常。他们眼里的正常，当然是与整个机关的气氛色调完全相一致的那一切，是一个人的极大地改变自己和掩饰自己的一种能力。面对生活，特别是这个城市的生活，一个人的忧虑多思，常常沉浸在某种情绪之中，是完全正常的。一个热爱艺术的人，一个有着如此良好素质的人，面对最丑恶和最绚丽的，不能不长久地陷于激动。至于那种所谓的"敏感"，也是完全正常的。人的各种器官不应该退化，他本来就应该敏感。不然麻木痴呆才算正常。在这个机关里，一个人要进步，首先要学会忍耐，要收敛起一切创造的能力和才华，要克制活鲜蓬勃的生命一次又一次的冲动。总之，要变得真正地平庸，而绝不仅仅是伪装出的一种平庸。

　　更可怕的是那些来自看不见摸不着的地方的压力。一个人在这样的环境下生活，就像在一个气压失常的世界里，身体的各个器官由于无法忍受而跟你抗议、捣蛋，你本人却一点办法也没有。首先是憋闷，是左胸胀疼，是极度的烦躁。那是什么器官在抗议？是心脏！是人体的动力源头！你忍受着，而且，要长年这样忍受。因为你没有办法。你向无色无味的空气抗争呼叫吗？在我们这个机关里工作，总有类似的感觉。你周围的大部分人都像空气一样，无色无味。他们穿着差不多的衣服，有着同样的音量和微笑说话打手势的方式。他们见了领导一律围过去，见了客人一律握手，见了颓废现象一律谴责。没有什么不正常,也没有什么对不起别人的地方。这是费时多年、用一种看不见的力量修造出的一张奇怪的、富有弹性又极为执拗的网络。一个人想突破这张网是不可能的。你用尽全身力气在网眼那儿挣扎,那张网于是极有礼貌地随你的挣扎凸出一块,迁就着。但你的力气渐渐使尽了,它就缓缓地用固有的弹力把你收回来,收到原地——网的中央。你如果不甘心,当力气缓过来时不妨再试一次,但我敢担保结果与以前相同。你只有坐在这张网的中央。

我体验到,生活中有一种力量无时无处不在,那就是要把生命扭曲、要它改变本色的一种力量。一个人生下来就是要与这种力量搏斗的,最后弄得精疲力竭。这种抗拒是自然而然地发生的,并且永远不会终止。大多数人,比如杨阳,他们与之搏斗的方向性和目的性都无从明确,所以才充满焦躁和烦恼。生命之火本来就应该熊熊燃烧,无论来自哪个方向的力量要将它熄灭,都会遇到顽抗。维护欲望和个性,实际上就是在维护自己仅有一次的生命。我实实在在地感到了杨阳的坚韧不屈和勇敢。这与他衰弱的躯体几乎是不相符的。他一声不吭地画下去,不停地创造,不理睬那些白眼。他现在的处境说来也是必然的,如果不是这样,那我就会惊讶了。真的,他天真质朴,他没有别的生活方法……

你去时如能多留意一下他婚姻方面的想法并对他有所帮助,那就更好了。他大约回去后通过别人介绍或别的方式认识了两个女友。一个早断绝了往来,另一个他正犹豫。这方面的问题我想也会是造成他痛苦不安的重要因素。我觉得他对两个姑娘都不怎么爱,谈不上什么炽热的爱情。前一个是个修鞋厂里的女工,据他说样子虽不太好,但很"古怪"——这个词你不了解它的独特含意,它在杨阳那儿是"极有特点"、"有韵味"之类的意思。他们谈得不错,她从厂里偷出一种布让杨阳作画,两人还去河边上散步。后来是女方的父母打听出杨阳在单位"干得不好","没有前途",就硬逼姑娘离开了他。他开始苦恼,后来也就无所谓了,因为一开始就不是那种铭心刻骨的爱。后一个完全是别人撮合的,是郊区的一个打字员,人长得也不错,只是有轻微的狐臭。这倒不要紧。要害问题是她想借此缘由调到市中心机关工作,这就没有多少意思了。但她似乎缠住了杨阳。他又很软弱,经不起温柔的手掌。

四

不知你去了没有,我又想起了要紧的一件事。如果你去之前接到这封信就好了。我想请你当面劝阻杨阳,不要让他再那样画那个打字员了。这本来是个平平常常的事,可在那个地方容易弄成一件新闻。杨阳在来信中流露过这个意思,说如果经理知道了也许会抓住这件事做个大文章。不过他信上说为了艺术,永远不会对这些愚昧丑恶的东西让步。我在给他的信上表示了忧虑,但并没有干脆地制止。就他目前的处境看,这样也许不妙。

那个打字员是主动让他画的,做各种姿势。但没有画裸体,尽管杨阳很需要。顶多是她少穿一点衣服。我从信中分析了一下,打字员让他画的原因主要有两个:一是她想借此与杨阳多接触,巩固两人的关系,进一步将他缠住;再就是让另一个人画下自己来,她也觉得很有趣。杨阳曾寄来了关于她的三张素描,我想那是满动人的。你想,由于对方这样做的目的性不纯洁,他也就没有必要和她合作下去。再说我更担心的还有其他的问题。杨阳毕竟是个二十七八岁的小伙子了,对于异性的热情燃烧起来,也许会把理智抛到一边的。那时他肯定会加倍地痛苦。还有,那个姑娘的品行到底如何我们不知道。如果她为了达到与其结合的目的而胡缠起来,拙讷的杨阳会陷于非常难堪的境地。

还有经理。他不会放过这个机会收拾杨阳。那时候他可以理直气壮地骂杨阳流氓了,甚至做出更卑劣的事情。这样的事还是想在前面好。

我之所以让你当面劝他,是因为这是很难的一件事。你给他分析一下利害。我知道他在想些什么。在这儿的机关里工作时,他常懊恼地对我说:"人体!必须画人体!"有朋友给他走了后门,让他去艺术学院画过几次裸体模特,他恨这一切开始得太晚了。你想他目前在一个小城里,遇到一个可以画的人是多么不容易。他不会轻易让步的。但他还是必须忍耐一下,也许这一切很快就会过去。

你从他那儿回来,如果时间允许,最好按我写的地址到他父亲那里去一趟。那是一个老实的退伍军人,曾经在朝鲜战场负过伤。你去了之后,跟老人讲一讲杨阳,使他相信他养了个好儿子——过去这位老同志是这样认为的,可如今不行了。一个从战争年代过来的人,见自己的儿子在单位上没有工作好是非常气愤的。他不相信儿子做的那一切都是有道理的,常常写信去责备,用命令的口气让儿子停止画画。他没法明白他的儿子已经没法停止了,就像难以突然间终止自己的生命一样。父亲的态度使杨阳感到压力很大,因此放假的时候都不想回去了。那个老人认为儿子在省里的大机关工作是非常光荣的,如今得了病调回来,虽出于无奈,也算做一次可耻的退却。

五

真感谢你去看了他。你所看到的一切或许比我告诉你的还要糟,这真不幸啊。我写到这儿,隐隐地觉得这不幸绝不仅仅是属于杨阳自己。

你观察了,询问了,也做了力所能及的劝解。可你说对杨阳与经理难以调解的矛盾更加茫然了。你说你一直在试图弄清这种矛盾的症结在哪里,见了杨阳以后,变得越发糊涂了。

好像杨阳与经理之间什么也没有发生。

我相信你的话。所以我对于经理一班人如此迫害一个手无寸铁(请原谅我用了这样一个词汇!)的年轻人而感到无比的愤怒。我心中无法压抑的郁愤使我坐卧不宁。为什么?凭什么?他严重地伤害了什么?他没有完成工作任务吗?你亲眼看见了他是一个什么人——面色苍白,瘦弱单薄,一双腿像儿童一样细,站在那儿颤颤悠悠的。

你一定会记住他的眼睛。我以前也跟你描述过这双眼睛:深深的,亮亮的,透出了莫名的忧伤。这眼睛望着我,常常使我不知所措,好像要做些什么,又不知道怎么去做。不是这眼睛太复杂了,而是这心灵的窗洞太单纯了。一切都在这双眼睛面前化繁为简,变得质朴无欺。

我像你一样思索着怎样去缓解他与周围的矛盾,并力图找出其中的主要因由。看来一时无力做到。正像你信中所说的,他按时上下班,从一开始到现在,一如既往地完成领导交给他的任务。他不知道经理为什么恨他恨成这样——有时像是对他发泄着什么。这些当然导致了一定程度的抗争,但由于来自父亲和其他方面的压力,他的忍耐已经快要使他发疯了。

这里面简直像藏下了什么谜一样。每当我无力破解的时候,我就想从与他相处的那几年的情形中推导出什么。在这个大机关里,我说过,他显得格格不入。他从来没有伤害过任何人,对领导的指示也总是服从。不一定从哪个方向伸过来什么东西撞击他一下,使他晕头转向。他瞪大一双吃惊的眼睛四下看着,怎么也闹不清原因。我们的机关大楼很高,平常不开电梯,上下楼的人都走楼梯。我现在还能回想出杨阳急匆匆地在楼梯上奔跑的样子。他的头发被汗水粘在额上,一个人跑着。其他所有人都手搭扶杆,缓缓地踏着台阶。杨阳瘦瘦的身影在栏杆空隙里闪动着,很像一只小鸟在挣扎。我当时不知道,他那会儿病已经很重了,可他像我一样毫无察觉。他在楼梯上跑着,性子很急,老处长皱皱眉头说:"胡乱跑什么?"杨阳赶紧放慢了步子。他像别人一样缓缓地踏着台阶,有时离别人近一些,又往一旁闪一闪。有的老同志厌恶年轻人挨得太近,生怕把自己挤下台阶,就用眼角扫着他。杨阳有时干脆立在一旁,孤零零地等候着。

这座机关大楼每到了午夜就变得幸福可亲了,因为只有这时候才是杨阳一个人。整整一天他都不吱一声,偶尔走出办公室,也要沿走廊边上蹑手蹑脚地走。办公的人们一声不响,这种气氛使杨阳大气也不敢出。他坐在桌子一边,两眼直盯盯地瞅着什么,有时眼神里突然有兴奋的火星在闪动,一只拳头不知不觉握得紧紧的。对桌的科长把眼一瞪,他的脸立刻煞白了。他怔在那儿,约莫有两秒钟,这才俯下身子去看文件。夜里,差不多有一半的工作人员要回到大楼上加班。他们忙各种各样的文件草稿、搞无数的表格,一个个窗口雪亮耀眼。好不容易熬到了午夜,窗口一个接一个熄灭了,最后只剩下杨阳的了。他从自己的屋子探出头来,见到漆黑一片的颜色,一颗心乱跳——他不止一次对我描述过这时的情景。他小心地走近墙壁的开关,一抬手使两盏灯亮起来。接着他把走廊上、楼梯上的所有灯都开启了。大楼内亮如白昼。杨阳一个人在走廊上大步走着,又踏上楼梯,噔噔噔从二楼跑到五楼、六楼,又下到一楼。他衣衫湿透,气喘吁吁,最后才回到自己的屋里作画。

他画个不停,如果是星期六的晚上,干脆就画个通宵。这时候的杨阳就像换了个人似的,两眼犀利得可以穿透纸页。他的瘦瘦的胳膊像一根有力的桑条,弹性十足,狠狠地挥来挥去。这样他就忘记了周围的一切,忘记了他处于一个庄严的大楼里。他告诉我,有一天深夜他伏在桌上睡着了,一觉醒来,想起要去干点什么。走出办公室,就飞快地往顶楼跑去。后来他跑到了阳台,这才记起是来取一个石膏模型的,白天他曾在这儿画过。取了东西往回走,踏上楼梯,觉得所有的灯都在映他的眼睛。他压紧一道栏杆往下看着,见盘旋的楼梯围成的空间深不可测,下面灯光瓦亮。当感到眩晕,就要离开栏杆时,他这才发觉自己迷失了方向。到处都是一样的栏杆和台阶。扶手上了红漆;还有黄色的门,全都一副模样。他一个一个拍打着,没有一扇门对他开启。他拍得手掌都红肿了,还是没有回到自己的那一间。他拼命地从上往下,又从下往上,在走廊上奔波着。可恨的强烈灯光耀得他睁不开眼睛,他用力睁开,泪水就溢满了眼眶。这时候他觉得自己这么孤单。母亲,他那么想念母亲——"妈妈!"他喊叫着,四处回响,就是不见一个人影。

　　从那次迷路之后,他再也不敢一个人深夜呆在大楼里了。可他又不愿回到自己的宿舍,与那四个人呆在一起。我不相信一个人会在机关大楼上迷路,因为楼梯和走廊都是极其规整有序的,而且每个工作人员对这个场所都熟透了。杨阳不愿反驳我,我知道他是无须反驳的。他更多地与我谈着他的画。也说他现在最难以战胜的一种东西就是思念——"我想回去,去看妈妈。"他的长眼睫毛忽闪着,像说给自己听。

　　就是那个夏天,机关的一次身体普查中,查出了杨阳的病。他是最年轻的一个,但偏偏他的病最重——肝脾综合征,脾脏的血管随时都可能破裂。那时就会大出血,那么我们的杨阳也就算完了。机关门诊部不敢马虎,一边给他治疗,一边联系地方住院。大约住了半年院,他又被送到一个疗养院去了。我多次到院里看他,他跟我说的只是妈妈和油画。

　　你知道,杨阳的性情很可能是受疾病影响所致;但他的疾病又是怎么形成的呢？

　　写到这里,我又想到了他与经理之间所存在的可怕的矛盾。这种矛盾的原因我们搞不清,但都知道它是不可调和的。正像杨阳最终也没有被这所大机关所接受一样,那座小小的影院也不会接受他的。我甚至觉得,这个大机关的办公楼上,每个人都有一个位置,唯独杨阳从来也没有过。他的办公桌所安放的地方曾经是他的位置吗？也说不上。发工资的时候有杨阳一份,仅此证明大楼上有杨阳这个人头。可发完工资,杨阳又哪去了呢？他走了,去医院了,去疗养院了,后来又调回老家去了,终于在大楼上无影无踪。他消逝得干干净净。这儿始终不承认他该有一个位置,他如果坐在那儿,就与四周的一切分外地不和谐。最后他走了,生病了,也就是自然而然的了。我依此推断那座影院里也没有杨阳的位置,像在这儿的大办公楼一样,他甚至连一点足迹也留不下。这座大楼至今还有杨阳的那张办公桌,不过是给推到了杂物仓库里罢了。因为人们都知道杨阳是得过重病的人,也就不愿使用他的桌子,害怕传染,所以只好搁起来。等到时间把杨阳的气味完全冲洗干净了时,也许会有人去搬出那张桌子使用。

　　我想我们挽救(请原谅我使用了这个词)杨阳的工作正在紧迫起来。因为在那种恶劣的情形下,他的旧病就会复发,那时候怎样诊治都无济于事,他也就彻底消逝了,连同他的油画一起。

给画院副院长信

一

也许您对我的推荐和请求感到有些荒唐。您接着会原谅地一笑,因为我是您的朋友,还是一个门外汉。不过我拒绝您的宽容和谅解,因为我要更固执地坚持说:他是一个艺术家。

我的判断愿意迎接一千个大艺术家的挑剔,甚至愿意等候你我都难以亲睹的时间的考验。是的,他是一个注定了要把自己的一辈子交给艺术的人,是在人丛中闪闪发光的一个人物,一个只需用肉眼就可以鉴别出来的艺术家。

您看了他的作品也许会拒绝他。那样可真是太悲惨了。拒绝过他的所谓艺术家已经不止一个了,但愿您可不要去凑热闹。您拒绝他的理由我会想得出,那就是您会认为他的技巧尚不圆熟。如果是这样,我将无言以对。

不过我很快会直言不讳地问一句:对于一个艺术家、一个真正意义上的艺术家,在他获得巨大成功的诸多因素中,属于技术方面的东西到底有多少?不错,您会说一个人在技巧上的磨练也许要花费一生的心血——但最终决定他是不是一个艺术家的,恰恰还不是这一切。决定的东西在于他是不是一个独特的生命。生活会自然地赋予这个生命很多很多,这个生命于是就成长起来了。反过来,一个人只要接受刻苦的、严格的训练,常常都会具有圆熟的技艺。而以技艺相传的,只会是一种行当,或叫做一种职业。而艺术,我的天,你能叫她是"职业"吗?

世界上有什么还会比艺术更好地体现生命的冲动和力量？有什么比艺术还会更贴近生命的本色和原力？

对于一个艺术家，他不能容忍从职业的角度去理解他的工作，因为那样就包含了一种侮辱。而这一切正是别人所不能理会的。

我正是从以上的意义去鉴别艺术家的。我有我的原则，坚定不移。技术方面的眼障顷刻坍塌，我不相信我自己莫辨真伪。我也许是一个低能儿，但我不能不忠于一种质朴的真理。于是，我只能毫无顾忌地向您进言：请您将世俗的一切偏见抛到一边，做一次勇敢的人，伸出双手去迎接一个有灿烂前程的人。

他的境况简直令人不能相信，可以说是步履维艰。他像很多艺术家一样，无法维护自己正常的生活。我想这方面的缘由您会理解。现在需要您做的是扶持他一把，尽可能地把他迎接出来。我想他在您的身边会工作得很好，您四周的人也较能接受他，因为大家都在搞艺术。在这个世界上，我想他是最适宜于栽培在您这样的花盆里。如果他在您这里也不能落脚，那真是令人悲哀。正像很多后来被公认的艺术家们一样，他现在还刚刚开始，一无所有，您当然要去看他的画，那是他的作品。您看吧，您可能一下子喜欢上了。不过他本身就是一件艺术品。您见了这个随便的、有几分拖沓的小伙子，见了他的忧郁的眼神、薄薄的缺少血色的嘴唇、说话时有些颤动的嘴角，您会感到一阵隐隐的震动。

一个真实具体的年轻人站在了您的面前，让人不敢正视。

他可以区别于您所看到的一切人。而这之前也许您很少见过这样的情景。不是吗？生活中那么多人，人流汹涌，面孔陌生，但您会漠然地一眼扫过。他们身上缺少真正能够触动您的一点什么。这就是说他们太平淡了,似曾相识,缺乏更深层的陌生感。您没有感受到更具体的一个人,这个人是从土地上生发出来的,带着丰富的汁水,欣欣向荣,而绝不是一个干枯的标本。他的任何像植物身上的茸毛和枝蔓都没被修削,完整无缺。他没有被打扮、被修饰,与身边的那一群无法调和混淆——您一眼就记住了他。

谁来鉴别他呢?让汹涌而过的人群去携走他吗?不,他们会自然地淘汰他,认为他是一个在未来的路途上连累别人的人。他站在那儿,极度孱弱,赤手空拳。可他对于人间的困苦特别敏感,见了悲伤和不平就会唱一曲抚慰的歌、抗争的歌。他纯洁无瑕,一辈子也不会饮酒。几乎所有的空余时光都被他牢牢地抓住了,他在那时刻里倾听天籁。您是个艺术家,我们的友谊也许很独特。我差不多等于手扯手地将他引到了您的面前。

您来鉴别他吧。

二

原谅我的冲动。也大概说了不少大而无当的话。不过那是我心中的荟言。现在我想,为了能把他尽快地调出那个荆棘窝,您只要让他进画院就行。您看一个画院中有多少杂七杂八的事情?他做什么都可以。

如果一开始就调来搞专业,恐怕周围会议论的,反而行不通。我们这儿的画院有一个门市部,经营书画纸砚,工作人员都是从待业青年中招来的,大多是女孩子。您那个画院是否有类似的地方?

如有，杨阳去卖书画也很好。他在业余时间会学习画画。您是搞国画的，但在艺术上一定也会给杨阳很多帮助。

原单位放他走也是一个问题，这方面我正找人帮忙。他们不放他走主要是想捉弄他，让他精疲力竭，而绝不是喜欢他赏识他。这种勒索当然令人无比愤怒，不过我相信不会持久的。我正设法通过一个局长去解围，如果奏效，他就可以调出来了。因而找一个好的接收单位就变得迫切了。他如果再调到一个类似影院那样的地方就彻底毁掉了。

您如能调他去画院，他的生活将发生重要转折，也许一生都难以再有比这个更好的机会。说起来太可惜，七七年刚刚恢复高考制度时他只差一点没考进省艺术学院，但他的成绩可以上中专艺校。一位美术老师看过他的画，断言这个杨阳肯定是艺术学院的料子，不要贪眼前小利进一所中专。杨阳于是放弃了一个机会。后来当然艺术学院没有考上，原因与上次相同，文化课的分数偏低。

有个事情倒值得告诉您：杨阳在中学时曾参加过一次地区级画展，中央美院的一位教授看过他的画，说杨阳的天赋极高。他现在仍与教授有通信关系。

三

您对杨阳很感兴趣，这使我获得了某种安慰。您问他与影院经理如何酿成了这样深的矛盾，我却无法使您得到满意的回答。我的另一个朋友也问过这个问题，并亲自去看过，同样没有结果。

您怎么也对这个问题感兴趣呢？我又怎么回答您呢？

当然，我明白一个接收单位总要关心这一类问题的。不能糊糊涂涂地调一个人来。

但这个问题连杨阳自己也回答不了。他至今闹不明白经理为什么那么恨他，处心积虑地要折磨他。最近经理又有了对付杨阳的新点子，就是让他专门负责打扫场子——广告画让邻近一个工厂宣传科的人画。这使杨阳不能容忍，他与经理大吵了一架，接着病了好多天。杨阳在那个区里不用说是最厉害的画家了，这会儿却连画广告的资格也没有，这种侮辱太过分了。

我曾多次研究过他们之间的症结在哪里，但都搞不明白。我现在只能假设经理这个人有一种折磨人的癖好，是个虐待狂。不折磨别人，他就无法平静自己。我曾经听人说过乡间有一个狠毒的老太太，一生富贵，晚年令人咋舌。在告别人世前的五六年里，她残酷地蹂躏身边的人。她可以一夜一夜不睡觉，监督跪着的使女，让她头上顶个瓷碗。她发疯似的指使四周的一切，让整个大院里的人像热锅上的蚂蚁那样奔波，别人不准大声说话，不准笑，连脚踏地都不准发出咚咚的声音。离她十几丈远的一个长工夜里打呼噜，她让人把他赶紧扼死——人们把长工偷偷赶跑，回来禀报说已经理掉了，她这才舒了一口气。她要喝鸡汤，但不准许别人宰鸡，而是让人把鸡缚了翅膀和双腿递给她，由她亲自拧断鸡的脖子。她离开人世的最后一刻也该记上一笔，因为这是绝无先例的。她大口呼气，眼看就不行了。儿媳抱着孩子说："快哭奶奶！"小孙子伏在一只松弛的老手上，这只老手抖着，却越收越紧，死死攥住了一只嫩嫩的小胳膊。小孙子疼得大哭,老手还是不松。一家人吓得喊起来,好不容易才把她的手扳开,见她已经过去了。再看小孙子的胳膊,留着深深的指印,有好几处流出了血。

　　这就是那个老太婆的故事。有些人年纪不是特别大,心态与她却差不多。他憎恨一切比他活鲜的、真切的、生动的东西。任何东西以任何方式展示出美丽的姿态,都要引起他的刻骨嫉恨。要与他平安相处,也许只有装出一副临近死亡、畏畏缩缩、垂头丧气的样子。他不承认生命的规律,也不知道自己的来历,想像金石那样的刚劲不朽。他是世上最愚蠢的人,却要用这种愚蠢的刻度去统一一切。人类不能没有歌唱,就像绿色中必然要绽开鲜花一样。有些人喜欢寂死无声的世界,这样他的嚎叫才会显得惊天动地。你要让那样的人震怒是十分容易的,也是自然而然的。你的血液只要是鲜红的、滚烫的,只要还在奔流,他就不会容忍。这种恨看起来像是无缘无故的,但这种恨恰是最为可怕的。我之所以找不出经理与杨阳矛盾的缘由,其原因就在这里。为了什么事情闹到了势不两立,一个偏要将另一个制伏制死呢?谁也说不上来。

　　写到这儿我想与您讨论更多的问题。比如说,为什么有人虽然也享受着艺术成果,但却常常对真正的艺术家表现出莫名的怨艾?这种怨艾甚至滋长蔓延,演变为深刻的仇视,他们并且乐于展示这种冲突,显得自己格格不入。而在一定的时机,又恰恰是这部分人最容易附庸风雅,装出一副十分在行的样子,像抓住了一只麻雀那样,要把艺术拳在掌心里。这种令人哭笑不得的事情并不罕见——您是画院的领导人,大概见得更多。我想一些心智苍白而又品性恶劣的人，必然会表现出这样的变态心理。他们面对五光十色的生活，麻木不仁，百无聊赖，往日的放纵使他们如今已是无可挽救。但他们又不甘心让人们听到呻吟的声音，于是就放肆地谴责他们嫉恨的一切。艺术是心灵旺盛的泉水滋养出来的，所以那些心底枯干的人最容易迁怒于艺术。他们可以标榜自己是与艺术家格格不入的"另一类人"，而绝不愿承认自己是一个颓废衰败的人。其实艺术家最为神奇又最为平凡，就像一粒沙子那样普通：他只是人类当中应有的一种现象，就像天空必然要发生的放电现象一样；他说到底是一种劳动者，是人的最本能的创造欲望的体现者。从这个意义上讲，仇视艺术家的人不仅天性顽劣，而且不可理喻。说到底，对艺术家的那种怨艾和仇恨也可以看做一部分人的本能，那就是出于对一种旺盛的生命力的恐惧和妒忌。

再比如说，为什么艺术家的行列里能够潜下更多的浑蛋和无赖？他们奇怪的是偏偏要打扮成一个艺术家。这些人好比花蕊里的虫子，伪装成花朵中间活动的生命。这是不是因为一种劳动复杂到难以言说的地步，反而更容易掺假？它不可言说，只能用一颗心去默默体察，因而沉思不语。一个伪艺术家是难以识破的，即便辨认出来，也不容易说得清晰。人们提出的证据只能是一种感觉，而人世间的任何法庭都是排斥感觉的。有的人说到底是人世间最懒惰的人，游手好闲，惧怕劳动。任何物质生产都是可以触摸的，实实在在，可以用尺量，也可以以数计。那儿没有他的藏身之地。于是他就选择了精神劳动。这种人的贪婪是远远超出一般人的，他为了攫取更大的利益，常常使用最残酷的手段，用真正陌生的方式去把艺术家们击倒。更为恶劣的是,他们是那些仇视艺术者的天然盟友,内外勾结,险恶非常。

我不知道要做一个真正的艺术家有多么难。他们除了因为沉浸在那样一个瑰丽的世界里痴迷忘返、懵懵懂懂、不知不觉被脚下的自然坎坷绊倒而外,还要提防另一类人从后脑那儿伸出的棍子。任何打击都首先指向大脑,因为那是人的核心地带。他实在太需要保护了,太需要谅解了。这样的艺术家不仅在熠熠生辉的时刻里需要援助,而且从刚刚起步时就要有人扶持。杨阳就是这后一种情形。您问他与经理矛盾的原因,我不能回答得再具体了。您是副院长,您比我更有资格回答——请原谅我的刻薄。我只是要求您能赏识他、帮助他。我觉得您在献身给艺术——既然这样了,那么我的要求就不过分了。

我这次唠叨得可不算少。您爱怎么想就怎么想吧。您可以微笑着看待我的激动。您只要明白,我的激动是因为我要给您推荐一个艺术家,他很困难,他很年轻,他很危险!您明白这些也就行了。就写这些。

四

把他来这个大机关以前的情形告诉您吧,您可以更好地理解他和他的处境。整个过程简直是一个悲剧,我极不愿意谈它。

那是杨阳两次高考失败之后的最沮丧的日子。街道上请他画一些宣传画,他干得非常卖力。为了排遣心中的不快和焦虑,他把那些画画得又大又亮。各种颜色向人直逼过来,看上五分钟,像被各个方向伸来的拳头揍了一顿似的。他握笔的姿势让街道上的人觉得好生奇怪。他们认为的画家只是平常在街头阳光下给人画肖像的人——那些人两眼如鹰，戴着老花镜，小心地捏紧一根炭梗硬描硬描。那才是画家哩！而杨阳瘦弱不堪，站在竹皮做成的长条脚手架上，衣服被风吹得皱到了一边去。小家伙的大笔往上一捅一捅，一会儿就捅出一轮太阳一片田野。围着观看的人真不少，老太婆们吸着嘴，发出"夫夫"的声音。

观看的人当中有一个络腮胡子的人。这个高个子，五十多岁，两眼生得很厉害，看上去醉眼蒙眬。当时谁也不知道，就是这个人要决定杨阳的命运。

他一连几次来看杨阳画画，他是省里一个大机关下来招选干部的，是一个处长。他毕竟在大城市工作，并且他的儿子也学油画，他慢慢看出了面前这个小伙子是个"好材料"。当时他的心有些痒，走开两步又退回来，最后大概下了决心。

第二天，他向当地有关领导提出：这个人要带到省城里去。

这个消息震动了半个城市。人们都为杨家的人高兴。那个大机关的名字可是吓人的，去那儿工作当然了不起。杨阳的父亲是退伍军人，老人无比兴奋，没有商量就一口答应了。杨阳当时也觉得非常愉快——虽然他已经感到了有什么不对劲的地方，因为他酷爱画画啊。他高兴的是作为一个人，可以初步结束在十字街头上徘徊的尴尬了。走吧，去省城！去那个大机关！

就这样，杨阳被处长带走了。他启程之前曾在被窝里想过，这回要亲眼见到那座更大的城了！他要把城里的所有楼房，甚至是所有的窗户都画下来。他会见到很多很多的画家,结识很多很多的画伴。什么也别想阻挡他,他要画个天昏地暗,不停地画,把居住小屋的天棚、地板、四壁,全都画上鲜亮优美的图画。那时他就算居住在图画之中了。他甚至想过要在将来寻找一位美丽的体积很大的姑娘,把她也画到画里;如果她愿意,他完全可以把她的身上也画上画,画上美妙的阳光下的水滴和绿色的蜻蜓,画上红艳艳的果子……第二天启程了,第三天就来到了省城。

他不觉得省城有什么好,黑色的烟雾漫在空中,他从车窗往外看了一会儿,后来一抹脸,抹下两点油灰。油灰是从哪里来的?

开始分配工作了。处长把他交给了副处长,副处长又把他交给了一位科长。科长是南方人,说一口古怪的普通话,并用这样的话扼要介绍了机关的性质,此次招选干部的标准、目的、其他要求,等等。接着,与杨阳同来的一大帮子人,都被送到一个机要训练班上去了。

杨阳这才知道大家都来做机要工作。训练班的纪律难以想象的严明:吃饭和上操按时准点,站队报数;一个人不准外出,走得稍远了必须报告;信号灯一亮,要马上坐在操作台前;一分钟内拍打多少码子;准确而迅速地换算……杨阳适应起来也快,半年下来,就像个机器人一样准确无误。在整个训练班上,他的各项成绩最好。又停了半年,训练班结束了。生活虽然依旧紧张,但毕竟不是在接受训练了,这就松弛了一点。杨阳于是又想到了他的画。

接下去的日子里他像害了热病似的,坐卧不安,口渴烦躁,一双眼睛里有什么在燃烧。周围的人找来了科长,又找来了那个目光蒙眬的处长。处长看了他一会儿,当证实了人们报告的事情属实时,就慢声慢语地说:"杨阳,你可要努力啊,不要使领导失望。"杨阳紧紧地盯着处长,几乎是喊了一声:"处长!我要画画!"处长一愕,立刻摆手:"不行,你是个好材料……"

杨阳哭了。他再没有吭声。

最可怕的要算值夜班了。那时候整个大楼漆黑一片,只有杨阳一个人。他害怕极了,但夜里偏偏记起的是小时候听过的鬼故事。他一闭上眼,就看见无数的鬼在长长的走廊上跳舞,五颜六色。好不容易睡着了,突然信号又响起来,哇哇哇、哇哇哇,像小孩子哭一样。紧接着红灯绿灯交错闪亮,自动呼叫系统也发出声音来。杨阳搓揉着眼睛,一颗心嗵嗵跳着奔向操作台。工作时间也许只有短短的时间,也许只是演习,但杨阳从工作台上下来,再也睡不着了。白天要照样上班,因为值夜班轮流安排,每人在工作室睡一个星期。

杨阳在跟我叙述那时的情景时,常常要不时地回头看看,好像那段生活就在身后一样。那时他已经不做机要工作了,离开了操作台,做了机关资料员。那个处长好像失望得很。

他被调离机要岗位是必然的。因为他后来不顾一切地画了起来,疯迷了一般。我曾见过他画的一张操作台的油画,那真是一幅杰作。我认为肯定是杰作。我不相信有人可以产生如此奇异的联想。在机要操作室里,一切都是依靠坚硬的逻辑而存在的。每一个旋钮都是严厉的、冰冷的。而杨阳却让它们有了热情,有了生命;连飞旋的电波也有了光色和性别。您如果看到这幅画就好了。

这是件非常可惜的事情。我当时望着这张画,身上一阵阵燥热。您看到的会是人间一块特殊的田野,上面衍生了一些特殊的生命。生活中灰迹处处,蛛网丛生,只有火热的电波在歌唱。那些密密的按键被一种无形的力量击中了,痛苦欲裂,嚎叫声使人发疯。红的灯绿的灯摇曳不停,像升上半空的水莲。自动呼叫系统的鸣声器像人的眼睛,怪异、深邃,蕴含了深深的愤怒,张望着所有的人。看不见的黑暗处好像存在着另一只独眼,那仿佛是一个老人的目光,一会儿善良,一会儿狠毒,无声地笑着。风在吼叫,机关大楼的尖顶摇震起来。只有操作台正上方的工作灯像一只蜜桃,水灵灵,鲜活可亲。一群蜜蜂卷成筒状,在窗外旋动,背景是中间蚀了黑洞的银月。电火花响着……这样的一幅画,我无法讲得清。最不幸的是它被副科长看见了,于是很快传到了处长手里。

　　我以前说过,处长的儿子也是画画的。处长看不懂杨阳这张画,就回家给儿子看。他的儿子一把抢到手里,盯着画大口喘息,不愿吃饭。后来,他用拳头擂着桌子,不知为什么哭了——这是处长后来跟别人说的,具体情况不得而知。反正是那张画再也没有送到杨阳手里。只是不久处长儿子来找杨阳了——杨阳接待了他,谈着,沉默着,一个小时过去了,突然处长儿子插上了门,返身坐下,哭了起来。他说:"原谅我,原谅我……"他抱住了杨阳,用脸贴了贴对方的脸,又坐到原处。两个人还是沉默着。不一会儿,同屋的人回来敲门,处长的儿子坚决不开。这事于是惊动了处长,他亲自砸开门领走了儿子。

　　杨阳告诉我这件事时,两眼闪射着光亮。他说处长儿子是个少见的人物。我问他有没有才华,他点点头:"当然有。"停了会儿他又告诉我:"那张画被他撕掉了……他后悔了,又从垃圾桶里取回来,拼接贴好,可已经不成样子了。"我吃了一惊,赶忙问:"为什么?"杨阳说:"你问他吧。"

到底为什么,我想只有处长知道。因为事后他果断地决定了两件事:一是将杨阳调离机要工作岗位,再就是不允许儿子与杨阳接近。他们后来真的没有再见面。为这事杨阳曾经十分痛苦,时间长了才略好一点。处长说过:"世上有一个疯子就够了,两个疯子分开也好得多。"他的眼睛没有神采,可是我从日常的接触中发觉,处长是个聪明绝顶的人。他显然藏下了更隐秘的心思。他很爱他的儿子,并且极其看重儿子的绘画才华。我越来越感到困惑的是,他为什么不让杨阳与他儿子一起切磋,又为什么不从艺术事业的角度稍稍支持一下杨阳呢?他的心底未免也太幽暗了一些……后来我又多少原谅了他一些,因为我觉得一个人心灵的空间可以开通和间隔无数间,我无权简单化地理解一个父亲与一个儿子的特殊关系。

处长能够从遥远的地方将杨阳招选到省城,能说与儿子的事业无关吗?究竟是哪根神经受到了触动,使他下了那样的决心呢?处长故意将一个天才禁锢在机要室里,让红绿灯闪乱他的双目,能说与儿子的事业无关吗?这种关系又是什么?这其中有什么心理在作怪?而最后,处长又为什么坚决制止两个酷爱艺术的年轻人接触?

我回答不了,亲爱的朋友。

我只大胆假设一个事情,这就是,在处长的儿子看到杨阳那张画的那一刻,长久蓄成的一种自信心在这一瞬间被彻底地击垮了。处长的儿子流出的是绝望的眼泪。

接着,杨阳就是一个无足轻重的资料员了。这对于他倒是个好事情。他一度很感激处长。但渐渐事情有了变化。他发现没有人对他退出机要部门一事表示谅解。机要工作是神秘而神圣的,一个人从这个岗位上被剔出来,就好比谷地里拔出的一棵莠草。人们猜测着这个瘦瘦的小伙子有什么毛病,是否被查出了什么历史问题、现行问题?是否行为不轨?还有人说这个小伙子之所以瘦削不堪,是因为邪癖在身,记忆力减退,当然不适宜做机要工作啦。杨阳紧咬着牙关。他只是画着,利用一切间隙画着。

他的画很多很多,据人讲藏在了什么地方。他有一次给我看过一张人像,我看着看着愣住了。这是处长的那个儿子,绝对没错!

被画出的小伙子是让人永远难忘的。杨阳那么敏感准确、那么犀利地一下子抓住了对方肉体之内深潜的隐秘。我甚至不敢久视画面上的一对眼睛。这对眼睛初看像女孩子的一样美丽温柔,可慢慢又可以看出一股凶悍的光焰在跳荡,那瞳仁像针尖一样又亮又小,咄咄逼人。再看那被一轮朝阳映红的头发,乱蓬蓬,一绺一绺,好似狂风中不甘熄灭的火苗。我吸了一口凉气,说:

"我知道你画的是谁。"

杨阳的目光暗下来,叹息一声说:"没有人读懂我的画,只有我画的这个人除外。"

当时我们都沉默着。那一天我们在黄昏的天色里沿一行白杨走了很久。那是个深秋的日子,我们把一行白杨走尽了,又奔向一溜红枫。枫树叶儿已经有不少落在地上,杨阳取一片最红的放在手里。一道挂了青色石英墙皮的大墙在红枫的另一边。那是个陌生的、秘密的大院。大院十分森严。我们常常在这条路上走过,我很喜爱这条路。结婚以前,我与爱人常常走在这条路上。杨阳看了几眼高墙,没有做声,奇怪的是从来没有人问过这是个什么大院。我们一直走到天色漆黑才折回去。那天我请他回家里一块吃饭,他拒绝了。

杨阳的肖像画使我知道了他长久地惦念着一个人。这个人是他的朋友还是敌人?这是两个刚刚握手随即分离的年轻人。

在给我画看的第二三天,他病倒了。这次病把他折磨得太厉害了。发烧,说胡话,刚刚清醒就跟我要一样东西。我好不容易听明白了:他让我去宿舍取来那张画像放在病房里……不久就是机关体检,再不久就是杨阳查出了大病、再一次入院、到疗养院,直到调回老家工作。

他走后不久,我在一次偶然的机会见到了处长的儿子。这个年轻人已经完全变了一个人。他衣衫不整,神情沮丧,瘦得皮包骨头。我与他说话,他傻傻一笑,摇摇头走开了。后来我才知道,处长正为儿子忧心如焚,曾请了不少医生给他看过。这些医生大多是神经科的,他们都表示无能为力。后来有一个内科医生提议请一个肠胃专家来看看,他说人的一切疾病差不多都是胃的毛病引起的。处长冷冷笑了两声,再也不为儿子请医生了。那个小伙子常常在机关大楼下面转悠,再也无心画画。

这就是杨阳在这所机关的大致情景。您或许可以从中了解一下杨阳和他的艺术。我想这不仅仅是杨阳个人的悲剧,因为其中至少包含了两个角色。我不理解他们。我只知道他们是一对熊熊燃烧着的人,酷似一对孪生兄弟。可他们却是那么不同。

处长现在仍旧是处长,只不过几年来皱纹骤添。

五

杨阳又来信了。他被爱情困扰着,也被画困扰着。我读着他的信,有时真想让他直接找您一趟。当然这不稳妥,因为您太忙了,这需要您的应允。

他的信上说,夜晚他怎么也睡不着。为什么?就因为他构思的一幅新的作品上,有一架风车,有盐——他想到了盐的光亮,怎样在画布上表现这光亮……他的确是被盐的光亮激动得睡不着的。您看,就是这样一个脆弱的艺术家。我敢说能被食盐的光亮激动得失眠的人,肯定是一个艺术家。

食盐在这儿仿佛又成了我新的尺度,但我是认真的,您也一定会同意我的。

我心中一阵阵急躁,不断回忆与他在一起的情景。我发现我需要一颗纯洁的孩子般的心灵的陪伴。我也需要艺术的滋养。而这二者杨阳身上都具备。眼看着他在一个暴君手下受苦受难,我不知怎样才好。您的回信给我希望,我也完全能谅解您对于这件事的一切看法以及解决它的所有步骤。您显然是对的。您考虑问题是艺术家的方式,但更是一个行政领导式的。也许您的办法才切实可行。

还需要我活动一下他身边的什么关系,请您告诉我。

对了,我不得不提一下倒霉的海参。我看出来了,您是迫不得已才告诉我的。不错,杨阳的境况得到改善、他最终要调出来,最后恐怕还是要借助于文化局长的力量。通过一个人——这个人的选择我尚需再想想——送给局长一点海参是必要的、必不可少的。不过我打听了一下,最近海参是极不好搞的,而且贵得吓人。我想商量一下,海米能不能取代它——当然数量可以多一些——能不能呢?

我不得不在信上问一问。悲夫。

六

收到了您的信。事情是这样,杨阳回老家之后谈了两个朋友。第一个结束了,第二个尚未结束,但没有定下来。这个事情当然关系到调动,不过问题是那个朋友并不理想,杨阳与她没有中断关系,完全是他的性格所致。

您要是读一下他关于这方面的信就好了。杨阳性格中刚强和柔弱两个方面都让人吃惊。他太善良了。目前这个是个打字员,杨阳多次画过她,我也看过寄来的一些素描。有一些,显然作者倾注了巨大的热情。不过杨阳要画一棵树也会这样的。他信上说,她有时很美,不过有点狡猾,像小狐狸那样。这又有了另一种可爱。不过问题是他已经感到了她不是十分爱他。她如果被他所爱,那么他会终生不渝。他就是这样的一个人,是一个真正的男人。他回去工作后遇到的第一个朋友曾经强烈地打动过他。那是个修鞋女工,据说她的脸有些红,眉毛弯弯的,一笑起来嘴巴有一点歪。杨阳像欣赏一件艺术品一样,曾仔细地、快乐地向我描绘过她。他说:"也许我与她再也不会分开了?"这句话的后面不是句号也不是叹号,而是问号。

他说他那时很多的作品中都有一股暖融融的调子,几乎比任何时候都爱使用明亮的黄色。他自认为那时的画是很棒的,"绝对来劲的东西","我明白自己是怎么了","这一切也许会过去的?"他后来的话中总是使用问号。这反映了他那颗兴奋而忧伤的、动荡不止的心。有什么不好的东西在隐隐地渗透,他艰涩冰冷的生活中印上的这一道阳光正缓缓地消逝。他说他们散步的时候,他更多地想起的是在大机关工作时的情景,那时他似乎真的爱上了一个人。可惜在一切还远远没有成熟的时刻,他被疾病折磨得倒下了,最后离开了那座又混乱又温暖的肮脏的大城市。

杨阳在机要训练班上认识了一个戴眼镜的姑娘,她是一位机要员的妹妹,当时正在机关门诊部工作。她的名字很怪,叫"咕咕"——杨阳奇怪地盯着她的脸,说:"咕咕咕"——他不知怎么多叫了一个"咕",听起来有点像斑鸠的叫声。姑娘的脸刷地红了,杨阳也不好意思地退开了一步。他这样叫她的名字完全是无意的,那只是发音器官的某种惯性作用。他还小,远远没有学会逗姑娘呢。他是真正腼腆的孩子,他自己就像个姑娘。咕咕常来看哥哥,渐渐跟杨阳熟得很了。她曾摘下眼镜让杨阳戴上试试,杨阳戴一下赶紧拿下来说:"晕死了。"又说,"这么晕你都能戴,真行。"咕咕哈哈大笑。杨阳第一次见到了摘去镜片的一双眼睛:她的眼睛这样大、这样柔和,像两湾深深的湖水。他喊了一声:"哎呀!"

后来他凭着记忆画出过这双眼睛。

咕咕高高的个子,皮肤并不很白。她在门诊部搞注射。让人见了最难忘的,除了那双眼睛,还有顽皮的嘴角。这样的嘴角与温柔文静的面容形成了很大的反差。她在那儿搞注射,杨阳就不去打针。他的身体很弱,需要打针的时候很多,但他总是忍着或到别的医院去。他说,他自己很脏,很脏很脏。

咕咕是一尘不染的,像阳光一样明亮和洁净。

结果杨阳最后查出大病来了,烧得迷迷糊糊,被抬到了门诊部。给他注射的正是咕咕。咕咕给他卷起衣服,一眼看到的是瘦削的身躯、像儿童似的臀部。姑娘打完了针,在用酒精棉球轻轻搓揉的那一刻,忍不住流下了泪水。她一声不吭地坐在一边看着他,等着他睁开眼睛。在杨阳病倒之前,他曾借给咕咕很多画册,还画过咕咕好多张画。咕咕会长久地保留着这些画。

杨阳那天醒来,一眼看到咕咕,脸一下子红透了。他最终还是没有逃过咕咕的针头。

我在杨阳住院后常去看他。他告诉我咕咕也来过。只要提到咕咕,他的眼睛就立刻明亮了。我们的谈话常常有意无意地转到咕咕那儿。咕咕给他的水果他一个也不吃,全都放在床头柜上。他挑拣一个红的握在手里,又放在眼睑上滚动一下,说:"真好的一个苹果。"

他从疗养院回来,有时要去找咕咕一次。咕咕的哥哥制止妹妹与杨阳接触,说那种病是传染的。咕咕似乎并不在意。杨阳也知道咕咕家里人不欢迎他,但还是要去。他对我说:"我想看见咕咕,到她单位上,也到她家里去看她。有一天我怎么也受不了,跑到外面,跑到咕咕家楼下面……'咕咕!咕咕!'"

　　后来发生了一件不幸的事,我相信杨阳一辈子也不会忘记,也相信他下决心离开这座城市,也会与那件事有关。那是 8 月里的一天,杨阳一整天都把自己关在办公室里,这是个温暖的星期日。他狂热地画了一天,傍黑时分完成了一张画——他说这是他最满意的一张了。那是画了一棵半边碧蓝半边火红的枫树,树下站着咕咕。咕咕的眼睛看着什么,热烈的目光投向正前方。他携着画跑到外面,一直跑到咕咕家的楼下。在楼下站了一刻,他又蹿上楼去,擂着咕咕家的门——那时也可能是咕咕不在,开门的是咕咕的哥哥,他两手沾满了面粉,扫了杨阳两眼,怒冲冲地就要关门。杨阳举了举手里的东西,喊了一声:"咕咕!"高大的男人转过身子,一把扯下画来,骂一句:"滚你妈的蛋去!"那扇门轰的一声关上了。

　　他呆了片刻,扭头走了。他这才明白了,这个凶恶的男人绝对不允许妹妹再走近他了。他扭头走了,迈出了离开这座城市的第一步……很多天以后我才知道这件事,我非常愤怒,并鼓励他到单位上找咕咕。他摇摇头,说,他这回明白了很多。"'小痨病鬼'——那个家伙以前这样笑着骂过我。我明白了,我没有资格靠近她了……咕咕!"他就这样,离开了。

　　您看,他是带着肉体和心灵的双重创伤离开了这座城市的。

他要回到他出生的小城去。他是从那儿挣断脐带,投入了沸沸腾腾的生活的。如今他又回去了。

首先是文化局的背信弃义,并没有像许诺过的,让他专业绘画;再就是那个经理对他的百般折磨。他现在连一个人起码应该享受的平静和安全都得不到,又怎么进行艺术创造呢?他在那个窝窝囊囊的地方被啃咬到什么时候?这谁也不知道了。

我有时愤怒地想过:这座城市厌弃的,将是她的最了不起的儿女之一。

您是画院的副院长,正处在一个可以帮助他的地方和时刻。如果您像对待您一贯的艺术追求那样不倦、那样不知妥协,就一定会成功地帮助他。只要您的画院要他,他做什么都可以。他永远不会让您失望。他是个弱小的又是个坚强的人。您如最后决定了就来一个信,那边放他走的事,包在我身上。

该说的话差不多都说完了。请您扶持我的朋友吧!请您挽救一个被爱的火焰烘烤得浑身灼热的艺术家!请您挽救一个正在遭难的艺术家!您将功德无量!紧紧握手!您的朋友!

附杨阳信

一

今年的情况看来更糟些,因为经理召集人开会,把全体人员分成三个单位,就是三个小组。我们检票、烧水和扫地的、画广告的是服务组。经理不让我下午画广告,从四点三十至五点这半个小时,要突击准备晚场。其余就是让我帮伍大娘(烧水的,她是经理的远房亲戚)抬煤。原来有一个推煤的小铁车,后来没有了。我怀疑是他们故意给了另一个小组。时间安排得太紧,我觉得把我编入服务组的目的就是治我,我几次提出不干抬煤的工作,因为前几年烧水的人都是自己运煤。经理说现在是包干制,爱干不干,耽误了供应开水,就在月底扣钱。无奈。

我对广告画越来越头疼,纯粹是商业玩艺,没办法。经理说这张好就好。他特别说要画好女演员的关键部位,即乳房要凸出一些。这对我的打击非常大。我最后的一点权力也受到了干预,我简直是气个半死。我每逢看到他那个黑乎乎的指甲在我的画上点来点去,就恨死了他。他身上有一股怪味我也闻到了。我敢说全天下没有一个人能有这种气味,不是酸臭,也不是霉烂味,好像是硫磺又加进了兔子粪似的,真的。他就是刚刚洗澡回来也让人恶心。

这几天做梦老离不开经理,我常听见他从窗外喊我,赶紧爬起来,心跳,外面什么都没有。我缺少的睡眠没法计算。我已经三个月没有好好睡一觉了。

前几天经理又破口大骂了,没有点谁的名,只是骂服务组。他骂着闯进屋来那会儿我正调一块颜色。当时我身上一抖,以为他会给我一巴掌。他没有动手,只是用手一指外面,让我出去抬桌子。

我最怕的还是回宿舍的事。我和民工合住一屋,身上爬满了虱子。这些民工有不少是从讨饭的那些人中招来的,原因是工钱便宜。经理说让谁干谁就能来干,来的人要送经理很多东西。全影院就我一个人睡在这儿,这当然是欺负我。

他女儿放假来影院里玩,她到我这儿来看了,听说我会画画,又是从大机关回来的。总之,她来看新鲜。经理(我真想有一天能用石块把他的头拍碎)还能有这么好看的女儿。她的体形令人难忘。不过这个小家伙的神气有些让人讨厌。

近来常常后悔,觉得来这个城市这一步是走错了。不过现在是回不去了。在你身边就好一些,那时我心里不痛快就找你说一通。现在差不多总是我一个人。我想家,又不愿回家。我父亲看不上我,好像也不支持我画了。他最高兴的时候是我在大机关那会儿,现在好像一切的错都是我的了。他根本不听我的解释,自以为是。他说我完了,让他想不到。

妈妈在的话,我会好得多。可惜她去世了。我一写到"妈妈"两个字就想哭。我有一半的画是想着妈妈画的。

二

我真怕给陌生人写信。按你说的给局长的那个朋友写了。真不好写。记得曾看你写信,马上就写好——可我在这方面要用多得多的时间。可这是必需的。我想我对他什么都不了解,怕误解。有一天我接到他的来信,我马上回了信,但好多天没有回音,我心中又后悔又惆怅!我写了工作情况,但与给你的信比,简单多了。我不知我该不该写那些。我天天等他的信。也许是我的自尊心太强了,陌生人回信晚了我就受不了。我对他介绍了目前的处境、这儿关系的复杂等。

我告诉他想快些调出去。去文化馆当然好,但不好调,盯着那儿的人太多了,刚来时就是被人挤掉的。实在调不成,与这个影院头儿谈谈,能对我稍微合理些也行,不过我怀疑这很难。区里想成立个广告公司,一年多也没成立起来。据说他们早就盯上了我,想要我去。但也有朋友劝我最好不去,我明白他的意思。那儿是有活干的,画外面的大型广告。全市有一百几十个广告牌,画完最后一个,前面一个又褪色了。天天画机器,枯燥无比,再也不会余下好的心情。长期下去会练成一种不好的笔法。这是最糟的事情。不过我目前影院的处境,我恨不能立刻就走。

三

最近,我终于处理好一个重要事情,就是那个人不会再来缠我了。和她的最后几次交谈很不愉快。她也终于暴露出很多毛病,有的方面可以说是虚伪。我有时想,就是一辈子不结婚,也不要她。最后,对她仅有的一点好印象也不存在了。好了。终于过去了,谈她没意思。

在她走后的第二天,有一个很独特的美丽女孩来找我。她很适合做模特,气质不错,她真有意思,看来追求她的人是有的。对她不很了解,她以前当过售货员,后来才去了修鞋厂。奇怪(在有些人看来)的是她倒很满意这个工作。她二十二岁。我为她随便画的小像,她挂在床头。明天我们一起出去玩,画画,照相。

前几天我不愉快,一个人悟出个道理——对你不好的人,在关键时刻是闭口不语。像对那个女孩(以前的),他们甚至支持我与她好。当然,有个画画的朋友就劝过我干脆算了吧。

现在算是愉快了。明天会愉快的。不过我写这信时,不是告诉你别的意思。也许我与她只是朋友而已。

这时我又想起了咕咕——记得吗？不知她怎样了。那时我们的散步,现在还听得见脚步声。我走在她后边时,一抬头就看见一条干净的半旧的条绒蓝背带裤子。与现在的女孩在一起没有这样的感觉了。

我写这信时,抬头可见经理办公室的窗子亮着。他还没有走。我的笔按在纸上像要折断。我不写了。

四

前些天我去那个区找了他一趟。他虽是你的朋友,我去时还是鼓了很大勇气。我对陌生人都多少有些怕。我怕他是个我不喜欢的人。去了两次都没找到,我又有些高兴,好像就为了见不到才去的。我留下新的地址回来了。不几天收到了他的来信,说他不在家,很抱歉。其实也是我不好,我应等他回家。我太急,不该匆匆回来。我写信向他表示了歉意,并把近来的情况告诉了他。

最近影院正在上新的录像。除了来新片子,来重要的片子,不然连两三天画画的时间也不给。一个月只画两次。经理倒知道宣传的重要,不过他要求的是另一种效果。这一段我主要是看门、扫地、抓逃票的人等。在影院里,我除了受服务组长的领导,还要受办公室的领导,是唯一受双重领导的人员。他故意这样制定。这对我很不利。还有组长,我们都出了力,拼命干,经理常常表扬他。那人的欺骗性很大,组长也看出来了。现在,我们都成了眼中钉!

现在工作量大极了,卫生区增加了一倍。差不多一年了,我一天病假也没休。真不容易啊。组长请了六天病假,经理在会上公布规定:大夫的病假条只起建议作用,要他再批准才行。副组长是他的狗,以前就找过我的茬,百般刁难。组长与经理暗斗,我在明斗。他口上喊改革,其实是养着一些,累死一些。影院是个三不管单位,非常黑暗,经理干什么都行。区里的广告公司还没批下来。以前文化馆和剧团办的都倒闭了。我倒真希望它能成立,它想要我。这个希望可能破灭。不该回来。几年了,整天与小人周旋,为工作发愁,太没意思。如果这儿有个真正志同道合的朋友,我也会坚持下去。

当时调文化馆就受到很大阻力,看来,我的命运太差。文化馆长是我的老师,七七年因他的一句话,使我放弃了上中专。这就失去了一个机会。不过我对他还是感激的,他毕竟曾教过我,也帮助我调文化馆,可局里有个人很坏,与馆长有很大的矛盾。因馆长在剧团时办垮了一个广告公司,局里就扣了他三个月的工资。钱退还了,可还是结下了仇。局里那个人认为是馆长帮我调动,于是在我到来之前半个月把下面一个文化宫的美术老师调到文化馆。馆长后来到图书馆当馆长,又调我去图书馆,我因恋着画画,就去了影院。因为当时讲好是专职画广告。我哪里晓得会是这样。

我不能像狗一样去讨好经理。去年9月我为艺术节画画,被扣去了两个月的工资。11月又找借口扣去了奖金。他用各种办法来打击和羞辱我,使我无法安宁。我不会向他屈服。我连他如此仇恨我的原因都不明了。我有时怀疑是否有人暗里说了坏话,使他对我造成了误解,有时又怀疑我的父辈与他的父辈有世仇……这些怀疑都没有理由。你来信一再询问产生矛盾的主要原因,让我回忆有关事件。我知道你的好意,但我实在不明白,好像他生下来就是要恨我一样,我从来没惹他,真的,一丝也没有。

这一切也导致了恋爱的不顺利。曾经有个姑娘,她很淳朴。我们终于分手了。这事我曾告诉过你。现在的这个是新认识的。她被男方抛弃,通过听她说,我很同情她。我知道那个男的是个伪君子,可是她还留恋着他!我不明白,她为什么告诉我这个。我们认识有两三个月的时间。我想对以前的事不应计较,重要的是喜欢不喜欢。我只是很同情她。她也说过,我们大概不能成。她要"嫁鸡随鸡"了。近来我很苦,不知怎样才好。她不能使我幸福,都不能。我想提出分手。我又要得罪一个人了。现在看来是走错一步,步步都错。我没有欢乐、爱情、幸福!是什么能使我坚持下来?我始终在幻想。我的心中存在希望,有心爱的艺术,有光亮。如果发挥出来,起码在社会上也能有价值。画广告牌,这是为大众的艺术。经理虽然现在贬低我的广告画,但懂的人还是认为我的广告画有水平,有灵性,与其他地方的不同,比如省内其他几个城市的。也可能我对待每一幅都较认真。广告牌的寿命很短,也算不上高级的艺术。再也没有比我更不适合搞广告的人了。

五

父亲来信骂我了。他来看过我一次,那个该死的经理对他好像很尊敬,其实是设法愚弄我。他对父亲说了什么我不知道。父亲心里不赞成所有工作不好的人,不管这个人怎样。但我的工作是认真的、大家都肯定的。工作不好与跟领导的关系不好是两个问题,可父亲就是不懂。

他对我说那些话,使我一辈子也不想回家了。我一个人,真的孤零零的了。妈妈没有了,这是对我平生最大的打击。父亲到我住的地方看了,他应该立刻明白,可他不。现在的时代,哪个工作人员住在这样潮湿的地方?再看看经理住在什么地方,他的朋友住在什么地方!

我夜间胡思乱想,成了我的幸福。我想你,想在机关的日子。我那时也不知怎么得罪了领导,不过他对我还不像现在这样。我画了很多画,枫树,还有咕咕。我想去看看你和你爱人,还有咕咕。晚上我做梦,到了一条河,大概就是芦青河,上面有莲。我一时一刻都在渴念什么,不能平静。我想她们是可爱的还是不可爱的,该不该重新和解?不能的。我清醒的时候,就说不能的。我只想画,不停地画。有一个地方如果能让我安心地画,我会一辈子感激那个地方,哪里也不去。

经理现在说要抓思想教育了,还说首先要抓的就是我这个人,说一块坏肉不能糟了一锅汤,让两三个人分别帮助我。这其实是让他们监督我、折腾我,我仅有的一点看书的时间也被他们占去了。他们来了,就说一些不着边际的大话,开粗鲁的玩笑。我真想跳到天外去。

如果有要我的地方,我不惜一切也要调去!经理不放,我就和他拼了。没有退路,只能这样了。我太软弱,我恨自己。没有退路。

六

你信中总提到我的身体,我很感动。大体情况是这样:我认识的一个大夫前几个月看了,说恢复得比较好。自我感觉也比前好了。现在服务组工作量太大,我算是坚持下来了。从化验结果看,还是脾的原因,白血球比健康人稍低一些。四千至一万正常,我刚刚达四千。血小板正常,肝功能正常,阴性,可能不是传染的,是劳累、营养不良等所致。从疗养院出来到现在,肝功能一直正常。我已两年没吃治肝的药了。有时吃维生素。我曾看了一本治疗书,一病例和我相似,但比我重得多,吃了中药完全好了。可医生说那样治必须住院,因吃那治脾的药伤肝,还要调理肝。所以,等以后再说吧。我的病,即使发展也缓慢。收到你的信后,我原想做 B 超,但经理老找茬儿,控制严格,以后寻机会彻底查一查。

上次谈到的那个姑娘,经常来,我有点同情。可是不会结合的,我有预感。她也感到了。可是她却提到今年结婚等话。我想了想,我以前好像跟她讲过九十月份分房子的事。那是经理与郊区大队联系建的一幢宿舍楼,分给新结婚的职工。这房子当然不会给我,我也不会因为房子去迁就这么大的事。虽然房子像性命一样宝贵。我再在民工这儿挤下去就要死了。她还想赶快往这个区里调,总之她不想等。还是分手算了,这才是理智的好办法。

我越来越感到情绪给我的影响是多么大,还有环境。记得去年9月为了一幅小风景,创作冲动使我半夜起床。全部改动五六次,一次一种风格。有一次画完我说,这是郁特里洛啊。这个法国风景画家可折磨过我。当时日记这样写道:"十七日。这幅画经历了几个阶段。开始要画一个简单的浓云、田地、水洼里有树叶和小黄花,一种雨后的景色。受灯的启发,后来又受雨的启发,画了在雨天发着光的盐。为了盐的光,我激动得没有睡好觉。要把盐滩画出味来。整个调子是玫瑰、深褐、纯青和柠黄。去盐滩村看风车、水车,画了五六幅速写。风车一转动是雄伟的,像那堂吉诃德见到的。重画,天空用深黄加白在蓝底轻扫,透明感加强,很理想。又重画了,很忧郁,这使我想到郁特里洛,柠黄紫和蓝。虽然很深沉,但不透明。现在又全部重来。十八日。今天上手还是郁特里洛,帆布画得像青鱼皮;中午,全部刷去。下午三点重画,较顺利。加上风车。晚上,去一个地方吃饺子。今天是八月十五(阴历),月亮很圆。"这幅画你一定会看到。

　　最近一段,我什么也画不出来。现在我看书,没有目的性地看书,不知这样下去会有什么收获。

　　我很长时间没有休班了。真想好好休息一下。明天接连五天放映一个新的武打片子,每天五场。每月都有这么两三次。大部分观众欣赏力极差,一听武打片兴趣就来。有些很棒的片子没人看。就写这些。

1987年11月底写于济南
1988年6月改于龙口

蘑 菇 七 种

一

叫"宝物"的是一条丑陋的雄狗,难以驯化。它的品性实际上更接近于狼。给它取名字的人是这方世界的君王,叫"老丁"。它从小就皮毛脏臭,脾气凶悍,咬死了很多同伴和猫。有的雌狗赶来与它亲近,也被它咬伤了。很多人想打死它,都没能得手。可老丁的话它句句听,二者之间心心相印。老丁说:"宝物,你遭嫉了。"它的恶毒的眼睛湿润着,盯着这个像石头刻成的老人:消瘦矮小,额头鼓鼓,口是方的,张开很大。智慧的主人哪,英勇无敌,威震四方。宝物细绳般的小尾巴摇了三次。老丁被烟卷烤黄的食指翘起来,刺着头顶短短的毛发。

天色暗下来时,宝物出巡了。

这片林子永远是水汽淋漓,天地蒙蒙;青蛙乱蹦,河蟹飞走,长嘴鸟儿咕咕叫唤。宝物跑着,浑身的皮毛不停抖动。有一次它被树隙的蛛网挡了一下脸,就愤怒地跳起来。蜘蛛给逮住了,接着被咯嘣一声咬碎了滚圆的肚子。它大叫着发出咒骂。可它不知咬死的是一只剧毒蜘蛛,毒液正渗进它的嘴角。

　　一个黑面高个子背着枪转出来,笑着叫它。它像没有听见一样跑起来;跑了一会儿,又突然止步仰脸,鼻子蓬蓬地闻着什么。一些姑娘们挎着篮子走出来,见了宝物吓得尖叫奔跑,蘑菇撒了一地。它向前追逐,直把她们赶得很远很远才转回来——一个面孔白净的年轻人正用一根柳条串起姑娘们丢弃的蘑菇。宝物撒一点尿,走了。

　　暮色苍茫,树影如山,宝物出巡了。

　　它的三角形脑袋被树叶上的水珠弄得湿漉漉的,残缺的牙齿从紫唇间露出来,昂着硬邦邦的长鼻梁。星星还没有出来的这一瞬间,一股滚烫的热流在它毛发间涌动。那是一天的映照蓄成的电火,凉风摩擦着毛皮,电火就在身上爆开。它像被一些细线勒住了,不停地挣吼,向着夕阳沉落的方向奔跑。回返途中,它遇见什么就想咬死什么。那些不知道在宝物出巡的时刻回避的蠢物,理所当然地要倒霉了。它的鼻孔吸进一万种林中气味,让其徐徐地流入,小心辨别。蘑菇的味道最清晰,它们的形状、颜色,都如同看到一般。它在林中生活多年,跟老丁学会了吃蘑菇。老丁有神力啊,无所不能。它离开那个枯瘦的老头,脾气总是坏透了。毒蜘蛛的液汁更深地渗入,它吼着在原地转了一圈。一只刺猬急急地从灌木中钻出来,球成一个刺蛋。宝物将它埋起来才往前走去。它登上一处沙丘,前腿直立,小灰眼珠瞄向四方。五棵最高的杨树,加上五棵黑色的橡树,等于十棵。它跟老丁学会了一位数的加法。土丘下边白沙如雪,绵软可爱,曾有一对狗男女躺着聊天。他们都是林边小村里的人。还有个雌狗叫皮皮,总是打了红脑门,宝物差一点爱上它。皮皮蹿到林子里,那时宝物凶猛地扑上去,咬豁了它一只耳朵。小皮皮滴着血汁,哭着跑了。这个小林场啊,一主三仆,还有一个宝物。它有着统揽全局的气魄,兢兢业业。老丁香甜的鼾声使它无限幸福,醒来时静静倾听,睡去就做关于老丁的梦。它知道老丁对它有多么好:据理力争,硬是从总场场部要来了它的口粮。原先宝物一无所有,总场场长申宝雄虽与它同占一个"宝"字,却无一丝同情。老丁力争不懈,宝雄才算松了手,每月从手缝里撒出十斤粮食。它吃着官粮,没有月薪。这都是老丁的神勇啊。智慧的主人,英勇无敌,威震四方。宝物在林子里奔驰,热汗横流,万难不辞,只为一人守着疆界。

　　毒蜘蛛的毒液渗入了胸部的脉管。巨大的、难以忍耐的烦躁在胸部漫开,它恨不能撞倒一棵橡树。这林子里有毒的东西可真多,连蘑菇也有毒。吃了毒蘑菇就算活不成了。老丁认得它们,总是用两个手指夹住扔出来。"毒蘑菇演化出的故事万万千,俺宝物也通晓一二三。小村里驻队干部中有个公社女书记,满脸横肉有黑斑。只因搞上了参谋长,把毒蘑菇放进丈夫碗。丈夫贪吃又贪睡,半夜三更一命归西天。参谋长领人把案破,说小案一桩有何难,无非是革命干部误食毒蘑菇,自古天下美事难两全。久后遗孀有厚福,说不定招个贵婿进庭院。女书记闻听破涕笑,说化悲痛为力量革命路上一往更无前。这就是民间事那么小小一段,日月风尘埋下了沉冤。"宝物那时候正处于患难之时,它无意中向黑洞洞的那个小屋里瞅了一眼,就看见了参谋长和女书记。女书记把几颗花顶毒蘑菇揣进了衣兜。宝物承认女书记干得漂亮,嫉恨得牙齿咯咯响……蜘蛛毒液渐渐涌入了心脏。它尖叫一声倒下,两爪插进土里。灰眼里有什么闪了一下,将熄未熄。幻幻的蓝影儿在眼前飘着,飘着。它的头昂起来,又重重地耷拉下去。它看见林中小屋蒙在一片蓝色里,老丁蹲在宽大的锅台上,手持小木锨搅弄热气腾腾的铁锅。他周围有三个人,伸长了脖子。哎哟,好鲜的蘑菇的气味啊,好馋人的气味啊。这蓝色使四个人像金属制品一样,他们机械地活动,手脚关节的折动嘎嘎有声。老丁唱起了下流的歌,木锨搅动不停。也只有他亲手做成的汤才如此诱人。白色的蒸汽往上冒着,与一种蓝色汇到一起,又渐成红色……蓝色终于全部褪尽,黄色和红色弥漫起来。最后,所有的幻影全不见了。那个毒蜘蛛的阴魂绕着它回旋三周,无可奈何地要离去了。"这就是民间事那么小小一段,日月风尘埋下了沉冤。"它恶狠狠地盯着蜘蛛的阴魂。

二

老丁手里的木锨像一支橹桨,摇啊摇,铁锅里面起波澜。一边的三个人咽着口水,咂着嘴。"文太!黑杆子!小六!"老丁在锅台边唤了一句,他们立刻应声:"哎啦!"老丁又摇了一会儿,向一旁伸伸手,白脸文太赶忙递过去一个黑色小瓷瓶。老丁握紧瓶子,照准锅心就是三甩。文太转脸看了看其他两人,朝锅台边的老人一竖脑袋。黑杆子咧着大嘴,抄着手,快乐地蹲下又起来。小六脸色苍白,眼睛不停地动。黄色的玉米饼撂在一边的一块木板上,冒着热气。这个夜晚不用说有一顿好饭:喝蘑菇肉汤,吃玉米饼。老丁要喝酒,那是一种味道纯净的瓜干酒。如果老头子高兴,也许会分给三个人每人一口。黑杆子白天在林子里打到了一个猫头鹰,文太和小六认为它的肉不能食用,被老丁呵斥了一句。它的肉与蘑菇配在一起,味道诱人。老丁的话从来没有错过。汤熬好了,老头子从锅台上蹦下来,热汗涔涔。他唱着歌,文太和黑杆子不停地笑,老丁于是更起劲地唱。小六脸庞木木的,老丁就在唱词里加进了一句骂他的话。小六的脸红了一下,接上又白了。文太提议开饭吧,老丁瞅瞅屋外的黑夜,又歪头听了听说:"宝物许是遇上了麻烦,它早该返回了。罢,不等,开饭。"话一停,黑杆子抄起大铁勺,在四只碗里一一点过。有一个印了金边的大碗里蘑菇多汤儿少,不用说是为老丁准备的。老丁说吃吧吃吧,饭后再不见宝物,那么黑杆子就掮枪出去找找吧。他说着大喝一口,又到身后黑影里摸出了一个酒瓶。酒香一下子散开来。文太激动得手都抖了,呼出一声:"丁场长……"小六狠狠地盯一眼文太。老丁一抬手拍了一下文太的肩膀:"喝口喝口。"文太抱住光滑的瓶子吮了一大口,咕的一声咽下,愉快地大喘。黑杆子起身点燃了桅灯。黄色的亮光罩住了小屋,四人围坐着,脸色通红。小六嚼玉米饼的样子很怪,左腮总是凸起一个拳大的瘤。老丁说:"六儿牙口不好。"大伙都笑了。牙口如何如何,一般指牲口。

　　这片林子属于几十里地之外的国营林场。十年以前老丁一个人在这小屋里看管林子,总场为了加强管理,又派来三个工人。老丁自封为场长,而总场方面只将他们四人唤作"林业小组",并临时指定小六负责。小六十四岁上入过团。四人当中,只有小六衣兜上有支无水的钢笔。老丁吃饭时常常托物言志:"南边那个小村里有个花狗,狼狗样儿,两耳竖起几寸高,龇着牙瞪着眼。有一回它和宝物争东西,都替宝物捏一把汗。宝物又瘦又小没神哩。谁知它三两下就把花狗干倒了。人狗一理,切莫让装出的模样给唬住。"文太接上:"老丁场长所言甚是。您老经过万水千山,烽火连天,然百炼成钢。就不像一些小人,鸡肠狗肚,阳奉阴违,必欲置人死地而后快。"文太在总场时读过很多有"毒"的古书,并且常常背诵书上的话,引起了总场办公室秘书的嫉妒。秘书告到场长兼书记申宝雄那里,文太就给贬到了这块僻远的林子里。黑杆子听了文太的话哈哈笑着,十分快意。他听不出两人的意思,但知道是冲小六去的,就笑。他原想笑过之后会得到一口酒,但老丁并未慷慨到这个地步。黑杆子像文太一样对老丁入迷,任何情势下都不会恼恨。他咂了咂嘴,觉得这个夜晚稍微有些寒意。刚来林子里不久,老丁就将自己的十七斤半重的土枪送给他,说:"你负责武装吧。"从此他就枪不离身。武装多么重要,谁都知道枪杆子里面出政权,而老丁竟然把枪杆交给了自己这样一个莽汉。他一时无语,唯有感激。

"这种蘑菇可是稀罕。你们看它什么模样?细脖儿小脑,像肥豆芽儿。这叫'小砂蘑菇',味儿最鲜。我在这林子多少年,这种蘑菇可吃不多。嘿哎,文太你哪里整来这么多?"老丁用筷子夹住一个蘑菇。文太说:"我知道丁场长的口味儿在哪里——就不厌其烦地采找……"他讲到这里觉得有一对冷冷的目光射向自己,一转脸,见浑身被夜露湿透的宝物突然出现在黑影里。他的腮肉抖一下,急急说:"宝物回来啦,回来啦。"老丁搁了酒瓶,弯着腰踱过去,伸手撩起它的下巴看着。宝物僵硬如铁,纹丝不动。"宝物!"老丁大喝一声。宝物洒下了两滴泪水。老丁大惊,严厉地扫了三个人一眼,说:"你们谁欺负它了?"三个人都摇头否认。老丁沉思半晌,点点头:"它受调弄了,我知道。可怜的狗。它就是不会说话罢了,它有肚量啊。一条好心眼的狗。"他说着倒了一点汤汁,又小心地掺了三滴酒,送到宝物面前。宝物闻了闻,眼前又掠过一片蓝色。"无非是革命干部误食毒蘑菇,自古天下美事难两全。"那个恶毒的猫头鹰曾经怎样诅咒过它呀,眨眼竟成杯中羹。它快乐地饮了一大口,品着一种熟悉的气味。这气味多少有点像那个公社女书记身上的味儿,于是它怀疑是同物异形,暗中盘算准备私下一访,去看看那个女干部还在不在了。它要从参谋长的屋里搜索起来。说不定参谋长也是个善于使用毒蘑菇的角儿,如果那样女干部真的要倒霉了。宝物很快地、心事满腹地喝完了蘑菇肉汤,抿抿仍然肿胀的嘴唇,退到一边看着四人进餐。除了小六以外,其他人都吃得大汗淋漓。老丁把金黄的一个大玉米饼放到膝盖上掰断,取了一半咬着。他像个满口钢齿的小型机器,在吞噬金块儿。他把酒瓶儿放在左脚边上,不时拾起来呷一口。小砂蘑菇被他夹住,先咬去小圆顶,再咯咯地嚼掉茎子。"美味啊! 先记文太一功。"文太摇着手,瞥了宝物一眼。宝物只用左眼看着文太。老丁又唱起歌来——宝物出巡归来了,老头子安心了,歌声自由自在。他把京剧和民间小调掺在一起,一会儿昂扬刚烈,一会儿涓细温柔,净唱些古怪的传闻。所有人都差不多吃饱了,跟老丁一起快乐。老丁一边唱一边又摸出那个制成不久的特大烟斗。黑杆子抓上烟末,文太划亮火柴。他吸一口,哼一句,断断续续地诅咒着一个小人。宝物忍不住兴奋,活动了一下前爪,不停地瞅脸色阴沉的小六。突然老丁伸手一指宝物说:"嘿,笑了笑了。"宝物真的在笑,那颗残缺的牙齿都露出来了。"要想人不知,除非己莫为。你说呢文太?"老丁笑眯眯地问了一句。文太一拍膝盖:"那是当然的了。"他又推拥一下黑杆子,重复一遍,"当然的了。"黑杆子看看小六,鼻子里发出哼的一声。他背上枪,暗里跟踪过小六,让老丁知道了,被老丁好一顿训斥。老丁说:"六儿也不易哩,由他做吧。"不久文太去小村的小卖部取酒,老七家里告诉文太一些事情,让他捎话给老丁,说小六来买走一片炮制墨水的颜料。老丁恼了。他料定小六要把墨水灌到那管笔里,向总场写点什么。那个估计不错,因为半月之后总场派来了工作组,场长兼书记申宝雄亲自挂帅。一时间黑云翻滚,天低云暗,虽然撼山易,撼国营林场一分场难,但也总嫌麻烦。事后老丁让文太去总场活动,历尽艰辛才搞来小六报的黑材料。老丁目不识丁,让文太读了读,开头几句就差点让老头子昏厥过去。老人冷静了两天,对文太说:"怎样对付这个,我考考你。"文太半晌不语。老丁说:"还亏了是个读书人哩。对付这个容易哩,我党有个好办法,就是把阴谋变成阳谋。公布黑材料吧。"文太无比钦敬地看着老丁。第二夜,他们趁着小六不在,捻亮了桅灯,将黑杆子召到屋里,让宝物端坐到它的位置上。文太一字字念起,大家一声不响。宝物坐在黑杆子左边,面色极为冷峻。

那个秋夜的风声至今响在耳边。那个秋夜,猫头鹰凄怆地叫着,一直伴着文太的朗读声。宝物听不明白,但愤怒与时俱增。如果老丁有令,它将把那个黄脸青年撕碎。它用舌尖舔着残牙。想不到小六白纸黑字,如此凶狠——敬爱的场部领导党的组织见字如面,一共青团员在遥远的这里谨向您致以革命崇高敬礼,并同时汇报当地惊心动魄的斗争以及全面腐化的可怕现实。有人即老丁野心勃勃目无领导,不顾上级三令五申私自称林业小组为一分场并自封场长。革命职工敢怒而不敢言并且渐渐同流合污。本人早年入团宣誓响彻云霄,独自奋战,死而后已。这里虽然环境险恶民不聊生伙食很差,如每顿饭三两粗粮二分菜金,但尚有野菇可补其不足。最难忍受修正主义磨刀霍霍,狼狈为奸。他们让黑杆子掌握反革命武装,火药味很浓。这里还养了一条资产阶级走狗,取名宝物,向人民咬牙切齿。总之,这里已是一个针插不进、水泼不进之独立王国。是可忍孰不可忍的还有,老丁与当地民众间不三不四者勾搭,多次密谋,不可告人的勾当我看也有。老七家里与老丁过从甚密,中间由文太奔走。注:老七家里即一四五十岁民妇,相貌一般,性情残暴,成分在中农与贫农之间(待查)。她现为小村代销店售货员,以职权之便私销老丁等人干蘑菇,付以烧酒。烧酒作为资本主义货物,上级早已列为控制商品,但老丁从小店倒卖大宗。他们整日借酒浇愁,谈论黄色下流之极。上层建筑舆论阵地要占领,他们还借机散布不满情绪,今不如昔,拒不组织上级及党委多次布置的文件学习心得体会,不办墙报,不开展政治。老丁与老七家里究竟如何,仍在观察。是否有染,难以断定,因为并未亲眼看见。更为可恶的是,老丁散布谣言,将驻村女干部与一参谋长强加于人。注:众所周知,谁反对解放军就是反革命;军民团结如一人,试看天下谁能敌?且女干部为人和蔼,不笑不说话,早年曾为全社先进人物,学生时期就有突出表现,如用手捧牛屎至庄稼地等。总之此地已成反动黑窝,本人虽然坚定,但毕竟寡不敌众。当然,本人辜负党的期望与培养,没有负起领导责任,也应当检讨。切望上级及早进驻小林,使云消雾散。急急。再次致以革命崇高敬礼。

赶走了工作组,又进一步将阴谋变成了阳谋,小六算彻底失败了。那个夜晚读完黑信之后,大家久久不能平静。老丁在昏黄的灯下踱来踱去,终于在宝物跟前停住了。他蹲下,抚摸着它的头颅,说:"你也听到了,黑信里点了你的名,骂你是'走狗'。"宝物无语,胸部急剧起伏。它的目光紧紧盯住一个黑暗的角落,文太起身去看了看,发现了小六穿过的一只破力士鞋。黑杆子捏紧了枪杆。那个夜晚啊,那个夜晚猫头鹰的凄厉的叫声啊。"君子能忍自安。"最后还是老丁说了这样一句,送去了无限的慰勉。从此之后小六还是小六,老丁还是老丁,似乎两不相扰。但大家都看出小六大势已去,再也没有往日的精神。老丁在林子里理所当然地决定一切,而且小村里的人也敬他三分,都呼唤:"老丁场长!"那个公社女书记与参谋长仍在小村驻扎,节日里还要代表地方政权向老丁送些吃物,以示关怀。本来天下太平,一切正常,如老丁守屋,其余到林子里或劳动或管理招来做活的民工;每到黄昏,宝物出巡,绕林区一周有余;宝物归来,正好开饭,如饭间有酒,老丁则饭后乘兴神聊,讲他一生的经历和见闻,惊天动地。老七家里与林子里的人继续合作,不间断地提供烧酒。大家都很高兴,唯有小六蔫蔫地来去,安心做活。不幸的是前不久他突然精神起来,双目如电,宝物不得不尾随其后。就在发现小六兴奋异常的第七天,宝物眼瞅着他进了小村,入了小店,又买走了一片化制墨水的颜料。宝物赶回林子,对老丁做出几个危险的脸相。老丁于是派文太速去速回,直接找老七家里。老七家里说这是小六买走的第二片颜料。

"我今年六十岁了,瞒过我眼的还没有哩!"老丁抹着嘴巴说着,狠狠吸一口烟。他把烟全吐向小六那儿,使小六看起来像个雾中人。他停止了吸烟,手打眼罩向前看着:"六儿在哪?你藏在烟气里了,你当我看不见?我把你看得一清二楚。我早说过了,瞒过了我眼的还没有哩……哼哼。"文太两手拍了一下,呼叫着:"说得太好了!"黑杆子也呵呵地笑了。宝物兴奋得伏下又起来,同一动作重复多次。小六嫌热似的解开了第一个衣扣,活动了一下。老丁的脸色通红,瘦小的身躯一抽一抽,每动一下都有什么地方发出咔咔的响声,像是骨头响。他蹲在一个木墩子上,细细的两条腿不断调整着重心。"要说我这一辈子啊,嘿嘿,什么没经过?是不是?是不是?"他一边说一边将头转向宝物,"我闯荡南北,死去了又活过来,用手指从肋骨里抠过手枪子儿。要说怕的人嘛,也有,不过不是男人,是女人,哎哎!她们越对我好我越怕。是这样哩!"老丁说着站起来,挥动了一下大烟斗,捻小了灯苗。宝物瞥瞥四周,见其余三人都屏住了呼吸。它看到了老丁钢一般坚硬的骨骼,看到了在其间奔流不停的血液。那是活鲜如朝霞的啊。老丁——木墩上的石刻老人,双目闪亮……它看到一片化制墨水的颜料掉进水里,有一个黄瘦的手臂进去搅搅搅,刚刚搅匀,被更有力的一条胳膊端了。墨水从黄瘦青年的头上浇下来,通身都黑了,像炭做的人。智慧的主人哪,英勇无敌,威震四方。宝物知道老丁又要讲他那无穷无尽妙趣横生、同时又是真假难辨以假乱真、全世界最辉煌最瑰丽的一个人的历史了。它悔恨当年没有与老人同在一起,化为那无尽故事里的一个小小生命。再看文太、黑杆子甚至是卑劣的小六,都习惯地、毫不含糊地振作起来,用钦佩的目光注视着老丁。

"人人不同,物物不同,我是老丁。"老丁这样开头,"天底下没有我这样的做人法,我日他妈所有现成的做人法。见天不死,见地不死,见铁不死,我这个老怪物死不了啦。有酒就喝,有好东西就吃。就给一万个大官牵过马骡,也给数不清的女人下过跪哩!皇帝吃的好饭我不嫌,牛马嚼的东西也不孬。人是机器,加了油就转。我是一直让它隆隆转,隆隆转,转到死,加马力,火火爆爆一辈子。我早就说过,我是省长以上的经历,也算老革命,也算老红军。在延安,我烧的木炭比张思德都多,没死,也就没出名。我也进过三五九旅,开荒种地纺棉花,还种出一棵一人多高的辣椒,首长看了说:好。我不识字,不过外国人进中国,到了北边都是我当翻译。我把驴一般都翻成骡。鬼子让我投降,那年我是师长,我打了鬼子一记耳光子。后来四五年吧,鬼子先降了。你看吧,我过的桥比一般人走的路都长。我为什么后来没有被提拔起来?还不是我有那毛病——喜欢女人。我又没有文化。没有文化做不成首长。你三个四个好好听,宝物好好听。这些当假就是假,当真就是真。没有什么大不了的事。反正有一件是真的：我是个轰轰烈烈的人！我不做后悔事，做过就不悔。我敢打光棍，敢报仇，敢一个人住这林中小屋。别人说我我不听，全当苍蝇瞎哼哼。我从南边跑到北边，最后相中了这片树林。这里风水好，蘑菇多，他妈的一辈子就这样打发，强似神仙。我不依恋钱，不依恋朋友，依恋的东西只有一个：自己的血性！哎哎！"老丁说到这儿喘息不停，伸手取水。文太每逢这时候就激动得脸色煞白，神色不安。他全身颤抖，像弹簧一样突然从地上跳起来，向老丁脸前伸出了拇指，喊一句大家早都熟悉的话：

"你活得英勇啊！你不甘平庸啊！"

喊毕，精力全失，如泥土一般柔软地落下，再无声息。老丁声调软下来，开始了真正的长谈。那是些真正的故事啊，去伪存真，去粗取精，永远消化不尽。"我喜欢上的人哪，车拉船装。我说过，我连朋友也不依恋，等于说我不重友情。我明明白白告诉，我是这样的人。可是有人要叫我喜欢上了呀，我能跑去为他死。有一年我去了南方，那里热燥，夜里睡觉要枕一个中间灌凉水的瓷猫。这是为了冷静头脑，要不，第二天早上起来尽做糊涂事。我刚去哪懂这里面的道理？结果昏头昏脑地做事，惹出来的故事一辈子也忘不了。我在一个荒山林子里摘紫果吃，吃得牙紫唇紫，不停地打嗝。那片林子比咱这林场密上十倍，野猪都有。虎狼倒不多，咬人的东西少。我吃果子，往前走。当年十八岁，身强力壮，不怕鬼神，头上包了蓝布。这天我遇上了一个老人，他领我回到一处林间宅院。那是个逃乱的富人，一看大宅就知道。他家里有丫环，有太太,有小姐,有鸡和猪。也有一条狗,比宝物差多了,不会叫。小姐像面捏出来的,说话的嗓门细溜溜,胳膊活像一段藕瓜。她的眼神我不说了,我要说,今夜我受不了。那是无法抵挡的一双眼,能穿透万水千山,打倒千军万马。一句话,我一辈子只见过这一双眼。见这双眼之前,我的身体还像牛犊一样壮。就是这双眼让我支持不住,身上热一阵冷一阵。你们不知道,太好看的眼睛败你的神气,这是定准的原理。不是吗?我不说这双眼了。我只想说她后来参军,所在部队连连失败,恐怕也是害在这双眼上了。当兵的让这双眼看一下,你想还会有好结果?我保证他们连轻机枪也抱不动,还想打仗?这是后话了。先说我和她往来这么一段又一段。那一天我隔着篱笆望见了她,她的眼睛从篱笆空儿里望了我一眼。我立刻倒下来,也不顾脚下有一摊狗粪(那是多么窝囊的一条狗!),怎么也站不起来。丫环来拉我,太太来拉我,那个有大福不会消受的老人也过来拉我。所有人都沾了那条破狗的粪(我就不明白为什么这样的狗还不快宰),又叫又跳。这就惊动了她呀,她走过来,我们使劲拉了一下手。有一股电从第二根手指传到肩膀,把我电了一下。我不知怎么流了泪,眼泪汪汪,想这辈子就到这儿吧,这已经是合算的了。她呀,我敢说是个神仙下凡。我怎么说也不过分,一句话,把我杀了我也得要她。那时我觉得走千山爬万岭,原来就为了她这个人!让我住在老林子里吧,我一辈子不到外边去,我就死在老林子里!我不知道世上还有比这更轰轰烈烈的事,不知道我要了她和打下一份江山到底哪样更合算!这个小姐!这个小大姐!这个一眼就能把我看倒的闺女!你别跑啊,我不知从哪涌来一股勇力（自古讲究杀身成仁），一家伙把她扛到了肩上……"

"你活得英勇啊！你不甘平庸啊！"文太大呼。

"林子里百兽都惊了，一齐跑出来昂头看我，它们见我扛着她。百兽惊了，半晌才缓过神来，撕破嗓子似的叫。太太丫环也呆了，老头子抱住了自己的头。我扛着她往上走，走了一会儿又怕磕碰了她、惊吓了她。我把她放下来——天，她不停地哭，两肩一抽一抽，哭个没头。怎么办？我惹她太厉害了，我真的害怕了！我说，我不敢了，我撤退了，你自己管住自己吧，我真的撤退了哩。我那会儿说着退着，一头扎进了树林子里。这片林子黑乌乌的，不见天日，什么兽类都有，我日夜和毒蛇做伴。没有逃路，我也不想离开。我天天吃那种紫色的果子，打她的主意。毒蛇把头伸向我，我不停地泻肚子，该死的紫色果啊！我那会儿在水坑里照过我的模样，头发像没沤透的麻绺，眼像牛眼，鼻子嘴巴全是紫的，还有一道道血口子。我死了也不愿离开林子，因为离开林子就是离开了她。我被蛇咬过七十二次，自己救命，嘴吮草敷。野鸟来啄我的眼珠，我一只眼皮上盖一顶蘑菇伞。除了吃紫果就是吃蘑菇，烧了吃，生吃，红的绿的花的都吃过，什么样的有毒我全知道。这可不是人过的日子。我搭的草窝样子像鸟窝，夜间就蹲在里边。这个窝儿一天天搬得离大宅近了，渐渐听得见院里人咳嗽。我心里有事，就编了歌来唱，我这副好嗓子还不是那时候练成的？我唱的歌凡人不懂，里面净些花哨事，都用了反语。我相信那女人听得懂。我的歌是有气味的，不甜不酸，都是刺鼻的辣气，男人听了就跑。这歌还是带颜色的,是松树蘑菇顶上那层黄色。这色儿飘悠飘悠像朵云彩,把那个小姐一下子包裹起来。我唱:你当我不知道你头下的瓷猫缺了水?你当我不知道你的发卷里有个虫?虫儿半夜掉出来,瓷猫活了一口咬住虫。头枕瓷器是蓝花的,彩釉的,景德镇买来的,小驴驮来的。你当我不知道你一年里做了一百个梦,一百个梦都等我来圆。北边来的大汉专打南边的蛇,你就是一条软绵绵的美女蛇。我就唱这号的怪歌,我保证她在偷着听。那时候我心里的火气足,唱着唱着烧得慌,眼泪流到胸口上,胸口上面结个疤。这样唱了八十天,半夜里偷偷去扒窗。十个窗户有九个是空的,小姐学会了隐身法。

"有一天老人陪着小姐来打鸟,一枪打在我的屁股上。说起来没人信,铁砂子印在皮上,用手一扫全掉了。老家伙瞪得眼睛像铜铃,说我肯定是妖怪。小姐笑着对老人说,我是个唱歌的人,肚子里面有文化水。不如领家去念念报。老人点头同意了,把我领回去,不过让我跟他那条破狗同住一间草棚。原来小姐常年住在林子里,不识字,闷得慌,要找个识字人读读报纸。她说这上面肯定有意思。我难过得要命,因为你们知道我也不识字。不过我可不说心里话,把报纸端到脸前就念。我念得多流利,不打结,像真的一样。我手指大黑字说:这是题儿,叫'知道了就得学着做'。我念道:'知道了就得学着做,不做还行?俺这报从不唬人,是一张好报。俺们办报人用一百八十间大瓦房做抵押,保证不说一句假话。说的是世上有男人又有女人,女人要和男人好。男人千辛万苦不容易,从南南北北跑了来,你铁石心肠也要变。再说你身子骨不硬是不经风的草,哪如倚在一粗壮泼辣人身上?男人劳累手脚粗,裂口道道有精神。冬天不怕冷,夏天不怕热,能做木匠能打铁。吃馍吃草都可以,一刀砍上就流血。破裤子穿了千千万,哪比得你滚烫的小身子净穿绸缎?说起来话长做起来事短,我们不如把那事儿从头好好盘算……'正念着老家伙走过来了,我赶忙接上念别的,'天上下雨有水了,蛤蟆叫了。种谷子,种玉米。雨后天晴了,上山采蘑菇。红的是松板,黄的是粘窝,花花绿绿有毒哇。柳条儿,编笊篱;白苇子,织席子;席子上,摞被褥;被褥上,躺着爹和娘……'老家伙听了听,说:'报上就这些事呀?怪不得说十个识字人九个驴,登了些什么杂七杂八!'我说:'可不是怎么!'小姐催他快走快走,他吐了口怨气,就走了。我接上念:'夜间星星肯定在窗外,那不碍事;小猫从屋檐上往下探头,也莫惊;不用往炕洞里烧火,身上有火。半夜三更,狗都睡了,一男人躺在草棚里怎么得了?还不如去喊他,拍三下巴掌……'我念到这里,听见她呼呼地喘气;我斜眼一扫,见她两手抓紧裙子边,乱颤乱颤。我收了报,说就念到这里吧,明天续上。说完我就离了石凳,回我的草棚去了。这夜里那条破狗不做人事,一会儿起来撒了三次尿,恶臭难当。我恨不能立刻躲开。可我到哪去睡呢?星星斜了,半夜三更了,我在草棚四周走来走去,没有一丝瞌睡。我这样走的那会儿,还不知道这就是那个最了不起的黑夜。这个黑夜,用一个皇帝的宝座我都不换——这是俺停了一会儿才知道的。我这么走,游游荡荡,解了小溲,又是走。谁知我一抬脚,黑影里叭叭叭三声击掌。我一愣,全身瘫了。我咬着牙,好费力才回了三声。一会儿,一个女的,是小丫环,过来牵上我的手往黑影里跑跑跑。

"我从一个用青藤掩了的后门钻进去，一眼见到了她。俺这会儿才涌上来勇力，三两步上前卷了她去。她说没想到会哭的男人像只老虎。真是的，英雄是我啊，哪是别人。我不信哪里有我的对头，要是有，那他活该倒霉，注定憋闷……不说了，只说我们那时的革命友谊，嘿，千难万险不在话下。天呀，这是真金不怕火，怕火非真金，我老丁年轻时这么小小一段。"老丁说到这里从木墩上跳了下来，"我恨天底下有那么多假正经的狼狗眼！那天天亮了，青藤掩窗，我用大手封住她小嘴。我说你等着瞧，我早晚会去队伍上的，身背宝剑做个大将军。她说好人不当兵，好铁不打钉。她这话让我笑了一辈子，因为她想不到以后自己会当兵。那夜我对她说：'我发个誓，今后谁伤害了你，我就用宝剑刺透他的心，用钉子砸进他的脑壳，用火筷烙他最疼的地方。'我发了誓。这誓发得惊天动地。谁知日后树叶落了，十年过去，部队上出了叛徒。那叛徒花一角三分买了一片化制墨水的颜色，写了一封黑信，把她出卖了。她给抓走，受了酷刑，一条腿跛了。她带着跛腿进了延安，解放以后又进京，又回省，现在就分管着咱这一省的妇女——我哩？我后来与多少人恩爱，可我不忘我的誓言。我现如今住这林子里，有心事啊。我在找那个买走一片颜料的人，一刻不敢松懈。谁买了一片颜料？我像个密探一样活着哩。告诉你一声，告密的叛徒，我找到你的时候，你也就算活到头了。"老丁将头放低，眼珠上斜，四下里瞄着。当他的目光掠过小六的时候，小六脸色煞白。"我探到了他，他也就算活到头了。"老丁咬着牙，点一下头重复一句，"想不到从过去到如今,当叛徒的都是买一片化制墨水的颜料。嘿嘿,鬼哩。不过世上没有不透风的墙……我们闲话少说吧,还是接上那个夜晚说下去吧。那个夜晚我们两人难舍难分。她流着泪说:'想不到这世上还有你这样的好人。你真好。'我也知道我好,不过我比起她来,又能好到哪里去呢?我向她发誓,誓言铮铮响。我们两人手拉着手,不愿松。我钻出青藤那一会儿,心都要碎成八块了……"

老丁的嗓子像被什么噎住了,他朝空中挥了挥手,不愿说下去了。宝物一直高昂的头颅垂下来,细绳似的尾巴紧紧贴在腿上。它悲凉地哼起来,下巴压到了前爪上。小六的脸埋在双膝间。黑杆子一直呆着,停了一瞬,眼泪一串串流下来。只有文太像僵住一样盯着老丁。后来,他如梦初醒般跳到老丁面前,握住了那双瘦骨嶙嶙的老手,不停地摇动着,摇动着。

三

"他买走了一片化制墨水的颜料?"文太眯着眼问老七家里。老七家里把头凑到他耳根:"买了,是这个月初七那天傍黑。"文太咬咬牙,骂了一句。老七家里坐在柜台上,黑布衣服包住了双膝。她从货架上摸了一块糖咂着,松松的腮肉活动起来。她问:"老丁身子可好?"文太点点头:"场长心胸开阔啊,不像我。"老七家里把滑溜溜的糖块一不小心咽了。文太又问:"一片颜色多少钱?"老七家里做个手势:"一角三分。"文太点点头:"叛徒从来都是舍得花钱的人。"他见老七家里手指甲很长,其中小拇指甲快有一寸了。出于好奇,他攥住这手看了看。老七家里笑得乱抖:"真好孩子。"文太赶紧松了手。他瞅准机会偷了一块糖,然后随便扯几句就告辞了。在路上,他咂着糖,又想起该将这糖果留给丁场长,于是赶紧取出,用原来的糖纸包了。

　　文太琢磨,要抓到证据,也许还要到总场一趟才行。那些颜色早晚化成一些有毒的字纸,经邮电局捎到总场。可恶的总场,可恨的书记申宝雄,还有他的鬼秘书。文太在总场场部工作的日子真是不堪回首。后来他到了老丁管辖的地盘,这才发现世上原来还有这样的自由境界。更美妙的是邻近林子就是一个小村,小村里形形色色,有演化不完的故事。这些贫穷的村里人对林场职工格外羡慕,因而被个把姑娘爱上是轻而易举的事。林场里杂事繁多,如给未成年树打杈修枝,给苗圃清除杂草,锄地,点种野豇豆等等,都需要从小村里招些民工,每人工资六毛四分。领民工做活是最愉快的了,那时领工人像个将军,说什么话都是不改的命令。姑娘家咯咯笑,不听命令可不行。不听命令不要工资啦?再说工人阶级可是领导阶级,不听领导行吗?还有老丁,他是最使人心悦诚服的老人了,在林子里对付日子、对付邻近小村里的人,都有不尽的经验。有这样的老人掌舵才叫幸福哩。可怕的是出了叛徒(什么年代都有这样的东西),总场就派来工作组骚扰。那真是斗心斗智、腥风血雨的日子,多亏了老丁稳如泰山,运筹帷幄,这才化险为夷。不服老人不行啊。回想工作组当年可算是机关算尽,结果寸步难移,一步碰到一个陷坑。如今呢?又有人买走了一片化制墨水的颜料!文太最怕的是把他从老丁身边赶开,那样他又要回到总场了。

总场哟,不堪回首的日子哟!

那时的文太留了分头,衣兜上像小六一样插支钢笔。总场旁边有一处师范,三年没有招生,到处陈灰积土。他有一回闯进去,认识了看管图书的一位老头。他借回了很多书,日夜不停地看。有一阵眼睛发花,他就乘机戴上了一副左框残破的眼镜。场党委秘书读过完小,但偏偏嫉恨一切的读书人。他自己戴了眼镜,但对其他戴了眼镜的人不能容忍。文太在这两个方面都犯了忌。秘书的话差不多也就是总场的话,秘书说要查一查文太是怎么回事,总场也就开始查了。首先是跟踪文太,发现他频频出入一个破书屋,里面不阴不阳,蛛网密布。一个老人蹲在书隙里咕咕哝哝,手忙脚乱,看上去面无人色。天哪,原来文太常常接头的就是这样一个人。跟踪的人感到无限惊异,报告了场部,场部指示再探。文太一头钻到旧书堆里,半天也不出来;有时好不容易露出脸来,那个老头子凑在他耳边小声说上半天,样子过分亲昵。跟踪的人不能理解,往回走的路上反复思索,渐渐脑海里出现幻象,将看到的情景一再演绎。他再一次汇报时,说文太已经被书毒坏,嗜书成癖,竟能将头部扎入肮脏的书堆长达三个小时之久。由于被书毒害,多种病症同时爆发,行为格外怪异,比如竟和一个老头儿贴在一起,老头儿亲吻他耳垂下边一点。两人成天关在阴暗的角落,不思茶饭,非盗即娼。老头一双瘦瘦的手一挨近文太就抖个不停,抚摸拍打,显然是个谬种。如此大恶如不及早铲除,林场上千职工受到侵害只是早晚的事情。秘书听罢说这一下好了,罪证确凿,千头万绪归根结底,那就准备办起来吧。文太全无察觉,一边还洋洋自得,整日大背着手走路,甚至对打字员姑娘产生了非分之想。他背诵着从书上学来的动人词句,口若悬河,在打字室里一呆就是半天,出来时热泪盈眶。他讲述的都是千古少有的爱情故事,比比划划,像是身临其境。打字员的父母是本场老工人,老两口开始商量怎样处治这个用心不良的小子。秘书告诉他们上级早有安排,请静观事态发展。文太在这一段对人倒格外和蔼,工作也勤恳主动。又是一个星期过去了,打字员用机器打出了这样一串字:"我爱文太。"她的小信封被秘书巧妙地截拦了,秘书伪造文太的笔迹写了数量相同的四个字寄给了她:"去你娘的。"打字员哭成了泪人,从此再也不愿见到文太。文太正在打字室窗外痛苦地徘徊,场部基干民兵就把他逮起来了。连夜的审问,用树条子抽他,毅然决然地没收了眼镜和钢笔。审问的结果是一无所获,因为所有的令人不安的东西都是书上学来的一些词句,以及由此而催化出来的不好的念头。这一切如今都装在他的内心即肚子里,只有适当的机会才会说出来。这像食物中毒或消化不良一样,在一定的时刻总会呕吐。场部决定一方面将前因后果如实通告小老头所在单位,另一方面将文太交给群众监督劳动,听候发落。

最难忍耐的是等待处理阶段。文太每天默默劳动,不敢胡言乱语。所有的人都可以呵斥他,他需要讨好所有的人。场长申宝雄的老婆趁火打劫,责令文太每天在劳动间隙里为她采十个鸟蛋补身体,如果可能的话,还要顺手采两斤蘑菇。鸟蛋一般都在树顶,因而文太天天爬上爬下。他瞧着小鸟蛋美丽的花纹,常常感叹不已。蘑菇很多，大半是松树蘑，他在短时间内即可采摘两斤。由于经常出入申宝雄家，一般的人物也就不敢随便刁难他了。申书记的老婆生吞鸟蛋，身体果然一天天伟壮，敢于和文太一试力气。她抱住文太的腰，轻轻一扳就把他放倒了，接上是胡乱胳肢。文太笑着在地上缩成一团，滚动不停，一会儿就上气不接下气。渐渐他怯于去申宝雄家，有时手提鸟蛋和蘑菇进退两难。申书记老婆的热情却一天天高涨，对文太不仅是胳肢，还要抚摸，说："年轻人的皮儿滑。"日子久了，她教给文太一些奇怪的举止，让他变得胆大勇敢。文太看到了一个从未看到的怪异世界，觉得以前看过的毒书何等荒唐。文太从申家出来，脾性泼辣起来，再也不像从前那么文弱。"师傅领进门，修行在个人"，文太交往女人的方法千变万化。那个打字员给他带来的灾祸显而易见，为了报复，他将她得到了又抛弃。为了报复更多的人，谁对他呵斥过，他就在申书记老婆面前说谁的坏话，到后来弄得人人自危。他从未放松过采蘑菇和找鸟蛋，认为这才是立身的根本。久而久之，他对全场的蘑菇知道得一清二楚。就在他一切如意、正设法整治那个秘书的时候，申宝雄多少领会了老婆心底的一些秘密。但他不敢冲撞老婆，只好想方设法对付文太，在这个小伙子身上寻找巧妙的主意。他采了些香泄叶偷偷掺在文太送来的蘑菇中，使老婆大泄了三天，连说话都有气无力。文太几次送来蘑菇，申宝雄都如法炮制，结果老婆再也不敢吃文太的蘑菇了。但她仍让文太来送鸟蛋。申宝雄无奈，只得将香泄叶熬了浓汁，寻机会就在碗中滴入几滴。老婆很快被泻得面黄肌瘦，文太来看她，两人也只能眉目传情。香泄叶使申宝雄赢得了宝贵的时间,他想出了一个更好的办法,就是流放这个白面书虫。当时有好几处属于林场管辖的小林子,而其中离总场最远也是最荒凉的,就是老丁这片林子了。谁知文太被流放后反而因祸得福,他很快就忘记了与场长老婆挥泪别离的场景。老丁身边的岁月像蜜糖一样黏稠而又甘甜,他们与邻村人结下的各种友谊使他永远着迷。只有这儿的生活遇到危难的时刻,才派他到总场走一趟。上次小六的黑材料,就是他从申宝雄老婆手中取走的。

　　当年文太来到老丁这片林子时,正好是初秋天景。老头子用蘑菇汤菜招待了他,汤汁中有诱人的肉块。原来老人的枪法很准,只一枪就可以打下从空中飞过的老鹰。老人还会下各种套子皮扣,准确地套住林中的兔子和猫獾。当时黑杆子早就是老丁身边的一个人了,老丁睡梦中说出的话他都要照办。文太在寂寞的时候讲了总场时的一些事情,流露出无限的懊恼。老丁仔细地看了看他被树条子抽上的浑身疤痕,又小心地抚摸了他被场长老婆无情地耍弄过的枯瘦的身体,破口大骂。老头子说要用一个月的时间滋养这个年轻人的身体,用更多的时间教会他过日子的新方法。随着皮肤日渐滋润,文太发现老丁是一个无所不晓、历经沧桑的奇人。这个人年事虽高,但气血旺盛,欲望像火焰一样熊熊燃烧,新异的想法一串串从鼓鼓的脑壳生出。老家伙曾经爱上的女人也多,而每一个都伴有激动人心的故事。文太被他的经历弄得目瞪口呆。刚开始他还将信将疑,到后来就真假莫辨,与老人一起激动,一起燃烧,一起过舒畅的快乐的生活,也一起荒唐。谈到整治仇人的方法,老丁可让文太开了眼界。老丁说到场长申宝雄,就哼哼一笑说:"挨树条子抽的该是他哩!"后来工作组进驻这儿,文太亲眼看到了这个场长是怎么被整治的。林子里一切的一切差不多都被调动起来了,什么蝙蝠蜘蛛、长蛇狐狸,还有地枪树箭,一切的一切都出动了,变活了,赶得申宝雄一伙胡跑乱窜。村里的人也不容申宝雄在这儿藏身,像是要农民造反。那可真是个给人灵聪的古怪节日。老丁像个皇上一样,安安静静坐在他的帐子里,听外面风吹雨打。那帐子是一块紫布做成的,刚看到时文太可吃了一大惊。帐子顶上落满了灰尘,有二指多厚。帐子就挂在一个大土炕上,半罩着老丁——他平时盘腿而坐;身后的灰墙上,显赫地挂了一把宝剑。后来他听说帐子是老七家里送来的,那是用一些商品的包皮粗布做成的,又染了色;宝剑是村里一个专制利器的老铁匠锻出来的,如今这铁匠已被抓进了监狱。老丁会舞剑,连舞两个钟点,大气也不喘。他十天半月就要磨一次剑,使它永远闪着寒光。文太长时间地盯着这剑,看着它的银刃和镶了黄铜的剑柄。他总以为剑中凝聚了什么奇妙骇人的故事。老丁用粗粗的食指抹着剑刃,问:"你说剑是干什么用的?"文太想了想,说当然是健身的了。老丁摇摇头:"剑不是刀,更不是枪,剑是报仇用的——我有仇人哪!我在暗地查访一个仇人……那仇人露面的时候,我凭鼻子也嗅出他来。"文太深深地吸了一口凉气。

  工作组狼狈地撤离之后,林子里重新繁荣和太平。百兽齐鸣,你呼我应。黑杆子高兴得当空放枪,老丁头愉快地为分场同仁亲手做了几顿蘑菇。小六与大家同时饮用汤汁,并未感到心中有愧。老丁在喝汤时曾说:"看过古书的人都知道,是一个叫吴三桂的人勾引来清兵——留下千古骂名啊！"老丁还给他们耐心地讲了林中蘑菇，说别看花花绿绿，归结起来也没有多少。要辨认它们很难，因为虽是同一种，由于生出的时间不同、天景不同，它们的模样也大相径庭。更可防的是毒性，人们都知道有的蘑菇只几颗就可以毒死一个人。他讲到这儿看看宝物，它深深地点了一下头。"毒蘑菇演化出的故事万万千，俺宝物也通晓一二三……"它尾巴摇动着，唱着一首又古老又新鲜的歌。老丁接上说，他这一辈子对付蘑菇的经验埋在肚里多可惜，总有一天他要与识字的人合写出来。文太听到这儿说：这才是"著作"。老丁点点头："伟人大半是有著作。"他们谈到了最高兴的时候，你一口我一口喝起了酒。由于老七家里按时收购他们的干蘑菇并付以烧酒，他们与她的友谊已经牢不可破。终于在七月七鹊桥相会的日子里，他们以一分场全体职工的名义请来了她。老丁亲手做了蘑菇给她吃，几个人开怀畅饮。老七家里是个没有节制的女人，喝得大醉，说一些昏头涨脑的话，还伸手去捏黑杆子。老丁火了，一巴掌把她打倒在帐子里。这一夜老七家里就在帐里呼呼大睡，而老丁却与其余的人燃一堆大火，在露天地里呆了一宿。文太与黑杆子都说老丁不回帐子，不仅说明老场长作风过硬，而且德行高洁。天亮时老七家里走了，留下一些秽物。大家对于邀请这样一个人都多少有点后悔了。他们由老七家里又议论起村中小学刚来的一位中年女教师，一致认为她是一位独身。他们对她极其整洁的装束赞叹不已，说她全身的任何一处，都是神圣的、值得尊敬的。"多么文雅！"文太说。"而且，她是个独身。"停一会儿他又说。这个夜晚他们议论着，最后决定请这位老师领学生来场里采草药勤工俭学。

女教师领学生来到林子里这一天,是全场的一个节日。老丁再也没有耐性守在屋里,一直在林子间检查工作。女教师让学生散开,她一个人手持柳条篮采药。这些药材晒干之后,就要卖给老七家里的小店。老丁在女教师不远处活动,后来索性走到跟前。女教师说:"丁场长,您忙!"老丁摇摇头:"忙什么!我管的树多,你管的人多,管人不易。人都有一个脑儿,树没有。再说,你是孤单单一人,你一个人过日子不是?难。"女教师笑笑:"不是这样的——他在另一个学校工作,离远些罢了。"老丁急忙摇手:"不会不会,你肯定是个独身。你也太客气了啊。"女教师苦笑着,又摇了摇头。老丁弯腰替她采起草药来,每采一棵,女教师都说一句"谢谢"。老丁终于忍不住,说:"谢什么?我这个人你是不了解,了解了就好了。不能谢了,那样就远了。""可您是场长啊,听人说工作很忙。"老丁拍一下膝盖:"哎,莫听他们胡说了。我是个领导干部,这不错。不过能有多忙?比起你来,啧啧!我看重你哩——你来这林子里做活苦哩,我不忍心哩!我要替你做哩……"老丁去取她的篮子,扳开她的胳膊,她不得不严肃一点地拒绝了。老丁搓着手。这会儿文太和黑杆子都转过来了,他们每人手里都攥了一把药材,凑过来投到了女教师篮子里。女教师又谢他们,他们只是笑。老丁呵斥他们:"只会笑,只会笑,一点礼貌不通。一边忙去吧。"两个人应着,看着女教师,退着走了。女教师说:"您太严格了。"老丁温柔地看着她:"是吗?其实不是。我说你不了解我嘛。日子久了,女同志都夸我是个好心性的人。想想看,女同志多苦多累,女同志宝贵哩。不瞒你说,我也是个独身。话说起来也就长了,我这个人眼眶太高。就是这样。"他说着,没有注意女教师惊讶的眼神。这会儿他一转脸看到了小六衣着整齐地从一旁走过,就小声补一句:"那是个品行低下的人……你我相识得太晚了!你看我一转眼年纪就大了。你怎么也想不到我有多少人生经验,更想不到我身体多么好——这方面场里的青年也就不行了……"他正说着,远处又传来文太和黑杆子的呼喊和歌声——在他的记忆中,黑杆子可是从未唱过歌的。他皱皱眉头。停了一会儿,他又笑了:"我说过,独身不易哩!你为什么要一个人过苦日子?当然了,你像我一样,眼眶太高。这是真的。不过事情总要解决才妥帖。比如,遇上年纪稍大些的领导同志,咳咳,就应该考虑……最体贴人的好人都在老人里边呀!世上女人有几个明白这个?到了明白那一天,什么都晚了!"女教师听不下去,一挥手打断他的话说:"丁场长,我不是告诉过你了吗?我早有了爱人了!"老丁一怔,不认识似的看着她,继而摇头笑了:"不会不会。我明白这个,你是不好意思说真话。你肯定是个独身,同志们早就看出来了。这有什么?我也是独身。独身就说独身,怕什么?"

  女教师领她的学生采了半天药材,谢绝了林场的进一步邀请。老丁和其他人都十分兴奋,还喝了一次酒。老丁说:"有文化的女人就是和一般人不同。我很佩服她。"文太点点头叹一声:"多么文雅!"他们一致认为林场与小学校的某些教师同为公职人员,应该加强联系,互通有无。老丁当即检讨了他平时对小学校关心不够,表示今后要有足够的重视。他说今后要经常去看望同志们。他还指示文太明天就送给女教师一些干蘑菇,以改善她的伙食。第二天文太照办了,回来时带了一些女教师的回赠品:一些学习材料等。文太说:女教师开始执意不收,我说你不收我就不走了!她终于屈服了,收下又过意不去,就找些书让我带上。"学校里能有什么!"他这样说。老丁听了,两眼闪着光亮,两手抖着接过材料,又抱到帐子里去了。他抚摸着封皮,用食指按住一个个标题黑字,又试试碍不碍手。夜晚,他把小六和黑杆子支开,只让文太念这些材料给他和宝物听。宝物刚开始还算精神振作,像往日那样昂着头颅,但只听了一会儿,就打起瞌睡来。老丁却一直全神贯注地盯着印得黑麻麻的材料。文太念完了,老丁一声不响;文太抬头去看,见老丁流出了大滴的泪水。文太喊他,他不应。停了会儿,他嗫嚅道:"这是她亲手送我的书啊!"文太上前握住了老丁的手,摇动着,沉默了半晌。老丁咬咬牙关,在帐子里盘腿坐了。后来,他闭上了眼睛。文太小心地下了土炕,站在黑影里注视着老人,祷告般地说:"我明白了丁场长。我不说,可我明白。您好好歇息吧,我又一次理解了您。我相信,一切的胜利都是属于您的。您好好歇息吧。"

第二天,老丁与文太反复商量,写出了林子里第一篇文章。文章基本上是老丁根据自己的经历、结合文太在总场的一些教训口授由文太进行文字润色而成。他们将大字抄好的文章贴在了小屋的墙上——因为小六在黑材料中曾攻击这儿没有学习心得和墙报,他们早就想予以回击,只是心绪不佳没有灵感。女教师与分场的交往激起了才情,再加上批判学习材料的启发,他们决心一试。

黑墨是锅底油灰用烧酒调成的,毛笔是野鸡毛儿做成的。文太将老丁哼出的话加以润饰写下来,觉得老人是如此大才,如果读过几年书,那恐怕更是个了不得的人物……文章贴在了墙上,一会儿黑杆子和小六、宝物都站在一边看起来。看着看着,小六在心中惊叹不止。黑杆子与宝物很快走开了,只有小六紧紧咬着牙关。他承认老丁仅就文才而言,也似乎是不可战胜的。这显然不是文太的思路。小六恐惧的眼睛扫来扫去,最后忍不住念了起来:题目——《蘑菇与书籍比较观》;副题——改造世界观之我见。正文写道:俺通过反复学习比较,觉悟提高数尺有余,认识了矛盾无处不有无时不有,事物既对立又统一的两个方面。大者宇宙小者砂粒,其理同也。比如蘑菇这东西,本是我们人民的口福,而剥削阶级却大口吞食。又比如书籍这物质,本是劳动者学习之所用,智慧之记载,而剥削阶级却用来毒化青年。蘑菇书籍,两相比较,一个生于树下阴湿之处,一个产于案头桌上之间。天气有阴晴干湿燥润之分,人心有明暗冷热喜怒之别。所产之物,皆由内外因之不同而不同。有的蘑菇花花点点,模样如伞,其表层如美女之衣、鲜花之色,引诱人们取而亲近;亲近之后又要食之,结果毁也。因为这蘑菇毒气很大,外媚内昧,其狼子野心何其毒也。由此推及书籍,其封皮也花花绿绿,硬壳绸缎烫金点银,实际上包藏祸心。白纸黑字,铁证如山,毒素比蘑菇又何止大上十倍。古人有读书变痴者,今人有读书反动者,就是书籍有毒之明证。再如有蘑菇色分七种,不一而同,或温或凉,或鲜或涩,或补或毒。有人食一种浅绿蘑菇,之后大笑不止,口吐狂言,对常人多讥之;有人读了一些书,而后自视清高,不愿接受群众改造,甚至藐视工农。二者何其相似乃尔。再如有人食了蘑菇,眼神恍惚,全身无力,大吐大泻;有人读了一些书,结果四体不勤,五谷不分,手不能提篮,肩不能挑担,终成废人。二者又同。又有人食一种怪蘑,兽性大作,不断奔向无辜异性,医生诊为脏癣;而有人被毒书淫化,伪装才子佳人,乱搞男女关系,陷于资产阶级谈情说爱而不能自拔。凡此种种,不一而足。反之也是同理。如食小砂蘑菇,清鲜可口,耳聪目明,实为烹饪之佳品;有人学了批判材料,明辨是非,通晓大义,得知国不变色之原理。如有人爱食一种柳黄,滋味很似鸡腿,营养又胜过鸡腿几倍,煮汤则汤汁油黄,做菜则混鱼混肉;而有人坚持学习宝书,数十年如一日,渐渐意志坚定,成为英雄。再如一般的松板粘窝,其貌不扬,实为佳肴。邻村小店主持人即老七家里,常年坚持收购此等干蘑,为民造福。村上人食物粗糙,大致糠菜瓜干,但村里人个个强健,双目炯炯有神。俺想这是依赖蘑菇之滋养。反之一些地富反坏分子,小店控制对其蘑菇供应,平时我场又不允其本人及子女前来林中采菇,于是眼见得他们身体枯槁,气息奄奄。最好之例证乃本文作者之一丁场长是也。他年近六十,精力超过常人数倍,走路啪啪有声,睡觉呼呼打鼾。他精血远未衰竭,不瞒世人,至今尚有常人之那种要求。不过他坚持学习,思想很通,个人生活处理得当,很好地承担了该分场之领导职务。而一般之学习材料、批判所用之书,与那种蘑菇的原理更是一般无二。如小学女教师虽然至今独身,却加紧学习,所有行为皆未出偏差。她美丽大方,衣衫整洁,不媚不俗,已博得分场同仁一致赞誉。她艰苦朴素,发扬老革命根据地某些精神,带领同学勤工俭学。而且抓紧自身学习读书之同时,尚有余力送分场干部职工一些书籍材料,在此再表感谢。比较到此,俺想原理看官想必已见分明。蘑菇书籍,异物同理,不可不慎之又慎,严重对待。君不见蘑菇大毒,食者周身发黑,须发脱落,顷刻间一命呜呼;君不见坏书误人,夺其心魄,有人竟能迷狂到持刀行凶,无法无天。所以说读书一事,万不可小视。本文另一作者即文太对此感慨良多,在此恕不多议。总之一切结论皆出自勤奋实践,俺们是林中主人,终日食菇,无师自通。食蘑菇求的是强健无疾,学材料为的是心红眼亮。俺决心提高警惕,防修反帝,站好最后一班岗。在此敬请革命群众指正。……小六读了一遍,不觉浑身淌出汗来。他突然预感到打文墨官司自己也不是对手,一瞬间陷入绝望。这时候天色已晚,墙报渐渐模糊。他站在屋前,看着宝物扑出来,朝他瞪了一眼,向林中跑去——它到了出巡的时间了。

大约就是墙报贴出的第七天上,小六到村中小店买走了第二片化制墨水的颜料。老七家里的情报也令老丁心神不安,文太于是急匆匆去了总场。申宝雄老婆肥胖如初,见了文太如获至宝。文太问起最近小六的动向,她连连摇头。文太垂头丧气地归来,一走近林中小屋就愣住了:墙报下正站着一个陌生青年。

这个青年十八九岁,像小六一样枯瘦,穿了一身学生蓝装,正一边看报一边皱眉,看样子极善于思考。他的背上还背着方方的行李,并不放下。文太在一边观察了一会儿,就走了过去问:"你找谁?"年轻人捋一下头发,回答:

"我叫军彭,是从总场来报到的。今后我要在这儿工作了。"

文太一愣,但马上笑着伸出了手。他心里却想:不早不晚,正在这个节骨眼上!

四

老丁每天要用很长时间来训导他的狗。这个工作要等几个人离开小屋时才做起来。宝物凶残有余而灵慧不足,唯有老丁不这样认为。最早的时候他发现了这条脏臭的狗会斜着眼看人,心中一动。一条刁怪的恶狗,老丁想。他调整它的饮食和坐卧,渐渐让其有了固定的工作时间。比如它平时护住小屋,傍晚才是出巡的时间。它不属于任何人,只属于老丁。老丁怒喝一声,它就抖着身子伏下来。有一次老丁病了,它守在一旁不吃不喝,还不时地流泪。近来它斜着眼睛去看小六,还要露出那颗残牙,走近他,像老人一样哼几声。不久前老丁教会了它一位数的加法,它常常用来计算林子里被偷伐的树木、小六在小屋中的出入次数等等。老丁又教它两位数的运算了,由于急于求成,反而扰乱了以前的一位数。老丁非常懊丧。"六把镰刀加四把镰刀,几把?"老丁大叫。宝物细细的尾巴夹在后腿间,声音颤颤地叫了七声。老丁大骂起来。看来他不得不放弃两位数的教育。老丁认为这条狗没有数学才能,就开始教它另一种本领:侦察。老丁弓着腰,在小树间一弯一弯地走,东看西看,伏下,又走。宝物的腰也弓起来,像他那样贴在小树干上,最后伏下。"嘿嘿!"老丁笑了。他们做累了,老丁就讲一些故事给它听,也讲那些男女的事情,宝物就露出了那颗残牙……日子久了,宝物的神情和步态很像老丁了。它跑进小村去,人们见了它,第一个反应就是想起老丁。它厌恶的人,人们以为老丁也不会喜欢。常了,有人就试探着它的好恶以判断老丁对某某人的态度。可是后来,又有人发觉它对同一个人不停地摇尾巴,转过脸就露出了残牙。这真让人费解。它在小村里横跳竖跑,为追一只鸡,有时竟能像猫一样登上屋顶。村里老汉鼓励年轻人说:"快把它砸死算了!"年轻人急忙行动,用绳子勒,用套子套,甚至还在一块肉里下了毒。结果宝物轻而易举地躲过了灾祸,倒是小村自己的猫狗遭了殃。驻村工作组的参谋长说:"看我的。"他从套子里掏出一把闪闪有光的小枪,又示意工作组的女干部看着他——两手端起,闭一只眼,一扳机子。宝物一动不动地注视着参谋长,在他扳响机子的一刹那,腾空而起,跳起足有三米高。参谋长的枪刚要连发,不知为何卡住了壳。他暴躁地拍打着,咒骂着,宝物却箭一样飞过来。参谋长还没有弄明白女干部在身旁为何惊叫,宝物就从他的肩上蹿过,把尿撒到了他的脸上。四周的人被惹得哈哈大笑,参谋长只顾弄他的枪。这会儿宝物并未逃开,而是出人意料地复扑过来,扯去了参谋长的一道衣边。不久,这一绺黄布就握到了老丁的手里。老丁注视着小村的方向,小声哼了一句:"那好,咱来走着瞧吧。"

  宝物忠于职守,是全场楷模。它喜欢暮色茫茫的树林,觉得这浑浑一片藏下了无穷无尽的奇妙。黯淡的光色中,它弓着腰往前跑着,有时跑到一只长嘴鸟跟前,长嘴鸟还毫无察觉。很多生灵都准备夜归了,它们招呼着收拾黑夜里吃的东西,一家子热热闹闹。宝物偏爱突然冲到它们中间,将它们一股脑儿赶开。最小的那一个跑得慢,它就叼上,扔到多刺的荆棘上。有一只老獾领着一只小獾,大模大样地从它面前走过。它愤恨地叫了一声,它们一闪就扎进树丛中去了。宝物受到了巨大的藐视。有一次它看到小獾自己在啃食大獾留下的碎肉,就把小獾赶到一边去。它将三个最毒的蘑菇搓成泥汁撒在碎肉上,躲起来看着小獾回来吃掉了。小獾抿着嘴,宝物乐坏了。它跳出来告诉小獾:你是必死的。当然,从此这个林子里再也没有出现这只小獾。有一次它用同样的方法整治一只狐狸,那只狐狸笑着说:你说林子里谁是王?宝物说:我是王。狐狸说:我也看你是王,又有肉又有蘑菇,我看王吃吧。宝物骂了起来。狐狸笑着跑了。宝物后来才闹明白,狐狸话中的寓意是:你是个该死的王。它震怒了,火气烧得它不得安宁,鼻孔边上很快生了火疮。它一连几天嗅着狐狸的臭味,都没能成功。后来一个偶然的机会它才发现:那以后,狐狸身上沾满了野花瓣的气味。它想让黑杆子的土枪对付这个刁钻的敌手,黑杆子曾跟着它跑遍了林子,身上划了大大小小的口子。狐狸善于变化,有一次变成了老丁,将宝物恶狠狠地揍了一顿。就在狐狸得意地离去时,宝物闻到了臭味儿,一抬眼,见"老丁"衣襟下有一条粗粗的红尾。宝物示意黑杆子开枪,黑杆子没有看见尾巴,反而一怒之下用枪托捣了它一下。从此它觉得有一个红狐狸分去了林子的一半,而林中所有的生灵,包括树木花草,都在暗中分为两派。它从大杨树下跑过,如果碰巧有个树枝掉在它的身上,它就认定杨树降了狐狸。狐狸必除,它这样对自己说。一切的办法都使尽了,看来只得求助于老丁,而老丁无法明白它的复杂用意。一气之下,它偷偷毁了小屋旁的鸡舍,又将菜田搞乱了,并采集了林中散落的红色狐毛,成一束咬在嘴里,一声不吭地卧在脸色发青的老丁身边。老丁火气日盛,怒斥持枪的黑杆子,于是黑杆子加紧追杀红狐。几天过去效果甚微,"红狐"又毁掉了南瓜秧。老丁无奈暗中查访,用十六斤干蘑菇请来了小村里一位偷偷作法的法师。那是个骨瘦如柴、脸色灰暗的老人,手持一柄银色拂尘来到了林中。老丁及文太、黑杆子陪伴着法师,在林中徘徊。法师满脸的灰尘令宝物不能容忍,但它没吭一声。想到那个敌手顷刻间就要遭殃了,它无比高兴,从心里感激老丁。智慧的主人哪,英勇无敌,威震四方。宝物注视着法师的一举一动,渴望奇迹发生。法师从衣袖中取出一面精致的铜镜,利用树隙的微光反射着什么,小心地转动。突然法师大喝一声:"哪里逃遁!"接着,铜镜不转了,他只用一手悬住,一手指着镜心说,"看看吧,里面映出来了——一只老红狐狸,没有牙了。"老丁等几个人轮番凑过去看了,都说没看见什么呀。法师一拍脑袋说:"噢,你看我忘了,你们都是凡眼哪!"他说着小心地将铜镜平移到一张白纸上,纸上画了八卦。法师指天指地,口中念念有词,接着收了铜镜,点燃了白纸。纸灰升向天空那一刻,法师猛地伸长了手指,指着飘飘黑灰喝一声:"去!"黑灰在风中很快消散了。法师搓搓灰脸说:"行了。它已经被我贬了。久后也许出现在林中,不过已经不碍事了。"老丁问:"你怎么不抓获它,宰了它?"法师小声说:"一只狐狸闹到这步田地也不易,道行不浅了。都是通星宿的,不能太过了。"老丁醒悟地点头。文太和黑杆子也吐出了一口长气。宝物站起来,抖一下皮毛,匆匆地奔向林子深处了。它重新觉得是个王了。

它向着夕阳叫着:"王王王!"满林子都回荡着它的声音,威严更重了。它让老乌鸦停下来,给它扇一会儿风。老乌鸦离去时已是呼呼喘,它追上去又拔下一根黑羽来。它叼着黑羽往前走,见老鹰在撕咬一块兔肉,就用羽毛去换兔肉。老鹰只得忍气吞声地拾起黑羽毛飞掉。宝物有滋有味地吃了兔肉,步子懒散。它走了一会儿,看见了甲虫。几个甲虫慌慌地躲。它让它们都站住,一米远立一个,它要一步踩一个甲虫,从它们背上跳过去。这是带有试验性质的举动,宝物兴冲冲的。甲虫只得一字摆开,最后一只甲虫是它们的母亲。宝物先助跑,然后踏上了甲虫后背。甲虫抵抗着巨大的压力,宝物利用甲虫身上的弹力往前蹿跳。六加六等于十二,宝物高兴得恢复了一位数的运算能力。它从十二只甲虫背上蹿过。当它的脚落在最后一只大些的甲虫身上时,它有了一股莫名的火气从腹股沟那儿升起来,就在脚下使劲蹽了一下。大甲虫没来得及叫一声就化成了黏糊糊的一摊。宝物对一群甲虫的嚷叫充耳不闻,跳着跑了。树隙间所有的蜘蛛都在逃避,它们知道宝物最恨的就是它们了。蜘蛛在背后叫宝物为"丑凶神",并编了一套咒语咒它。那咒语像标语一样,呈一条条透明的细丝从树梢悬挂下来。宝物跑着,只要挨上垂挂的细丝,就是挨上了咒语。它们快乐地想,诅咒必定会应验呀。蜘蛛们的咒语是恶毒的,它们并不咒宝物马上死去,而是咒它有一天突然落入两个狠毒的人手中,让它受尽磨难。比如两个人最好是一男一女,一阴一阳,夹带着邪火整治折弄这条赖狗。两个人天性顽劣得也像宝物,俗称狗男女。狗男女治狗当然内行,他们会合伙侮辱宝物,让它死去活来。它们就这样唱念咒语,一边还弹着丝琴。茫茫夜色里,一时充满了蜘蛛的恐怖的歌声。宝物听不明白,只是不安。也许就是这歌声才使它不快,让它尽早结束了这一次出巡。

老丁很留意小村里的事情,特别是关于驻村工作小组的一些情况。来林中做活的民工一口一个丁场长地叫,十分乐意告诉他一些情况。他还从老七家里那儿得知,参谋长常来小店转转,喝酒解闷儿。老丁问她:动不动手脚?老七家里说:有时也动,不过都是喝醉了的时候。老丁一拍膝盖:那也算!他很快在小店里会见了参谋长,并以对待下级的态度跟对方说话。参谋长终于火了。老丁用一根食指点住他的左胸部说:"不用急躁,哎哎,慢慢来。我告诉你,我们林场是工人阶级,你当然知道那算个领导阶级。俺掌握的情况很多。比如你在小店的事儿……嘿嘿!"参谋长脖子红了,半晌不语。老丁又说:"我看你还是多支持我场工作,少些麻烦,是啵?"参谋长说:"也是,也是。"第二天,参谋长亲自送给了老丁一包烟丝、二斤猪肉。老丁收下了。参谋长一出小屋的门,宝物呼的一下扑上来,他大叫一声返身回屋。他从门缝里盯着气势汹汹的宝物,听见口袋里的小手枪急得吱吱响。他颤抖着嗓子对老丁说:"场长!我有一句话不知当说不当说。"老丁的眼一瞪:"说嘛。"参谋长捋了一下头发:"我这人哪,敬重的人不多,您算一个。您是有威仪的人。不过恕我直言,您的狗还不行。它该是有勇有谋的一条狗,这才配您场长。不过我知道,这也不怨您——它没有经过军训哪!"老丁连连拍手:"对对,没有! 它越来越浑了,最近连一位数的加法都忘掉了。这是没法调教的一条狗。"参谋长一丝微笑在嘴角闪了一下,说:"老场长不嫌弃的话,让我牵去训一个月吧——那时它就是一只'军犬'了。"老丁兴奋地说:"那当然好喽!谁不知道军犬厉害?那才好哩。"老丁说着与参谋长紧紧握了握手,参谋长抽出手时还打了一个敬礼。老丁全身热乎乎的,立刻唤来宝物,在它的泣哭声里上了三道绳索,并亲手将绳索的末端交到参谋长手里。

宝物怎样离开了小屋,是它一生也不会忘记的。开始缚绳索的时候它完全蒙了,后来就是流泪和挣脱。它全身的筋络都显现出来,皮毛起又落下,在原地弹动了五六次。老丁斥责了它,它鸣鸣地叫,委屈无限。绳索的末端握到参谋长手里的那一刻,它简直绝望了:那目光使老丁愣了一刻。后来老丁挥挥手说:"走吧走吧,到那里你就会记起一位数的运算了。"宝物嚎着,两爪抵在地上,死命地抗拒参谋长的牵扯。"你看这是个很犟的狗。"参谋长对老丁笑着说一句,在老人不注意的一瞬间却用小拇指点划宝物的鼻梁羞辱它。它狂怒起来,两爪将泥土扬飞。老丁终于被激火了,抓起一根树条,猛地抽了它一下。宝物无声地垂下了头。它夹起尾巴,跟上参谋长走了。村边上,迎接他们的是公社女干部。她远远地就鼓掌,还跺起了脚,宝物马上闻到了一股独特的臭气。参谋长走到她跟前,挤挤眼,指一下宝物:

"今天就开始军训。"

宝物从离开老丁的那一刻就决定了要忍耐。它只在心中哭泣,不是为自己,而是为智慧的主人。它不能原谅主人的这次荒唐。就这样,它安静地让参谋长和那个满脸横肉的女干部又在身上加了两道绳索。它已经没法奔跑了,只能在原地小步挪蹭。女干部嘻嘻笑,这个丑女人。参谋长说:"听说它忘记了一位数的运算,看我教它。"说着解下腰上的皮带,抽了宝物五六下,大声问,"三下加四下,几下?"宝物紧紧闭上了眼,脑顶皮毛像手指一样竖起三道。参谋长又抽打起来,女人浪声大笑。后来她用手去搔它的下颌,被参谋长制止了。他们嘀咕几声,不知从哪儿找来一个膻味很重的皮套,要努力套在它的嘴上。宝物用力忍着,到后来终于忍不住,猛地一甩长嘴。参谋长狠狠一皮带,正好打在它的眼眶上。半个脸肿起来。它全力挣扎,残牙一连数次露出,咬破了自己的上唇,呜呜的叫声传出很远。参谋长还是打它:"这就是军训。军训可是严格的,日你奶奶,军训了。"女人也笑,伸手在参谋长身上动了一下。参谋长手里的皮套子掉在地上,在女人耳边说了句什么,女人说:"哎呀哎呀。"她全身抖起来。参谋长哼哼地笑,用脚将皮套踢开一点,然后用一把锈瓢从便所舀来一些尿。宝物以为那是要泼到它脸上的,就紧紧合上了眼。谁知一会儿伸过来一根冰凉的棍子,宝物不理,棍子就在脸前捅来捣去。它火了,狠狠地将棍子咬住。棍子是铁的,锈层被它咬脱了,它还是咬。智慧的主人哪,英勇无敌,威震四方。宝物可不想在这两个凶残的敌人面前给老丁丢脸。它带着一股豪情和愤怒,差一点又折断一颗牙齿。但就在这时,铁棍绞转了一下,它的嘴给弄得张开了——一瞬间它明白是上了歹人的当,不过已是无可挽回地受辱了。半瓢尿哗哗倒进嘴里,又一股股滚到喉中,恶臭难当。宝物被浓烈的氨味冲出了泪水。参谋长说:"军训能哭吗?"宝物的泪水被解释为哭,是它一辈子都要咒骂的啊。它在地上滚动、蹬腿,不停地呕吐,翻了四五个跟头。参谋长连连说:"训没训过大不一样。不一样,你看你看你看。"女的鼓掌。宝物想到了雌狗皮皮,皮皮的泪呀,那时的皮皮的求饶声呀。你这个雌狗女干部,你早晚变成皮皮。宝物躺在尿液上,呼呼地喘息。可是参谋长用一个铁钩钩住它身上的绳扣,像拖一条死狗似的拖到身边,仍坚持给它戴皮套子,一边戴一边说:"一旦打起仗来,说不定有化学战哩,你不戴防毒面具还行?"说的时候下手狠起来,几下子就给它戴上了。这时的宝物真可笑。女人接过皮带抽它走,参谋长则喊:"起步——走!一二一二,立定!卧倒!滚!前边是坑,是河,是流弹……"他们把它推倒又扶起,用脚狠狠地踢。女的累了,说:"这么折腾多费劲,还不如糊上黏泥烧烧吃了。"宝物身子大抖了一下。参谋长摇摇头:"老丁呢?玩笑。"他们说着将宝物拴到了小院角落一个碾砣上,进屋去了。约莫有半个钟点,参谋长才走出来。他松松垮垮地坐在破损的门槛上,喘着说:"你来治这条癞皮狗吧,我看着。"女的说:"俺也累了。"他们咯咯笑着,商定明天让民兵来继续训导。宝物注定要挨过一个漫长阴冷的夜晚了,它真想赶在天亮之前死去。它躺在那儿,当太阳沉下去,小院罩在昏黄的光色中时,一股燥热和微微的兴奋突然使它抬起头来。它茫然地四处观望着。哦哦,到了每天里宝物出巡的时间了。

它一天两夜未吃到东西,被各种各样的基干民兵训练,见了一辈子也见不到的花样。有的把它绑在树干上,给它实行假枪毙。有一次子弹真的从身上飞过,亏了皮毛脏乱,阻隔了危难。有的把它坐在胯下当马,并不停地用鞭子打。它怎么驮得动,就死死地伏在地上。有的在地瓜饼里卷上一个小爆竹,冒着烟丢给它。它以为是饼烙糊了,刚刚咬到嘴里,爆竹就响了。还有人给它汤喝,刚喝了没有三口,一个大癞蛤蟆从里面大模大样钻了出来。总之是受尽了侮辱和捉弄,还伴着深深的惊恐。有的甚至想出这样的主意:烧红一根铁条,在它臀部烙上一个阿拉伯数码,像军队的战马编号。这亏了有人提醒说它最终属于老丁,才免了另一场皮肉之灾。一伙民兵走后,它真的快要死了,昏昏沉沉地躺在小院里,听着小屋里的动静。它知道那个参谋长和女干部并不安睡,日夜喊喊喳喳。他们在夜晚弄出的各种声音,它非常熟悉。在它最痛楚的时刻里,竟然有人在花天酒地。它暗暗诅咒他们一起死去,不停地诅咒。它一直未曾察觉的是,它自己早已中了蜘蛛们的咒语。它咬着残牙,等待着奇迹。小屋里仍旧有喊喳声,渐渐宝物怀疑他们在策划一个前所未有的巨大的行动。它扬起脖子不停地向上嗅着,突然头在空中凝住了!它嗅到了一种毒蘑菇的气味!这气味它可是熟透了……毒蘑菇肯定就在附近——要被派做什么用场?经验告诉它,毒蘑菇出现在哪里,哪里就要有奇妙的故事了!一阵兴奋像闪电一样从脑际掠过。灿烂耀目的金黄色伞顶在一个角落闪动,一男一女在它的光焰下活动,两双眼睛射出了热辣辣的光。它闭着眼睛,那幅图景却是再清楚也不过的。要有一个奇妙的故事了。小屋里日夜喊喊喳喳,真的要有一个奇妙的故事了。宝物的残牙被咬疼了,它快乐地闭着眼睛。不知从哪儿涌来了一股力量,它费力地挪近了那棵可恶的树,用后背抵住树干,四腿绷紧,让身上的绳索像弓弦一样绷紧。接着它一下一下咬嚼着绳子。毒蘑菇灿烂的金色映耀着快要断裂的绳索。嘣的一声,弦沉闷地奏响了。宝物坐起来,不知脊背折了没有。它试着站了,一阵阵钻心的疼。它小心地挪动,到后来一跳一跳跃出了小院。出了院门,那股气味又追上来,它终于咒骂着转回身。小屋门缝射出微弱的光亮,它像人一样立起来往里望着。左边的眼睛肿大了,就是这只眼睛看到了屋内的龌龊和恶毒。参谋长和女干部紧紧搂抱,他们中间才是那一把闪闪发光的蘑菇。它们的花色斑点都清晰可见。小油灯一闪一闪,蘑菇也一闪一闪。参谋长拿起一个小伞,放在眼前旋转。女干部欢快得装出要死去的样子。后来他们疲累了,说就那样吧。女干部用一个蓝色的手绢包起蘑菇,又把它放在小桌的玫瑰花旁边,接着吹熄了油灯。

　　宝物在夜色里爬进了小巷子。它急于寻到一点吃的喝的,浑身瑟瑟抖动。无数的鞭伤棍痕揪心地疼,它就咬折了身边的草木。有一个灰色条纹小猫在黑影里一跳闪进一个门洞,宝物紧走几步追上去。它看了门洞的木槛,心中有些快意。小猫在门洞里边轻轻地舔食一碟黑粥,宝物哼了一声。小猫伏下身子,后退了两步。多么香甜的食物。宝物张大嘴巴,只两下就把粥吸光了。身上有了热力,很快就不再抖动了。宝物用后蹄将小猫蹬翻。灰色条纹小猫的腹部竟是如此洁白,宝物忍不住揉了一下。小猫求饶地咪了一声,宝物大怒。它咬住皮毛将其提起来,重重地摔在地上,又迎着一张胆战心惊的小脸呼出了两天两夜积存的怨气。它把小猫全身都弄得又脏又臭,让它和自己身上的气味一般无二。宝物知道它的主人是小村里的一个地富反坏分子,它当然不敢不柔顺老实。宝物最后把小猫坐在屁股下边,像老丁那样眯着眼抄着手。它多么思念老丁。智慧的主人哪,第一回中了歹人的奸计。宝物眼中涌出了泪水,泪水又滴在小猫的耳朵里。后来它咬住了小猫的耳朵往门洞深处走去。它们进了屋门,听到了屋子主人有气无力的鼾声,看到了他们身上盖了一条破麻袋做成的被子。宝物在小猫的指点下找到了干粮篮子,扒开蒙布见到了一碗地瓜干糠团。它咬一口,又赶紧吐掉。多么臭的食物,多么反动的主人。宝物大骂着离开这儿,又跑进另一条巷子。它一连潜入五六户人家,都寻到了盛食物的篮子,碰到的差不多全是又涩又酸的糠菜瓜干。后来它好不容易咬死了一只鸡,将血吸净,再慢慢吃肉,直吃到太阳升起来。一群人在大街上刷刷走过,它马上想到了民兵。肚子饱了,它想找个地方躲到天黑。让老丁一个人呆在空空的小屋吧,让老丁试试失去了宝物的寂寞和痛苦吧。它这会儿不知怎么竟想到了那个倒霉的雌狗皮皮,渴望着看到它的通红的脑门。它呜呜叫着向前跑去。

  皮皮有一个圆圆的小草窝,弯在窝里害着相思病。它思念一条奇怪的恶狗,印象深刻。当这条潦倒的恶狗像闪电一样出现,皮皮差点昏厥。它的圆圆的屁股往后缩退,黑缎子一样闪亮的鼻头微微颤抖,又像某种成熟的坚果。宝物首先咬了它一口,让它泣哭。它的豁耳一动一动,像在回忆往昔那次甜蜜和不幸交织一起的经历。宝物瘦小英武,宝物勇力无限,宝物是林中之王。皮皮激动之后趋于平静,唱起了凄凉的情歌。宝物生来第一次将自己的遭际向另一条狗叙说,讲了它永生难忘的两天两夜。不过它小心地隐去了被灌注尿液的情节,只向其展示腋下的创伤。说到参谋长和公社女书记,那两个名字的音响是从残牙尖上流动过去的。皮皮不识好歹地泣哭,渐渐使宝物厌烦了。它恢复了仇恨和凶残,尽情地、毫不怜悯地蹂躏着皮皮,直到把皮皮的颈部撕咬得鲜血淋漓。皮皮大叫着,叫声怪异,宝物怕走漏消息,就狠力地窒息它。它不叫了,不过也半昏了。宝物就在它的圆圆的小窝里睡下了,睡梦中还要踢皮皮两下。皮皮浑身都被汗汁浸透,俊美的脑门上留下了三道牙印。它想安抚一下林中之王,这个仅仅在极短一段时间里才属于它的暴君——它把嘴对在宝物的嘴上,闭上了眼睛。它闻到了一股烟味,心中诧异:宝物像人一样会抽烟吗?宝物的呼吸逐渐变粗,不去理会皮皮。皮皮把烟味吸到肺腑中,幸福得无法言说。而此时宝物梦见的却是老丁,那个像石猴一样的老人双目闪亮,正吸一杆大烟斗。它的梦一直做到太阳西沉的时刻,就准确无误地醒来了。皮皮的嘴仍然对准了它,它就狠狠地吐了一口,迈着出巡的步伐向大街上跑去。奇怪的是大街上的人都急匆匆地走着,踏着血红的地面,谁也没有注意到宝物。它想在飞快挪动的这些腿脚上都咬上一口才好。人们渐渐聚集到一所茅屋跟前去了。宝物也挤在人群中间。茅屋里有人高一声低一声地哭着,哭诉说她不活了不可能再活了。宝物露出了残牙。它的鼻子扬着,突然在空中僵住。一股蓝色的气味飘到了它的鼻孔里。它闭上了眼睛。

灿烂的金色伞顶映耀得它睁不开眼。毒蘑菇在微笑。

哪里有毒蘑菇,哪里就要有奇妙的故事了。宝物每一根毛发都激动了,不顾一切地钻到最前面。于是它亲眼见到了披头散发的公社女书记跪在那儿,怀抱着一个脸色发青的男人——他已经死了,满身污秽,半截舌头咬在了牙齿外边。她的身旁站着参谋长,他手中握一把亮铛铛的小枪。女干部哭着:"俺是多恩爱的一对夫妻啊!俺从来都是一条路线啊!不瞒同志们,昨晚俺还有那事儿哩!"头上包黑布头巾的老太太们哭了,痛惜地拍打着双膝。宝物却在一堆呕吐物旁边发现了那方蓝色的手绢,暗暗发出两声冷笑。它无声无响地取到手绢,返身跑走了。此刻的林中小屋里正端坐着老丁,老头子听到了熟悉的喘息声大吃一惊。当他看到满身血迹、半个脸肿胀的宝物,立刻大喊了一声。宝物伏在地上,昏了过去,只是口中仍含着那方手绢。老丁一眼认出公社女书记的物件,因为她曾在他面前掏出来揩汗。老头子记住了它一片蓝色中间画了一个金黄的毒蘑菇。他连连吸着冷气,半天吐出一声:"他们要谋害宝物哩!"由于极度气恼,老丁额上渗出了一层汗粒。一会儿文太和黑杆子都大叫着跑来了,报告说小村里大事不妙了,公社女书记的丈夫来探视她,误吃了毒蘑菇,周身青硬而死。老丁闻听半晌不语,直看着那个手帕。后来他让文太取了手帕去找老七家里,又对着他的耳鼓说了几声。一会儿老七家里慌慌张张地跑来了,对准老丁做了几个手势,说:"还不是这样的事?也忒毒了!"老丁严厉地用双目扫扫四周,说:"人命关天,我们是工人阶级,是领导阶级哩!我们能不管吗?这个案子分场是查定了。"他看看文太,"这回是查定了。"文太找来纸张,几个人匆匆地往小村里赶去了。小村里,参谋长已率先成立了调查小组,并把结果写在了碗口大的一张纸上。纸的空余部分,还画了死者误食的毒蘑菇的图样。老丁看了现场,又分别找人谈话,参谋长再三阻止也没用。公社女书记对老丁说:"俺男人死了,俺的眼泪都哭干了哩,你算什么?"老丁招招手,让她挨近一些,对在她耳朵上说了句几十年没说过的粗话。女干部吓得跳开了几尺远。又过了三天,老丁弓着腰回到了林中小屋,对宝物亲得不能再亲。他一边抚摸着它的三角头颅,一边编出了一首歌。他唱了一遍又一遍,后来连宝物也记住了。"毒蘑菇演化出的故事万万千,俺宝物也通晓一二三……这就是民间事那么小小一段,日月风尘埋下了沉冤。"他唱啊唱啊,有一天参谋长来了,刚听了一句就脸色煞白。老丁只是唱。参谋长拱起手:"好爷爷不要唱了,俺一辈子都孝敬您老,您才是高举红旗的人。"老丁不唱了。第二天参谋长和女干部送来了一筐子烟酒,老丁眼也不睁地哼一句:"抬进来。"他们把东西递上去,老人像瞎子一样摸了摸,说:"不错。"参谋长害怕宝物,躲开了。老人又摸了摸女干部递上来的酒瓶,重复一句:"不错。"

宝物周身的伤慢慢长好了。它像往日一样的丑陋和精神,也像往日那样,在暮色苍茫的时刻里急急出巡。

五

林子里的活计很杂很多,常要招来一帮子民工。老丁坐在帐子里,让文太、黑杆子及小六管理民工做活。他们在人群中走来走去,大背着手。老丁很少到林子里,有时遇上顺眼的姑娘,就让她到小屋去补麻袋。一分场有很多麻袋,都是用来盛树籽的。老丁让姑娘坐在破麻袋上穿针走线。他认识的姑娘很多,大多都有过深入的谈话。这时的老丁温柔体贴,循循善诱,使做活的姑娘满脸通红,下针紊乱,不止一次把手掌捅出血来。姑娘们都穿了土布衣服,那彩色是野萝卜花、沙蒜叶子染出来的,而且打满了补丁。老丁从隔壁的厨房取来金黄的玉米饼子,端来剩下的蘑菇菜汤让姑娘吃。她们每逢这时什么都不顾了,一会儿吃得满头大汗。姑娘抹着嘴,喘息着,看着老丁。老丁说:"分场是国家的,国家哩什么没有?和国家的人好上了才是福分。小村的人像蝗虫一样多,他们遇上个国家人难哩。说到我这个人,年纪是大些,不过思想可不旧。俺是个'人老心红'的人。"他说着拾起姑娘的手,一下一下拍打,目光里射出无限的希望。姑娘涌出了泪水,求饶道:"丁场长……"老丁生气地把手扔开:"这有什么!你啊真是个没有见过世面的人,你让我怎么说你?也罢也罢。看看你的眉眼吧,打心里让我坐不住。"他转身取下了宝剑,亮亮姿势舞起来。姑娘坐在那儿,他围着她边舞边转,让道道剑光不时映到她的脸上。姑娘用手挡着脸,老丁就越舞越快。姑娘尖声叫起来,倚在了他的身上。老丁拍拍她说:"你看见了我的剑法?我有好剑法。告诉你吧,丁场长的剑是用来报仇的。说不定哪一天我辨出那个仇人来,就是一剑。我舞弄起它来,十个八个人近不了我的身。别人的剑亮,那是上了电镀。我的剑哩,是风沙磨的。一把好剑哪。省里一位首长要花上千块钱买走,我睬也不睬他。我是一场之长,理该有一把宝剑。"姑娘泪痕未干就笑起来,老丁也笑了。他给姑娘梳了头,还给她扎了个奇怪的发式,看上去像一个猫头鹰。

有个叫小眉的姑娘常来补麻袋,挣六角四分五厘的工资,比一般民工多出五厘。她长得黑乎乎的,脸是方的,下巴往上翘得很厉害。老丁第一次见到小眉就说:"真好。"其实所有人都不会说小眉漂亮。村里的姑娘们在一块议论说:"最丑的就是小眉了。"春天的风把小眉的脸庞吹暴了一块块白皮屑,这皮屑直到秋天还留在脸上。她瘦瘦的,肩头很尖,破旧的衣服灰迹斑斑。只有一双黑黑的圆眼平静地亮着,比所有人都成熟,像个过来人似的。老丁觉得她很实在,实实在在地要玉米饼吃,实实在在地索取工钱,这之后,才安稳地坐下来缝麻袋。老丁认为对待她,也应该实在一些才是。她不会像其他姑娘那样狡猾刁泼——她们什么都骗走了,吃得肚腹圆滚滚的,甚至在老丁的怀中伸长着腰身拧动(后来老丁才明白那只是为了有利于消化)。到了关键的时刻她们却寸步不让,又哭又笑,做出不同的鬼脸,像抽走一条手巾那样从老丁怀中抽走她们的身体。老丁想到这里就无比忧愤,一个人时叫着她们的小名痛骂。他是怀抱全新的想法跟小眉相处的。小眉补着麻袋,右手里的粗线擎得很高很高。她的神态像是在给自己的娃娃缝制单衣。老丁看着她,她也偶尔抬头看看老丁,两人有过一场动人的谈话。老丁说:"世上的一些事不能看得太重,是吧?"她把针插到麻袋上:"是的。"老丁又说:"我不知道你怎么看这林场。""林场老大。"老丁用食指刺刺头顶:"嗯,实在。不过你怎么看这场长呢?""场长是你。"老丁笑笑:"实在,实在。"他磕磕烟斗,"要是场长跟你好起来呢?"小眉拉出长长的线:"不行啊!""怎么就不行?""俺不乐意。"

老丁端正了烟斗：“怎么好不乐意？”"俺是老大。""老大咋了？"小眉抬起头：“俺姊妹四个。我说过俺是老大嘛。一家子人里面，老大走了邪路，个个都走邪路。”老丁紧皱着眉头听完了她的话，一拍膝盖：“实在啊！”他全身松软地歪在那儿，目光像即将熄去的灯苗。有好长时间，老丁一句话也没说。他望望宝剑，又望望小眉，用手轻轻捋着胡须。小眉补好了一个麻袋，将袋角掖进去，像披个雨衣似的披在了身上，继续补另一条麻袋。她的刘海从袋角上探出来，黑黑的小脸闪闪烁烁。老丁的双手举到脸前，摇动着：“好姑娘啊好姑娘，你生就一副好心肠。我一辈子背过脸去，还是能记住你模样。”小眉笑了：“唱歌似的。”老丁站起来，往前挪动一步说：“你是个通大理的人，说话不多，句句有板眼。好啊，快熄了你场长大叔的心火吧，快点吧。”小眉点点头，咬断了麻线。她站起来，欠身到干粮篮里扭下一块玉米饼填到嘴里，往门外走了。老丁咬着牙关，最后问一句。"真的不行吗？"

小眉点点头。老丁猛地扬了一下手臂。小眉长腿一撩跑进林子里去了。

做活的民工永远被蘑菇引诱着，无法安心工作。因为蘑菇不一定什么时候就出现。他们把蘑菇用柳条串起，挂在腰带上。蘑菇的老嫩不同，品种不同，颜色斑斓。文太、黑杆子、小六和军彭，都分别率领几伙民工。文太有时和民工一块儿采蘑菇，一会儿又嫌他们耽误了活计。民工说：林场的工钱忒低，俺来做活也是为蘑菇哩。文太哑口无言。他不断采个颜色鲜艳的献给姑娘，姑娘接到手里说："有毒有毒。"文太不得不掰下一片放进嘴里嚼了，说：

"有吗?"蘑菇的品种很杂,什么有毒,什么无毒,谁也讲不准。大家只采绝对有把握的,比如小砂蘑菇、柳黄、松窝和杨树板等。有一种蘑菇叫草纸花,刚生出时雪白莹亮,接上就发黄;两天之后它变得像天空一样蔚蓝。大家都说草纸花是有毒的东西。有人不信,试着嚼了一点点,结果手舞足蹈。文太说这不一定叫做毒,它不过能让人添些毛病罢了。他不厌其烦地对她们讲解各种蘑菇的品性,并和她们一起到树丛深处采蘑菇。他的话一般姑娘都不太信,因为他常常话中有话。他说:"我说话都是有根据的,我的古书底子很厚。"不少姑娘都跟他保持了淡淡的友谊。文太在跟她们的交谈当中常常要说到老丁,一说起来就没有节制,误了工作。他说:"我们都要学习老丁。丁场长是个了不起的人,可他从来不说自己了不起。比如对待蘑菇,他是熟得不能再熟,一辈子就吃这个。他闭上眼也知道你手里抓到的是什么蘑菇,错不了也。有毒的,毒在哪里、吃多少能死、吃多少能半死,他都知道也。你们也不用躲着他,像防什么一样——其实迷上他的人万万千千,只是他不肯那样罢了。再说他要真想干点什么,防也白防。他会使剑,还会点穴。你动得了吗?老丁坚强啊,党性强啊!"文太口吐白沫,像吃了毒蘑菇一样。姑娘们问:蘑菇有多少种?文太严肃地点一下头:"七种。老丁场长说这里也不过七种。你别看到处花花点点的,其实都是演化出来的,归根结蒂也不过是七种也。"姑娘有的傻笑,文太用食指去捅她一下。都说文太不是正经的人,说丁场长没有教育好他。文太气愤地嚷叫:"这话也就是在这儿说吧,在别处说站不住脚!说我文太可以,说老丁场长那不行。"民工当中的中年妇女跟文太关系良好,这些人差不多都让文太想到了总场场长申宝雄的老婆。他跟她们谈笑自如,几乎没有奥秘,一直轻松愉快。文太在她们面前自觉小如顽童,母爱在这片林子里泛滥成灾。文太这时真不像个领工的,对她们百依百顺,跑前跑后。她们一会儿让文太这样,一会儿让文太那样,使文太累得直出虚汗。有一个大河蟹从树荫下沙沙地横行过来,中年妇女一片惊呼。文太就在众目睽睽之下伏身爬着,跟在它后面爬了几十米。大河蟹在旱地生活久了,品性近于蛇,也像蛇一样有毒了。所以大河蟹每一次都是安然走去,步态潇洒。文太闲下来时也议论一下小村里的事情,说到参谋长和公社女书记,就咯咯地笑。他说:"女书记年轻时怎样,我还不知道?"中年妇女说你知道个什么!文太的鼻子蹙起来:"总有一天讲讲她那些好事。有意思啊!"他提起小村里几个地富反坏,立刻咬牙切齿。有一个叫金松的富农,又瘦又小,走路一摇一摇,一口气就能吹倒,脸上生满了老人斑。文太对他的模样特别不能容忍,说:"我一看见他气就不打一处来。反动的东西,你不打他就不倒。"说过小村,他又议论起分场里的事情。这照例要从赞扬老丁开始。说到宝物,他机警地四下瞥瞥,小声说:"不过老丁对宝物也太偏心眼了。有些机密的事情,跟它说不跟我说。听故事时,好位子也让它占了。"妇女们愤愤的:"一条狗懂什么!"文太摇头:"哼,它的心眼都在里边,除了老丁谁都提防。不瞒你们,它是个仇恨妇女的东西。"大家尖叫了起来。文太接着又说起了小六:"小六可不是个平常人。如果发生了杀人案,凶手肯定就是他;如果有人强奸了妇女,那个罪犯肯定也是他。他比某些蘑菇更毒。你不要看他又黄又小,人莫可貌取。那是让阴险的盘算压制得长不太大罢了。近一段时间我场出了叛徒,我们正在追查——我可没说是小六,老天作证我没有说是他。我只是说人民应该怀疑他,而怀疑是允许的。不是吗?听老丁场长说,很早他就被叛徒出卖过,他心爱的人(即小娘们儿)也被叛徒出卖过。当然了,那是战争年代。不过今天也是硝烟滚滚哪,看看老丁舞剑吧,那真是刀光剑影。老丁说,叛徒总要查出来的,而一经查出,他也就活不成了。我最后要提醒你们的是,小六不可不防,毒蘑菇比起他来也算不了什么。平时不要跟他说话,没有好处。走路也不要离得太近,没有好处。他这个人闹出了天大的事也不必大惊小怪。一句话:他是真正的坏人了……"中年妇女们一声不吭地听着,姑娘们紧张地喘息。这样安静了一小会儿,突然她们之中有人喊道:"文太,你是好人,你能回小屋里偷一块玉米饼给咱吃?"不少人咂起嘴来。文太半天不吭气。"能不能呀?"又有人催问。文太摇摇头:"不能。只有老丁场长一个人经管玉米饼。那是国家按人头发下的口粮,是我们工人阶级(即领导阶级)的食物。"人们失望地叹气,搓着手。有一个一只眼大一只眼小的中年妇女一下子躺在沙土上滚动起来,嚷着:"老天爷爷给块玉米饼嚼嚼吧,俺也不枉活了这一遭哩。""那是人家的食物,啧啧,人家的食物。"大家叹息着散开了,又蹲下来做活。这会儿树丛摇动起来,像刮过了一阵风。小眉从树丛中钻出来,脸色通红,一直向前跑去。有人叫她,她也不停,直跑到另一群民工中去了。文太盯着她的背影,突然意识到那些民工是由小六率领的,就不安地向前走去。

小六率领民工的方法与文太差别很大。他不闻不问,只是苦做。那片化制墨水的染料引来了申宝雄,但要令他后悔一辈子。好像就是这片染料把他给染黑了,他成了一个该死的黑人。不过他就不信总场场长申宝雄会一败不回。晚上,他睡着了还紧紧咬着牙齿,把希望咬到牙缝里。他做过的最可怕的噩梦,就是一个石猴似的老东西从紫帐里走出来,手持一柄宝剑。这些日子他不停地颤抖,肌肉越缩越紧,整个人越发显得干瘦了。有一天他球着身子在苗圃里拔草,一个黑乎乎的姑娘从跟前走过,他正好抬头去看云彩。他看到的是她的一双大眼。有一股浓重的苦艾味儿从她身上飘过来,令他不能安稳。他说:"不准乱跑。"姑娘站住了,嘻嘻笑着说:"你真瘦。"他喝一声:"胡说!你叫什么?"姑娘坐下来,一下一下把眼前的小草拔净。临走的时候她告诉自己叫小眉。从那以后小六就记住了她的名字,常在心里念叨:"小眉小眉小眉。"他去过几次小村,一个人在街巷上溜达。他遇到的都是不愿遇到的东西,比如老七家里向他冷笑,见他走过,就在身后泼一盆水;有一次他拐过一条巷子,见宝物从另一条巷子里探出头来。夜里风声大作,千树摇动,像有一万个小眉来到了林子里。他赤着身子跑出去,跑离小屋没有多远又被藤子绊倒。那一次他被寒风吹病了,浑身火烫。病好之后,他暗暗发誓再也不念叨小眉了。可是不久小腹疼病难忍,他苦苦挨着。第十天上颈部右侧生了个疮,然后是溃烂出血。半个多月之后伤口才见愈合,这时候痒得他恨不能哭喊出来。一阵又一阵的折腾,令他骨瘦如柴,喘息比猫还细弱。他还是没有忘记小眉,只是不念叨了。他要想法使心中的一切让小眉都清清楚楚。决心已定,他就行动起来。一连几天他坐卧不宁,连宝物也感到了有什么事情要发生了。他知道事情周折无限,不过还要耐心等待。也就是这苦苦等待的时刻里,一个崭新的人物出现了,那就是另一个枯瘦青年军彭。他是总场派来的!小六当时心中一动,立刻想到了申宝雄。一线崭新的希望霎时把小眉冲没了,他最急于弄明白的就是军彭这个人了。他低头拔草,心中却不停地琢磨军彭。小眉跑过来了,他又嗅到了浓烈的艾草味儿,但这味儿已经不像这之前那么诱人了。小眉喘着站在那儿,不住地呵气。小六僵硬地站起来,一说话就口吃。小眉说:"你们国家人真怪啊!"小六敷衍着,眼睛却向一旁望去——他发现军彭正披了学生蓝制服在树丛里活动,像是踱步。他一动不动地望着。小眉说:"哼呀,你还不转过脸来。"小六转过脸,正好看到文太向这边走来,就躲闪似的往军彭那儿走去。小眉蹲下来拔草了。

军彭在踱步,目不斜视。

文太藏在树叶后面了,他要看小六怎样走过去,军彭又是怎样对待他。文太认为小六第二次买走了一片化制墨水的染料,总场就派来了这样一个人,需要琢磨。如果军彭是申宝雄的人,那么必然与小六接头;若军彭是申宝雄老婆的人,那就必然来与文太接头。当他眼瞅着小六向军彭接近,一颗心不禁怦怦跳起来。他想关键的时刻真的来了。他拉了拉树条,以便看得更清楚些。他看到军彭仍在踱步,小六走着"之"字接近。军彭与小六只隔了一丛柳棵了,一转脸就彼此发现了。小六伸出手掌,竖着往前一推;军彭一愣,慌慌地点头——文太把一切都看在眼里,心中快乐得像有一只美丽的小虫虫爬过。他想那肯定是暗号不对。这就是说,他们一开始接头就不顺利。他继续看下去。小六费力地绕过了柳棵,腰多少有些弓,小步向前踱着,老远就伸出了手。他们握手了。握着手,小六仰脸又说了什么,军彭像耳聋似的侧脸倾听,听完之后用力握一下对方的手,松开了。小六枯瘦的身子斜愣着,那嘴像被木胶粘住了一样,动了几动也没有张开。后来小六伸出了右手并很快成拳,发狠地往下一沉。军彭严肃而平静地点点头,抹一下头发。他重新踱起步来,小六也愚蠢地跟上,学他那样背起了手。他们一边走一边说话,偶尔打打手势。文太猜不出说话的内容,但敢肯定两个人并没有接上头——或者是申宝雄派来的这个人根本不信任小六,或者压根就不是申宝雄的人。但文太坚信此人在这个节骨眼上来到这儿,必定肩负使命。他想我要出马了,我要当着小六的面亮一亮古怪的智慧了。真正的暗号别人是听不出来的,而内中人一嗅就知道。可怜的叛徒坯子,只可惜没有心智。文太想到这里提了提衣领,跨出了树丛。他想活该到了打断你的时候了。两个人正低头走着,文太在后边咳了一声。军彭立刻回头,小六脸色蜡黄。文太对军彭打了个敬礼。军彭也打了个敬礼。文太说:"辛苦辛苦!"军彭摇摇头:"哪里哪里!"文太注视着他的眼睛,一动不动,并且一边看一边暗中往前移动。军彭眼也不眨,但目光故意落在一旁的一株野蒜上。这样过了有五六分钟,文太的眼睛一动未动。军彭看着野蒜,一声不吭。后来他终于大喊了一句:

"文太同志!"

文太长长地吐了一口气,面色和缓起来。他接上问:"宝雄同志可好?""好。""宝雄同志爱人可好?""好。"文太点点头:"那我放心了。"停会儿他又问,"总场对这儿有过指示没?来时见了宝雄及他家里人没?没?没?那好那好。"小六在一旁死死盯住,双手插在衣兜里。文太瞥瞥他,想:多么坏的一个家伙,把手插在那儿!如果兜里有支枪,他会在抽出手来的那一刻打死我们的!文太咬咬牙,重新与军彭对话。军彭是个极为消瘦的青年,这一点文太过去估计不足。他第一次离这么近打量对方,发现了他微微发青的眉宇间,有一道深刻的竖纹。这使他显得庄严有余。文太在心里骂了他一句。不过文太微笑着,始终亲切地与他说话:"你认为分场工作情况怎样?领导和群众如何?总之,初步印象。"军彭嗯嗯应答,说:"我认为是好的。这里有这里的特殊性,即普遍性与特殊性的统一了。这儿条件当然会艰苦,不过不艰苦还要你我这样的革命青年干什么?有命不革命,要命有啥用?就是这样的。望我们团结一致。"文太紧紧握起对方的手,摇动不停:"太对了,太对了,你几句话就说到了我的心坎上——总场派下来的人水平就是高——当然我们都是派下来的……"他揉了揉眼睛,不愿松手。军彭接上说:"刚才我已经跟领导,就是小六同志谈过这些想法了。"文太的双目猛地睁大,转脸去寻找小六,可那家伙不知何时已经溜走了。文太大呼道:

"天哪!你把一个什么人当成了领导!他怎么能是领导!他把一个不熟悉情况的同志欺骗了呀……"

军彭不解地摊摊手:"他说他是总场任命的组长。"文太吐着骂道:"特务！叛徒！这是一分场,这里哪有什么'组'。他专找新来的同志钻空子哟。我们有场长,场长有办公室,他在办公室里办公,他就是老丁场长。你不是已经见过他了吗？那才是真正的领导。走吧,你们该好生谈谈了,走吧,我领你去见我们真正的领导。他大概这会儿坐在帐子里呢——你知道上了年纪的领导人一天一天都是坐着。我们走也。"他说着扯上了军彭的手,拨开树木枝条往前奔去。"民工呢？我们在工作呢！"军彭嚷着,身体往后用力。但文太就像什么也没有听见,满脸发红,不顾一切地往前跑。"我认识老丁同志,我难道没见过老丁同志吗？"军彭一边走着,还是嚷。文太点点头,又摇摇头:"那是另一回事,那时你还不知道他是领导嘛。这就不一样。你有没有这样的体验:同一个人,你把他看成领导,再去端量就什么都是了。老丁场长可不是一般的人。你猜小村工作组有个参谋长是怎么评价老丁的？ 他说:你是个有威仪的人。你想想吧军彭同志,想想这是什么情景。"军彭再不言语。他们就这样手拉着手来到了林中小屋,路途上磕磕绊绊,甚至遇上了一对漆黑的蝙蝠双足相连挂在树枝上,遇上了盘腿端坐的狐狸,他们的手都没有松开。小屋旁,宝物的窝空着,四周也一片沉寂。文太捏紧军彭的手,小心地上了台阶,跨进了空洞洞的屋子。屋子的一角就是沉甸甸的紫色帐子,里面传出轻轻一咳。文太也咳了一声。"谁呀？"帐子里传出了老丁的声音。文太忙答:"老丁场长,我领军彭同志来见场长了。他原先不太了解情况,所以来迟了。他现在非常想见见领导,做一些汇报等等。"帐子里一点声息也没有。军彭让文太捏住的那只手已经渗出了汗。军彭盯了文太一眼。又停了两三分钟,帐子里传出了一声:"走近些来。"文太松了手。军彭揩揩手上流动的汗水,走上前去。老丁端坐帐中,背后的墙上是悬起的宝剑。他闭着双目,眼角一动一动,问了句:"何时参加工作、主要社会关系、出生年月日?"军彭点点头,双手不由得贴到了双腿的裤缝上,背答:"参加工作约有半年,社会关系无,可能是二十一年前风雪交加的一个夜晚出生。这些如实载入档案,档案现正捆在背包上的一双白力士鞋后面,用一块油毡纸包了。"老丁睁开了眼,不满地哼一声。军彭接上答:"领导尊听。我本是一烈士遗孤,生前不知父,生后不见母。我在党及贫农老大娘的抚育下生长成人,接受哺养。后入学念书直到完小,而后回乡务农,主要负责在沟边渠畔点种蓖麻、向日葵等油料作物。再后来上级照顾让我就业,就业后听说先父曾在这片林中打过游击。为继承先烈遗志,我反复要求来这里工作。简单汇报就是这些。"话音刚落,老丁一下子从帐中跳下来,紧紧地攥住了军彭的手。"你原来是烈士子女,可你这么瘦小、这么朴素。这更让我尊敬——文太!"老丁喊了一声,文太赶紧上前一步。老丁一手指着军彭说:"你今后要向他来学习。"文太点点头。老丁说:"好了,这次我们一分场算是加强了。以后的情况你会一点一点分明。有什么困难,有什么要求,你只管找我提出。全场从工人到宝物,一共六个,分工不同。反正这一下是加强了。"军彭被突如其来的巨大热情烧得不能支持,双脚频频踏动。老丁想起了什么,又问:"先烈——我是说你父亲,叫个什么?"军彭答:"听说叫吴得伍。""有什么特点?"军彭低头思忖:"听说,他脸上左下边有块疤。"老丁抬头看着窗外,说:

"噢,噢。"老丁对军彭又说了些激励的话,然后就打发他去林子里了。文太站在原地未动,老丁掩了门。文太说:"场长,很严重。"老丁说:"嗯?"文太重掩了一下门:"今个我发现小六去跟军彭接头,可没对上暗号。我一下明白了,来的不是申宝雄的人!"老丁大笑:"烈士子女嘛!他会是申的人?"文太皱皱眉头:"我试了试,送了新暗号,知道也不是申宝雄老婆的人。""那也好。毛主席说白纸才好。白纸能重新描上花儿。"老丁的话一停,文太拍一下手,夸道:"丁场长脑力绝了,绝了。"

接下的一段时间里,老丁突然变得无精打采的。文太跟他说话,他也不愿回答,蔫蔫地躺在了帐子里。文太注视着老人,见额上的横皱不停地蠕动。老丁躺了半晌说:"文太啊,我心里有火。"文太一声不吭。又停了一会儿,老丁又叹了一声:"这话我也只能跟你说了:我心里有火。"文太伸手握住了老丁硬硬的手掌,紧紧握着,一切尽在不言中。这样握了一会儿,老丁坐了起来,一手搭在文太的肩上:"我一夜里在帐中滚动三两次,睡不沉。睡不沉哪!你可能知道这是谁的效力,这是她,那个女教师,一个方方正正的人。我想念她呀,觉得她没有一丝儿不好。我装在心里,只是不说。一辈子我喜欢上的人太多了。不过这些年把我折磨成这样的,还是头一回。我不知多少次在帐里看她给的材料,字字都亲。我们怎么不能给她一些写成的东西呢?让她也这么一字一字看,字字都亲。几天来我就琢磨这个。我想顺便也夹带几斤上好的蘑菇。你知道人家是有文化的人,看重的是纸上的字。一张嘴就说出的话,太轻,人家不看重,你说对不对?"文太想了想,说:"你是指写一封求爱信?"老丁一拍大腿:"就算是吧!"文太飞快地搓手,双手搓热了,又一下捂在脸上。老丁逼近了问:"怎么样?快快动笔吧。"文太又搓手。老丁等着回答,等不来,也搓起了手。停了一会儿,文太弓下腰,到锅灶底下刮起了烟油灰——他要用烧酒调制黑墨汁了。老丁搂住了文太:"我们是上下级的关系,可最好的兄弟父子也不过这样。文太,我念你编,咱的成败全在信上了。"文太不说话,只是一下一下刮着。他在积蓄内力。结果第一天只是用来调制油墨,第二天端着油墨坐在帐子里,激动得手抖,无法落笔。直到第三天夜里他们才把信写好。信装在一个牛皮纸袋子里,文太想了想,又采了些红色的花瓣放进去。信在送走之前,他们一遍又一遍朗读。老丁眼里汪着泪水,差不多整整一封长信他都背得上来了。信中写道:"尊敬的国家女师,请先领受俺林中人道一声安康。在下心中激动,以至于提笔忘字,更不敢直呼芳名,故而称您为女师耶。知您重责在身,为国训材,时间尤其宝贵,所以言短情长,并选择洗练之文法制作此信。时逢半夜三更,室外黑色千里,万籁俱静。遥想您来该场之情景,勇气倍增。不知此时此刻您是否安睡枕上,正进入香甜之梦乡?该寝室必定异常简朴,适合无产者居住,素雅大方。且有无数学习材料文化书籍和教学仪器,并有一个能拨拨动动的铁架地球蛋。素花锦被裹您纤躯,随徐徐呼吸而微动,满室芬芳。哪似我处这般肮脏贫寒,臭汗熏人。季节已临深秋,我心诸多凄凉。几次欲去校舍一叙,无奈双腿如铅,胸跳如雷。可见我心仍如童男一般火烈鲜红,青春未熄。每至深夜三星西斜时分,我必坐起向南即校舍方向观望,全身大抖,之后还要喝三碗凉水以镇阳躁。吾辈有幸也不幸在林中一睹芳容,接上再不能安眠。其情景如电影一般反复演出,思绪万千,口中喃喃。眼见得两颊变红,手足脱皮,日日呼其姓名见其倩影。将心比心,您在舍中独自一人也必然不堪其苦,做多方设想。人之常情我最知晓,因而能够体贴爱抚。独身之苦,苦似红铁烙肉,常人无法想象。您清晨即起,漱口刷牙,穿戴齐整梳头三遍,又用粉红香皂洗了脸面,光滑如玉。然后走向舍前空地缓缓挪动谓之散步,引逗百鸟齐声鸣唱,其中雄鸟居多。不是芳心不动,实是意志坚定。待到铁钟一叩,嗡嗡有声,千家小子鱼贯入室,上课开始。一只小手紧握木条名曰教鞭,在黑板上来往指点,疼煞林中老人。我愿化一孩童端坐其中,嗅您气息闻您芳音,至死不归。我想您通体无一处不洁净,真正是完美无瑕。方圆几十里空气清爽宜人,必有气体蕴您贵腹又从鼻孔排出,能辨者是您爱人无疑。在下说到此大胆吐露真情,唯有我日夜可闻异香。看您双肩圆软平整杯水不荡,背肉丰厚又能显腰形,一望可知是学识丰富之处女,非领导而不嫁。我虽资历深远,品德高尚且身为一场之长,但比您微不足道,恰似一短短毛虫。可欣慰者唯筋骨韧壮,百折不挠,经得起您长年摔打。说到此愿再进一言:您不必在日后同枕之时过分拘谨,因级别及革命经历不同而视为畏途;实际上他平等待人,礼贤下士,死而后已。也不必因其年迈而小心翼翼,鼠目寸光,过分溺爱问寒问暖;事实上他久经磨炼无比泼辣,皮如村童,那时节无一刻可安稳。小家建立,吃荤吃素由您而定,挑泥担水让我去做。据估计很快会有贵子,哇哇大哭令人欢心。到时候穿针走线做成一件小袄,穿上后只露出红色小脸及手部脚丫。哺乳期多食米饼蘑菇,催其奶水,并辅以米粥。经考证小砂蘑菇最为适宜,可令文太多方搜寻,每日一碗,对此他已许下保证。这期间必有学生来探女师,团团围住我室;我定然按时前去驱赶,让其作鸟兽散。至夜晚风摇树动,如鬼泣哭,我当怀抱妻女,右手持剑而眠。睹娇儿样并端详您之睡态,幸福无比。唯担心我爱心太切,深夜里手脚过勤而误您安眠。到时候为求两全,宁愿让您缚我手足以待天明。妻子在哺育生产期必然释放浊气,昔日芳香化为些许腥膻。但幼童鲜嫩如花,其瓣也薄,阵阵菊味与母中和。总之小家三口世人皆羡,一场长一女师一未来之接班人。写到此我不觉泪如泉涌,手脚火烫,您见纸上块块斑点,即是泪痕。想当年众女把我追逐,避之唯恐不及,但毕竟偶有损失,男人名节难以保全。至今吾尚独身,皆因眼眶太高。后半生遇上女师也是万幸,如蒙看上一眼,死而无憾。从今后白天骄阳是您笑脸,夜晚星月是您明眸;风吹草木,是我泣诉。还求您多来林中采药寻菇,如逢天色太晚投宿林中,更是全场革命职工之殊荣。最后还望您多多保重身体,避开世间各种可能之伤害。荒村陋室,刁民无数,青壮光棍,最为悍暴。如您一人外出散步,最好藏一银针于袖中,冷不防歹人蹿出,或可扎中。亦可取灰面一把装入花衣内兜,悠悠然双手插兜而行,见恶人则扬手以灰迷其双目,始得脱身。也有刁民性情胆怯,往往做出种种淫相,不可正视。总之处女之身如花之鲜、如果之嫩,千万当心保存。切不能自毁自弃,不虑千日,只求片刻,成终身之恨耳。忠言逆耳利于行,良药苦口利于病,还望您坚贞不屈,保持到底,坚持到最后胜利,做到童叟无欺。林中老人含泪顿首。敬上。致革命敬礼。8月22日丑时。"

老丁双手抖着,以面糊封了牛皮纸袋,又捆好了一大包鲜蘑菇。

六

为稳妥起见,近日黑杆子与小六共同率领民工做活。这样小六身旁就有了一个背枪的黑汉。小眉有一次从家里带来一个烧得黑乎乎的地蛋给小六,被黑杆子从中截了,掰开看了看热气腾腾的瓢儿,又嗅了嗅,才还给小六。小六一个人去树下解溲,如果久了,黑杆子也要跟去。只有猎物在远处鸣叫时,他才离开一会儿。有一天他手里提个野鸡从树棵间探出头来,一眼望见小六直盯着前面几尺远的小眉,就急急呼喊:"文太!文太!"文太闻声赶来,黑杆子用枪指指小眉,又指指小六。文太走到小六跟前,端量着他说:"工人阶级能这样吗?"小六哼一声:"我不过看看。""工人阶级能看看吗?"黑杆子在一旁附和文太:"幸亏丁场长不知道。"文太商量说:"好不好写个检查什么的?"小六大嚷:"我没有钢笔水。"文太笑了:"那你买一片化制墨水的颜色干什么了?去年一片,今年又一片,对吧?"小六不语,黄黄的小脸渐渐转青。文太走开了,一边走一边咕哝:"还是丁场长说得好——吴三桂勾引来清兵,留下千古骂名啊!"小六像肚子疼一样蹲下去。黑杆子说:"你这样就像个兔子,不够我半枪打的——嘭!"小六伸手去拔草,汗珠从额上流下来。一会儿军彭弓着腰走近了,说:"小六同志,我对你有看法的。"小六瞥瞥黑杆子,军彭就请他走开了。军彭说:"你说自己是作业组长,经了解是夸大其词。"小六激动得跳起,喊:"我!"军彭说:"是你。"两人再不说话,互相注视了三分多钟。后来小六把手伸到了衣服的夹层里,掏出了一张破破烂烂的纸片——这是总场场长申宝雄写给他的一封信,他已经保存了两年多。宝物的嗅觉太敏,在这片林子里几乎无秘密可言,所以他只能将其带在身上。他牢记这是申宝雄的真迹,睡觉时也放在内衣小口袋里。信上有一处曾提到他为组长,但那两个字恰巧被折叠得模糊不清了。小六指点着纸片让军彭看,军彭耐着性子读了几遍,最后认为总场场长申宝雄十分器重小六。但"组长"二字无论如何是看不清的,也就无从判断那个最主要的问题。小六急得抓耳挠腮,把信对在阳光上,结果还是辨认不出。军彭在树隙间踱了一会儿步,转过身来说:"这是什么时候的信件?"小六沉默着,说:"本来我不愿提起。不过这事情已经暴露了——他们(我不点名字)不知如何使用了特务手段,也许总场秘书部门及关键方面藏有坏人,他们反正搞到了我写给总场的信,老丁鹦鹉学舌,将阴谋变成了阳谋,当着文太、黑杆子和宝物的面读了我的信,意在挑拨。你看的申场长的信,这是场长亲笔回信。这信是历史见证,十分宝贵。我之所以给你看,是为了证明到底谁是这片林子的领导,为了真理。"军彭点点头,但说话时声音微弱:"可以的。不过,然而,虽然是这样,但是那两个字是看不清的。"小六失望地看着在远处做活的小眉,长叹一声:"我总以为我们是一条战线上的,谁知……"军彭握住了他的手,耸动了几下:"必要时需要外调的。我基本上是信任你的。余下的事就让实践来作个证吧,你知道一切都不是天上掉下来的,是实践得来的。

这就是哲学。"小六牙齿磕碰着："我听懂了,是哲学。"

军彭刚刚离开小六,文太就走上去了。军彭对文太说："我们谈了一些哲学。"文太拍拍手："我们这里和总场不一样——那里人不懂哲学。当然了,申宝雄老婆还懂一点。我们这儿在老丁场长领导下,基本上是学哲学用哲学,如今林子里已经有很多哲学了。内因外因,蘑菇正反两个方面——伞顶和顶下瓢儿;两个方面互相转化——比如太阳一晒,伞底变得和伞顶一样干硬。很多的,说不尽。"军彭接答："说不尽。比如小六同志及老丁同志的职务问题,说得尽吗?"文太愣住了："小六同志还存在个职务问题吗?你又怎么了军彭同志?"军彭皱起了眉头："事情都有正反两个方面,这才是哲学。老丁和小六谁是正面?比做蘑菇也可,他们谁是伞顶?还要调查研究哩。"文太惊呼道："要不是我亲耳所听,谁讲我也不信,你怀疑起了老丁场长!这可是你亲口说的,军彭同志!你竟然听信一个叛徒的话——他什么事情做不出来!也就是刚才一会儿,他还差点犯了腐化的毛病。你竟然去听信他。"军彭有些胆怯地眨眨眼："我只是说还要调查研究。"文太哼了一声："该调查的早调查了。不是吗?当初申宝雄同志接到小六诬告老丁的黑材料,连夜率领调查小组赶来,结果如何?小六何其毒也,必欲置之死地而后快——遭殃的反是总场领导一干人马。他们又吐又泻,像过街之小鼠,连村中小民都以白眼视之。得道多助,失道寡助,毛主席的话忘了还行?这其实也是申宝雄怀疑老丁的必然结果。对老丁怎么能怀疑呢?军彭同志,你是先烈遗孤,快快转意还来得及。如果是别人在怀疑老丁,我是不会这样规劝他的。你不知道,老丁场长对先烈的后代是十分爱护的。"军彭不吭声,但慢慢握住了对方的手,说道:"我非常感谢你。感谢你阶级的友爱。但我必须指出的是,小六手中也有一点证据。我还要用力思考几个月才能答复你。再说总场调查组在这里的情形我也不知道。我当时如果是调查组成员也就好了。"文太重复一遍:"那也就好了!"说着心中一阵快乐。他想真该让军彭见见那个阵势啊。他最后握了握对方的手,离去了。

　　文太对老丁讲了军彭的态度,老丁用焦黄的食指剌剌头顶:"他来这里就是归我领导了,他不好,那是我没有把他调教好。"文太笑着:"他还后悔没进申宝雄那个调查小组哩。"老丁也笑了:"机会有哇。不是小六又买走了第二片化制墨水的颜料吗?机会有哇。"文太大笑。回想调查组进驻林子的日子,那可真是个使人聪灵的节日啊。文太有时真恨不能再经历那么一场古怪的节日呢!

　　那时候的一分场啊,真正是火火爆爆。

　　申宝雄率领着七人工作组进了林子,宝物迎头大叫。有一个背枪的人瞄准了宝物,黑杆子就从肩上摘下了十七斤半的土枪瞄准对方。宝物前胸挺起,让秋风撩起脏臭的额毛。正在这时老丁从小屋走出,对申宝雄深深一揖道一声"上级",然后呵斥黑杆子说:"这杆枪能装二两半土药,人家的枪只装一子儿。你一枪还不是灭了人家调查组?收起收起!"说完又拧了宝物的耳朵说,"党派来的人你也咬?!你看准了,前头那个脸发黄、嘴唇上有个红点的人是咱书记。"老丁将所有人都喊来小屋门前站队,宝物站在了队尾。老丁说:"稍息!立正!报数!"大家一二三四地报了,宝物也哼了一声。老丁弓着腰跨前一步,说:"报告书记,全体人员集合完毕。"调查小组中有人在笑,文太瞥了瞥,见是女打字员。申宝雄说:"稍息。解散。"老丁敬了礼,说:"我们一切都实行军事化——您知道,我是经历过战争的人。"申宝雄歪一歪嘴巴,不愿答话。老丁又说:"热烈欢迎调查小组!从今后全分场都听从您的指挥。可惜我卧病在床,不能帮您。"申宝雄冷冷地打断他的话:"等候调查结果吧!"接上申宝雄安排小组的人都分开住,一半住林中小屋,一半住林边的小村。他们与参谋长和女书记率领的工作组会合了。申宝雄往来于林子与小村之间,及时将最新情况汇集一起综合分析。所有指示都由女打字员用打字机打出。申宝雄披着大衣在室内踱步,口中念念有词,比如:报,该组已进驻小林;该组已展开工作;该组与邻村工作组携手合作等等。为欢迎调查小组,老丁抱病从帐中钻出来做蘑菇汤,让全组人一人一碗。申宝雄仅仅在喝汤那一刻才对老丁有一丝好感,喝毕态度照旧。老丁坐在帐中,紫色的布帘低低垂挂。文太和黑杆子有时把头钻到帐篷里咕哝几句,老丁咳几声他们就走开。最忙的要算小六,浑身绷紧,频频奔跑,领小组的人查看林中管理情况,又带申宝雄暗中观察老七家里。他们甚至买了她的干蘑菇收做样品。驻村的参谋长和公社女干部被老丁压迫多日,以为翻身在即,就兴高采烈地置办酒席,让申宝雄喝得满身赤红。他们历数了林中人的种种陋习,特别嫉恨的是老丁天天喝酒,并指出他对身着军服的参谋长指手画脚,唯恐天下不乱。所有情况都与小六的上告材料暗暗契合。几天来空气紧张,一群乌鸦在小屋上空嘎嘎大叫。黑杆子怀抱土枪,嘴唇发紫,见了猎物也不敢扣动扳机。文太一连几天没见老七家里,因他发觉调查小组的人在店门口徘徊。这样约有五天。第六天一早,老丁出人意料地走出帐子,在门前空地上舞起剑来。老人全身是勇,剑如铁链绕周身旋动,晃得人眼花,一招收起时,总要跺一下脚,再发一声响亮的呐喊。所有人都围住了他看,大气也不出。老人收功时文太跑上前去,严肃地敬礼。老丁点一下头,将剑贴到后背上,又弓着腰回帐中去了。也就是这天下午,调查小组的人有两个掉进了林中陷坑,其中一个浑身沾满粪便,令人恶心。第二天小组的人又一齐呕吐,接着大泻,频频出入茅厕。有一根长蛇倒悬屋顶,向下伸着叉舌,让睡地铺的人一夜没有合眼。天亮了,他们还要睡眼蒙眬地到林中调查,结果有半数以上挨了马蜂。蜂窝奇怪地长在小径旁边,他们绊了一条桑须,蜂窝就从树上跌落,接着一群恶蜂围上来。于是,调查组的人个个脸庞五官肿得走了形,并且发青,所以再也不受尊重。调查小组的人进了小村,村里人视他们为怪物,并不与其认真谈话。老丁对申宝雄说,这是因为您的人初来这里不服水土,再说又不熟悉地形地物,难免出些差错。申宝雄半信半疑。就在老丁说这话的第二天,调查小组的人在去小村的路上遇见了一个红毛狐狸,它端坐路中,似笑非笑,前爪提在两侧,有人端起枪来,它就变为申宝雄;放下枪来,它又复为狐狸。大家尖叫着跑回来,见总场场长正披着大衣念着什么,让打字员打字:"报,该小组进展迟缓;报,该小组行动受阻,原因待查。"人们大惊失色,面面相觑。他们说:"场长,你刚才还是狐狸。"申宝雄给了说话的人一记耳光。女打字员反应不及,接着打上了"场长是狐狸"

的字样，打字纸被申宝雄一把扯下来。

调查小组自顾不暇，文太和黑杆子就趁机钻进小村。老七家里再也无心呆在小店里，挨门挨户送去了干蘑菇。她把总场新来的一帮人说得一无是处，还指名道姓地说领头的是个流氓。文太重新调查起公社女书记丈夫的死因，亲自找目击者谈话，谁谈过话，就在一个小本上按一个红指印。当小本子被红色指印排满的时候，他就去找女书记和参谋长。参谋长似乎有些虚脱，不停地出汗；女书记坐不住，一会儿出去一会儿进来。文太在她离去的间隙里扼要介绍了她的经历和趣事，参谋长直打喷嚏。文太说女书记自小凶残过人，八岁上杀过猫，十岁上杀过狗。其父浓眉大眼，双臂粗过碗口，常常教女儿摔跤。她入了初中，当过铅球运动员，并在体育课上多次将体育教师摔倒。后来入了高中，担任团委副书记，工作大胆泼辣，常常以身作则。生理课上，她征得老师同意，登台结合自身实际讲解例假与青春期特征，通俗易懂。当时号召大办农业，全校师生来往路上都要身背粪筐，收拾起一路的牛马粪便。她的粪筐最大，而且内分五格，自觉地将各种粪便分类存放，以便科学施用。偶尔忘记带筐，她就将路上牛粪捧到庄稼地里，并且决不洗手。入高中的第一年她就入了党，到方圆几十里去宣讲自己的先进事迹，一时间都知道出了女英雄。第二年她的表现更为突出，为了学好批判材料，常和支部书记在小屋讨论一个通宵。有一天半夜里下起了小雨，她跑出来给学校饲养场盖干草，并吵醒了所有的驻校师生，干草盖好雨也停了，大家这才发现她周身只穿一个三角裤头。事后公社领导激动地召开大会说："为了国家的财产,连那些方面也不顾的同志,不是感人至深吗？这里,哪还有什么资产阶级的羞羞捏捏！"高中毕业后,她被结合进了公社领导班子,再停一年,又接了老书记的班。最有必要提及的是后来,是她与一解放军进驻小村的情形。参谋长说这些我都亲眼目睹,了如指掌。文太说你当然比我了解喽。不过你知道她怎么欺负自己男人的事吗？参谋长无言。文太接上介绍了她男人矮矮胖胖,是老公社书记的儿子,贪吃贪睡。女书记嫌男人不爱活动,常年消化不良口中发酸。她住到小村里更是为了摆脱男人纠缠,从不主动回家。男人来寻她数次,都被她关到门外。有一次男人带了铁钩绳钩住了窗棂,这才攀进屋里。两个人打闹半夜,男人身上处处青紫,大亮时分才呼呼睡去。她是另有新欢。为达到长期鬼混之目的,该犯用一种叫"长蛇头"的毒蘑菇毒杀亲夫,恐其不死,数量过倍,先搓成碎屑,再拌以黄酒,煮汤加肉加蛋花加葱白,使其鲜味扑鼻。该犯一贯好逸恶劳,屡教不改,不杀不足以平民愤。同案犯男,身高一米七五,老谋深算,长于教唆,用心险恶。该犯与上犯勾搭成奸,遂起杀意,手段残忍,构成死罪,就地正法。此布,切切,人民法庭。文太越讲越流利,参谋长汗水淋漓,急急用手去掩他的嘴巴。文太一掌打掉对方的手说："坦白从宽,抗拒从严,何去何从,快快选择！"正说着女书记进来了,她一见参谋长脸上的汗水,一下子跌坐在了地上。她慢慢从裤兜里掏出很久以前绘成的那张毒蘑菇图形,空白处还写了调查死因的过程及结果。参谋长接到手里,双手交给了文太。文太在上面按下了自己的手印。参谋长打了敬礼,然后说："请转告老丁场长,我们坚决站在他一边,而且要发动革命群众。"他说这话时正好黑杆子和老七家里及宝物一行三个从窗外走过,行色匆匆。文太说:"人民行动起来了。"

文太从小村归来的第二天,正是大雨。大雨下到傍晚,闪电照得天宇一片银亮。巨雷轰轰爆响,林中小屋集中的所有人都不愿言语。正这时门外一片嚎叫,申宝雄领着三五个人像落水狗一样出现了,一头一头往屋里撞。大家全愣了,一问,才知道是小村里的人不让他们住在那儿。村里人不怕大雨,手举三齿钩和铁钉耙将他们的住处团团围住,说要砸死这几个祸害村庄的人。后来是工作组的参谋长和公社女书记出面劝阻村民,危急时刻参谋长抽出小枪向上打了一发。他还想打第二发,但这时小枪照例卡壳了。国产枪质量不行。申宝雄领人慌慌地逃出重围,顾不得带上行李和日用物品。他们浑身乱抖,嘴唇发青,每人脚下都流了一汪水。因为要打地铺,一汪汪水使原宿小屋的几个人十分不快。没有办法,只得赶紧加打地铺,分开铺草和被褥,七八个人挤在一起。大家挤着,都抱怨来林子里调查算是倒了霉。申宝雄不愿与别人一起挤,但又没有办法。正这时老丁从帐里下来,说让总场场长睡他的大炕,他干脆为大家打更。申宝雄不加推辞,脱了外衣钻进了帐子。他赤着身子滚入被窝时,突然尖声呼叫起来,说痒死了,痒死了,双手乱抓挠跳出帐子。原来那被单经人用痒痒草精心搓过,老丁心里有数,老人一边弯下腰安慰他,一边在暗中抽掉那片被单,然后自己钻进了被窝。老人惬意地将被角围紧了膀头说:"场长,恕我直说一句吧。你没有这个福分。"申宝雄抓挠着,无言以对。这时文太从墙角的铺上走下来,说:"无论如何申书记不能跟大家挤,您睡我铺吧。"申宝雄哼着到文太的铺上了。文太走到地铺跟前,在黑影里摸了摸几个人的脑袋。他躺的地方正好挨着女打字员。为安全起见,平时女打字员的铺与别人的铺之间放了两块红砖。文太半夜里摸了摸红砖,觉得又凉又硬,就偷偷地撤掉了。他与女打字员紧紧地搂抱一起,彼此心照不宣。两人重叙旧情,泪水涟涟,窃窃私语直至天明。起床那一刻,文太稍稍离开一些,并重新摆好那两块红砖。由于红砖安然屹立,所以最终也无人怀疑会发生什么事情。但女打字员却经历了永远无法忘怀的一夜,天明之后不停地向文太使眼色。这容易暴露事情,文太从她身侧走过时狠狠拧了她一下,以示惩劝。两个人都在寻找新的机会,咬住牙关作了成功的忍耐。后来调查小组的人要去林子里看一处现场,申宝雄也出门联系事情,女打字员就乘机溜到了老丁的帐子里。文太求老丁借用帐子。老丁虽然厌恶别人因这种事占用帐子,但要服从斗争需要,也只得应允。文太与女打字员难分难解,眼睛都哭得红肿了。女打字员说:"你在总场那会儿,怎么好那么没有良心?"文太说:"我也想不到现在会这么热爱你。我想这是战斗加强了我们的事情。"女打字员一下接一下地吻着文太,说:"我一辈子都要向着你,你让我干什么我就干什么。申宝雄王八蛋。"她表示要将申的话一式两份,一份上报用,另一份就交给文太。文太又给她布置了新的任务,两人才流着眼泪分手。

调查小组这天进入林子深处,归来时伤痕累累。因为宝物在林中大蹿不停,山猫野狸都被驱赶出洞,逢人便咬。狐狸和乌鸦一直围绕他们盘旋,空中陆地皆有凶兆。数不清的毒蛇挡住了去路,如茅草一般成团成簇。他们生来没曾见到这么多的蛇,只觉得头皮发麻。蝙蝠一反常态地白天出动,横冲直撞,将冰凉的分泌物甩到他们脸上。他们躲着蝙蝠和脚下的蛇,脸上又糊满了密密的蛛网,黏稠腥涩,脱也脱不掉。更有村里人来林中采菇,一个个打着树皮裹腿,拿了奇怪的弓箭,向他们射出竹签。这些大多不能伤人,但也让人胆战心惊。打猎的人还胡乱做了地枪和树箭,一不小心踩中了机关,立刻有一块木头从半空里砸下来,半天工夫已经把三个人的头顶击出了肿块。他们见有人在树隙里施放一种奇特的白烟,使用的是一些见所未见的草本植物,也正是这些烟雾使潜身树隙的虫蛇飞奔聚拢。蝙蝠捕虫,并被气味诱出。狐狸溜出来散心观阵。大野猫踏着蛇头而过,嘴里衔一只花斑老鼠。他们又气又怕,胆怯地询问林里的人凭什么要折腾外来之工作人员。对方答道:俺们是折腾野物的,捎带着也采采蘑菇,这是老丁场长早就允许的。只有那些最凶恶的人才想以调查为名祸害我村,封锁林场,断我生路。你们瞎懵懵闯进了猎阵,非我等之过。他们听了无从对答,对方拍手大笑说:输了输了!他们哭笑不得,只得择路往回走,谁知陷坑比前段又增加了数倍,并且做得毫无破绽,他们轮番掉入深坑,双脚已经跌得肿胀无比,行路艰难。有几个陷坑里还混入了硕大的河蟹,它们在黑暗中一直向上举着大夹刀,有人落入夹刀之上,它们就用力一剪。结果落坑人有不少被夹破了手足,尖叫声令人惊怵。人们从陷坑里爬出来,衣裤上还挂着碗口大的蟹子——它们在沙地旱岸上生活久了,早已改变形态习性,身上生满了绿毛,模样就像一种恶鬼。有人恨中生嫉,点一把火烧熟了蟹子,然后去抠蟹肉吃。宝物在一边笑出了残牙。不一会儿吃蟹的人腹部鸣响,捂着肚子又蹦又跳,手脚抽筋。这个人需要半个钟点才能苏醒。一行人在林子里拖拖拉拉往前走,顾不得拨开挡路的枝条,结果衣服全被扯破了。他们走出林子的那一刻,打裹腿的一些人跟在后面嚷:"都怨申宝雄!都怨申宝雄!俺跟老丁场长亲,他是俺们领路人!"调查小组的人连声长叹,进了小屋才舒一口气。他们进门就见到了眼睛红肿的女打字员,觉得一班人马个个不幸。但她红肿的眼眶内闪动着炽热烤人的光彩,看上去愈加美丽,调查小组的同志感到了另一种安慰。这天直到很晚申宝雄才回到小屋,回来时面容十分颓丧,不愿多言多语。女打字员亲手为他捧去热汤,又用一条花手巾为他揩去额上的虚汗,他于是目不转睛地盯住了对方,像是突然间发现了什么。他接着讲了这天去找参谋长和女书记的情形,说眼见得他们进了一个小院,追上去却不见人影。小院北端是一间小屋,门虚掩着,他推门进去时,恰好有一个无须老汉笑眯眯地往外走。他问那两人可在,老汉点点头。小屋里空无一人,他刚要返身出屋,老汉已在外面咔咔关了门,又用木杠从下边顶实了。他无论怎么拍打都无人应声,接着门板下的猫道里冒出了白烟,白烟一颤一颤,看来有人在后面用扇子扇。白烟有一股臭味,而且辛辣刺鼻,他很快就咳出了鼻涕眼泪。一个又老又哑的声音在外面喊:"呛呛狐崽啊,呛呛狐崽啊。"就这样他昏了过去。醒来时天色已晚,屋里白烟消散。他这才发觉衣衫不整,皮肉上留了墨印,身前身后都画上了一个很大的王八。申宝雄说着解了衣服,让大家看皮肤。女打字员认真瞅着,说:"画得脖儿短了些。"申宝雄发誓要寻驻村工作组的两个领导算账。有人提醒他这涉及与地方领导的关系,特别是军民团结问题;而那两个领导未必就是这场荒唐行为的支持者。申宝雄叹着气躺下来。

这个夜晚风声很大,树木有的被刮折了,发出了刺耳的尖叫。野猫狂嚎不止,小屋四周好像有一万种野兽在奔跑。一个古怪的鸟儿在远方呼号,像是预告着崭新的灾变。睡在地铺上的所有人都合不上眼,惊恐万状。这是他们进驻林子以来最凄凉的一个夜晚。每个人都有着伤痕,这创伤在深夜里折磨着他们,恨不能大哭大叫一场才好。睡不着,就坐起来打抖,有时伸手在暗中拧别人一把。被拧的人尖声喊叫一句,申宝雄就严厉地斥责他躺下去。好不容易睡着了,又要做噩梦。申宝雄朦胧中感到了巨大的恐惧,像寻找母亲一般不知不觉偎在女打字员的怀中,被对方狠狠咬了一口。直到天色将白,申宝雄才捂着伤口睡着了。这时女打字员一个人悄悄地爬起来,从一个角落里拿来一个绛色小瓶。小瓶中爬动着几个毒蜘蛛,她取到手里,把它们的肚腹捏碎,让绿色的汁水全滴到申宝雄的伤口上。最后一个蜘蛛的汁水很盛,她让它流进申宝雄半张的嘴巴里。一切做完之后,女打字员又躺下了。天大亮时,地铺上的人忙着穿衣服。唯有申宝雄还在昏睡,有人要唤醒他,文太从一边的铺上下来阻止说:"领导心累。"话刚停,申宝雄突然闭着眼大笑,胡乱扭动,接着光着身子跳起来。女打字员瞥了他一眼,急忙捂着眼睛喊了一句:"哎呀妈呀!"接着她哭起来,骂着流氓,奔向了老丁的帐子。老丁急忙出来扶住她,一下一下拍打着,以镇惊悸。这时候申宝雄已经离开地铺,头颅可笑地硬硬昂起,两眼无光,双手在空中抓着。停了一会儿,他的头又猛地垂下来,像是颈部折了一样。他恸哭起来,含糊不清地喊着,嗓子已经变了音:"全是蓝颜色!我看见了蓝乎乎一片,太阳也蓝乎乎……东方红。有一条小虫溜溜溜爬上山去。全是蓝的。哎呀好累呀,我是小虫。我要咬我那个,她不是个好东西,有一天她和……我知道!我是蓝色小虫。我是全场一把手。我让她们入团,多发三个玉米饼。她们有的愿意。两个,三个,不,四个五个,蓝色越来越黑气,像钢板一块。我爸是让我和妈妈用枕头闷死的。他咽气那会儿盯住我看,我撒了手。妈妈给我洗身上,洗一遍又一遍。姥姥给我狗肉包子吃。包子皮是蓝的。上面有个五星。我爸被妈妈用一块紫花破床单裹好,像竹筒一样圆。她们跟我走,我们进了仓库,领料员上了北京。我一拍桌子谁不怕。秘书老婆做水饺。秘书走了,又回来。提拔两个,或者一个。用布条绑上,狠狠勒。我光着身体叫唤,雪花落了一炕,变成绒绒,绒绒全变蓝了。蓝花一闪一闪,妈妈和姥姥来了,又拿来三个包子。我把第三个交给上级,里面是四十张十元票子。工农兵学商。东西南北中。打字机咔咔、咔咔,蓝字出来了。我扑上去,抓住她的手呀,不放呀。她跟了我工作五年。她不。我总得去,闯过关卡。上了山下来,蓝色一片,小黄花像星星一样炸了。我抱住你,拨开枕头。枕头上有血,那是他吐的。我爸我爸我爸,嘿嘿嘿,蓝色驳壳枪。一颗红色五角星。妈妈来了,地铺多潮湿。香泄叶,我那个喝上了,泄……你走吧,奶奶的,一笔账记下了。我得到的比你多,你算也算不清。你还很嫩,尽管吃了蘑菇,嚼了古书。你赚下这笔也不易。我有远大计划。

秘书是一例。不过他得了的你不会得。内因外因,哲学全是蓝色的。蓝色的小虫钻到枫叶子里,钻进去。蓝色退开吧,我好累,蓝色退、退、退了吧!蓝色退了……"他大叫,眼神尖尖的,又渐渐熄灭了。他的动作快得让人不能置信,又怪异得令人费解。女打字员不时从指缝里看一眼,骂着:"天哪,他那样那样!"老丁拍打她,看她的脸。文太指着申宝雄说:"大家听到了吧?暴露了真实思想。别看前言不搭后语,他怀着不可告人之丑恶世界观。这怎么配做总场书记?又怎么配查老丁场长?这总而言之是个反动东西也!是可忍孰不可忍!快快滚出我分场,不可稍待,急急如律令!"大家目瞪口呆,互相瞅着。这时老丁放开女打字员走过来,对大家说:"他这是中了邪了,不过也吐些真言——不许外传,他是负大责的人!要爱护咱总场的头儿,听见了啵?"大家全答一声:"是啦!""那好,让我给他赶赶邪火。"老丁说完取一个木凳站好,这样就与申宝雄一般高了。他先弹了他几下脑壳,接着又左右开弓地打了他一顿嘴巴。申宝雄被打过之后,蔫蔫地坐下来了。老丁指示:穿上衣服,捂上被褥,让其发汗。人们遵旨忙活起来。

　　申宝雄大病了三天,病好了之后全身还残留着一些紫斑。老丁说:"申书记,快快调查吧。"申宝雄说:"不查了。""这不好。事情半途就废了?这不好。""不查了,不查了。"申宝雄说着召集起调查小组全体成员,宣布撤退。老丁再三挽留,又一次做了送行的蘑菇汤。他们临走那一刻,女打字员哭了。老丁愤愤地训斥她说:"哭个什么?革命青年志在四方!"文太在帐子后面吻着她,说:"记住战斗之友谊吧。"

老丁吩咐小六送走调查组,说:"你能请客也能送客,是不是?"小六一声不吭,脸色发白。

这就是申宝雄率调查组进驻那么小小一段。那时的一分场啊,真正是火火爆爆。

七

早晨,老丁踏着落叶刷拉刷拉往前走,文太见了跟上去。秋风很凉。宝物从后面追几步,又立住了。老丁有时仰脸望望树隙间的天空,有时看看脚下的小草。松树碧绿,枫叶通红,橡子在地上滚动。文太追到老丁身侧叫了句:"丁场长。"老丁站住了,额上的横皱积起一叠。他瞪了文太几眼,往前走了。文太咬了咬嘴唇,把手插到头发里。想了一会儿,他拍了拍脑瓜走回去,对正在烧火的黑杆子说:"出来一下。"黑杆子跟出来。他说:"真玄。""怎么咧?""丁场长后天就该过生日了,那是他的六十大寿。"黑杆子哎哟哎哟地叫起来,黑乎乎的大手摩擦着裤子。文太叮嘱道:"我们赶紧布置起来吧,老丁自己不好说什么。这时候更要注意某些人的动向,防止破坏。我去转告驻村工作小组,还有老七家里。采蘑菇的事交给小六,但不说是干什么用。多采,柳黄和松板最好。"黑杆子为难地说:"新来的军彭呢?"文太想了想说:"不能瞒他。不过我来说吧。"他顾不上吃早饭,先找到老七家里。老七家里一见他就拍了一下腿,说:"了不得了!"她露着黑紫的牙根,一手指向街巷说:"毒蘑菇昨夜个又毒死人了,看看吧,这会儿工作组也去了。""谁?""黄花小女。刚十七岁哩,小名叫小野蹄子……看看去吧。"文太吸了一口凉气:"是从你手上出去的干蘑菇吗?"老七家里又拍一下腿:"俺都是收购来的哩,混进个把也毒不死人。她吃了鲜的。"文太又想起了公社女书记的男人,"毒蘑菇演化出的故事万万千",一句歌儿从脑际飘过。他扼要地讲了老丁过生日的事,然后急急奔向街巷。

一群人围住一个小茅屋。文太拨开人群跨进去,见参谋长掐腰站在大土炕下,一边是公社女书记。两个女青年用皮尺量着什么。死者是一个少女,面容安详地躺在墙角。她的头发是金黄色的,像嫩嫩的玉米缨。老父亲坐在炕头上,两手按着膝盖,不停地抖。有人问他一句,他呜呜讲不清,大滴的泪水往下掉。文太没有搭理参谋长,双手拄着膝盖弯腰看小野蹄子。她穿着圆领儿小花布衫,一条半长的柔软的小绿裤,上面满是补丁。从裤口上伸出的一截腿脚黑中透红,有树枝划上的疤痕。一双很小的脚,脚上没有鞋子,只有硬硬的茧壳。一只手压在身子底下,一只手伸出来。手是小的,同样是坚硬的、黑黑的。她闭着眼睛,眼睫毛显出黄黄的一道。她睡得好香,没有人能够吵醒她。金黄色的头发散在肩膀上,瘦瘦的小肩膀撑开头发探出来。她的左腿屈着,右腿伸开,像要奔跑。昨天的田野上就奔跑着这个金黄头发的姑娘。那时,她的翘翘的鼻子被霞光照亮了,一蹦一蹦地跑。风把头发扫向一侧,红头绳脱了,头上好似系了一面小旗帜。如今,她睡着了还在奔跑,永远是梦幻,永远是梦幻。一道绿色的汁水微微联结着她的下巴和黑漆漆的炕角,她就沿着这汁水爬了一个夜晚,爬进了永远的黑暗里。炕角是她吐出的东西,那里隐隐可辨粗劣的食物和几片没有嚼碎的花蘑菇。一个邻居老太婆颤颤地走过来,从门框上取下一个柳条笊篱,指着食物让大家看。这是人人都熟悉的吃物,全村人都吃它,吃了几十年。这是发霉的瓜干切成的小方块,上面粘着树叶和糠末。一股酸味直刺脑门,闻过都皱眉头。吃它的时候要费劲儿,把脖子往上伸一伸,咽下去。老头子和老太太、小孩儿和半大的孩儿都要吃它。老人吃过了出去晒太阳,年轻人吃过了出去做活。老太婆指着笊篱上一个坑凹说:"看看,这是小野蹄子昨个吃掉的一块。她悔不该吃那蘑菇,苦命的丫头。"另一个老婆婆在一边用袖口抹眼睛插话:"可怜见的。她吃什么?吃什么?"这会儿老人一眼瞟见了文太,就说,"比不得你们,吃香喷喷的玉米饼。给村上人一口玉米饼嚼嚼吧。"文太没有做声。他很难过。这时参谋长与公社女书记听到了什么,抬头瞥见了文太,就走过来。"又一起中毒事件。"参谋长说。文太看着小野蹄子:"多么悲惨。"公社女书记喘息着:"老丁和你最懂蘑菇,该研究个方法告诉群众。现在时兴'群众办科研'嘛。是吧?"文太点点头,但心里从来没有像现在这样厌恶她。他说:"老丁场长早有打算。他本来就该有著作。不过这得他过了生日之后——他马上要过六十岁生日了,全场都很重视。"参谋长看了女干部一眼:"同志之间可不兴祝寿。"文太愤愤地顶一句:"这是总结老人六十年革命生涯的时候,怎么能叫'祝寿'!"参谋长嗯了一声,纠正说:"他小时候不能算那种生涯的。"女干部使了个眼色,又拍打一下文太:"这样吧,地方政权会考虑的,请你先转达我们的意思,改日再登门——现在还要处理案件哩。"文太看了看小野蹄子,走了。

文太讲了村庄里刚刚发生的事情,恳切要求老丁场长能在百忙之中传授分辨各种蘑菇的方法。军彭在屋内踱步,止步时举手拥护。老丁说看来著作是非写不可了,群众反映强烈。老丁走开,文太对军彭讲了给老场长过生日的事,认为该写一篇《老丁颂》,到时候让老人没有防备,高兴高兴;同时,也可以宣泄心中长期积聚的敬佩之情,一吐为快。军彭对后者有些犹豫,说这样做是否有些过了?文太说:"你不知道老人的经历,所以才那样说。他是党和国家的宝贵财富,听一篇生日献词有何不可!这也符合广大职工的心愿。如不然,那才是亲者痛仇者快的事情哩。比如小六,他会高兴为老同志过生日吗?不会!他一心想的是篡权谋位——我第一次揭出了事情的根源。"军彭无言以对,文太准备纸墨去了。傍黑,老七家里送来了一瓶烧酒,还从衣襟里掏出一只鸡——那是她悄悄从街上偷来的。她走后参谋长和女干部又送来一块生肉、一顶翻毛皮帽。小六不知道要有什么事情,只是忙着采菇。他已经好几天没有说一句话,嘴唇生了裂口。他在默默等候另一件事情,胸中的火苗一刻不停地燎着他。他采了满满一筐蘑菇,用怀疑的目光盯着来来去去的人。宝物用舌头舔去了身上的脏痕,比往日更加勤快。太阳还没有落山,它就出巡了——出巡时间比平时提前了一个钟头。老丁、黑杆子都回来了,他们手里提着猎物。锅里的蘑菇汤滚动起来,肉块在水上翻来覆去。老丁坐在帐子里抽那个大烟斗,一声不响地等待。宝物提前赶回来,全身沾满了野草籽,散发出一股古怪的气味。军彭在屋中踱步。文太略带严厉地招呼小六搬动桌子,接着是布好木凳。文太刚要说什么,老七家里闯进来了。她头颅探着,蓬蓬吸气,绕桌一周,然后从衣怀里摸出了一把绿色糖球、一根小耳勺。文太不快地盯她一眼,撩开帐子说:"老丁场长,请您老入席了。"老丁咳一声出来坐下。黑杆子满脸是汗,嘴唇有些抖。老七家里把刚带来的东西献上去,说了些祝寿的话。军彭皱眉。文太说:"今个是您老六十岁生日。革命生涯千万里,我们晚辈不能比。请让俺先敬丁老一杯水酒。"说着举杯,率领大家一饮而尽。黑杆子说:"这是咱一分场最兴盛的时候,人员最多哩。"老丁点头,又将手掌向老七家里抖抖说:"你代表地方了。你比那个参谋长和女干部强上百倍!他们的东西我不稀罕。看看那个翻毛皮帽吧,我什么时候戴过这东西?地主才戴它哩。"几个人于是厌恶地盯了一边的皮帽。宝物哼一声,咬住皮帽送到屋外去了。大家又喝了几杯酒,文太站起来大声说道:

"老丁场长,请听俺们写的献词吧!是给您的献词!"

老丁眉毛一动,忍不住说:"还有那东西吗?"文太看看所有的人,从怀中掏出一沓白纸,展开念道:"老丁颂。林中有一矮瘦老人,名曰老丁,不可不颂。该老人至今日深夜十二点半左右满六十岁整,老当益壮。六十年前情景实在遥远,无法测知,想必是降生一美妙孩童全家欢喜,接着用母乳精心喂养。时逢黑暗世界,军阀混战民不聊生,老丁足迹印遍山冈平原,一度沦落民间。俗话说古来将相皆出寒门,艰难生活造就英儿。老丁幼时即熟知各种人情大理,稍大更是精明过人。瞻望其鼓鼓方额便可测丰富智慧,端详其圆圆大口亦当晓能言善辩。尘世间各色人等,无不为之倾倒。老丁年轻时刚勇过人,猛力常在,令无数妙龄少女神魂颠倒;然老丁严于律己，浅尝辄止，毅然参加革命。从此他金戈铁马气吞万里如虎，偶尔思念往日情谊泪水不断。革命圣地他曾去过，与伟人握手，与钢枪做伴。不知穿破多少糟烂草鞋，也不晓吃过多少奇怪草根。待千里江山红遍，他在丛中笑。资深功厚，草绳系腰；安邦治国，鞋露脚趾。试想普天下老人皆似老丁般勤俭节约，祖国将省下多少金钱银两。话说岁月如梭，斗转星移，老丁鼓额之上已见六道横纹，时不我待。到此时丁老方忆起终身大事，彻夜不眠。东南方有凤凰专落梧桐，咱小屋有巨龙潜于大江。水一到渠必成秘而不宣，人一走茶就凉坏人遭殃。曾几何时歹人无限猖獗，黑云翻卷。有小人脸色蜡黄胆大包天，行为可疑，眉眼猥琐，不足挂齿，然实在令人气恼耳。唯老丁胸怀宽阔，不计前嫌。有信心有众望也有威仪，四方人物皆心悦诚服甘受领导。革命者解放全人类始解放自己，丁场长至老年愈加体贴众人。正人君子，最重情分；小人耿耿，声色犬马。老丁以亲身所历教育青年，勉慰一分场同仁艰苦奋斗。广播恩泽必收良报，宝物尚能跟随左右如同小儿绕膝；倒有恶少反目为仇，日夜窥视居心叵测。同室而眠，何必操戈；用心歹毒，必露马脚。好老人戎马一生，本该在林中安享天年，谁想到巧遇鼠辈盗窃粮草。俺们众志成城无坚不摧，一生追随您之足迹，棒打不散。观您牙齿望您肌肤，深知气血远未衰竭；如对异性偶有思念，更表明身处盛年。如此作保守之推算，丁老可有一百二十之寿限也。到其时科学大振，更有梦想不到之怪技，或许阳寿又可再延。总言之，丁老治理林场可愈加耐心坦然，大可不必归心似箭。您之安康实乃人民福分，恳切希望多多保养。遥望革命一生浮想联翩，颤颤抖抖词不达意。小文太斗胆执笔草草成文,万望您老不吝赐教收下区区颂文。一分场全体国营职工敬撰;于阴历九月九日晚秋日落之时。"……文太读得满头大汗,待读毕双手捧献时,见老丁的泪水已经盈眶。老人擦一下眼睛收了颂词,小心地放到被褥之下,蹲在地上叹道:"你们是最了解我的人哪!我奔走一辈子,谁曾说下这么多公道话?这会儿死也值了,我算交了几个真正的朋友……老七家里,给我斟酒!"

老丁与所有人一一碰杯。军彭咽下之后大咳,老丁用手背理了理他的咽部。小六也慢慢喝下,肚子疼似的弯着腰。灯苗一跳一跳,老丁的脸变红了。他响亮地笑着,离开座位,用手掌拍打着大家。拍过宝物之后,又拍小六,手掌绷成了一把刀状,在脖根那儿砍了一下。老人重新坐好,瘦瘦的身子球成一团,又挺直说:"我这六十年哪,跟谁去数叨,谁又能听得明白?老天爷不容我这个轰轰烈烈的人哪!我只能趴在这林子里,守着宝剑。我不愿说起那些事了,可它们成堆儿往我眼前扎!我什么没见过?什么没听过?什么人没打过交道?我老丁十次八次也死了,不过又转活过来。我说过,我是省长以上的经历,长征那年我背上背了个外国人,害了疟疾,叫什么斯特斯特狼。有个首长喜欢烟儿,草地上哪儿找去?我用榆树叶子拌上香油给他抽。他抽了一口说:不孬。到了延安,我住在最大一个窑洞里,桌前摆三部电话机,一部通前方,一部通后方,还有一部直通总司令部。我夜夜披上老羊皮袄读《论持久战》,读也读不懂,因为我不是个识字的人,这你们知道。跑去找我的大学生女的不少,都喜欢革命人。要不是后来我去打游击,说不定会犯那错误呢！我其实有个心上人,就是我沦落民间那年头弄上的,后来也参了军。不过她跟上哪股部队,哪股必败。她是个让男人疼怜的东西,都去疼怜她,你想会有人专心打仗吗？俺与她千恩万爱,说不尽的情谊,分手以后想也想死了。她说：'丁啊,咱别去扛枪了。'我说：'这枪说什么也得扛,枪比你还金贵。'她哭着跑了。我是个大丈夫,有火气,我要爬山越岭革命哩！男子汉不能窝窝囊囊一辈子,他得在身上印十个八个枪子儿才是真格的！我头也不回往前走,逢山过山,逢河过河,追赶咱自己的队伍。嘿,追上一看,黑鸦鸦不见头尾,一个个破衣烂衫。这就是穷人的队伍！"老丁说着一下子站起来。宝物迎着他昂起头部。所有人都屏住了呼吸,连军彭也怔住了。文太先默默地偎在那儿,后来一跃而起,在老丁眼前竖起拇指大呼：

"你活得英勇啊！你不甘平庸啊！"

"我跟上队伍革命,一个人还是革命。从延安下来,就一路上打着真假鬼子,往这林子里来了。那时独身一人,人又年轻,违背纪律的事多少也有点。我打打走走,半月不到,谁都知道芦青河两岸有个老丁啦。老丁是个手拿盒子炮的人,一瞄一个准。我穿了军装,后来军装被树杈子划烂了,我就脱下扔了。帽上的五星我留下,那是证据。我光着身子打枪,见过的人都说你看你看了得。我一天见个妇女在河湾洗衣服,就喊她。她跑,我当空开了一枪。后来她不跑了,我才慢慢走过去。这是我犯错误的一件事,不过我不避讳。当然了,我临走取了一套衣褂,你想干革命没有衣服怎么成？妇女非给我两套不可,我说傻呀傻呀,你家丈夫要穿怎么办？

她说就告诉他河水冲走了！你们看,战争年代的人民多么好,哪像现在这样。我穿了衣服走了,一去不回,打起了游击。游击游击,主要是游。不会游的人就不会击。我成天提着一杆枪在河堤上晃晃荡荡,喝得醉里咕咚,胡乱唱着什么。这就叫游。我唱：鬼子都是王八蛋,煮熟了以后用盐腌。小伙子今年十七八,哪个相好的没仨俩。没吃黑猪肉还没见黑猪走？当汉奸的死了不如狗。老子有枪整一杆,呼隆呼隆打下半边天。我这么唱,惹得那些老乡不住声地笑。他们都知道我老丁是个没有多少正形的人,连首长也知道。要是按照正规法律处罚我,十个八个也早抓起来了。你知道不能的。因为人人都有些毛病,都有些好处,比如我呀打仗好。我立正都站不稳,可一听见枪响两眼锃亮,身子也不抖了。我的枪专打敌人的脑门心。我最恨的是假鬼子,见了他们一个不留。我有两个叔伯亲戚都是假鬼子,都让我杀了。其中一个按辈分我该叫他爷爷,胡子都白了。他是八月十五那天落到我手里的,当时他正就着黄瓜拌猪肝喝酒。我闯进去,缴了他的枪,然后忍不住馋,跟他喝起了酒。他敬我一杯,我敬他一杯,直喝了一小坛子。喝了一会儿他说：'好孙子放了我吧。'我这才记起要办的事情是什么。我说：'爷爷,不能放你。'他理了理一把白胡子,说：'你奶奶在家想我啊。'我说：'你知道挂记她,还出来当假鬼子啊？'叔伯爷爷不吱声地喝酒,脸红得也像猪肝。他又说：'放了我吧,枪归你。'我说：'枪早归我了。咱俩走吧。'他站起来跟上我往外走。我盯着他穿了厚裤子的两条腿,那裤子油渍麻花的。我们两人走到了河滩上,四周没人,安安静静风景怪好。叔伯爷爷站在一棵老柳树下,流着泪珠说:'好孩子,放我回去吧,我再也不当假鬼子了。'我摇摇头,推上了板机:'转过脸去吧,爷爷。'老头子最后盯了我一眼——我一辈子也没忘那眼神。他骂了一句:'狗娘养的孽种,我的魂灵也会灭你。'我不敢再想什么,一扬手打了他一枪,他抱着柳树倒下去。那一整天我都嗅到了血腥气,钻到柳树林里不愿出来。我后来买了些吃的东西送给了叔伯奶奶,老人家一辈子摊了个不正经的男人,像守寡一样。她见了我一把抓住我的手问:'好孩儿见你爷爷了吧?'我说:'见过。'她说:'快让他来家啊,地都荒了。'我没吭声。临走我丢下一句:'让地荒着吧,他回不来了。'"

小屋里静极了。一会儿,老七家里抽搭起来,眼泪滴到了酒杯里。小六不认识似的看着老丁。军彭不安地站起来,踱到窗前,又折回来坐下。文太的泪水一直在眼眶内旋动。老丁又饮了一口酒,接着说下去:

"那时候咱这片林子可大,没边没沿,用来游击可真是好。仗打起来,有时饭也吃不上,只得吃林子里的果子蘑菇。那时水汽淋淋的。吃物也多,光蘑菇就分不清,一咬咯吱咯吱,怪鲜的。遇上鬼子来采蘑菇,我就撂倒他两个。外国人重营养,打死了一拨又来一拨,看来非吃上这东西不行。他们还要伐木头,用汽车拉,我就专打干这营生的。林子里当时算是游击区——地图上这地方用点点表示,点点画到哪里,我就游到哪里——只是后来才知道原来林子里还有另一个人,当然了,这是后话。反正群众那会儿知道只有我一个人算是革命的队伍,千方百计让我高兴。我说什么就是什么,没有找茬儿的。所有地主(这东西实在不多)都被我收拾过,我识破了那么多美人计。地主家小姐跟我好,我也跟她好,不过有个条件,就是支持咱八路军！反动的东西,再好咱也不能交往,这是一理。有一回我在一个富人家宿下,天亮时分让假鬼子包围了。这时候我已经有了双枪,就一手一枪地干,让小姐给我准备子弹。小姐眼明手快,俺俩忙了半天,才把敌人打退了。这样的小姐哪找去？我想让她奔咱根据地去,她舍不得父母。这就多少看出她有些反动了。也罢,我自己进了林子。这时节我身上的枪伤已经有好几处了,我想等到见了首长那天,也不讲功劳多大,只把衣服脱下就是。有的首长装作有大功的样子,其实全身光溜溜的,没疤没痕的,功在哪里？他娘的。比如有那么一个人我不说是谁,他现在又是场长又是书记,有一次洗澡我见了,前前后后看他,就是找不见什么。我问:'功在哪里？'他娘的。他不如我的女人！我战争年代交往的女人,哪个没受过红伤？她们咬着牙继续跟上队伍,有的站在路口给咱队伍唱歌说竹板,说:'快快走,快快干,翻过大山是好汉！'那是给行军的鼓劲哩！和平年代的女人也有模范,我看准了的不多,只有两个,一个是你老七家里,另一个是申宝雄老婆。老七家里你不用撇嘴,要明白天外有天。听文太讲她可不像男人那么混账,事事坚持正义。要知道世道发展到了今天,两口子也不一定就是一条线上的人。对她最了解的要算文太,小文太深入虎穴,得了虎子。反过来说,情同手足的人也会丧下良心。比如说我在林子里打游击那会儿遇上一个快死的年轻人,用掐穴的办法把他救下来,又教育他参加了革命,跟上我干。我把自己的驳壳枪给了他一支,教他如何打敌人脑门心。后来的事我真不愿说。他长得又瘦又小,脸色蜡黄,不说你们也知道像谁。我可怜他,有好的尽给他吃,想喂胖他。夜间寒冷,我用衣襟盖住他的小腿弯。有时半夜刮大风,风钻骨缝呀,他就哀求说:'丁司令丁司令,让我钻进你胸口那儿吧。'听听他没有血色的一对小嘴唇多么会说,跟我叫司令哩。我说:'罢,钻吧!'他就倏地一下滑到我大襟衣裳里边,贴在我身上。他真瘦啊,骨头硌我。他的嘴里老有一股邪味刺我的鼻子,还不知好歹地夫夫吹气。有好几次我真想捏住他的脚趾把他抽掉扔了。后来我还是忍了。为什么?就因为他是个革命的战士了。再说我也该有自己的儿子,他这样在怀里屈着让我多少动了父子心。有时候我抱着抱着就觉得是自己的儿子长大了。不过我还没有老婆呀,儿子,哪来的儿子!臭东西,嘴里一股野蒜味儿。你们看,我哪里对不起他。白天,我让他正步走,用树根给他扎上腰,教了他一首老根据地的歌。谁知到以后,到了战斗激烈起来的时候,就是他把我们卖了——那个人跟我一起,另一个革命队伍的人——这也是后话了。我要说的是有那么一天,我在林子里摘桑葚儿吃,登上一棵树,发现远处一群苍蝇嗡嗡嗡。我知道不好,就跑了过去。离开那地方老远,我就闻到了一股臭味儿。扒开树枝一看,我发现了一个快死的八路。他的一条腿坏了,动不了,饿也快饿死了。那条腿呀,烂得吓人,上面白白一层蛆虫,臭味就是那上面发出来的。他快死了。我扒树枝时发出了声音,他的手指就按到了扳机上。想想看,老七家里和年轻人,想想看,快死的革命队伍的人还这么坚强!我看了赶紧摆手说:'莫按下手指呀,我和你一模一样。'他不信,手指还放在扳机上。焦急中,我从裤兜里摸出了那个红五星。我就这样挨近了他,他也昏过去了。我闭着嘴不喘气儿,用茅草做成小笤帚给他扫去蛆虫,扫一下我的心缩一下。多么疼啊!革命多么不容易啊!扫完了蛆虫,我又给他喂桑葚,嚼一口,用手指给他抹一口。后来他转醒了,我们谈了起来,越谈越亲。我知道他也是老区来的,领头的就是刘志丹!他一个人坚持在这林子里打游击,腰里还别一卷地图。图上的一角画了些点点,他说这是他的游击区,我那时知道了这区里还有另一个人在打游击。我从交谈中知道他打死了不知多少敌人,只是前几天被敌人的小手炮打伤了。他是个老实人,不喝酒不抽烟,有点空闲就看地图。他是个好人哪,太好的人不能打游击——只会击不会游,哪有不失败的道理。我给他打来了野物,烧得喷香喂他吃。我端量了他一会儿,见他个子不太高,脸上有块疤。我问他叫什么,他说:'我叫吴得伍。'

"他叫吴得伍,我一下就记住了这个名字……"

军彭一直聚精会神地听着,这会儿带着哭音蹦了起来,喊:"那是我爸呀!我爸我爸我爸……呜呜呜……"

老丁离开座位,一下子夹住了军彭的脸,用手拍打着、抚摸着,泪水哗哗地流下来。老人说:"不错,正是你的爸爸。好孩子你不要难过,不要哭。好好干,好好继承先烈的遗志。我那会儿用野物喂他,他活过来了,你不用担心——你听我讲下去。"说着放开了军彭,回到座位上。老人流着泪水喝口酒,又夹了肉片,费力地咀嚼。"这真是个英雄。他被我救下,从今后俺们一块儿干,再加上那个小瘦东西,革命队伍一下发展成了三人。三人总得有个头儿,我们决定选出个政委来。照理说吴得伍看得懂地图,当政委最合适,我跟小瘦孩儿说好都投他一票。谁知小瘦孩儿嘴上心里不一样,暗暗投了我一票,这样我得了两票——另一票是吴得伍投的——我成了政委。我怎么能当政委?久后我怎么有脸去见刘志丹?我真想把小瘦筋的头拧下来。小东西高兴得嘻嘻笑。我说不用笑,夜间睡觉你站岗。吴得伍这个人——军彭同志我要说你爸句坏话了,他哪里都好,就是有一条,太顾恋老婆。睡到半夜里他常常没了影儿,这开始让我起了疑心。我怕他是个通敌的人,你知道战争年代人专往坏地方想呀。我后来暗暗跟上他走起了夜路。好家伙,你爸手提盒子炮行走如飞,爬了一座小山,跨过芦青河桥,又转过三个大村镇。他走了足足有四十里,我跟着他累得嘘嘘喘。后来他在一个小土屋跟前停住了,敲门三下,出来个女人。我怕他们是有勾搭的那种事情,后来才明白革命队伍的人是不拿群众一针一线的,不会那样的。真的,原来他们是夫妻。干革命多么不容易,回家睡觉要跑上四十里,来回八十里,天亮前还要赶回宿营地。从年岁上掐算,军彭同志,你是那些黑夜里有的一个人了。那时我对吴同志多少有些看法,心想你对女人也太迁就了,也不管是什么年头。不客气说,他算个喜好女色的人。我以政委的身份批评了他,他没有吭声。后来呢?后来我为这个后悔了一辈子。原来他早作好了死的准备。一个快死的人了,怎么不可以?他是最后亲近女人了。人到了快死的时候自己知道,人是有古怪灵性的。但是我相信他不知道会死得这么简单。他那些日子只知道有什么从天边逼近了,就像一块黑色天气,上挂天下挂地,不声不响地凑过来了。他知道死的日子快要到了,得赶紧留下个后人。他想得不错。后来真的出事了,小瘦东西不见了!我们两个人满林子找,怎么也找不到。天刚蒙蒙亮,我对吴得伍说:'恐怕不好,小瘦东西要是把我们卖给敌人,我们就算完了。'老吴是个好人,思想不转弯。他说:'怎么会哩?'我说还是防着点好,就拉他一下往东跑下去了。跑了没有几步有人嘻嘻笑,我一看,原来四周的大树底下都蹲了假鬼子。完了,我估计得一点不错。我这会儿把手里的枪一下插进腰里,说:'你们先别急着动手,死活一会儿就明白。我先要把自己家的事办完——小瘦东西趴在哪?你给我出来,本政委要见见你!'没人吭声。我又喊一遍,有个角落沙啦啦响,那个小瘦东西真的站到树底下了。我一见他恨不能把他的头砍下来。我大喝一声叛徒,他吓得直抖。我问:'小瘦东西,我问你,我把你当亲儿子待,救了你的命,我哪里对不起你?'小瘦东西擤着鼻涕,哼哼着说:'对、对起。''那你为什么还要卖我、卖你吴大?'他揉着眼,半天才说:'人家对我更、更好,人家给我好饭吃。'我死也要死个明白,就问:'什么好饭?'小瘦东西答:'包子。'一群假鬼子哈哈笑起来。我快给气死了。就为了几个包子出卖了革命队伍,向敌人告密,老天爷可是亲眼见了。我一下抽出枪来,第一个打叛徒。谁知小瘦东西被后边的人挟上退下了。接着他们喊着让我俩投降,俺回答的是枪子儿。吴得伍好枪法,一枪打一个。俺俩边打边退,我的胳膊受了伤,老吴的腿受了伤。他跑不动,我就连拖带拉拽他走。他的血啊,把我全身都染红了。后来老吴的肩膀又挨了一枪,一说话就冒血泡。他说的话电影上也常演,就是嘱咐我替他交党费。先烈哪里都好,就是太挂记钱了。我说替你交就是,这会儿要紧是突围出去。他说不行了不行了,我说行行行。他不走了,要用枪打自己的喉管。我火了,夺了他的枪……"

"爸!我爸我爸我爸!"

军彭再也不能支持,大叫着,碰翻了一个菜碟。

老丁又一次起来抱住军彭的脸,拍打着安慰他,等他平静下去,才坐在座位上。"老吴同志牺牲了。他死得很勇敢。我第一回见人死得这么勇敢。刘志丹手下的人就是行。他死了,我突围出去了,全身都是他的血。他的血比什么都红,像红云彩一样啊。我一辈子会记住他流的血。我老丁什么都不怕,不怕人暗算,也不怕天塌地陷。我跟俺们吴得伍扛着钢枪打天下,地图一角的小点点就记下了我俩的游击区!我要一个人打游击了,打一辈子游击啊!吴得伍啊,你放心走吧,我一个人呆在这游击区啊!"

老丁说着说着喊起来,单腿跪地,昂着头颅向南望去。宝物从它的位子上离开,匆匆地在酒桌四周行走。黑杆子激动中和老七家里靠在一起,抹着眼泪。文太的脸红一阵黄一阵,胡乱搔着头发,终于又一次弹跳起来喊一句:

"你活得英勇啊!你不甘平庸啊!"

他喊完气力顿失,像泥土一样瘫在那儿。小六瞥瞥周围的人,伸长脖子吸了一口气。军彭一直在哭,这会儿揩揩泪水,上前抱住老丁说:"老丁场长,老丁场长!受孩儿一拜吧!孩儿不知道你是先烈的战友,不知道你们一起浴血奋战……孩儿对不起你呀。我、我还暗暗怀疑过你不是场长。从今后您老说什么就是什么,我把你当成父亲。我要革命到底。"老丁的泪水滴在军彭的头发间,伸出粗老的大手按住他说:"好孩子我不怪你,吴得伍没了,还有我哩。谁敢欺你?不瞒你说孩子,你丁叔的这把宝剑就是用来查访那个叛徒的,早晚刺在小瘦东西的脑门心上。记住啊,人不可轻视吃物,那个叛徒在当年还不就是为了几个包子出卖了先烈?叛徒都是告密的好手,他不在了,他儿子也会在,我凭他的长相就能猜个八九不离十。好孩子,要继承先烈的遗志,要跟我一起查访那个叛徒。你没听人说吗?有人把国家变色的希望寄托在第三代、第四代身上。军彭,记住咱们林子里出过一个叛徒——这个告密的好手,让咱查访到的那天,也就算活到头了。记住,记住叛徒的长相……"

八

小六不停地喝凉水。后来全身热烫,像被火烤过了一样。他唇上爆起白皮,嗓子沙哑。早晨或深夜天气凉爽时,他就赤着脚到林子里奔跑。有一次脚背上刺了一根大棘,让黑杆子给他拔出来。林子里有白色的杨树干,光滑得很。他抱住树干身子就软了,嘴里呼唤:"小眉小眉小眉!"从林子里回来,眼角发红,嘴上的裂口流着血,后面还紧跟着宝物。黑杆子没好气地问一句:"你痴了吗?"他夜间在床上翻滚,哎哟声接连不断,文太真想给他拧下一块肉来。有一天半夜他坐起来写什么,钢笔尖沙沙有声,众人一齐举灯围住他看。只见一张白纸上印痕重叠,只是无色,原来钢笔无水。白天他随别人一块出去劳动,神色焦虑。有一次他拦住了军彭的去路,说:"军彭同志,没人能跟我谈一谈。你能够跟我谈一谈吗?"军彭冷冷一句:"谈什么?"他的手抖着说:"谈谈……爱情。"军彭用厌恶的目光盯住他。他说:"一阵一阵,像浪一样往前顶,我受不住。我受不住哇。这是爱情啊,我受不住。我寻思她模样,睁眼闭眼都是她。第一回的,第一回有个爱情了。她像不明白。一阵一阵往前顶啊,这些日子又猛烈了……我!军彭同志!跟我谈谈这个吧,我憋不住了,我憋死了,我不行了呀!没一个人跟我说话,我不行了呀!"军彭哼一声:"你不是买了一片化制墨水的颜料吗?你会写嘛!""不行呀,不行呀,我只买过两片……"军彭厉声质问:"第二片呢?!"小六的脚抬动着:"我、我……""你是个阴暗的人!你这样的人也配谈论爱情吗?"军彭说完大踏步向前走去。小六僵在原地,后来大仰着脸,跟跟跄跄往前赶。他见到做活的民工,一步闯过去,睁大眼睛四处寻找,问:"小眉?"妇女们大笑:"谁还不行,非得小眉不可吗?"他说:"小眉。"他出了林子,一路匆匆奔向村子。他在街巷上转着,有时还弓着腰。有一次小眉真的出现了,他扑到跟前问:"你怎么呢?你快呀!"小眉嘻嘻笑着,从衣兜里摸出一张纸片,捏住一角抖着,转身就跑。她边跑边回头,希望他追赶。他叫着追起来,赶过一条巷子又一条巷子。有一次正好参谋长和公社女书记转出来,一下拦住了他的去路。他从他们中间穿过,参谋长一愣,拔出了小手枪喝道:"站住!"他不听,还是跑去了。参谋长让民兵把这个人逮住,绑住押到办公室盘问了一番。小六呜呜讲不清楚,民兵用枪托捣他。小六一边抵挡着一边嚷道:"哎呀,好香的野艾草味呀,好香呀。野艾草味呀,好香呀,一阵一阵的野艾草味呀,哎呀,我受不住的艾草香味呀……"民兵都笑了。参谋长用手托起他的下巴看看,说:"是不是误食了毒蘑菇?"他让人去喊林场来领人,文太就来了。文太给小六松了绳子,又取一瓢凉水给他当头浇下来。小六不喊叫了,摇着头,摇去了满脸水珠。往回走的路上文太斥责说:"你想怎么样?告诉你,损坏林场与地方关系的事劝你还是不要做。"小六说:"我想小眉。文太,我想小眉,我不行了。"文太说:"劝你还是不要做。"小六说:"小眉呀,小眉呀,小眉小眉小眉……"他越说越急促,后来撇开文太一个人向林子深处跑去。

　　文太本想将近期小六的情况向老丁汇报,但后来发现这不能够。老丁躺在帐子里,像小六一样翻动着身子,见了文太一把抱住,说:"文太,我心里有火啊!"文太知道老人又想起了女教师:那封信仍不见音讯。老人耐心地等待了七天,第八天上,他终于受不住了。老丁说:"人家不愿意吗?我寻思她会愿意。"文太一拍大腿:"她当然会愿意。她也许高兴过分了,一时不敢回信。"老丁叹息着:"折磨死我一个老人了。我耐不住性儿啦,老想跑去看她。我一遍一遍想她的肩膀,走路的稳重样儿。上次她来采药,我和她说话多顺茬儿。我知道她喜欢我。"文太想了想道:"喜欢和喜欢不一样。她如果喜欢的是你的职位,那就不能算真正的爱情了。"老丁有些不高兴地盯他一眼:"说哪去了!她是那样的人吗?她喜欢的是我这个人。"老人在炕上活动一下身子,把头压在枕头上咕哝着:"尊敬的国家女师啊,俺林中人先向您道一声安康……您也不能不理别人的死活。您的心好硬啊,林中人怎么受得住?我们都是公职人员,更应该多体贴才是!国家女师!国家女师!我要在这里骂您哩,国家女师!"老人的脸在枕头上颤抖摇动,整个瘦小的身躯躬起又放下,帐布被震抖了。文太惊讶地看着,心想老人与小六是绝对不同的两个人,可这几天的情状却是相同的。他那么替老人难受,知道这一切对一个老人是无法抵挡的——那像火苗一样燎着胸口啊。他紧紧握着老丁的一只手,又把这手贴在脸上。他自语一般急急地轻轻地呼叫着:"老丁场长,我比谁都理解您老!您是个重感情的人,您待我们场里人恩重如山。我真想帮您,可又帮不上忙。您老多保重啊,您老自己多支持着一会儿吧。我真恨那个国家女师,让我骂骂她吧。"老丁从枕头上抬头插一句:"不许骂她!"文太急忙说:"我怎么敢骂她!像您老一样,我是说说气话。我多想看看她的模样,她多么稳重大方!她多么文雅!我一辈子看不到比她更美貌的女人了。"两个人紧紧搂抱在一起,互相捶打后背,久久不语。

这个夜晚,文太陪老丁在小学校舍四周徘徊。他们指点着寻找女教师安睡的那间小屋,后来见黄亮的一扇小窗上映出了女教师的影子。她在端杯喝水。老丁紧紧盯住,说:"看见了吧?她尽喝水。哎呀,我算见她了——你知道我不敢来看她。"文太握着老丁的手,弓着腰往前走几步,说:"老丁场长,我真想过去拍拍窗纸,把她叫出来。"老人阻止了。他说这只隔了一层窗户纸,一戳就破的,就破的。后来灯熄了,老丁说:"她睡下了。看着她孤单单的,我心里真不是滋味啊。多好的姑娘,四十多岁了还是独身!我们怎么早就没有发现呢?这事咱也有责任。我们应该早早让她结束独身生活。"文太信心十足,用力握了一下老人的手:"会的。一定会的。"他们继续沿校舍旁的小路走去,长时间沉默着。小路两旁的草叶有露水生出来,夜已经深了。老丁接着又讨论了一旦婚期来临,他们要做些什么等等。他们讨论了每一个细节,比如新房的安置、酒宴请不请参谋长和老七家里等等。较为一致的意见是坚决不请公社女书记。还有,在婚期的前后十天时间里,要让黑杆子和宝物特别注意一下某个人。天有些凉,天空的星星又大又白。老丁看看校舍的方向,见它无比安静地呈现一溜黑影。不远处的小村庄有狗的叫声,叫声停了就更加寂寥。他抚摸着自己的胸部,轻轻哼唱起来。后来这歌声就大了,引逗小村里的狗齐声鸣叫。老丁唱着,唱罢对文太说:"她会辨出我的音调来。我相信这夜晚她是睡不安稳了。多好的一个夜晚,我唱了歌给她听。"他的话音刚落,一个黑影飞快地奔过来。老丁一眼看出是宝物,说:"它来了。它是不放心我呀,走吧!"

老丁的事情使文太越来越沉重。他等不到女教师的回信,像老人一样焦虑。他对军彭说:"快十天了,就像钝刀割肉,谁受得了?"文太讲了事情的前前后后,说,"老人把你当成儿子一样,别人我才不讲。"军彭在小屋里踱起了步子,停住说:"让一个德高望重的老同志在婚姻上折腾成这样,我们是不称职的。"文太点点头:"不过怎么办呢?"军彭只顾自己说下去:"老同志为革命战斗了一辈子,晚年什么幸福不该得到?我们眼睁睁看着他这样,对不起他啊!"文太久久地握着军彭的手,默默无语。

老丁越来越消瘦。几天来他不吃饭,只喝一点蘑菇汤。后来他病倒了。文太、军彭和黑杆子焦虑万分,用各种野物给他补身体,又请来小村一个中医开了汤药。老丁的病时好时坏,参谋长和女书记代表地方来看过,彼此使着眼色。老丁对左右说:"什么医生也除不去我的病根。"参谋长问:"病根在哪里?"老丁不语。他们走后老七家里又来了。老丁握着她的手,再三抚摸。老七家里亲了亲老丁鼓鼓的额头,哭了。文太说:"我从来没见过这么动人的爱情。"他们此刻最恨女教师,都认为她比不上老丁场长一根毫毛。夜间,秋风吹得人心里一揪一揪的。小屋里,只有老丁和小六的铺子发出叹息声。两个不同的人,在同一个夜晚害了同样的病。风一阵大似一阵,野物凄啸。有鸟儿扇着翅膀从屋顶上经过,带来了隐隐约约的雷声。文太也睡不着,朦胧中见军彭一个人披着衣服在屋里踱步。风把什么吹得尖响,像一阵阵邪恶的口哨。宝物从屋角爬起来,转着身子将尾巴压到屁股下,才重新躺了。夜深了,黑漆一样的雾气从窗缝涌进,蒙到了文太的脸上。文太觉得军彭爬上铺子,黑杆子起来小解,之后又到干粮篮里拧了一块玉米饼填到嘴里。一阵咀嚼声引来了三两个蝙蝠,它们呼呼飞着,紧贴着文太的眉毛滑过去。林中一棵大树折断了,发出咔啦啦的巨响。文太似乎看到折断的大树枝叶下,有一只褐色的大河蟹支起笨躯爬过,沙沙声如同疾雨。一片片泥土在风中开了裂纹,接上无数的蘑菇圆顶钻出地皮,一望千里,令人惊悸。每一个蘑菇顶部都生出一只眼睛,张望着黑夜。文太心上一紧,泪水从颊上流下来。他爬下铺子,伏到窗口上望着,见无数的树冠猛烈摇摆。突然,他看到黑漆漆的丛林间飘出了一团白影。白影在跳动,可以辨出是一个舞动的人形。文太啊啊大叫跌在地上。黑杆子一翻身滚下来,抱起文太。文太说:"看看!"白影跳得近了,离窗口只有十几米远了。老丁哼哼着爬出帐子,小六也到窗前来了。那个白影呼叫着在原地跳动,声音粗哑。文太吸着凉气,声音颤颤地问:"你是什么东西?"白影答:"我是人。"文太说:"你是谁?"白影又答:"我是小野蹄子。"文太尖叫:"你不是!小野蹄子死了,让毒蘑菇毒死了。"白影跳着,哈哈大笑:"我就是小野蹄子。我把命丢在林子里了,我来找我的命啦……"文太离开窗户,说:"妈妈呀,小野蹄子真的来了!"白影继续呼叫:"我是小野蹄子啊!我来了!"她喊着往前扑,屋里的人慌乱起来。黑杆子去取枪,忙乱中走了火,把屋顶打了个洞。这一下大家都记起鬼是打不得的,绝望中向后门挤去。白影长长的毛发在风中撩动,很快靠近了窗口。一屋的人全跑出了后门,四下奔去。老丁跑在最后面,他的头脑被凉风一吹,清醒了许多。后来他站住了。

白影跷着脚去摸干粮篮子,大口地嚼着玉米饼。

老丁看得清楚。老人轻轻地靠上去,猛地将白影抱在怀中,任她大叫着挣扎,只是不放。后来她失了力气,一下子疲软了。老丁给她掀去头上的麻绺,褪下身上的布单。她哭了,连连求饶。老丁这才辨认出是来小屋里补过麻袋的一个姑娘。老丁厉声喝问为何装鬼,她说:"俺饿。俺想拿走干粮篮子。"老丁说:"你可知这是犯大罪的?"姑娘身子抖着,直说:"俺饿呀!"老丁让她吃玉米饼,她泪痕未干就两手捧住吃了起来。老丁把干粮篮子摘到帐子里,帐子里立刻充满了玉米饼的香味。她哭着,说再不敢了,不敢了。外面的风继续刮着,野物不停地呼号。老丁把所有的玉米饼都包好,交给了姑娘。姑娘走的时候谢过老丁,说要把这些玉米饼交给年迈的奶奶和姥姥。她再也不敢了,不敢了。她趁着夜色溜出去,没有忘记那个白布单和一团麻绺。天亮时分几个人从林子里钻出来,见老丁正躺在帐子里呼呼大睡。军彭感叹道:"真正的唯物主义者是无所畏惧的!"文太说:"我听见白影儿在尖叫,吓死我了!我到处找老丁场长,还当老人被鬼掳去了——那样场子就得塌了天了。"小六面无血色地爬到铺子上,用床单蒙住了全身。一会儿,床单颤动起来,传出了抽咽声。军彭厌恶地转过身去,在屋内踱起了步。早饭时老丁醒来了,神情安定,他招呼大家吃饭。黑杆子取过干粮篮子,见空空如也,不知如何是好。老丁说:"它们被鬼取走了。鬼也饿呀,他们都是贫农。"一句话说得大家不语。小六的呻吟渐渐弱小,后来就睡过去。文太和军彭动手熬了点蘑菇汤,勉强吃了早饭。文太讲起了小野蹄子金黄的头发,军彭瘦削的肩头抖了几下。他恳求说:"老丁场长,人民多么需要你的才智!早一天写出《蘑菇辨》,早一天挽救出一些人。您老贡献吧!"老丁点点头:"不是不写,是工作太忙。一个分场有多少事情,我实在闲不出手来。写是要写的。"文太在一旁催促说要尽快为老人笔录。"伟人大半是有著作的。"他说。老丁拍拍手:"也罢也罢,那就写起来吧。"接下的时间里文太调制黑墨,老丁闭目养神。他们坐到了帐子里。这期间一些闲事都由军彭和黑杆子照料,宝物常常跟随小六。以前写任何东西都不是这般艰难,这似乎要花费很多个时日。文太出来时总是急匆匆的。

小六在林子里劳动,蹲下就不愿活动。他的对面有一个年老的民工在拔草,他就闲下手来喊:"你是小眉吗?"老头子斜他一眼。小六说:"然而不是。"做活的民工中有细弱一点、穿了鲜艳衣衫的,都被他认做了小眉。他伸手去捏人家的头发,被人家打了嘴巴。小六沮丧地蹲下,揪掉一株草。宝物在他身旁撒尿,臭味刺鼻。它对小六笑着,残牙露出来,呈漆黑的颜色。有一次一只小野兔子不慎被它逮住,它就在小六眼前二尺远的地方宰杀猎物。小兔吱吱叫着,一道血水溅到了小六身上。小六退一步,宝物就咬起猎物逼上一步。血腥味顶着他的鼻子,他捂着鼻子拒绝呼吸跟前的空气。然而宝物耐心地咬开毛发极为细腻的小兔腹部,咬出尚在跳动的器官,咬出一个杏子大小的紫红色的东西,咬出一个像碧蓝的石头似的东西,又咬出一瓣菊红的叶片。它咬着,舔着上唇。小兔内脏中分离出一个活跃的东西,在沙上滚动了一下,接着蹲起半尺高,又往前一蹿,蹿到一边的小树丛中。小六呆住了,一动不动。宝物呼地一扑,长嘴到树丛中拱了几下。一会儿,树丛中有什么呀的一声哭了。小六木木的脑瓜在想:那个蹿跳的东西大概是小兔的灵,小兔的灵刚死去。宝物折回来了。小六惊讶地发现:宝物丑恶的脸膛一瞬间被印上了绿得发黑的几个箭头,这些箭头指向各不相同的几个方向,像是要撕碎一张肮脏的面孔。小六说:"你……"宝物迎面一吼,然后去吃剩下的肉块。黑杆子掮枪走来,手里捏着三两个又大又黄的柳树蘑。他粗声粗气地对小六说:"玩什么名堂!"小六指指宝物,黑杆子怔住了。他对宝物说:"玩什么名堂!"宝物在原地一卧,接着四蹄一腾,一阵沙烟爆起来,一下子迷住了两个人的眼。他们搓着眼,等沙烟消尽了再寻找宝物,它已经无影无踪了。黑杆子大声叫骂起来。小六一个人做活的时候,不免又陷于沉思。有姑娘之声在树丛震响,他必然身体颤抖。野艾草的香味阵阵扑鼻。他举了一束野艾草不停地走。在黝暗的林子里,蜘蛛的网子不断地将他罩住,他奋力摆脱着。蜘蛛在树梢看着他挨上咒语,心中兴奋。蜘蛛把从未有过的恶毒咒语抛向了这个枯瘦青年,因为他的面部已经显出了不祥的兆头。小六若无其事地举着艾叶往前走,后面传来了军彭严厉的呼叫,他像没有听到。后来他走出了林子,向小村方向奔跑起来。蜘蛛的咒语追逐着他,他疯了一般向小巷子里跑。

一个缚了草绳的奇怪的残土墙上,有着四方小洞。小六惊喜非常地趴在洞口向里望着,嘴里一声接一声咕哝。他想把身子扎进那个洞里,但总也不能。小方洞的深处有什么在活动,他激动地哭起来,肩头抽搐着。这样停了不知多长时间,突然有一个老头子穿了黑衣服,手提一根木棒走过来。老头子摸了摸小六的后背,伸手抓住拉出来,照准头部就是一棒。小六像一捆谷秸一样倒下来。老头子骂了一句,弓着腰跑开了。停了没有一分钟,一只黑黑的小手在小方洞里摇了一下,一会儿一个黑黑的姑娘跑出巷子,大叫着拍打倒地的小六。小六怎么也不醒,黑姑娘就一下下拍打,后来还抚摸起他变硬的胡楂。她四下里看着,急出了眼泪,嚷着:"你好狠心哪爸!你把他给打死了!"她嚷着,捧住小六的脸,在鼻子的一侧亲了亲。不一会儿,小六醒来了。他一定睛,立刻大叫:"小眉小眉小眉!"他紧紧地、毫不犹豫地抱住了姑娘。小眉像被勒坏了一样,脸庞憋变了形,一双小手狠推小六。小六松松手,说:"妈呀!"小眉说:"你刚才死了。"小六两手按住她的肩膀说:"我等你的音信!我等!你怎么了?你怎么了?"小六发疯地摇她。她咯咯大笑,一下蹦起来,跳着后退,说:"嘻嘻,等什么音信?嘻嘻。"小六拍着手叹息:"怎么办哪,又美丽又愚蠢的人!叫我怎么办哪?"小眉凑前一步问:"什么是'愚蠢'?就是长得黑吗?"小六哭丧着脸没有回答,只好伸手按住她,不歇气地吻了一会儿。他们在一块的时候,正有一个四五十岁的中年妇女在巷口上看。他们吻一下,她就咬一下牙,下巴用力地点一下。她手里提了一包干蘑菇,正要去小店里。她是老七家里。她的一双大黑手正按在墙上,十个手指把土皮抓下了屑末,哼哼地笑着。停了一会儿,她觉得眼前模糊,就用青布衣襟去擦眼。擦完眼,人家两人已经分开了。只听小六急急地喊叫:"收到了吗?"小眉笑着嚷:"收到也不稀罕!"小六一跺脚:"我问收到了吗?"小眉从衣襟里掏出了两张纸,在远处抖着:"就是写了黑麻麻的糊窗纸吗?"小六说:"天哪!你不识字。这是信哟——我天天等你回音,天天……你!"小眉嘻嘻笑着,一边抖着一边跑,让小六追赶。小六真的追上去。这边的老七家里两眼放出了光亮,焦急得直搓巴掌。她的脚抬了几下,但终于没有挪动。焦急中她拦住了从另一个巷口拐出的一个老头子,对在他耳边说了几句,然后转开了。老头子双手举拐一声断喝,小六回了头。老头子招手让小六过来,小六不解。老头子又喝:"给我过来!"小六挪过来,老头子狠狠一拐杖,骂道:"你撵闺女家!"小六捂着头躲闪,又想起了什么往回跑去——可是小眉已经不见了。

小眉抖着纸片往前跑,被老七家里拦住了。她一手挟住干蘑菇包,一手飞快地揪了小眉一下,把她揪到另一条胡同口。老七家里问:"手里是什么?"小眉把纸片背到身后,不吱声。老七家里说:"拿着吧!反正你是睁眼瞎。什么时候了?还不快找个识字的念出声来,你知道那上面藏了什么?你就不害怕!"小眉疑惑地看她,问:"你识字吗?"老七家里骂道:"识你姥姥家个地瓜蛋!我不识我不会找学问人吗?"小眉又说:"我不愿找参谋长和女书记。我想找女教师。"老七家里做个吓人的手势说:"天哪!女教师这会儿正白天黑夜想着老丁呢,焦急八叉的,她看了这些字纸,好的地方她还不偷换了去呀。这可不行。"小眉急得要哭,老七家里说交给我交给我,说着一把扯下信纸往前跑去。小眉跟上她跑,她说:"回去等吧。我没告诉你结果,你千万不要再靠近那个蜡黄脸小六了,啊?!"小眉这才止步。老七家里跑着,到小店扔下蘑菇,又往林子里跑去。宝物迎着她打哈欠,她不睬。进小屋的时候,宝物将她拦住了。她大叫,立刻被黑杆子捂住了嘴。她想骂,军彭披着衣服走来了,说:"不要吵。"老七家里压低了声音:"我要见老丁场长。"军彭摇摇头说:"对不起。这不成了。"老七家里刚要喊,黑杆子又捂嘴巴。军彭解释说:"老丁场长近几天与文太(他仅仅做记录和细部整理而已)正作《蘑菇辨》,谁也不得打扰。万望海涵。"老七家里急出了汗水,紫色的嘴唇爆起白皮。她从衣襟底下摸出叠起的纸片,晃一下说:"俺是报材料的。"军彭说:"那报给我好了。"老七家里说:"臭美。这材料俺只报给老丁场长。"说着她跑开了。停了没有几分钟,老七家里重新跑到小屋跟前,不说话,只从怀中掏出那几张纸——上面已经插了三根鸡毛。军彭上前看了看,知道鸡毛信是火急的,只得放她进去。老七家里将信纸掖进帐子的褶缝里,然后坐在炕下一个蒲团上。少顷,帐子里有些混乱,文太和老丁骂起来。老丁从帐布间探出坚硬的头颅问:"怎么到手的?"老七家里答:"从小眉手里取来的——她也不认字儿。"老丁走下炕来,咬咬嘴唇说:

"事情透底了。原来小六为这个又买了一片墨水颜料。嘿,鬼东西,这下算明白了。"

老丁将宝物和黑杆子、军彭叫来屋内,讲了事情的原委,让文太宣读小六写给小眉的信件。老人很快活:"听听吧!咱一分场就是出才人。听听才人想了些什么花里胡哨的东西。这回谜底算揭开了哩,嘿,小六是个什么都会写的大才人。他想小眉了——那闺女可实在,他眼力不能说错。文太念念,念念。"文太清了清嗓子,说:"他的文法不顺,不过同志们凑合着听吧。"他念道,"题目,求爱信;接正文——亲爱的小眉小妹您好。接到这封信件您必然感到突然慌乱,恳切期望您能稳重大方。这信的目的一言以蔽之,仅为了送去些感情构成一对革命战友而已,别无他求。先介绍一下本人政治面貌及其他基本情况,供您夜间思考。我生于古历二月,生日较大。家庭出身雇农:房无一间,地无一垄,父亲外出时穿母裤,而母只得卧炕并以黄沙埋住腰部以下。可见成分比雇农还贫,因而苦大仇深坚决革命斗争。十七岁入团并且宣誓,介绍人一个姓李一个姓张(他们如今不知去向,未再联系)。本人积极开展政治努力学习要求进步身体健康。注:身高一米六五见硬,略显黄瘦但并非疾病,因七岁那年开春患过蛔虫(并不传染),食虫药三包,泻下死虫无数,痊愈。社会关系方面父亲早死,母亲为一家庭妇女,没有兄妹。现存世上尚有姨母三闺女的外甥(呼我为舅)一人在家务农。总之政治面貌清白根红苗正且成长在红旗之下。本人常常忆苦思甜牢记父亲讨饭被地主放狗咬伤及冬天在大雪地冻掉九根脚趾等事。地主逼债如狼似虎闯入我家,见母用黄沙埋住下身即用力拽起无所不用其极。血泪账一本本记下,共同生活时我会常常与你温习并互相鼓励前进。您本是我阶级兄妹,在林中一抬头见了便产生深厚感情,夜间尤其思念(白天稍差)。思念您周身上下一处处手足头脚等等,心中激动万分。您之眉眼如革命闪电,电光石火稍纵即逝;您之两腿如同总场场部的那匹灰斑骒马,又踢又蹦一奔千里无敌手。小脸黑油油是劳动人民本色,虽然脚上有牛粪然而革命者喜欢。您泼辣大方艰苦朴素,有一次裤子破了还坚持在林中劳动直到天黑。所有方面我都看在眼里喜在心头,几次想吐露又怕您把我当成流氓所以小心观测。观测结果就是这信。我思想深处即内心激动万分。有时恨自己没能出生在您左边小屋,同为村童一起拔苦菜掷泥蛋赤身洗澡,由小到大进入学生时代。说不定恋爱更早发生互相无所不知,成为新一代人民公社社员,结婚时老支书赠咱俩一副镢头、一个小铁锄外加系了红绸的宝书。我们为革命种好良田及进行科学实验,志在广阔天地炼红心。我看您小肩膀很瘦即产生可怜,甘愿献上一切。您诚然不够丰满,但我坚信您是一块好钢。您不像有些中年妇女,与坏人勾结满身臭气,脱离农业生产经商反而自以为得意。任何人与此等妇女一旦结成夫妻都会痛不欲生自暴自弃革命半途而废。所以今去信并非只求男欢女笑席上枕间意志消沉。我与您即便有了那后代也仍旧坚持正确路线互为进步表率,并不因那种事而毁了原则于一旦。年头长久必生出些老皱,但我信您是个老树红花儿,又吐新芽。红旗漫舞战歌嘹亮,高路入云端。我如能收到回音,就飞跑到小村看您,到那时再请介绍苦大仇深的双亲二老。我这信一发出就专心等待,盼您能不辜负革命战友的期望。本人正处于特别时期,度日如年有余(仔细情况等以后面叙),总之有人一手遮天,唯恐天下不乱。谢谢,致崇高战斗敬礼。紧紧握住小手。盼亲爱眉妹速复。于阳历七月七日一早。"

"他妈妈的!"黑杆子大骂了一句。

"多么狂妄,然而多么无知、多么腐化!"军彭挥了一下手。

"这显而易见是一封反动的信。"文太说着瞥了一眼眼睛发红的老七家里。她这时揉一下眼,骂道:"天哪,这个年头谁给俺做主呀!他信上说那个'中年妇女'还不是说我?指桑骂槐……"老丁大咳一声问:"你亲眼见他们牵上线了?"老七家里拍一下腿:"可不!我还见他们搂着哩。""这个大才人哪,净想好事,嘿嘿。"老丁笑着,招呼文太到帐子里写字去了。宝物昂头看着小六睡过的铺子,打了个响亮的喷嚏。

九

暮色苍茫,树影如山,宝物出巡了。

紫色帐子里仍旧盘腿坐着老丁。老人闭着眼睛说话,一边的文太把黑墨滴在纸上。湿漉漉的草叶绊着宝物的腿脚,它跳腾起来,正巧把一个七星瓢虫吸进鼻孔里。蜘蛛的长长丝线从树梢垂挂下来,宝物小心地躲开。文太埋下头滴着黑墨,老丁的手一沾他的头发,黑墨就一溜溜滴下去。智慧的主人哪,英勇无敌,威震四方。宝物鼻孔里的七星瓢虫箭一般射出。在一处残破的树坑边缘上,一溜儿生出五加六十一个蘑菇,有蓝有绿。它嗅着,弯着身子绕开了。参谋长和公社女书记躺在炕上,他们中间是一簇灿烂的金黄色伞顶儿。宝物至今身上的骨节还要在阴雨天里疼痛。它盼望那两个人挨上蜘蛛的咒语。水淋淋的藤蔓和树叶很快把它的皮毛湿成一团一团,水渍到皮肉上有一阵奇痒。沙土上印了深深的人的脚痕,分别散发出小六、文太及黑杆子的气味。有一处似乎散发出文太和老七家里混合的气息,宝物万分惊奇。林子里已经洒过几十次雨水,还是洗不掉申宝雄一伙人的肮脏。宝物觉得他们的气味有点像失效的粪便。申宝雄老婆的气息似乎也通过男人曲曲折折地传递过来,那是一种难言的霉烂丝绸的气味。文太身上一旦沾了这种气味,就必然去过总场场部。它嗅出这种气味,知道事情会有吉祥的结果。大河蟹浑身绿毛犹如青苔,凶恶的双目像没有长成的手指,一动一动指点江山。宝物认为出巡的时刻遇上它们,多少是个凶兆。老丁坐在帐中,文太滴出黑墨。一切都会逢凶化吉。老人多少时日没到林子里了?记不清了,算不出了,遗忘了一位数的运算。

就在宝物出巡归来的时候,老丁和文太从帐子中走出来,拂去了衣衫上的尘土。《蘑菇辨》写成了。军彭上前握了握老丁的手,表示祝贺。黑杆子兴奋得手都抖了,握不牢枪杆,十七斤半的土枪落到了脚趾上。他拐着去洗菜洗蘑菇,点火做饭。老丁满脸红光,长长地舒气。小六长时间蒙着床单呻吟,老丁伸手摸摸他的脑瓜说一句"大才人"。蘑菇汤做好了,宝物抿着嘴角。老丁招呼大家快快坐下,让黑杆子将小六拉起来吃饭。烧酒的味道使文太坐立不安,他的左手捏紧了右手腕子,摇动不停。老丁让文太先饮一口,说他几天持笔最为辛劳。文太美美地喝了,擦擦鼻子说:"辛劳的是场长您。这是您一生的经验。我不过适时记下了您的智慧。"老丁微笑不语。老人让军彭和黑杆子都喝了酒,还给宝物的小碟中滴了五六滴。最后他把酒瓶递到小六手里说:"你也喝口吧,今天是大赦的日子。"小六木着脸,一口饮去了好多。老丁怔怔地看着,说一句:"好。"小六弱不胜酒,脸色一会儿变得血红。灯火点起来,光亮下每个人都兴冲冲的。老丁今夜饮酒很多,一会儿哼哼呀呀地唱起了歌。这歌声是大家十分熟悉的,只有军彭对其中不洁的词儿一时还难以适应。老人唱道:我是个他妈的老皮起皱的好老头啊,火气太旺,六十岁了还出头油。想想十八九二十郎当岁,那时候力气大似牛。睡过多少革命觉,糊糊涂涂跟多少人儿结下了仇。不知道累,也不知道愁,打江山跑遍东南西北,瘦得像个猴。他唱着,直唱到不久前闹鬼的夜晚,他说那可是个好鬼。文太惊恐地看看军彭,又看看宝物。最后老人唱到了女教师,自然而然地将那封信化成了歌儿。"国家女师!国家女师!"老人的筷子从手中脱落下来,泣不成声。文太扯一下军彭的手,两人离开了饭桌。"我从来没有见过这样动人的爱情。"文太声音涩涩地说了一句,再不吭声。这个夜晚小六早早上铺躺下了,呕吐了几次才睡过去。老丁直到深夜才算止住泪水。老人在最激动的时刻曾将文太几个人的头搂了,不停地拍打。那时刻宝物早已坐在了老丁的怀中。军彭说:"我们一分场团结得像一个人一样。"他们商量了很多事情,都认为斗争形势发展很快。至于《蘑菇辨》,无疑是群众搞科研运动中最重要的成果,他们决定先向小村工作组负责人通报,然后当众宣读;适当机会,该成果将越级上报。

第二天一早,文太找到了参谋长等通报了科研成果。女书记拍一下参谋长的肩膀说:再也不会有小野蹄子以及那个亲爱的人的事件发生了。参谋长一笑说不会了。文太接着谈到了小六,指出该同志近来行为反常,场里与贵单位取得联系,以免恶性案件发生。参谋长说不了解情况,难以插手。文太不高兴地说:"军民联防嘛。再说他常常跑到你们管辖范围哩。"参谋长拍了拍脑袋:"此人我抓获过。"文太笑着一拍手:"就是他也,小脸蜡黄。你们不知道,他近来常常打一贫农女儿之主意,该同志叫小眉。"公社女书记瞪大了眼。参谋长说:"戒严了就是。"最后分手时参谋长问过了老丁场长的身体状况,叮嘱对方千万代他们问好,请革命老前辈多多保重等等。文太一一应允,走了。参谋长与女书记立即差人将小眉传来工作组办公室,命令其立正站好。小眉不知何故,嘻嘻地笑。女书记喝道:"严肃。"小眉不敢笑了。女书记掏出一个小本子,边问边记:"年龄、性别、家庭出身、主要社会关系。"小眉艰难地答了,只是不懂性别。女书记厌恶地告一声:"就是'女'。"又问道,"你与小六进行到什么程度了?"小眉不懂。女书记拍一下桌子:

"睡没睡过?"小眉的泪珠一串串流下来。女书记看了一眼参谋长说:"看来睡过了——很严重。"小眉抽咽着:"你、你骂俺了,你把俺看成什么。"参谋长一摆手:"不必纠缠,送她到合作医疗那儿查查。"他们推着小眉走了。一路上很多的人跟上去,到了一间小土屋跟前时,已经围了一圈儿人了。小眉想跑脱,几次都被民兵逮住押回。赤脚医生一男一女,真的打赤脚,脚上沾了泥巴。他们把小眉抬上一个土台子,小眉又蹬又踢。没有办法,只得上来几个民兵按住,捆了手足。布帘内传来小眉呀的一声大叫。一会儿女书记与赤脚医生走出来,满脸汗珠。"情况怎么样?"参谋长问。女书记说:"还好。"他们重新推拥着小眉到办公室去了。参谋长严厉地训斥说:"告诉你,已经检查过了。你现在觉悟还来得及。小六有严重问题,决不许你与他来往。这是命令。"小眉说:"俺不听命令。"参谋长从腰里掏出了小手枪,啪地放到桌子上。小眉说:"打死俺也不听。"

小眉房子四周有了持枪的人。

小六手持艾草跑进小村。拐进了小巷子,他又渴望伏到那个绑了草绳的土墙上,把头扎进小方洞里。可是一个民兵在土墙边挡住了他,往外不断地推拥他。他喊着:"我要见小眉!"民兵把枪横过来,一下子把他推倒,骂道:"去你妈的!"小六爬起来,不甘屈服地喊破了嗓子:"我要见小眉——"他的长声大喊引来了五六个民兵,他们把他拉起来,横竖愣搡,一会儿有血迹渗出鼻子。有人还把他的裤子撕成了一个破洞,让他正好不能遮羞。小六捂着破洞滚动,染血的脸又沾了沙土。后来他把脸贴在土上,久久不动,像要吞食土块似的。正这会儿公社女书记喊着赶来了:"闪开闪开,让我看看流氓是个什么样子。"有人把小六拉了起来,女书记瞥一眼说,"哎呀!"她又看了一会儿,喝一声,"还不快跑,等会儿参谋长来了,非用小枪打你的脑门心不可。"小六一怔,接上撒腿就跑了。女书记也走了。一会儿一个穿得破破烂烂的中年妇女往小眉家走去,民兵们见是老七家里,也就未加阻拦。小眉听到小六的几声长喊,早已哭成了泪人。老七家里从怀中掏出一张破报纸,小眉当成情书抢到贴在了胸口上,问:"信上说了什么?"老七家里四下瞥瞥,说:"孩儿,你被人耍了。信上尽是有毒的词儿,你这么点年纪怎么受得住?他想用毒信把你骗到林子深处,用毒蘑菇把你害了。"小眉抱住老七家里,身子直抖。抖了一会儿她说:"不过我想他呀,我老想要跟他。我一个人呆在屋里试了试,不行。我老想要跟他。"老七家里伸开黑黝黝的五根手指,在小眉头顶捏了一下,骂道:"臭东西!到底是个没脸的货——幸亏我来。告诉你吧,我是个过来人,什么都知道。我找明白人打听了小六,人家说那是个有脏病的人(看看小脸蜡黄)。他不中用。让他沾了身,你身上就慢慢烂,先是下边化脓,接着头发全脱。鼻孔眼里往外掉小蛆,小蛆又变成苍蝇……""哎呀妈呀!"小眉尖叫起来。老七家里接着说:"知道怕了?最厉害的关节我还没说呢。"小眉嚷:"别说了别说了。"老七家里拍着腿:"偏要说!偏要说!他身上有个地方生了癣,谁见谁怕。到了半夜就疯癫,瞅你睡了,用小刀儿剜你的肉……"小眉昏了过去。老七家里用长长的指甲掐住她的人中穴,一用力,嘴里发出嗯的一声。小眉嫩嫩的上唇被掐出殷红的血。

这个夜晚下起了雨。小六躺在林间沙土上,让雨水洗着身子。他十分安静,一个大癞蛤蟆从腹部爬过,他一动未动。两个红眼睛的、小猪一般大小的动物在一边吵闹,他就像没有听见。这个夜晚不回小屋去了,让雨水淋死自己才好呢。他冻得瑟瑟抖动,头和脚快挨在一起了。呻吟引来三五只乌鸦,它们在头顶的枯枝上躲雨观察。他觉得身子底下有什么在蠕动,用手一摸,原来湿土滋生出了一簇簇蘑菇。他在蘑菇的圆顶上滚动,它们很快碎裂了。他感到一阵快意。雨水顺着枯枝及蹲在上面的乌鸦身上浇下来,他索性脱了衣服。赤裸的身体被雨水抚摸着。浓烈的艾草香味被雨水冲击着弥漫开来,他胡乱披一件衣服奔跑起来。黑暗中,他又一次准确无误地伏到了捆绑草绳的土墙上,把头颅深深地扎入土洞。他呼喊着小眉,小眉在屋子深处颤抖。"我是我啊,我是小六……"小眉用一个布单裹住身子跑到土洞一侧,大口喘息。小六哭了,说:"亲爱的眉妹,你该回答我信。要不,你再亲我一下吧。"小眉停了半晌说:"想不到……遇上你个坏蛋。"小六泣不成声:"你回我信!小眉小眉小眉!"小眉跺跺脚:"鬼才回你!你这个毒蘑菇!毒蜘蛛!"小六嚷着:"放我进去,放我进去呀!"他的头用力往前挣,脖子转动着。小眉慌了,拾起一个剁猪菜的木墩,轻轻砸了小六一下。小六的头往回缩着、缩着,瘫坐在土墙根上。雨停了。东方有了曙色。戒严的民兵又要到来了。小六觉得四周全是一片红色,揉揉眼睛站起来,扶着墙走出了巷子。林子就在远处,林梢像火苗一样红。他大口呕吐起来。

小六一直未归,小屋中的人怀疑出了事情。上午时分,参谋长与女书记来到小屋,要亲睹科研成果,而老丁则坚持要在全体人员面前宣读。于是黑杆子和军彭、宝物四处寻找小六。一会儿他们分别从林中和小村归来,都说没有见到踪影,只是在小眉后窗洞那儿发现了抓挠过的三两道印痕。时间宝贵,已经不能再等了。老丁只得带着一点遗憾,让文太宣读。宝物与女书记挨坐在一起,闭上了左眼。文太介绍了成文经过,然后缓缓读道:"《蘑菇辨》——谨以此文献给女书记之亲夫及女青年农民小野蹄子及古往今来一切误食毒菇之不幸人民——愿他们安息。观历来之典籍,虽对蘑菇多有记叙,浩繁如烟,却仍未精确分明。甚至有人借文墨而颠倒黑白,以菇论姑,黄色下流,不堪入目。盖因文权不掌工农,文人墨客没有实践。近代之书又称蘑菇为菌类,本文作者大不以为然。一菇出土,清香扑鼻,亭亭玉立,其伞部如少女之裙褶,何菌之有?吾认为蘑菇本一植物,其梗为茎,其伞为叶,分木本、草本两种。俺老丁一生吞食此物无数,深得口腹之乐。幼时牙牙学语,生母即喂以菇汤,现仍记汤色乳白,略有米醋酸味。后长成青年,流浪山冈,从未断此等补养。再后来进入小林并负该分场之重责,更是在树丛湿草间往返来回,神出鬼没,因蘑菇绊脚而倒地无数。其形其色其味,耳濡目染,烂熟于胸,且能举一反三。读书是学习使用也是学习而且更其重要。我难忘一初秋天景气候凉爽,本人清晨小解后食一灰菇,结果昏迷不醒映出幻象,男女追逐于气雾之间。如此情景另有三次,于是私判灰菇为不洁之物。又如一种红菇伟壮约有半尺余,颜色诱人亲近并做多方假设。其梗丝丝如肉,呈杏红,鲜丽不忍烹用。待到次日煮汤一碗试饮,始觉清香透过肺腑,直贯丹田。然不消一日三刻,只觉口渴难耐,蹦蹦跳跳见异思迁。俺老丁深知悔之晚矣,吓出一头虚汗,大者如豆粒。有合欢树又称芙蓉,其根部善生绿色大菇,观其状必有剧毒无疑。此菇稍老,伞顶破败如絮,令人再添三分厌恶。岂不知取来晾晒一干,可做冬令之佳品。老七家里小店所贮之菇以该类居多,且据农户反映最抗消化,实为备战备荒之物资。吾曾再三咀嚼以究其因果,发觉此菇梗部韧壮如老牛之筋。李子树左侧常生黄色小蘑,其貌不扬,伞顶平坦如板,并有波浪圆形花纹,恰似树之年轮。此物大凉,不可多食,否则大泻如注。苦草根下生一零星小菇,大如指顶,微微腥臭,有小毒。闻听十里外之雇农家小女食后不省人事,昏厥于路旁,被一麻脸车夫席卷而去。(注:此案于十五天之后破。)有一种怪菇初生洁白如雪,其形如小小芦笋,村姑多爱采集。此菇其名也怪,单单一个字如同常人呼叹,谓之'嘿'。嘿在幼时鲜嫩娇美不可言说,一到老壮即不可食也。其梗枯瘦僵硬,其顶干结鼓胀,观之如老式烟斗,并果真散布出烟油之味。如有毒蛇追来,采一株嘿扔下,则可退蛇于片刻。再有一种菇类很像马兰之花,蓝蓝如小灯亮盏,生成一簇。该菇切不可与韭菜配。曾闻一老者食过此等菜肴,而后青筋暴起,双目如铃,在街上奔跑三天,逢人便打。有麻斑的蘑菇亦不可食。皆因其麻点为瞌睡虫所啄,啄时留下唾液。食过该菇,必有昏睡,重者再不复醒。有歹人曾将此菇研成干末以备用,作案数起,切望革命群众再加警惕。有一种片菇薄薄无梗,像树叶飘零于潮湿泥土之上,人称其为'瓜干'。取瓜干炒蛋胜似肉片,因能壮阳,故一般同志多喜之。又有小小蘑菇微小如豆,滚动于烂草之间,颗粒呈红黄,有人多疑为蜥蜴之蛋卵。实际上该豆菇营养超群,以做汤为最佳。唯不足处乃不易保管之弊,脆弱如冰,风光之下少顷即逝,化为一摊白水。有一菇类其状如小人,头颈胸腰皆俱,乍一看眉目清秀。该菇食时下部必除,不然则骚臭难闻,三日后两股生出红色斑点,历久不消。俺老丁曾在柿树下一青石右侧捡得一片红色圆菇,置于掌上,自觉可爱而久久不忍抛弃,携在袖内。回屋后与鹌鹑合烹,食后通体舒适,肌肤明滑润滋。至半夜心情愈加温柔体贴,追忆数十年与同性、异性之各种友谊,热泪盈眶。之后数日,观林中少男少女,皆引为亲生之骨肉,欲怀抱亲近拍打以恪尽父责。我认为此菇必含有益人类之特别怪素,只惜仅此一遇。吾以为蘑菇一物花花点点,实难遍数,犹如人类。优者如英雄模范,劣者如地富反坏。性质居中者为多,有益无损,聊可充实饥肠,恰似广大群众。当然群众是真正英雄,在此再缀一笔。至于蘑菇一物是否有性别之分,历来莫衷一是。窃以为万物皆赖此而繁衍,唯菇类可逃耶?否其性别者实为少见多怪之正人君子,躲躲闪闪貌似一生不曾同房。其实大至伟人小至昆虫,原理相通,不必讳饰。君不见有菇艳丽丰腴,生于花草之侧,迎风摇曳,仪态万方?君不见有菇挺直干练,长在石树之间,独立傲视,坚定茁壮?两相比较,不言自明,在此不再赘述……说到林中之菇,虽斑斓无限,然细论也不过七种耳。小砂蘑菇,多产于花生棵下,属菇中珍品。灰包不可食,但老壮之后可敷伤创,堪称一宝。另有柳黄松板、杨树菇及草纸花,皆可炒可炖。需指出唯草纸花一种,稍老则不可采集,食后全身奇痒。最毒不过长蛇头,幼时金黄,可混迹于柳黄,人常误食。少则须发皆脱,多则顷刻身亡。如女书记之夫及小野蹄子所食之菇皆是。分辨之法颇难,常用者以舌舔之梗部汁水,如感微麻则速速弃之……"

文太口齿清晰,一字字吐出来,听者无一遗漏。老丁在一旁闭着眼睛,轻轻随音节拍打膝盖。所有人都不响一声,陷入沉思。参谋长在文太停歇时评述道:"这是一部真正的科学!唯一让人担心的是过分深奥,怕是难以普及到群众中去……"军彭打断说:"你该知道这是老丁同志几十年经验结晶,是著作。你们要跟群众讲解。不是吗?"参谋长想了想,点头答:"也是。"女书记评价说文章很好,尤其是开头一句即肯定丈夫是误食毒菇而亡,很有实事求是的精神,是唯物主义的。不过这也令她追忆起旧时情意,添诸多伤感。

整个下午大家都在寻找小六。参谋长和黑杆子是有枪的人,这时候持枪在手。老丁怕真的发生了不测之事,也从帐中取下了宝剑。几个人分头在林中奔波,老丁与宝物同走一路。他认为唯有宝物具备嗅觉特长,对它寄托很大希望。林子深处昏暗潮湿,青苔滑腻,各种虫类交错奔走。大河蟹抖着绿毛,举起长钳示威。有大鸟在丛林另一面呱呱大叫,见到人迹又飞上最高的树,像石块一样搁在枝桠上。黑杆子粗粗的嗓子喊叫:"小六!小六——你奶奶的,跑到哪去咧?"一群乌鸦大吵着从头顶一掠而过。参谋长从另一条小路抄过来,正好遇上老丁,弓着腰建议说,如果仍找不到,他将命令小村全体民兵出动。老丁拒绝了。女书记紧紧跟在参谋长后边,见了宝物急忙躲闪。女书记衣衫不整。参谋长看到宝物向他暗暗狞笑,就用手拂了一下脸,发觉头发上缠了很多蛛丝。文太在远处召唤老七家里,一会儿两人手拉手从树隙间钻出。大家坐在树下歇息。老丁看看天色,用食指小心地抹着剑刃。他说:"我们歇歇脚再找。他必定是藏在林子里……他是逃不脱的。我这里可没有忘记他。我以前告诉过你们,我在这林中一直查访一个仇人——这个人也许早就死了——不过他会留下后代根苗。这个人也是告密的好手,也会买一片化制墨水的颜料。我琢磨这是那个仇人的儿子。我记住了仇人的脸相……"四周一点声息都没有。整个林子都在倾听。大家互相盯视着,紧绷着脸。

天傍黑时黑杆子发现了一片破碎的蘑菇,接着又看到了一绺头发,发色枯黄,他认出是小六的。黑杆子粗暴的嗓门很快将大家唤到一起。人们在四周勘察踪迹,不久即听到了微弱的呻吟。大家围了过去。

小六蜷曲在一团青草上,嘴角流出了黑色的血。四周全是呕吐物,其中多半是未曾嚼碎的蘑菇,一片片被绿色的汁水连扯着。一股浓烈的蘑菇味儿散发出来。

宝物嗅着呕吐物。老丁托起了小六的头:"误食了毒蘑菇?"小六无力地睁了睁眼。老丁站起来喊:"快快把他抬到合作医疗去,快快!天哩,林中人也出了这事……"他让几个人折树枝,又让几个人脱下上衣,将衣扣系好又穿进袖子,两支木杆做成了担架。小六被抬上疾走起来。老丁一边随担架快走一边说:"小六!你抗住劲儿——一会儿灌上泻药就好了!哎呀,你在林中吃了多少年蘑菇,还辨不清楚。你到底年轻……"小六的黑眼珠快没了,灰中透青的眼白渐渐翻转到正中。老丁让人停下,大喊着:"小六!小

六!"小六的手抽搐着扳一下老丁,老丁将耳朵对在他的嘴上。他的声音微弱得没有第二个人听见。然而老丁听得非常明白:

"我不是误食。我是故意……"

小六说完死在了担架上。

有人呜呜地哭起来。奇怪的气味立刻引来林中无数野兽,它们在四周窥视。巨鸟又一次出现了,在最高的大树桠上蹲着,沉甸甸的。宝物绕着担架跑动,不让任何野物接近这儿。它的细绳般的尾巴摇动几次,偶尔抬头一瞥老丁。"毒蘑菇演化出的故事万万千,俺宝物也通晓一二三……无非是革命干部误食毒蘑菇,自古天下美事难两全……这就是民间事那么小小一段,日月风尘埋下了沉冤。"宝物的脑际又飘过了那阵歌声,它一昂脖子,真的向着吹来的林风狂唱起来。

十

林子里第一次死人,这个人的葬礼还算隆重。下葬那天场长兼书记申宝雄领着一帮人赶来了。他们全是上次进驻这儿的调查组成员,因而至今脸上还带有一丝晦气。小屋的人对他们都很熟悉,一个一个上前默默地握手。他们带了一个小小的花圈,中央是一簇鲜艳的蘑菇。参谋长和女书记也带来了一些人。整个葬礼都由老丁主持,老人站在高处,那额头比往日鼓得更厉害了。他历数了死者一生大事,对其乳名及生日时辰都记得一清二楚,令人惊讶。再也没有人比老丁更熟悉死者的了。他呼叫着小六,说人固有一死,或重于泰山,或轻于鸿毛。小六如果晚死几年也许会重于泰山,现在还不行。不过人死了,开个追悼会,以寄托人们的哀思。"小六啊!小六啊!"老丁呼唤着,泪水从眼眶中一串串跌落下来。他让黑杆子和参谋长一齐放枪,他们照办了。老丁说今天的葬礼让他想起了战争年代——那个如火如荼的年代啊,那个生生死死的年代啊!多少先烈比如吴得伍同志就是被叛徒出卖身亡——让我们踏着他们的血迹前进吧!老人说到这儿扫了一眼军彭,军彭大声喊起了"爸爸"。老丁上前扯起军彭一只手领到众人面前说:"看到了吧?这是烈士留下的一个遗孤。如今他在林场继承先烈的遗志了,他的大号叫做军彭。"葬礼结束之后众人悲切地散去。老丁及小屋的人当晚点起蜡烛,摆上了丰盛的葬后宴。老七家里眼睛红肿地赶来小屋,从怀中掏出两瓶烧酒。老丁一一给人斟酒,摆摆手掌让大家喝酒。他拿起杯子,先洒到地上一点,然后一饮而尽。这是跟小六告别的酒啊,这是多么有劲的酒。肥嫩的蘑菇颤颤地被夹起,抛给了宝物。宝物一下连一下舔着明亮的鼻子。老丁的脸红了,把头转向窗户,背向着大家。文太和军彭叫他,他不应。停了一会儿老人转过脸来,让大家吃了一惊:老人满脸都是泪水。"丁场长!"大家叫道。老丁摇摇头,长叹一声:"小六走了。我越来越孤单。我想他啊!他生前是个贪嘴的人,最后还是害在了嘴上。他该早一天听听《蘑菇辨》。我还想国家女师,我心里有火!"老丁说着用力揩掉了泪水,蹲在了木墩上,大声喊着,"我早说过,我是天不怕地不怕、一个轰轰烈烈的人。我不知死过多少回,最后都是死里逃生。我的命比常人强硬,一辈子是个反叛人。我反天反地反皇上,一生只信服红军。我的朋友如今都在北京和省里,可我不找他们。我依靠的只是一桩:自己的血性。我自小流浪啊,赤脚扛枪到处跑,没有家没有窝,最后才寻到这片林子。这里是我和吴得伍打游击的地方,是我查访叛徒的地方。我老了,可我心里还有火。我要去找国家女师!她一个人在小学校里,我想她。我要告诉她我一生的磨难、一生的故事,我要领她走上革命的路,沿我和吴得伍走过的芦青河往前闯!我要告诉她我和她生死在一块儿,一辈子不分开。国家女师!国家女师!你听不到我一个老头子的嗓门吗?你心硬哩!你是我老丁的人,我要扯上你的小手往前走哩。我什么都不怕,我只有一辈子!等到我跟小六在阴间会面那天,我会哈哈大笑。国家女师!国家女师!你听到老丁的嗓门了吗?你听不到,你再也听不到。我老丁送走了一个年纪轻轻的人,我老丁永久不死哩!"老人呼喊着,嫌热似的解了衣怀,饮下满满一碗酒。文太怔怔地望着老人,不觉间握紧了军彭的手。后来他终于跳起来,伸出拇指叫道:

"你活得英勇啊!你不甘平庸啊!"

一阵雷声震响了窗户,接着浇下了哗哗大雨。小屋在闪电中摇摆不停,一会儿屋内传出了老人的歌声。这歌声是从一张合不拢的嘴里流淌出来的,吐字不清,音域宽广,一瞬间压倒了雷鸣。老人在闪电中摇晃着瘦小的身躯,啊啊地唱下去。

又是一个黄昏。

宝物蹿跳在水汽淋漓的林子里,一眼看到了小六的坟尖:一簇簇蘑菇顶伞鼓出新土,被夕阳映得金光灿烂。它有些恐惧地闭了眼睛,轻轻地绕过去。当蘑菇味儿渐渐淡了时,它才重新奔跑起来。

　　暮色苍茫,树影如山。宝物出巡了……

1988年3—9月写于济南、龙口

金　米

　　这儿的漫长冬夜,是秋天里茂长的茅草野藤、稼禾秸秆儿酿成的,有一股除不掉的糟霉味儿、酒味儿。熬冬哩,熬冬哩。老人们弓着腰,披着破旧而阔大的棉衣咕咕哝哝,往牲口棚那儿汇集。一溜儿牲口静静的,偶尔一声响嚏,喷两道又粗又直的水汽。有人早把棚子前面的白雪扫去,撒了一层玉米秸秆。老人们坐在秸秆上,男男女女都盘了腿。老饲养员提来一盏桅灯挂在棚檐上,又有人提来两盏。村头老鲁从棚子后面转出来,嘴里的烟锅一明一灭。有人哑着嗓子问:"今个是谁?曲婆?"老鲁用脚划拢一些秸秆坐下,答:"曲婆。"老头子们呼呼吸烟,无法掩饰心中的快乐,用手捋着湿漉漉的嘴巴。潮湿的秸秆被坐热了,弄得满地老人都不自在地扭动身子。曲婆啊,你总是来得这么晚,让人干等。看,胖婶一边纳鞋底一边挪蹭出来,大眼正瞥满场的人呢。她看见宝贝闺女小碗领一帮人在棚子四周胡窜,民兵背着锈枪,饲养员提着铁勺。快静下来吧,快准备好擦眼的毛巾吧,金米扶着失明的曲婆一步三寸往棚下走了。棚下有一个矮腿儿小白木方桌,上面有一个水碗、一把炒得金黄的玉米粒。她盘腿坐到桌前,下巴向衣领里压,紧紧咬住牙关。满场里掉一根针都能听见。"开场就是这样啊——一会儿她还要把手抄到袖口里。"坐在前边的老人咬住烟锅说。果然,只一会儿曲婆就抄上衣袖了。接着发出嘤嘤的、小猫似的哭声。场子里的老婆婆也三三两两地抽泣起来。

"那时辰,我们出的是牛马力,吃的是猪狗食……我不愿数叨那时辰的事儿,你们知道提起它来我心里难受。俺家小金米说妈妈不去不去,我说好孩儿乡亲等着听哩。俺娘儿俩抱着哭呀哭呀,我的没爹的娃儿哎……"曲婆的声音渐大,但脸上无泪。"说些什么哩?还说说金米他姥爷姥娘、老姥爷老姥娘的事儿吧,这些事儿套事儿,搅和到一块儿,反正都是穷人的事儿,你们比我都清楚呀!那是咱穷人的血泪账,那是天打五雷轰的地主老财作的孽呀!咱不饶他呀,不饶他,千万不能饶……他是个吃人不吐骨头的吸血鬼哩!金米姥爷姥娘被逼得没处去,坐在井台上哭啊哭,井水都哭满了。我扯住妈妈手不让她跳井,她央求我:'好孩儿听话,让妈妈去了吧!好孩儿你听话,拿刀给妈妈!好孩儿你听话,拿绳儿给妈妈!'……"曲婆说到这里,金米一下扑到跟前,哭着喊:"妈妈,妈妈!"金米抱住妈摇晃。曲婆用衣襟擦去儿子脸上的泪水,又亲了亲他鼓鼓的脑壳,说:"听话我孩儿,一边坐去,坐着听妈妈忆苦,听话我孩儿。"金米揉着眼,呜呜倒退着离开。场上的人长叹一声,眼泪再也忍不住了。

金米你只见过你爸,没见过姥娘姥爷他们。你知道老姥娘的事儿吗?她长得好,月季花一样俊,小枣儿一样甜,一说话男人的心就醉了。这是后来。她小时候满身是灰土,是地瓜糊糊,十几岁了还没有裤子穿。大人领着她从高山走到小河,又走到平原上,人人见了都喝一声:鲢鲅(一种剧毒海鱼,当地人对外来者的蔑称)!她是一条小毒鱼儿,还没下子儿,留着喂小鱼的那一对小奶子像豆粒这般大。她伸开小手讨饭,地主就放狗咬她,她没命地跑呀。她的小腿像飞哩。像小兔哩,大狼狗在她腚上揪下两块肉了,血哗哗流。赶走这个外乡人的崽呀,主人喊。他们从声音上就知道这个娃儿是远处浪荡到这儿的,不让她容身。赶跑她,赶跑她,不能让她长大。她长大了,胸脯鼓鼓了,就该下崽儿了。天哪,了不得,趁她还没有产子儿赶跑她吧。大狼狗不想咬死她,只是赶。她家大人跟上孩子跑。主人说:不饶不饶!她一个小娃娃家倒在地上了,狼狗就立住了等。她爬起来,它就赶。她的小腿像飞哩,像小兔儿哩,她给重新赶到高山上去了。那是个荒凉地方,那里一代代人都活不长久,人死了刨个地方埋都无处下镢头。女娃儿的胸脯鼓鼓了,腿根儿也粗了,山顶上的男娃夜里围上茅屋喊她哩。大人两手按住她,她还是想往外跑。大人说:"好娃儿听话莫去,好娃儿留着一身劲儿往平原上跑吧,可不能留在山上。"女娃儿急得蹬腿说:"我去嘛我去嘛!"大人说:"好娃儿,可不能啊,是条鱼,也不能在死水湾里产子儿。不能啊。"天长日久,日久天长,不能老按住她呀。大人为了不让女娃产子儿,就喂她一种山菜吃。谁知道世上事不那么让人放心啊,那年秋天夜里,她躺在炕上睡了,大人解了衣服一看,见肚子凸凸哩。"天哩,我的没娘的孩儿呀,咱走,咱走,咱得赶到平原上产崽儿哩!"大人扯着她的手,悄悄牵出茅屋。她哭着,死也不肯,大人就捂上她的嘴。他们披星戴月下了山冈哩。那个山上的男娃啊,等二天找不见了人,一急点上了火,连茅屋带自己一块儿烧死了。他们还跑在路上,男娃死的那一刻,女娃只觉得心尖上一扯。她对大人说:"完了完了,我死也不回山上了,你放开我的手吧!"她跑啊跑啊,腿疼,肚子也胀。大人说,好娃儿听话,憋住一口气到平原上吧!你看见了天边上那朵云彩了吧?云彩底下是齐刷刷的平原上的庄稼哩!那里有地瓜、有玉米饼,那里喂娃儿的东西数也数不完!下雨了,蛤蟆咕咕叫,淋得她浑身哆嗦。秋天的雨水,割膘的刀子,她又黄又瘦,快要不行了。她折了根玉米秸儿当拐杖,踏着脚踝深的稀泥往前走。鞋儿踩烂了,赤脚又流出了血,她说:"俺不走了,俺就躺在泥巴里死吧。"大人说不行不行。他驮着她走,饿了就吃野菜、树叶儿,还烧绿壳虫虫吃。走到庄稼地里了,护秋的人都是地主家雇来的奴才,他们用枪往天上打,吓唬外乡人。父女俩拱着手让人家行行好,人家说好了,在豆棵里生下小崽吧,生下算俺野地人的——他们常年住在野地里,就这样叫自己。女娃儿说:"俺不。俺在豆棵里生娃,那不是成了野物狐狸了。"野地人说狐狸算什么,在这庄稼地里,除了东家的老婆小姐,俺什么都睡过,狐狸花鹿,一身白毛的小草獾;睡刺猬,那得有耐性……他们不说人话了。女娃儿说爹呀咱快快出了庄稼地吧!野地人哈哈笑,说他们踩坏了庄稼,东家知道决不饶,说着上前动手动脚。女娃儿没经过这些,用嘴去咬,野地人就给了她几巴掌。她鼻子嘴都冒血,说爹呀,平原人心狠哩,咱回山冈上吧!爹说不能不能,死也不能。他们带着畜生的挠痕儿往前走,从雨天走到晴天,一双脚裂了口口,一走就流血,后来又化了脓。他们用菜叶儿洗,让晌午日头晒,用干土末儿擦……这才止了血。

"穷人逃荒,千难万难;女人赶路,千苦万苦。"曲婆伸出两手在空中抓挠,"想想他们遭了多少罪呀,那不是人过的日子啊。那还不如死了好哩,可又不能。人得传下棵根苗,平原人说这是鲢鲅下子儿。下子儿就下子儿吧,可到哪儿下呀?眼见着天就冷了,快收秋粮了,快下霜了。急死了,急死了,真是天下乌鸦一般黑,没个主儿收留下她!天哪,急死了山上下来的女娃,急死了咱外乡人……"

"怎么办哪,金米妈妈?老天给外乡人留下条活路也好呀……"场子中一个老婆婆站起来,泪水把搓眼的手洗亮了。她忘情了,双手扳住旁边一个大头老人,一下一下摇晃,喊:"该留下条活路啊!"桤灯下的曲婆又往嘴里塞玉米了。小碗坐在角落里,鼻子上已经生了汗粒。她悄声问一旁抹眼的老妈妈:"女娃到底怎么了?她要咋哩?"老妈妈还没吭声,胖婶就歪过头来插一句:"那女娃儿让狠心的男人糟蹋了哩……"说着手里的针锥哧一声刺透了厚鞋底。小碗涨红了脸。有人呜呜哭,老鲁阻止说:"先莫乱,好好听下去哩!"

金米我孩儿你听清了吧:平原上那些富贵人家原本没有一个是好东西。他们是虎狼心,是活阎王呀。"地主的斗,吃人的口。"听见哩?有个地主想长命百岁,喝十三样奶水。他喝了大姑娘的奶水,喝了母猪奶、狗奶、驴奶和马奶。喝到第十二样上找不见了。最后要喝狼奶。这可不好淘换呀,他家里的长工都怕这事儿指派到他们头上。狼在产崽的时候才有奶,不过也最凶。把母狼打死吧？要取奶水哩！提个活狼吧？难上难哩！一个人给指派走了,他找到了狼窝,结果被母狼咬断了脖子。第二个人又接上干,结果让母狼撕个脸开花,只活了两天。第三个人被指派去,愁得一天到晚在野地里转,急得没法儿,后来跑回家跟老婆要了点奶水,又掺上一点地瓜汤,说是狼奶。谁知地主鬼精明,三盘两问就知道了原委,让人逮起他们夫妻俩,一天到晚用脚踢。男的死了,女的上了吊又救下来,留做捶背捏腿挠痒痒——地主多坏,身上痒了还懒得自己动手,别人挠错了地方还要打。那个年轻媳妇啊,给地主解开线袜儿,脱下羊羔皮小背心,末了还要一层一层扎上宽黑布腿带子。那个地主那会儿正练保身子功,两腿当中那儿还系了个沙石布袋。布袋一走一碰腿,天长日久功就成哩。他想不死,想活着折磨穷人哩。长话短说,第四个人又给指派走了。那人心想为一口狼奶死了三个人啦,老东家的心真比狼还要狠哩。他琢磨不如将狼生擒了来,那样说不定它就把个老东西一口咬死哩！捉活狼难上难,不过那人可有办法。他先设法儿把小狼崽端来,然后在地主家的大门外面下了套索。老母狼成天围着大院哭叫,终有一天中了套索。他们就这样逮住了母狼。哎呀,鬼东西就把狼崽儿养着,把母狼四腿儿锁住,由老地主手把着狼崽儿喂,赶空儿自己也吮一口。母狼开始老吼,后来喝水吃肉舔皮毛了。一个月过去,那个长工知道自己的谋划失败哩:地主亲手解了锁链,母狼抬起一条腿让他趴下身子吃奶哩。天哪！他嚷,老东家跟狼交上友啦,大事不好啦！地主恼了,抹抹胡子上的湿气,叫人把那个人的舌头割了。结果大院里多了个哑巴。地主十三样奶喝过了,白头发脱了又生出黑头发,年轻了十岁。老不死的地主比蝎子还毒,他一辈子娶了二十四房、三十六妾,到后来没剩下几个。大媳妇头发桐油色,不知是什么怪种,把男人制住了。老东西怕的就是她,她穿了黑绸布衣服,上面钉了铁扣儿,年纪轻轻就拄上了龙头拐,火了就用头上的簪子扎人。也许那女人还有别的招数。反正他们是骑在穷人头上了,让人没法活了。那时候的穷人过的不是人的日子哩!

"老地主好福分!日他姥姥哩!我那会儿遇见非磨磨刀把他杀了不可!血泪仇……"一个男人突然在下边搓着手嚷起来,呼起了口号。可是没有几个人跟上喊。胖婶扔了正纳的鞋底子喊起来,这才把入神的满场人唤醒。

说起来没人信,狠心的地主是个半人半兽,半夜里才知道。真哩,真哩。他爸本来也是个长工,偷偷跟东家老婆好上,东家的独根苗就是他的亲娃。他跟那个贱女人合伙,半夜用布带勒死了东家,做得没露一点风声。他们又把他扶上驴背,驮到河堤掀下去。谁知水儿凉凉的,那是秋天呀,把他给激活了。天亮了,下河口那些打鱼的人网住了他,问他,他什么也不记得。人家把他抬进家,作孽的长工听见东家叫门吓个半死。他去开门,见了东家就下跪。东家只当是长工礼道多,还夸他哩。他问:"东家捉鱼去了?"东家怕别人笑话落水哩,就说:"捉鱼捉鱼。"女人后来给丈夫吃下双倍的敌百虫,掺到杏仁饼里,香得流油。这一下东家死得惨,鼻子口冒血。他们还不放心,又埋在院角枯井里。第二年秋,院里枯井那儿长了棵大葫芦,落霜时候还不死。最后葫芦越长越大,像水缸那么大。两个人慌了,偷着挖起葫芦根,见根子咬在东家嘴里。他们差点儿吓死。大葫芦摆在院里,他们那个儿子一天到晚巧琢磨,描上花儿,画上人儿。后来他用锯子锯去半截,做成了一只小船。他把船推进河里,又沿河入了海,一连多少年没回来。再说贱女人那夜见葫芦根咬在死人嘴里,连吓带病,不几天死了。狠心的男人一个人守着大院,胆战心惊,老听见半夜里闹鬼哩。他吓得躲到牲口棚里睡,一个大草驴在他不远处嚼草磨牙。日子久了,不知是他眼花了,还是草驴成了精,他见一个黑脸白唇儿老嫂子过来给他整铺盖,力气大得能将他提老高,他呀,差点让老嫂子一翻身压死!一年过去了,大草驴生下一个脸儿老长、越看越像他的男娃来。他知道这是自己的根,偷偷擦洗干净,用粉红绸子包了,喂养起来。小东西长到十岁那会儿翻了脸,见老头病重了就打他的耳光说:"你算上当了。"老头说:"我儿咋打爹?爹又怎么上当了?"小东西说:"告诉你吧,我是老东家还魂,来找你算账来了!你当那笔账一笔勾销了?没哩!"老头说:"天哩!悔不该当初没把你灭了。"小东西蹲在炕上说:"晚了。今个该着我灭你了!不过我得停一会儿再动手,我先让你把什么都弄明白。我得告诉你这个老杂种,俺那哥——其实就是那个坐了葫芦跑了的小杂种,他不是死去的那人的根苗,这事到了阴间才闹明白哩!告诉你,他也跑不了,俺要等着在这儿灭了他,他早晚还不回这院里?我估摸他秋天就回来了,我要报仇。还有哩,我上一世活得太善,让你和那个贱女人整死一回还不知道。俺这回转了世要做个恶人,恶到头。恶人福大,俺这回才算明白过来!"老头仰躺了吸气,说:"罢、罢!你只让俺痛痛快快死吧——临死求你个事,饶你哥一条命吧!"小东西说:"哪能?俺前世死过两遭哩!饶了俺哥?不哩!俺来阳间走一遭就要试试做恶人哩!报仇要斩草除根哩——听明白了哩?!"那老头吓得直抖。小东西说完做起来:他个子矮,不得不踏个凳子去摆一只水碗;碗里又顺下个皮管,插在老头嘴里。他要往碗里不停浇水,把老头一点一点灌死。水顺着管子流下来,老头费力吐呀吐,后来没劲儿了只得咽下。他嚷:"别让我零星遭罪,好孩儿咱有喂养之功……"小东西哈哈笑,还是爬上凳子灌水。他到后来又拣来些小蚂蚁、小百足虫、小蛆什么的丢进碗里,嘻嘻笑。这些东西顺水入胃肠,可着劲儿闹腾,老头难受到没处去说。肚子鼓起来了,水不进了,小东西又下来找根棍子打。肚子上挨一棍子,老头嘴里就冲出一股水。这样打瘪了再灌,灌饱了再打,直到把老头折磨死。

"不是不报,时候不到……"大头老人一下子站了,大声呼喊。有人啊啊大叫,呼起了口号。老鲁把烟锅举得高高问:"曲婆,你快讲,快讲接下怎样。俺急着知根由哩!老大坐着葫芦回来没?嗯?快讲快讲,年轻人莫打岔……"有人偏偏嚷,老鲁转过脸骂:"奶奶!你是哪路神仙?……"

秋天来了,河涨水了。当年坐着大葫芦漂洋过海的老大回来了。他把大葫芦砸破在岸上,决心在家好好过日子了。他这些年在海上苦哇,逢了三七二十一难,全身上下都是鱼鳖虾精咬上的疤痕。他只寻思回家过个平安日子,侍候爹妈,没想到等他的是二十二难——这一难他注定逃不过了。他看见一个小人儿站在家门口,心想这是从哪儿来这么个丑乎乎的玩艺?要知道他离家那会儿这兄弟还没生哩!小东西双手抟腰挡住他说:"我是你亲兄弟哩!"老大如今胡子拉碴了,一听父母又生出了一个小儿郎,眉开眼笑去抱呢。要知道老大一大把年纪了,在海上漂荡误了成亲,该抱娃儿的年头了还是光棍一根。这个小东西他怎么看怎么亲,那是父亲、兄长两份感情合着哩。入了家门,知道父母双亡,老大流了一会儿泪,又去坟上烧了香纸。小东西一口一个大哥,嘻嘻笑。老大说:"弟呀,咱俩经管这个大院子,好好谋划过日子吧。"小东西说:"是得好好谋划。"院里长了两棵野椿,弟弟要除掉一棵,老大说两棵不是更好吗?小东西说:"一棵是臭椿,一棵是香椿。臭椿就得除了去。"他刨了其中的一棵,又掘个坑把剩下的根须一点一点剔净。老大心想兄弟小小年纪做事扎实哩。小东西说:"要把坏根子除净哩!"接上的日子小东西做开手脚了,老实巴交的老大什么也没想。小东西偷着往老大碗里放砒石,不巧被猫吃了,猫儿一歪死了。小东西又暗里往老大的馍里插小铁针,谁知老大一点一点掰开吃,随手把铁针拣出来。小东西又试着半夜里给老大堵鼻孔、借着为老大挖耳屎捅他的耳膜等等,都没有伤着他。不过日子久了,谁也保不住要出事。小东西在街上跟焊铁壶的锡匠买来了一瓶镪水,放在老大眼药水瓶旁边。一天半夜老大摸错了,一个眼窝上滴一滴,接着满炕蹦呀、喊呀,去洗眼,洗出血来才停手。老大就这么成了个双眼瞎。照理说该作罢了吧?不哩。小东西大白天冲着哥哥做出凶煞样儿,哥哥也看不见。小东西就可着劲儿折腾他。他走路要靠兄弟引,兄弟就故意把他领到石头墙根,让他头上落个紫包,还在冬天把他领到冰窟窿里。老大说:"兄弟啊,怎么我净吃亏呀?"小东西捂着嘴笑,说:"让你侧着身子走,你不听。"老大说:"怨我,怨我。唉唉,我是一个累赘哩。"小东西接上说:"瞧你说的,还不该吗?"老大感激得流出泪来。他让人捉弄得差不多了,瘦得只剩下几根筋了。小东西琢磨事情该作结了,就在一个早晨把他领到一个枯井跟前,说一声:"哥哎,松手哎。"然后从后脑窝那儿戳了两指头,老大就一头栽了进去。下面的嚎声弱了,小东西又把井边备好的石头一块不剩地推下去。从那以后啊,那个大院就成了他一个人的了,这个人长了蛇蝎心肠。他来世上一遭是专做恶人来了,他就是我要说的大院那个主人,那个为一口狼奶害死三条人命的活阎王。

三个桅灯火苗一齐闪跳。场里的老婆婆张大嘴巴哭了,一个接一个把手巾扯出来。"天哪,让雷打了他呀!老天爷你行行好吧!睁睁眼吧!"她们边哭边嚷。年轻人泪花闪闪,他们彼此观看,都承认这大概是一辈子所能听到的最可怕的故事了!万恶的旧社会呀,万恶的旧社会呀!他们一句连一句呼起了口号。场上拳头如林,泪水滚滚,大人小孩都在控诉。胖婶最终统领了呼出的口号,她伸出右手,跷着脚,衣襟下的红腰带都露出来了。大家都举手,连曲婆也跟着呼喊,脸上一串串泪珠滑下来,娘儿俩哭成一团。她一边哭一边说:"小金米我孩儿呀,想想落到什么人手里了吧!想想你姥娘怎么在井边上哭喊:好孩儿听话,你拿刀给妈妈,你拿绳儿给妈妈呀!我孩儿,别忘了呀,别忘了那时候穷人的事儿——苦啊!苦啊!"大家都跟上喊:"苦啊!苦啊!"曲婆端坐着等待人潮的平息。她说:"接下去讲啥个哎?我接上要告诉你们,那从山冈上下来的爷儿俩就落在这么一个狠人手里哩!"

一句话出口,人群又是一阵混乱。老婆婆说:"天哪,怎么该着呢!""雪上加霜呀!"小碗忍不住站了起来,大声叫着她那几个姊妹,说救救那个外乡姐妹呀,救救女娃吧!她又转脸问曲婆:"你怎么让她落到那个大院子里哩?你给她换个人家不行吗?"曲婆连连摇头:"不行不行。这是随便能换的事吗?"一场人有的唏嘘,有的大声责备小碗。

爷儿俩跑呀跑呀,庄稼叶儿划破了脸、手。急死人了呀,女娃好比一条肚子鼓胀的鲥鲅,真的要产子儿了!眼看要收秋粮了,接上天会变冷,爷儿俩还没找下个窝儿呢。野地人的心不坏,只不过嘴里说话难听。他们掰下了生玉米,扒出了花生、地瓜给爷儿俩,这才保住了命。女娃儿对爹说:"爹,你听我肚里咕咕响,是鱼趴在草里产子儿那声音哩。我快熬不住了。"爹说:"好孩儿,说什么也得熬住哇,你看见平原上那些青砖红门了吧?那又是个大主儿,咱还得去碰碰运气。"就这么他们到了老地主那儿。这会儿的院主人已经是五十多岁的人了,他那个大媳妇早挂上龙头拐了。东家收留下他们,让女娃去灶间剥葱捣蒜,让女娃爹去牲口棚里炒豆子。两个人都不冷不饥了。他们住下没有多少天,女娃就生了。生了生了,生了一男一女——东家让丫环报告大媳妇,大媳妇让人把哇哇哭的两个小肉蛋抱走了。女娃要亲手抱抱心尖上掉下来的肉哇,她伸手去要孩子,大媳妇就用煤铲子拍她的掌心,骂:"没脸没腔的东西,还有脸哩!让奶妈喂着去,你奶水盛在这盅儿里。"一个紫铜盅子一天满一次,女娃奶水旺着哩。有人按时端到老东家屋里——那个挨千刀的那会儿正凑十二样奶哩!原来他收留他们是为这盘算哩!多么毒的人哪,打外乡人主意伤天理哩……什么苦都让外乡人吃过了,天哪!女娃生过孩子两个月了,央求大媳妇抱来孩子看上一眼。人家说孩子挺好哎,头发黑皮儿白。女娃哭啊闹啊,大媳妇用龙头拐杖打她。又过了两个月,女娃说俺要走了。老东家听说了过来瞥了一眼,一眼就算把她给坑死了。我还没说女娃的长相哩,她怀孩子那会儿破衣烂衫不成人形儿,这时节身子利落了,皮儿光亮,才十七岁,天仙一样啊。那个狗娘养的一眼就生了歹心,把她收做了偏房。女娃儿那会儿受罪没法说,一天到晚哭。那个东家是驴托生的呀,女娃吓也吓死了。她半夜里跑去找爹,爷儿俩要逃走,刚出了村子又让巡夜的逮回来。巡夜的不敢揍女娃,只好有气往她爹身上出。女娃爹给打得头破血流,又被绑到了大院里。那顿折磨呀,那不是人受的滋味儿。老头子临死那会儿见了女儿一面。他扯着女娃的手说了一句话,然后闭了眼。他说的是:爹糊涂哩,爹不该拉你来平原上。爹只知道山冈上等死的滋味难受,爹不知道平原上的死法也不轻松哩!爹害了娃儿哩!女娃哭哇哭哇,哭晕了。她一天到晚受老东家和大媳妇的气,他们想出了一万种方法捉弄她。她长得身架小,像眼泪汪汪的小羊。眼见得她快给折磨死了,老东家捏住她背上的松皮儿,噗一下扔到窗外去。她只当是放生了,抬腿就跑。她跑到门口那儿,见一个黑衣女人手拄拐杖叉腿站着——大媳妇笑笑:"怎么这就走了?我平素待你不薄哇。这么着,你再侍候咱两天吧,到时候你一手扯上一个孩子走,带上金银细软。我给你香粉擦脸,金丝带系腰,一脚穿上一只莲子鞋儿。"女娃恋着孩子,就跟上她回了。谁知道这回是从雪窝掉进冰窖,从狼爪滚到虎口。大媳妇把她送到一个小孤屋里,让几个穿紧身衣裳的男人把她脱光了拴到两根柱子上。她的手脚都给分在了两处。大媳妇说:"你不是想要孩子吗?问他要——你身后那个大汉,是他抱走哩!"黑汉子侧过脸笑笑说:"俺抱了不假,抱了两个野种走到野地里,一下扔进了井里。"女娃这才知道孩子的下落,疼得昏过去。大媳妇让人泼水、掐人中,把她弄醒过来。火盆中烧了两把小铁铲,大媳妇拿起一把,照准她腿根就是一下。油烟煳肉味呀,撕心裂肺地叫呀,小屋子快塌了呀!这就是穷人遭难啊,穷人被活活烧死了呀!谁来救救她呀,谁拿个矛枪捅死狠心的大媳妇吧!再不捅死女娃也行啊,别让苦命人零星遭罪了吧!老天爷睁睁眼吧,发个雷打死那个挨千刀的吧!不打死她,海也得枯,石也得烂,日子长绿毛了呀!老天爷老天爷,听俺苦命人老姊妹一句话吧!

"苦啊!苦啊!"

满场的人一齐喊着。曲婆奋力扬着手臂:"苦啊!苦啊!"她的泪水早已流干了,这会儿去喝水,捏一粒玉米嚼着。大头老人伸手问一旁的老人:"还有公理吗?还有王法吗?真是衙门口儿朝南开,有理无钱莫进来!"老鲁脖子上的青筋凸着,附和:"莫进来!莫进来!"一个老婆婆低头咕哝:"苦命人不如鸡狗啊。富人大年三十吃猪耳朵,穷人吃糠!"另一个摇头:"糠也吃不上哎。吃白土末末,噎死人。""天下乌鸦一般黑!一般黑!"

金米我孩儿呀,切莫忘记血泪仇,切莫忘。我不说你姥娘是谁你也该知道,你是苦藤上结的瓜儿。你有朝一日不听娘的话了,忘了本了,你只想想那把烧红的小铁铲吧!你闭上眼,你要是个好孩儿,做梦也嗅得见煳肉味儿……她给活活烙死了,疼死了。那时他们用个破苇席把她卷了,扛出大门,想扔到庄稼地里喂狗去。谁知活该好人有寿,早晚有人助哩。她的小身子在席筒里,被一个护秋的野地人看见。野地人是个满脸胡子的老光棍,脾气比老虎还暴。他解了席子一看,见是个女人就蹲下来。他半辈子一个人在野地里转,不怕鬼。他原想扒下几件衣裳走,后来见这女人小脸儿怪疼人,就端量起来。不瞒你这些人,他还抱起来亲了嘴儿。他抱着她,抱着抱着觉得这身子在活动。他扔也不是拿也不是,就晃着拍着。她也就睁眼了。野地人说活了就好,快说说实话。她说不出,野地人就抱到他的草棚子里去了。热汤热水地喂着,她能走了,能哭了,野地人就要和她成亲。她说成不得,俺不是个干净人了。野地人说,你当俺就干净了?说着哧啦掀了衣衫给她看,让她看这全身上下的陈灰污垢,没有一处露出真皮哩。小女娃知道她遇见了又一个苦命人,取来一桶水为他洗了一遍,又用茅草擦了身子。野地人一辈一辈都给那个大院护秋,在这片平原上活动,好比天上的游隼。他们说给东家护秋好哩,打死人不偿命!不过他们还没打死过人。他先给女娃补身子,煮豆棵给她吃。她想这辈子可算熬出来了,再也不缺吃物了。野地人什么都吃,他说这样惯哩!他逮了蚂蚱用酱油腌了,吃一个冬天。刺猬、獾、长虫,还有鼹鼠,他都烧了吃。他胳膊上的肉一棱一棱,能把石砘子举到头顶上。女娃福日子来了哩,一天到晚在庄稼棵里跑,身上全是草籽儿。后来另一些野地人知道了,想合伙把她偷走。有一天她去沟边上采艾子,让一些野地人抱住,偷走了。他们把她藏在窝棚里,一个一个出去弄些好东西给她吃。她还吃到了野兔子肉、狗肉。她想那个窝棚呀,想那个男人。这些野地人说:"莫哭了莫哭了,那个人还不是和俺一样!"女娃哪里听,一天到晚哭啊,说俺这辈子完了,受的苦楚大船也装不下。她用手砸门,手都砸出了血。天哪,人逢到了绝路上了。看看吧,谁受过这样的苦啊?

怎么办哪怎么办哪!场上的老婆婆搓着眼,互相端量,又去拍大头老人的胳膊:"她怎么熬得出呀!她也算命大的人呀!将身来把自身比……"大头老人流出了泪线。他从衣服夹层里摸出了一个脏腻的小酒壶呶了一口,擦擦眼又放回,说:"我真是借酒浇愁哩。"老婆婆哭着去摸酒壶,饮一口,清清嗓子。胖妯看一眼老鲁,见他只顾听呢,连酒味儿都闻不见。曲婆叙说的节奏慢下来,一口接一口喝水。她的鼻子最先嗅到了那种甜丝丝的味儿。她不愿将脸转向大头老人,只仰向桅灯说下去:"那些势利眼哪,那些自顾自的人哪!那些自管自己享清福的人哪,他们喝酒穷人流泪啊!"大家都跟上曲婆喟叹,后来才觉出与女娃的事儿不相关。有人催问:"女娃后来咋了?咋了咋了?"曲婆没好气地哼一句:"你还记得受苦人?你的心还长在中间?我只当你有酒有菜自己低头吃呢!"

金米我孩儿,你听个端详!谁要说他受的罪比你姥娘多,那他是胡诌。你割他的舌头。你姥娘穿过的短裤让上级锁到柜子里去了,逢年过节才拿出来给城里人瞧一瞧。他们开了眼,忘不了过去的苦。还有盛饭的泥碗,上吊的绳子,作孽用的小铁铲子,一遭儿都搁在展览馆里了,罩在包金边的玻璃罩儿里。多少人为你姥娘、老姥娘哭呀,他们才知道多少?他们知道野地人偷走她那一节儿吗?那一节是只有享不来的福,没有遭不来的罪,有泪都往肚里流了。后来她——就是女娃儿,半夜里见野地人一个一个都睡了,这才钻到秫秸墙里,就像钻草垛子一样。要知道窝棚的门儿是上了锁了。女娃儿一溜小跑蹲在庄稼地里。她的心噗噗跳着回到了自家窝棚,一家伙扑到那个野地人身上。野地人说她一连多少天不见了,身上一股青草味儿。两个人恩爱啊,一天到晚不分离。野地人把女娃的小手按在身上,女娃搂着大男人。女娃长得真小哩。这都怨小时候山冈上没东西吃,她身子架也就小了。野地人啊,一天到晚去护秋,蹿来蹿去有使不完的劲儿。他吃鼹鼠吃长虫的嘴一下接一下亲小女娃,小女娃也不恶心。那是一对好人儿哩,心贴着心。他对那些护秋人说:以前那会儿偷去女娃不作数;谁要再敢碰她一手指,俺就用土枪搋出他肠子来!护秋人都知道这个大胡子说得出也做得出,远远躲开。女娃肚儿圆鼓鼓,又该产崽儿啦。野地人说:"产吧产吧,产出来还长成野地人。"她产下了,不过又死了。她哭啊哭啊,野地人陪着哭。第二年上她又要产崽了,她说听见肚里又有咕咕的大鱼叫唤声了。她想起什么?她想起那些年和爹手扯手急急奔跑的事儿,流了泪。爹是望不见俺的好日月了。她接下去生了,是女孩儿,全身白生生,刚下来就俊哩!野地人欢喜疯了,掮着枪直蹦直蹦,说哎呀老婆,哎呀哎呀,你给野地人留苗儿了。你今后要个星星我也去摘下。女娃儿听了咬住牙,不吭声。野地人晃她,问她咋了。她说只怕你不应。野地人说我应我应!

女娃说那好！我只求你替俺做一件事情。野地人红着眼问什么事儿。女娃的泪一串串流下来：

"杀了东家。"

野地人腿抖。"你不应吗？你不应？"女娃儿步步逼。野地人说："应哩应哩……"从那儿起小窝棚里没笑语了，只有落生的小女孩儿哭。野地人一天到晚摆弄土枪、铸铅弹，嘴里咕哝："我要杀东家，替孩儿娘报仇哩！"女娃双眼里干干，半晌望上男人一眼。她心想你嘴里说说不作数哎，我等你把铅弹弹喂到那人肚里哩。孩子满月了，会笑了，野地人搂住娘儿俩亲了又亲。他背上枪走了，上身还捆了一块野狸子皮。他在离那个大院不远的玉米地里趴了一整天，静等老东家出来。有一回老东家出来了，他的手就按到了扳机上。只要一用劲儿就行，可他哟，偏偏这会儿心思转起来。老爹的话又在他耳朵根下响："孩儿，记住，老东家对咱野地人有恩哩，一辈一辈咱都是护他的庄稼。记住，你生是他的人，死是他的鬼。"他的手一颤一颤，闭了眼。他睁开眼，见老东家从轿子上一撩大缎子衣襟下来，大白脸上两眼滚滚，额上泛光哩！他是天生的东家，天生的野地人的恩人哩！他收了枪，掮上，不知为什么摇晃着出去了。他想干什么也不知道。反正他走到轿子跟前，大张着嘴巴。老东家一转身看到了，喝一句："不到地里去，跑这儿干什么？你不知道你该呆在地里吗？"他的腿那个抖，不成句地说："老爷，我……刚才，该死哩！"说着又上前一步。老东家瞪大眼："狗东西啰唆，快回地里去，讨打吗？"他吓得一愣，鞠个躬扭头就跑。他一脚插到玉米地里才算安静下来，眼睁睁看着老东家进了院门。回到窝棚里，女娃儿一看就知道他空手回来了。他搓手、顿足,说再没有机会杀那个仇人了。女娃问怎么了。他说枪出了臭子儿。夜里他睡不着,直翻滚。女娃就搂住他,告诉是他女人哩;又拖过他的手摸摸小孩儿,告诉那是他的骨血哩。野地人第二天又背上枪走了。这一天他卧在玉米地里一整天,每时每刻都在骂老东家。他只怕一停了嘴就消了力气消了恨。他骂老东家是个两条腿的驴,越骂越恨,汗水一滴滴从额上滚下。如果这会儿老东家出来了,那一准给打个仰八叉!只可惜从早等到晚,人影儿没见。云彩红了,野地人要杀个人了。他的手不沾血就对不起娇妻娃儿。杀人杀人,火药在膛里开水一样翻滚,野地里人急得要死了!就在这会儿,一匹花斑马不知从哪儿溜出来,野地人钩响了土枪。轰隆一声,天摇地动。要知道这是积了好久的火药呀。花斑马倒下去。野地人被自己弄出的声响震醒哩,他转身跑回家,一进门就嚷:"老东家……打死了!"女娃儿哭了,泪水洗得脸红,一下下亲男人。男人扔了枪,一屁股坐了。他张着大手说:"我是说,我是说我把老东家的花斑马打死了。"女娃儿抱着孩儿摇晃,出门去看一片一片的庄稼。她从外面回来,说:"野地人,你给我弄杆土枪好吧?"野地人说:"那好哩!"他从别人那里用火药换上一杆就行了,他可不想女娃要枪干啥哩。几天工夫过去了,野地人真弄来一杆小土枪给了女娃,还说:"谁敢来欺你,就开枪打哩……"这夜里野地人梦见了一个红色小狐狸,它俊煞!小脸凹凹着,双眼儿眨一眨,一会儿变成了女娃儿!天哩,先人托梦哩——野地人记住了梦中情景,相信是老辈人深夜开导他。他半夜里一锅烟一锅烟吸,又去推醒女娃儿,谁知女娃亲亲他,又搂孩儿呼呼睡下了。看看吧,这迷惑人的东西多么会装,看看她一心一意要蒙住我的双眼哩!老东家呀,野地人祖祖辈辈的恩人,你小心再小心,有什么东西在借我的手算计你哩。那会儿野地人的恩人危急哩!肠子要流出哩!嘿嘿,嘿嘿,俺野地人幸亏半夜里明白了,不过俺也不祸害她。为啥哩?就为她招人疼哎,为她那小眉眼儿。恩人心粗不知哩,她半夜里伏俺胸脯上,猫儿狗儿一样。她白得像雪绒哩,俺是土捏的。半夜刮风她害怕,搂俺大粗胳膊在怀里壮胆哩。俺不赶她走,俺舍不得她哩。俺只记得是老东家的人就是哩:野地人一辈一辈都捧您老饭碗哩,您老待野地人好比自家的物儿,从来不断他们草料哩。福星高照吧,俺为您老把一辈子铁门。您老放心……嗯!野地人暗影里祷告了一个时辰,天快亮了才睡过去。女娃天天摆弄枪,野地人说小心,走了火呀不得了。不过他还真教孩她娘放枪,让她打玉米秸上的麻雀,说:"你就打麻雀好哩。"女娃说俺要用它打大物儿,打个大兽,他说胡诌。

"哼哼,多么糊涂的人儿……"老鲁听出了机关,这会儿打断曲婆的话。"要放血了,要放血了!……"一个男人抱起膀子,头颅往前探着。"一个不争气的男人哪,啥事儿不得女人自己去做?其实女人生下了娃,剩下的事归男人了。"老婆婆们吵架一样。曲婆盘腿坐着,双目紧闭。

秋天剩下没几天了,这你看看焦干的玉米叶儿就知道。树叶儿也开始哗哗落,地瓜的红皮从土缝里鼓出来,麻雀胡乱吵闹。女娃把孩子搁在草篮里,自己和野地人去打猎了。土枪压得她直摇晃,她腰上用瓜蔓儿系了。他们转来转去,找不到大兽。后来不知咋的就转到靠近大红门那片庄稼地了。野地人一来到这儿就慌,他想让女人快些离开。女娃死也不肯,她说你闻不见一股畜生味儿吗?你听不见有野物的喷鼻子声吗?一会儿门前空地上出来一帮人。这些人走过去,就是老东家了。他手里的拐杖玩似的乱转,正高兴哩。女娃咬一绺头发在嘴里,没人声地叫一句跳出去。野地人也跟了去。女娃放响了枪,枪打偏了。老东家往玉米棵这边跑,女娃抡着枪托子追赶。野地人端着枪迎上来,女娃说:"你快呀!"老东家脸一板骂道:"狗东西,快把她给我打下!"野地人的枪口离东家只有几尺远了。"狗东西枪指哪了?快给我打下!"老东家一跺脚。这会儿女娃扑上来,迎着老东家去抢枪托。枪托子还没落下,野地人扑通一声开枪了。女娃一下子倒在血水里。枪口离她太近哩,她给打得稀烂。野地人扔了枪,哇哇叫,一头扑在女娃身上。他昏过去哩。

"天哪!哦哟哟……俺不敢信哪。"场里的人怔了片刻,呼叫起来。曲婆伏在了白木桌上,一声不响。"妈耶!"金米过来摇晃她,她不抬头。"妈耶妈耶,哦呜……"儿子痛哭起来,绝望地看着人群。曲婆抬起头来也是满脸泪珠。她抱起金米,像看一个陌生人一样眨了一下眼。她喊:"听话吧好孩儿,快拿刀给妈呀!快拿绳给妈呀!"场上的人发出了抽泣,老头子们张大了嘴巴,像抵挡寒冷一样抵挡悲恸。"好生生的人儿打死哩!替他生娃儿的人给打死哩!挨千刀的野地人哪。"人们终于等到曲婆平静下来,问:"后来咋了?咋了?"曲婆说:"后来东家是老死的,野地人自己守着孩儿过了。孩儿长大了,天底下也找不出的美人儿。野地人把她藏在草窝里。他不跟她讲妈的事儿,她是自己设法儿知道的。她后来越长越大,跟上另一个野地人跑了。这个窝棚里的孤老头子一个人熬日月吧,他一个人等着去死吧。那时候他哭啊哭,眼泪把胸口的棉衣都洗透了。有一天起了大火,他给烧死了。也有人说是他自己亲手点的。死的那当口他使劲搂了枪,一块儿烧成灰。这是报应啊,是他自己还报啊,女娃在地底下也望见火光呢!""妈耶妈耶!我想姥娘想老姥娘……"金米细小的身子抖着,老去揭曲婆粗破的衣襟。曲婆一遍一遍吻着儿子的额头,使他安静下来。她仰脸向着场上的人说:

"可怜的外乡人哪,不该离开那山冈。这都是产崽儿引出的故事——他们都害怕在山冈上产崽儿。他们恋平原哩!可这里是怎么折腾外乡人的,你们刚才亲耳听了。外乡人啊,鋌鲅在草里产子啊,咕咕叫了!别往平原上跑了,别跑了,别离开祖祖辈辈的窝儿呀。那个窝儿是先人的汗水儿泡透的,能免灾祛难。做个外乡人,产了崽儿,再后悔也来不及哩!一辈一辈都是外乡人了,根不在这块土上——红土黑土黄土,血呀汗呀泪呀,一种汤儿泡一种土儿,混不得哩。先人不让啊,先人一恼,咱就全完了。咱悔不该出去野性哩,没有守着先人的坟。过清明了,过大年了,坟上空空的,连个压纸的人都没有。天长日久了,风把坟堆吹平了,谁也不知地下有什么了。再后来犁地了,犁头插进深土里了,天哪,这就从根上毁啦。外乡人战战兢兢的日子没有头,没有头,深更半夜睡不着。刮大风了,房子顶上打雷似的,你想起什么呀?你想起风在一千里外的坟堆里打旋——旋出的响动传了来,在屋顶上滚,要入你的屋里、入你的梦里,让你夜夜不能安生呢!先人要管你和你的下辈子,让咱快些回去,秋天里起程,赶在春天里回去产崽儿。那边的水儿盛满了沟沟壑壑,水草一团又一团,像云彩似的,正好躲住大鱼哩……"

场上人静得没有一丝声音。玉米秸垛子尖上的白雪耀眼。槽上的马细细咀嚼,好似思索的声响。雪粉在月光下嗞嗞化掉、板结。看不见的小冬蝇在秸秆之间跳荡。不远处的大碾盘子好像被夜巡的精怪推动了,骨碌碌响……星星掉了一颗,落在雪上,溅得满滩遍野。鼹鼠一群群在雪下钻着,不时探出头来倾听。哟哟好静,这个热闹的月夜啊,这是怎么了?嗦嗦嗦,嗦嗦嗦,一只生了褐毛的老鼹鼠领着它们游动起来。场上的人静默一会儿,开始三五成群地相互诉说了。老婆婆对身边的人讲起了不幸身世,老头子难过得拐杖捣地。"地主的斗,吃人的口。"有人说。"那时俺爷爷给地主扛长工,吃不饱,穿不暖。地主吃大白面馍,俺爷在边上看,还要斟酒。""讨饭走在冰碴上,十个脚指头,冻掉了九个……"他们的声音只有对面的一两个人才听得清。"俺奶奶没有衣服穿,光着膀子推碾哩。地主老财吃的白面是俺奶奶磨出的。俺奶奶饿得不行了,低头吃一口,狗腿子就打她。""穿了什么衣裳了?补丁叠补丁,再破了没布补,就用牛皮纸缝上哩,用树叶儿粘裤洞。没有被子,睡在热沙里。""不如死了好呀,真是那么回事。地主家的鸡、兔子,什么都比咱过得好。它们穿得也比咱好哩,身上的毛皮冬天也护住冷。""最苦是女人家,坐月子,有什么吃?水沟里摸条鱼,拇指长;地瓜软软和和,吃了一个冬天。男人哪个不揍老婆?他们的手狠起来,女人身上就有青了。有一年上,我最前边那个男人——大婶子你知道我这辈子找了三个男人,一个比一个坏——他嫌我能唠叨,说要用针缝了我的嘴。我还只当他说说气话,谁知一转眼麻绳和针都准备好了!我给他跪了,他这才罢手。第二个男人是个麻子,大婶子你知道,他不务正业,不是个老实人。他会偷东西,花猫、柜子、铁锨,还有女人的小夹袄,什么都偷了家来。村上民兵把他打死了,死得那个惨。他们用一根猪腿骨敲他的头,几下就敲死了。第三个男人好,脾气也好,就是犯了喘病急死了。大婶子哟,俺嘴对嘴给他送气,他的脸一憋就青。俺寻思他早晚得死在这上边,谁说不是。那天天刚亮,他正和俺亲亲热热地好,说话儿,那些心窝里的话够一辈子听的了。正说着院门一响,有个粗嗓子喊了句:'大叔在家不?'他一口气没上来就死了。他死在俺怀里,是给突然的响动吓死的,死得冤哎。俺八十岁了,俺想他呀,再续个男人,能赶上他一小半儿俺也就知足了。""还是不续吧。你知道俺倒是续了。他哪儿都好,就是有一桩:一想到俺先前的男人就骂俺、打俺,说为啥一开始不是嫁他了?我说那会儿不知有个你哎!他又打俺。俺身上的皮儿没法看了。他正和俺好着,一想到俺前一个男人气就来了!俺找明白人问过,想给他调理调理。人家说不行,这是一种病,病名叫'气先'。""嗯哪,我寻思也对。比如说俺两口儿原先就挺好,你疼我我怜你。他去翻地,一锨掘出个大豆虫,舍不得烧了吃,回来送我哩。自从有了娃儿就不行。你知道做妈的哪能不抱娃,哪能亲得够?男人不高兴了,拉长脸说俺只会抱着孩子哼哼。他看俺不顺眼了。他怨俺一天到晚抱个娃娃。这也是一种病,病名叫'气怀'。""'气先'哪'气怀'啊,反正都是男人的毛病。女人家一辈子要遭七七四十九难!什么都是男人的理儿,他们怎么都行,女人翻不了身了。""翻不了,翻不了……"这些话有几句大头老人听得清晰,他摇头:"不能这么说。男人受苦也没有数,要看是谁家男人。"他的双眼瞟一下一旁的老伴,"我不是说自家,我是说有那么一家——嗯,就是有哩,谁听了不顺耳就是谁哩。她呀,我敢说打老辈起,也没见这么俊气的大姑娘呢。她浑身喷香,和自家男人心贴心。男人喂一口她吃一口,装小孩哩。她会做地瓜馍,一掀锅盖裂开花的大馍。她那两个奶子有多大,地瓜馍就做多大。男人累死不喊累,天天下地有劲哩。两个人恩恩爱爱,谁也不欺负谁。她还给男人辣椒吃,辣得男人呼呼吹气,就说:'快咬馍快咬馍。'变着法儿让男人多吃饭。真是好女人,又水灵又爱笑,一笑俩酒窝。男人逢人便夸,满村里男人都想和她好。你知道小村里光棍多得数不完,这家人给扰乱得没法过日月了。男人在墙外下了绊绳,在院里挖了陷坑——他可是做这个的好手。折腾了一年多,总算过得太平些了,谁知道女人开始变脸哩。她为啥变脸?男人心里怀疑哩!她一遍一遍自作主张去掉墙外的绊绳,不过又亲手帮男人挖陷坑。你说怪不?她不高兴了,脸儿木木,飞快坏了一颗牙,又去镶了金牙。她不理男人哩,男人想亲近她,得挨拧哩。男人身上一块块紫瘢印痕,还得听她骂。她骂人的花样数不尽,老腿老胳膊了还想打人。男人是疼她哩,不愿揍她。好男不和女斗啊,让她尽个性儿疯吧。一年年过下来,两个人不能通通知心话儿。这是人过的日子吗？女人过得也不舒坦,你看她一天到晚绷着嘴,铟亮的金牙也不让人看,脸上起皱了。她头发白了,梳得光溜溜,后边挽个白球哩。男人半夜摸摸她脚,凉手哩！她身上没火力了,老了,靠男人暖着才活得长久。这些理儿她知道吗？我一村的老姊妹们,有谁去开导她呀？眼瞅着数九寒冬来了,两个人抄着手,一间屋一个,坐大牢一样。苦啊！苦啊！她就忘了年轻时候的事儿,忘了谁一夜一夜抱着她,爬树摘枣给她吃。她忘了谁跟她生下娃来,生了个多好的娃！世上人哪个又不是从年轻时候过来的？忘本哩！她像变了个人,那件青大襟衣裳遮了的身子不是她哩！我寻思是黄鼠狼呀什么的野物附了身。老姊妹们哪！话不说不明,灯不挑不亮,男人的苦处说不完,你们可是亲耳听了。我没有半句瞎话儿,要不,让我今后酿酒酒酸,做醋醋臭。"老婆婆喷喷响。有人去抹眼睛,说:"老天爷,天底下真有这样的坏女人哪？想不出哩！"大头老人的老伴歪过身子:"林子大了什么鸟没有？有些坏男人,不打不骂女人,可就是恶心人哪！老姊妹们知道,要有这么个男人趴在咱炕上,咱还不如死了好哩。"老婆婆们点着头:"老嫂子说得倒也是。"大头老人从衣怀里掏出小壶饮酒,咽下一口,咂咂嘴:"咱外乡人哪,来路不一样,都要在这块土上扎根哩。那些坏女人跟男人闹别扭,还不是反对扎根？她们生下娃儿也悔哩,悔不该在平原上产崽儿。天,这平原是俺男人自己的哩？不哩！男人上几辈儿从天边走了来,路途远着哪！老家在哪儿谁也不知道,天生是些无根的人哩！说不定咱在这儿住不久又得走——三十年河东三十年河西嘛,谁说得准？走哇走哇,外乡人就是这个命,外乡人不能停闲哩！也许女人对哩，她们不让男人在一个地方扎根。她们心里有说不出的一句话，她们在催着男人上路哩！看看咱小村吧，一色的小泥屋子，扔在身后也不可惜，这是打谱跑哩！这就是鲅鲅，一辈子找不见一片好水湾产子儿……"大头老人说着哽咽起来，引起身边好几个人的抽泣。"真哩！真哩！他说得不错！"老婆婆们抄起衣袖。

　　一个矮小的、白白的女人一个人坐在那儿，静听别人讲。她大睁着眼，有时从人空里望一眼唾沫飞溅的男人。她有时伸出小拇指挠一挠发痒的脸。她真像个局外人。过了一会儿，一个老婆婆望见了她，就插着人隙钻挤过来，坐在对面。老婆婆握住她的手一下一下拍打："孩子，心里有苦楚就说吧，俺知道你心里屈着哩。说吧说吧，大婶要听哩。"矮小女人摇摇头："俺没。"老婆婆一板脸："咋没？都说你有哩！莫怕，说吧。点了三盏大灯，不能白费了油啊……你听听人家，没有闲嘴的哩！""大婶啊，"她拢拢头发，"俺是他的人哩，俺跟他亲，没他一句坏话。""他发狠打你哩！""那是俺有过错。他打俺，俺哭过了也不恨他。幸亏俺没落到野地人手里，要那样俺还不知死几回呢！他解下腰带抽俺，还捆了手足，如今想想换了别人还不知咋样哩。我也吃过那些畜生的亏，我可不点他们的名儿。比一比，还是俺男人好。跟上他那天到如今，我没有饿着！冬天，他用草屑儿烧炕，全村数俺家炕热。北面小窗的缝儿也糊了，小屋里热烘烘，有老鼠有猫儿。俺对不起他的只有一桩：没为他生下个娃儿。刚才曲婆说产子儿产子儿，俺听了心里好难受。不说啦不说啦，你有这事儿的偏方？"老婆婆闭上眼想了想："使红布腰带扎腰好些。还有,吃地瓜馍不吃盐,三个月……"小女人低了头。老婆婆还要说什么,老鲁站起来喊了:"莫乱吵莫乱吵,听曲婆一个人说哩。金米妈,你接上说说自己的事儿吧,天不早哩!"

曲婆把桌上几颗金色玉米粒摸了一遍,说:"金米爸早早走了,他撇下俺娘儿俩呀。俺拉扯上一个孩子过,不易呀。夜间俺搂着小金米,把他小脚丫抓在手里,捏弄着,一遍一遍哭。俺哭什么?俺想起了俺这一辈子,想起了小金米爸呀。孩儿睡了,摸摸他脑壳、他眼窝,觉得是他爸的根苗。乡亲们,俺的指望都在孩子身上,俺得为他守住瓜(寡)儿才对得起地下人。"曲婆的语气缓下来,双目夹出一溜睫毛。"就是呀,就是呀,守住瓜儿吧!"老婆婆们的应声此起彼伏,一场人都激动起来。曲婆用衣襟擦擦眼:"我说哪去了?哦哟,我是说俺没遇见金米爹那一截,没过一天好日子。俺是没娘的孩儿,爹让俺藏在窝棚里,日头照不着。我脸上一层白茸茸,皮儿也细嫩嫩,谁也没碰咱一手指。我是一朵花儿,露水汽儿没散,花芯上没招一个蜂。窝棚不透风儿,香味别想传出去。那时两天洗一回身子,爱干净,衣服上没有一丝灰气哩。爹啥也不让俺做,小手养得软绵绵,比猫爪还规矩。俺倚在窗上,隔着眼皮儿望庄稼。豆子地里有野物跳腾,它们几时老实了?俺十几岁了也不晓得男男女女的事儿,也没人告诉俺。不过我那会儿知道了依恋什么,老想把头拱在被子上不起来。俺觉得大厚被子真好哩,盖住俺的身子脸儿,和俺贴着。有一回俺哭了,哭呀哭不停歇。我不晓得身形儿怎么样,是后来金米爹告诉我哎。我觉得那时爹把俺当个宝贝猫儿养了,让俺好吃懒睡在炕上。日光照身上了,我才爬起来。我想妈呀,没见她的模样——不记得了。我哭妈妈,爹就躲到庄稼地里去了。爹是什么人我不知道……快来呀,好样的小伙子,快别让俺一个人守住瓜儿了!快来呀,快把俺抢了跑吧,抢出去一下扔到井里也行啊!俺等不得了,俺不活了,俺用白布条子上吊了,到那时谁也找不见了!"

　　曲婆的右手在天上划了个半圆儿,热浪滚动到场子里去了。"快来呀,快来呀!……"谁家姑娘趁乱呼叫了两声。"那时呀,爹打个鸽子炖了俺吃,咱连锅儿扔出去。他发火,我咬破了他手。'疯哩,疯哩。'他这么说。那个情景里金米爹来了,我爹想拿枪打死他哩。我要有杆枪,就把爹打死了。我跟上男人跑了,一头钻到庄稼地里再没出来。从那以后俺过上了好日子,日日欢笑哩。金米爹把俺揣在胸口上,天冷了就用衣襟把俺包起来,风雨都别想沾身。这个大男人是个赤脚跑南北的汉子,肉硬得像石头,俺咬了咬没咬动,他哈哈笑哩。夜里他抱来一团茅草,推巴推巴做个窝,和俺拱进去。小老鼠半夜跑过来,俺俩也收留它过一宿。他搂着俺,俺在他身上没哩!那时俺长得小。金米爹亲亲我,我看不见他的模样儿,可我的小软手儿摸得出他。鼻子多高、眼多大、是不是双眼皮儿、多少胡子、脸颊骨……俺心如明镜。他身上的味儿再好也没了,那是水蜜桃开花第二天,让雨洗了发出的那种味儿。我一辈子离不开这味儿。我让这味儿把我包起来,像被子。我数九寒冬不会冷,临死也会唱歌儿。我问过金米爹:你不嫌俺这眼呀?他说不光不嫌,还老想亲它哩。说着他就亲起来。他说有一种生白茸茸的甘甜毛桃,就和俺一样。俺是甜的吗?他说是呀是呀。呜呜呜,俺那时一天到晚流泪,泪水在他宽胸脯上小河一样流。天哪!苦啊!苦啊!可怜我这没爹没娘的女孩儿家吧,可怜俺这丢了男人的女人家吧!好孩儿你听话,快拿刀给妈吧!快拿绳儿给妈吧!好孩儿你千万听话……"

"苦啊!苦啊!"老老少少都呼喊起来。

"我说金米爹呀,你把俺抱到河里吧,抱到井里吧,俺不行了。俺偎在你身上还想你哩!俺跟你是天生一对儿,生是你的人,死是你的鬼。你呀,你把俺打得皮开肉绽,俺也不骂一声,还是合天底下第一福人儿。叫声大姑娘小媳妇、兄弟姐妹呀,你们要听就听端详。俗话说'瞎子摸的也比这好',要紧摸个好心性人儿啊,他能让你哭一辈子。要信得过俺,看不准的男人领我这儿。我能摸他的后脑勺儿骨头节儿手指肚,猜透他藏在后背上的心眼儿。金米爹啊,俺是小鸡,趴你胸口上做个窝。你从庄稼地里衔草,衔小绒毛来,俺为你生下蛋来。你用衫子布包扎俺,把俺包得只露出一个头。夜深了,豆子棵里蹿出的野物有一百种,它们都不怕你。它们在咱四周跳哩,跳一会儿叫一会儿,你对它们哈哈笑。野物跳到你身上,那股子野花味儿刺鼻子。它们粘满了花粉才到这儿来,怕俺两口子嫌弃哩。有一对野物就在俺的窝子边上生下小崽儿,一天到晚打食喂奶哩。金米爹啊,野物馋人哩,咱也该有个娃哩——那时金米还是天上的云彩,还没有变成雨点落下来。他说莫急莫急,瞧这土多么肥,攥一把流油哩,你没见地上生了多好的庄稼、野藤蔓,生了多少青草、多少兔子呀青蛙狸子呀!它们疯长哩!活蹦乱跳哩!有这样的土,咱扔上种子就行,你甭担心啦。我说你说到哪去了,你要羞死俺呀?我捂住他的嘴,一大把胡子又扎了我的手……有了小金米是后来的事,是进了小泥屋的功德。庄稼地里湿气重,大寒哩,不利于生娃。今个俺和金米爹又睡在大火炕上了,他又抱住我不歇手了——我和金米睡到半夜,金米爹就摸索着脱鞋上炕。我说:他爹,你不是去了吗?你又回来,不怕吓着孩子?他不吱声,照旧躺下。这不是魂灵哩,是实实在在的身子。俺告诉他:他爹,俺为你守着瓜儿。他的下巴抵我胸口上,一点一点。我说他爹你高兴吧?他又一点一点。他高兴啊。我一生一世的男人哪,你到底舍不下俺,不放心我一个人熬日月,深更半夜跑回哩!他骂自己没有陪伴我一条道走完——俺俩都觉得这一辈子是在庄稼地里跑哩,赤着脚。俺不愿让日头露脸,就这么紧紧相依哩,叫一声'孩子他爹',心里蜜糖流!小金米睡一边,不知道冥间的爹又赶回来了。他的手凉呀,想孩子又不敢去摸。你大伙儿明白,这是暖不透的手啊。小金米说梦话,一下一下翻身子,小嘴儿一动一动。俺亲着孩子,和金米爹一块儿哭,心口像掏出一团乱草,多舒坦!天哪,一夜一夜没有头啊,我一夜握住冰凉的手啊!我的手再也不是软绵绵了,它生出黑口子了,变了铁又生了锈,像粪叉一样了。日月飞快飞快呀,小金米快快长吧,来,先亲亲你爸,亲亲你这个剩了一把骨头的先人吧——他把周身的力气都给了你,他才变成这副模样,你千万莫忘他。天哪,天就快亮了,日头就快出来了。好孩儿你听话,快拿把刀给妈妈!好孩儿你听话,快拿根绳儿给妈妈!……"

呜呜的哭声达到了高潮,大家一齐站起来,盯住身子不停摇晃的曲婆。金米伏在妈妈身上,曲婆开始扒拉儿子黄玉米缨似的头发。黑影里,小碗再也坐不住了。她先是使劲咬着嘴唇,后来就一抡辫子站起来,贴到了玉米垛子上。一个接一个的年轻人都顺着垛边跑开。他们看见在垛子的另一边,小碗正剧烈地喘息呢!这边的月亮更亮,白雪像绒粉一样软。小碗这样站着,突然一蹦一蹦跑开了。大家呼呼地跟上去。小碗坐在了大碾盘子上,用手搓着石砣。没有一个人说话。小碗抽了一下鼻子:"俺爹逃荒,让狗咬下一块肉来。妈十八岁那年还没有像样衣裳哩,她跟她妈要瓜干吃,她妈打了她。俺七岁就下地干活,老鲁嫌踩坏庄稼。谁看得起俺呀,那年秋天刨地瓜,有人故意把土扒在俺身上,骂你不该吗?你哩?你怎么比划的?没娘教的!你别当我看不明白!还有你,大姐大姐地叫,头上顶着麦草抱过来,你装作抱麦草来抱我。我哪点对不起你啊?你们叽叽喳喳,有什么背人的话?这些平时我都不愿说哩……"她用手搓了一下眼。几个小伙子姑娘赶紧叫起来,说:"小碗姐千万莫生真气呀!"小碗耸着肩膀,一个小伙子去摇她。有个胖胖的姑娘半天没吭声,后来挨着小碗站了。她说:"平常我不说呢!有的人眼里还有谁?他只有爸妈!我跟你一块儿多少年了,咱拔猪菜、割草,干什么都一块儿。我哪里不听你的?你什么都忘了?我说你哩!你妈在院里喊一声你就跑回去了,心里哪还有俺?我再也不理你了,你自己晃悠吧……"胖姑娘高高的胸部在月光下再明显不过地起伏,一个小伙子看了一会儿,用手去碰了碰。"坏东西,滚去!别再挨我。"她抱起膀子。小碗呵斥他:"光知道傻笑,还不给你姊妹赔个不是。你想想你自己平时怎么做了吧!"小伙子一愣:"咱可从来没吵啊!""我没跟你吵——你倒想吵!你把刺猬捆在树上,说看哪看哪,捆住你了!是吧?"小伙子冤枉地哼叫:"那是逗你哩。""那也看出你心里想些啥了呀!俺从家里偷炒玉米给你吃,杏子刚熟了就摘给你,你真好意思啊!俺祖祖辈辈都是受人气的。俺爹告诉俺,他十岁上去林子里砍柴,地主把他捆在树上打……他们把他打得满脸是血,还要……罚他……栽十二棵树,死一棵……就再补栽十二棵……"胖姑娘到后来是抽泣着说的。小伙子不语了,垂着头。另一个小伙子瞥瞥一边的一个姑娘:"有人别看又白又胖,心硬哩!大伙儿还记得我鼻子受伤那会儿吧?疼煞痒煞,爹跑四十里弄来药面撒上,俺满地打滚。谁不可怜俺?就有人为一点点事儿打俺的鼻子,它第二天肿老大……狗日的!"那姑娘立刻转过脸:"你骂谁?我打你了,活该!你怎么不说为啥打你?你压俺身上了,使劲儿压,掀也掀不动,还有脸!俺就该受你欺呀?俺爹早早没了,他是饿死的,他撇下俺娘儿俩。妈说:孩子你争口气,别让人瞧不起,孤儿寡母的,难哩!我是照妈说的做,我怎么了?我就该谁见谁欺呀?……"小碗推了身旁的姑娘一把。几个姑娘又挨在她身上,悄声说:"听说了吧?外村有的姑娘穿了一双锃亮的高筒胶皮靴,搽胭脂,牙上包了金纸,不敢吃苹果……""小碗姐,谁也没你长得好,你真俊呀。""你腰多细,俺去年试着拃了拃,正好两拃儿。"小碗抚摸起她们的头发、脖儿,一双手滚烫滚烫。她把双手压在身后,看了一会儿在月光下泛亮的雪地,然后往前走去了。"你上哪儿?""小碗姐你等等……"几个人叫着,她只是走,头也不回。一个小伙子看看她,又看看大伙儿,喊道:

"哎哟,大姑娘不合群了!不合群了!"

　　大家踏踏地踢着雪粉跑起来,去追赶小碗。收获了庄稼的冬野啊,无边无际地被雪覆盖了。一只孤单的鸟儿从雪层上走过,走到远方,把一溜儿小丫痕划得直直的,像一条指路的长线。大地真安静,风一点也感觉不到。月亮给雪粉细细擦过,成一轮荧光瓷器。"大姑娘好不合群呀?"大家终于又围在嘘嘘喘的小碗四周了,小伙子冲着她嚷。"俺憋闷死,俺想跑跑。"小碗的脸上渗出了小汗珠,嘴里呼出的气又直又白——"像小马喘呢!"有人说。"跑啊跑啊!"小碗刚歇一会儿又蹦起来,又撩开了长腿。"好孩儿听话,快拿刀给妈妈啊!拿绳儿给妈妈啊!……"在这旷野中苍凉的呼喊下,大家蓬蓬喷气,往前跑。月亮的磁力把他们吸向南方,他们怎么变动方向最后还是向南。跑了一会儿,有谁担心道:"回呀回呀,要遇上狼怎么办?那只狼——跟老东家交友那只?"大家笑起来:"它早死了。多少年了。"正说着前方出现了一个个游动的黑影。狼吗?大家吸一口冷气。怎么办呢?在原地踏动一会儿,最后还是小碗带头往前冲了。她一边跑一边领人呼起了口号。那几个黑影立住了,昂起头颅,最后竟欢跳着扑来——原来是小村里几只不安分的狗!它们又见到熟人了,后蹄沾地直立着与他们亲热。他们一只一只呼唤它们的名字,逗着,用雪球去打。狗跳了一会儿,就往一边跑去了。小碗朝它们消失的方向打了个响哨。冷气被赶得一干二净,全身都开始冒气了。小碗招呼了一声,抱住身边的伙伴,一下子把她们撂倒。大家哈哈笑,互相扳着摔跤,在雪地上一溜溜地滚起来。好痛快的滚打,雪粉把周身糊起。有人捏一个小雪球放到小碗衣领上,她像被烙铁烙了一样叫,抓住他,按住他的脊背跳过去……胖姑娘一直被小伙子抱住,她的身子都被硌疼了。"小碗姐!"她呼救似的喊着,与他一起往小碗跟前滚动。

　　半夜里,一帮浑身沾满了雪粉的年轻人又神不知鬼不觉地溜进了牲口棚前的场子里。人群有的站了有的坐了,不断响着零零星星的口号。曲婆坐在那儿,温柔极了。场上的人沉浸到一种事物之中,伸长了脖子,大口呼气。年轻人看到大头老人在众目睽睽之下跃上前去,将壶嘴儿轻轻插到曲婆嘴里。曲婆咚咚饮下两口,伸出又白又长的手去桌上摸炒玉米,说:

　　"我这辈子啊,把玉米看成了金子……久后就靠好孩儿小金米啦。金米!金米!妈这一辈子就抱着你,金米!金米……"

　　"妈耶妈耶妈耶妈耶!……"

　　小金米大叫着扑进妈妈怀里。

1990年秋写于龙口

瀛洲思絮录

齐人徐市(市,也作"福")等上书,言海中有三神山,名曰蓬莱、方丈、瀛洲,仙人居之。请得斋戒,与童男女求之。于是遣徐市发童男女数千人,入海求仙人。

——《史记·秦始皇本纪》

秦始皇大悦,遣振男女三千人,资之五谷种种百工而行。徐市得平原广泽,止王不来。

——《史记·淮南衡山列传》

徐乡城,汉县,盖以徐市求仙为名。

——《齐乘·古迹卷》

第一章

……

在漫长无边的徘徊中,在经年累月的沉湎中,人会认梦成真,呓语不息,以至于手记自诵。分不清是我还是徐市,乘楼船登瀛洲,宽袍广袖。从此一别卞姜(齐人徐市的妻子,东莱人),挥泪而去。

徐市为秦王采长生不老药一去不归,携走三千童男童女。斯人离去三千年,历史传奇或已渗入几代人的血脉。我们已渐渐不再满足于此岸的遥想,于是转而倾听彼岸的诉说。

……我一度非常谦卑,以便遮掩内在的顽皮和狂妄。只有极少数人知道我的底细、我内心的隐秘与曲折。我常常在深夜、在一人独守时让思绪任意飞翔,放纵心猿于九霄。那时我已过而立之年,开始学会了息声敛口,极少诉说和相告,哪怕是对挚友、对爱妻——我与她已不能分离。我对其何等疼怜。多少年了,她因我而历尽坎坷,我们真是相濡以沫。她总是无望地期待,直到最后。万般愁绪都连着一个"走"字、一个"逃"字。无言的长夜,卞姜吻我不止。

她原是商人之女。黄县这个地方出了不少巨贾,贩桑麻、粳米、丝绸,去临淄、泰南,西走鲁国、远涉长安。她的家世颇有来历,算来还是滑稽多趣、大名鼎鼎的淳于髡的表侄女。

我们都深藏了一句话,都知道秦吏不会让我们同登楼船——随着那个时刻的挨近,夫妻二人都缄口不言。午夜青杨细语,南风徐徐,此岸在赠予我们最后的温情。

后来一切果然不出所料……

儿女情长,英雄气亦长。几年光阴转瞬即逝,我成了一个小心翼翼、四十岁两鬓皆白的俊男。我离开了她,我们从此永远只能隔海相望。我的故事太多了,如今都留在了那个海角、那片大陆。我也远离了对手。遥望彼岸,此时依稀可见阿房宫里烛光辉煌。这让人衰老的光,这让人迷恋的光。而今我足踏凄凉蛮地,正可以像春生野草一样茂长。

当年,我在百无聊赖、无计可施、等待和观测之时,几近绝望。经验和苍老的皱褶都掺在其中了。人在疲惫中成熟。懒得行动中的行动往往也可举大事。

我三十八岁那年的一个黄昏,发现持简之手颤抖不已,视物昏花。一阵惊惧之余,心生万分急切。它催人奋力,又加剧人之委颓。我常常也只有让顽皮的畅想来稍稍滋润,等待来年如期萌发之青杨。

长期以来,海角上只有少许人知我酒量,也知我身世来由。他们都是守秘的命友。如若不是一介草莽,那么放怀狂饮者可能正预示了他的顽皮。而在秦王的那班臣僚眼里,世上的顽皮者或可不必提防。这自然是个小小诡计。

能够一走了之的人,都是旷百世而一遇的妄徒、圣人、色鬼、术士,是从不兑现的大预言家,或者是个酿私酒的人。我后来被看成了他们当中的一个。我最好沉默。

那是一场庄严的赌。本钱很大,押上了身家性命。我一直悄悄埋藏着使命,后世人却要一再地发掘,并将其放在阳光下照晒。可是他们不会知道这使命的青苗萌发在什么根须上。他们怎么也弄不懂,因为终究与我隔开了十八重的冥界。我很爱后来人,爱他们的鲜嫩如花。但爱又极易埋没理性,我镇定下来时,却不由得生出阵阵悲凉。

他们往我身上涂抹难闻的垢物,比如把我说成一个绝望而无义的骗子,尽管并没有多少依据。这种涂抹与我当年做过的事情性质相似,所以说等于应了"吾之初衷"。可怕的倒是另一些人的相反的举止。

那些人是些虚荣的地方主义者,所以又会施予我双重或多重的误解。古怪的推测、小肚鸡肠的盘算,连船队航行之迹都茫然无知,更遑论其他。他们的虚情假意于事无补。地方主义者从来睥睨精神,却又企图以此挽救萎缩的经济,甚至公开无耻地宣称要以之骗取物利。

他们奉我为"伟大的航海家"。"伟大"倒谈不上,因为东渡瀛洲者我既非第一人,也不是最后一人。那些黄县沿海和周遭岛上的渔人,不止一次在风暴中抵达这片无名的荒凉。与他们不同的是,我将这片荒凉派上了更好的用场。对于一个人而言,关键是要有超凡脱俗的眼光,那一瞥之间的识别、鉴定,以及心中生出的奇思妙想,往往是凡夫俗子一辈子都难以企及的。

我说过自己曾经狂妄而又顽皮。有人会直盯盯地看着我两鬓的白发,怀疑这种"夫子自道"。其实他们不懂。智者就在游戏中衰老。有时游戏也很麻烦。

嬴政王可视为我的游戏伙伴,而非仇雠。我当年甚至多少喜欢上了这个目如鹰隼、鼻如悬胆的西部人。他的衮袍与冕旒都遮不去那一身顽皮相。有游戏能力的人即便尊为帝王,也未能免除这一特征。嬴政当年长我许多,一举一动颇为敦厚,步履迟缓。他像一切热衷于游戏之道的人一样,乐于忽发奇想,筑长城建阿房,拜月主求仙药,愈到老年愈是迷恋起这些玩艺儿。

作为东莱故国的贵族后裔,我的仇雠是齐,而非秦。秦为齐之仇雠。这之间的交织参错真是奇妙。齐灭莱夷,而秦灭六国。齐是莱夷人的直接毁灭者。虽然齐人后来乐于说齐莱一度交好,化莱为齐,但实际上那是齐人灭莱,空取渔盐之利。齐人做梦也想不到的是,"螳螂捕蝉,黄雀在后",齐国很快重蹈莱夷的覆辙。这即便不是通常莱夷人所说的"报应",也算是命数。

国与人的命数一样,神渺变幻,不可推测。

我自有一个预感,它关乎秦王嬴政:这个"千古一帝"身后也隐隐追踪着一只小小的"黄雀",这恰是他始料未及的。他已疲惫,而那只千娇百媚的"黄雀"正当青春,在三月天里翻飞嬉戏,以逸待劳。我预感到他也"快了"。

谁身后没有一只小小的"黄雀"呢?

午夜走上甲板,从海湾里望去,到处是密挤的楼船。这在荒凉之地的土著看来,无异于一场梦魇。飘忽游移的灯火与水波互映,流动闪烁,神妙难喻,在我看来也是五千年未曾经历的奇观。

这正是我的一个首创,一次得意的杰作。从闪亮的船灯上判断,赖在船上者大有人在——我已三番五次令全部人马分营逐日登岸,一月内筑屋垒城,安营扎寨,船上只留少许守备……看来经常返回楼船的不仅是"童男童女",还有弓弩手和方士。他们像我一样,需要经常嗅一嗅船上的气味。舱里满载了莱夷的气息、彼岸的烟熏。

我曾把他们频频返回船上视为怯懦。因为土著时常劫营,较之岸上新营,船上毕竟安全多了。现在看是我在妄断:能随我穿越茫茫浪涌叠嶂、穷十万水路者,哪有这么多怯弱之辈!

像我一样,他们这是最后的徘徊……看着这片摇荡的船灯,我心中渐渐生出一个残酷的决定。

这个夜晚,我仿佛看到彼岸的卞姜潸然而下的泪水。捧起你纤纤十指,抚弄你散发着丁香味的柔发,吻去这满脸晶莹。我在这午夜异乡为你祈祷了,同时也告诉你一个凄惨的决断:十日之内,我将下令焚烧所有楼船。

这就切断了退路。

同行挚友纷纷设问:如若秦兵征讨,我们将无楼船水上对阵,岂非死路一条?答:吾辈身后是平原广泽,即时必引秦兵于陌土,决一死战。又问:若土著倚仗土熟势众,群起而攻,无楼船周旋,又复何为?答:借土求存,蒙恩在先,非万不得已不可与土著纠战;即便生死攸关之刻,也只能背水一搏……

如上场景反复对演。吾虽言之凿凿,心中却不免愁伤。

午夜的茫海,闪跳的灯光,在送达和预言什么谶语?我自知不可自恃自负,听任冲动,信从匹夫之勇。可是与我同行者有所谓的"方士",他们是流徙多年、越过荒原和城邑苦苦寻觅的学人罪臣;有痛别故土父兄、稚嫩如花的三千童男童女;有勇气过人、历经十二次死灭的弓弩手;有冶炼打造、修筑测设、技盖天下的百工。这些人不仅需要"落地",而且需要"生根"。

这一行人与秦王嬴政展开的游戏,是千年不绝的、冤鬼一般的纠缠。

嬴政王的死灭尚可期待,但与他面貌迥异、神髓相同者却会衍生不息。如此一来,一切将未有穷期呢。

我与卞姜这二十余个春秋,有多少分离聚散。她一开始既知我的来路,也深知我的去路。随上我,就好比乘上了颠簸之车,忍受长旅饥渴,挨过寂寞冬夜,还要经历绝险的危崖。我们遍尝苦汁的煎熬,真是九死一生。一般的男儿忏悔已经轻若鸿毛,她不必再听一声一字。对命的感知和彻悟使她的双眸漆黑如子夜,美丽如祥云。在后来的日子里,我们常常相对无语。要说的似乎又太多,那就来世再说罢。我是宁可相信有个来世的。我也许将人生看得太奢侈了……

这习习海风让人想起那次齐都临淄之行。当年我立刻被这座东方最繁华的都市给迷住了。不消说,我们莱夷故国的城邑是无法与之媲美的。可是莱夷故国有着另一种庄严气象。临淄街头熙熙攘攘,那一片有光泽的脸,还有身上叮当作响的饰物,都给人难言的感触。这是无法表述的。

在一个富庶敦实的国度里,一再地言说自己的亡国之忧显然不合时宜。我那时一刻也没有忘记,正是齐国的刀戟折伤了莱子古国。可是我已经在那个秋天扑扑落地的叶片上,看出了此地的不祥。

那个秋天,强秦于中南部连连得手,还远未迫近齐国。这里还是一片升平。齐国依仗自己强旺的兵源、巨大的无可匹敌的财富，还有独特的文化上的优越感，傲视于东方和西方。强秦对齐国之恐惧已尽在不言之。作为一个莱夷人，一个隐名埋姓行走在齐都的莱子国贵族后裔，我必得深深藏起那种嫉恨、羡慕、焦思和惆怅……各种复杂难言的心绪。我踟蹰于临淄街头，回顾了莱子国长达五十年的历史，两手生满汗粒。

难忘第一次听齐乐。那是使人心魄荡动的享用，超过了一场盛宴。以前传闻孔丘闻齐乐而醉，以至于长久"不知肉味"，这次亦有同感。我深知一种艺术植根于一种文化，而一种文化又植根于一种土壤。时间的隐秘、命运的隐秘，都掺和在如泣如诉之中了。相当完整和周备的物质与精神的历史、老大倨傲的自信与慵懒，都能从中隐隐地感到。我不知当时热衷于展放"大言"的孔丘是否要暂时敛声失语，反正在我看来，一种成熟的、独特的艺术，必会传递出无法言说的压迫力——它在让人赏悦的同时又悄悄地折伤一个异邦人的自尊。

当然，如果我是个"世界主义者"，那时的心情又当别论了。可惜无论那时还是现在，我都未能升华为那样的一个"主义者"。我的血脉在作祟，我不得不向自己投诚。尤其是在当年，我只懂得遵循莱夷人奇特而淳朴的义理。

长期以来我都在苦苦求索齐国灭亡的根源、它在更早时候所出现的颓败的端倪。这种求索当然包含了更根本也是更重要的探究——我们莱夷人自身的命运。这在我的先辈那儿，已经做过了许多。但这种探究是无有止境的。今天，一个人不能因为一场亘古未见的大迁徙而中断这种探究,不然就是对自己民族的亏欠。

卞姜,我的至宝,我的露珠和羔羊……夜深了,我尚能在这楼船上滞留多少时日?舱室里有你的气息。你和孩子在船队驶离黄水河港的前夜还伴我留在船上。只是在最后时刻,在那个黎明,秦吏宣谕,将我们生生分离。那是个令人不堪回首的时刻、一个人所能经受的最惨烈的场景。那才让人明白什么是"骨肉分离"。港口上,子与父、妻与夫、慈母与娇儿,哭成一团。我亲眼见号啕之声催动了尘埃,一刹那遮去了霞光……

我令手下人展开一庞大工程,沿新营周边山麓筑墙。有人立即指斥我重演秦王筑城之苦。此言或许有理,但却是不得已而为之。从长远计,此岸也需要一座"长城",当然会比秦王的小多了。从营地北侧二十里之山麓修起,沿山脉蜿蜒西行一百六十里。此工程不可谓不浩大,但可以分别施行,按急缓分段修砌,并不求一朝一夕之功。真正拒敌者既非砖石,也非利刃,而是人心。筑城的紧迫当唤起悚悚之心。

焚船大火直烧了三天三夜。这火光会让我一生谨记。所有人都呆立岸边,泪水不断。最后有人跪向彼岸喃喃祷告。我得用力忍住。

大火引来三五成群的土人。他们站在山崖呐喊,后来又惊慌疑惑,久久不语。

有人担心他们四散逃去后会把这消息分布开来,给营地引来新的劫难。这种担心极有道理。我已让各营加强戒备,值勤兵士增加一倍,同时加紧打造武器。随船带来的铁料终有用尽之日,百工开始在四周山上勘查铜铁矿源。

土著大致使用石器,尚不晓织造冶炼之术。他们携带的武器只是木杖、弓箭和礌石,身上裹缠的是草叶树皮、兽皮茅荐。为首的头人只在额上添一羽冠,看去倒也威风。可怜他们勇武有余,马匹也像主人一样峻烈,只是不堪一击。他们射出的箭镞都是用一种黑色硬石琢成,除非近射瞄准,不然很难致命。尽管如此,营中仍有数人中镞而亡,原因是箭镞上抹有一种毒液。邪毒到底如何解法,医士们也束手无策。

如何对待土人,内部争执极大。有人断言:疆土之争从来是战而胜之。他们列举秦与燕赵、齐与莱夷。也有人指出我们面对的并非强虏大国,而是土著草民、乌合之众,切勿赶尽杀绝;再说浩浩楼船蜂拥而至,实在也够他们惊惧的了:以前未必就没有较文明先进之种类出现,那些人带来的极可能是欺凌和鲜血。最不能忘记莱子国破城之惨,莱夷人移居、遣散、灭绝。那时强悍的莱子国不可谓不勇,简直个个视死如归,但面对人多势众的齐兵还是落个战败。今日土著之处境犹让人想起昨日之莱夷。

营地遭受的劫掠越来越频,新坟叠叠——所有坟碑都面向彼岸,愿漂泊他乡的鬼魂得回故土,至少是能够遥望。

对土著的征战趋于激烈。

我面对流淌的鲜血,滋生了前所未有的惧栗与痛苦。我决心用尽一切办法制止战争,无论付出何等代价。弓弩手言辞锐利,悍气正盛。营中谋士们抓耳挠腮,莫能果决。我令兵士后撤一百里,然后与土著相机议和,并赐予布匹、盐块、草药……

此番举措就像当初下令焚掉楼船一样,遭到群起而攻。为防万一,我让近身卫士日夜巡视,并混入百工武士之间,将一切谋变危厄翦灭在萌动之中。半月已过,战事稍息,营中尚未出现大的变故。但这期间有五个伍长被撤换,三个方士受到严斥。

土著把刚刚成熟的粳米掠走,并一度用马匹践毁水田。众人激愤。在我看来这宛若顽皮的孩童,可恼之余尚有可爱。我料定他们在抢掠与毁坏中也会学到不少益处呢。

深夜,除守卫的兵士而外,营地一片酣睡。独步帐外,仰望空中星光闪烁,难以平静。至下月初六我将度过四十六岁生日,每想及此我就一阵惊栗。倏忽已近五十,对莱夷人而言,五十将是一道大坎,能否安度还是未知呢。我到底与空中哪一颗星辰对应?这也使我颇费心思。尽管属下有过肯定的指认,但我只当成猜谜一般的意趣,内心里并不认可。

作为黄县境内最权威的一个"方士",我不可能荒疏了简单的占星术。不过我在摆弄那些罗盘、龟板、谶文之类,心中常常泛过一丝苦味。我不敢说自己是一个蔑视神灵的人,但却不能不充满了疑虑。这种时而临近时而飘逝的大胆念头在我二十岁之前就产生过。当时我认为这是诸种罪愆中最重的一种。

我发现此岸望到的星空与彼岸竟是同一片。这不禁让人猜想天宇之阔大、俗世之微小,想到人间巨变、漫长历史、种族的演化生灭,也尽是时光长河中短短一瞬。这让人不寒而栗。而个人的荣辱愁苦又如同山峦一般沉重。看来人的功名业绩直到最后也是想象生成,本质重量微乎其微。

如此而言,我将如何评价这场惊天动地的海路迁徙?

像追究莱夷人的神秘历史一样,我将去悟想自己的命数。我还没有愚蠢到不信命数的地步。我后来简直随处都能感知它的存在。是的,今夜此时它也仍然伏在身边。它将伴随生命的全部里程。我想行至五十岁的那一刻,也该对诸种莫大问题有一个圆满回答了。

手下人早在登岸之前,大约是船行中途时,就扯下了桅上的"秦"旗。随行秦吏兵士半数被杀,半数归附。这些秦兵几乎全部从西部入齐,口音怪异,与之相处多日竟不能辨析语义,完全倚仗别人转述。他们比起东部沿海人种,显得粗粝矮小,但更狡灵。作为征服者,他们简直没有什么自知之明,差不多个个倨傲自大,目中无人。西部人的优长与陋习,他们一无所遗地携来,并悉数贯彻推行。这些人固守秦地一切观念,顽强抵御齐莱风俗的熏染。东部人视为不祥的黑色,他们却尊为高贵的颜色。辛辣的烈酒、酸气大发的粥食,都是他们特别喜好之物。他们几乎个个厌恶腥味,对海鱼和贝类有一种本能的反感。而莱夷人素有生食海鲜的习惯,喜芥末面酱,这是必备的作料。此地饮食习俗为西部人所不齿,他们斥莱夷人为"蛮兽",而忘了自己的祖先曾在很长一段时间被称为"蛮狄",被视为野蛮恃武、尚未文明开化、至少比齐鲁落后五十年的种族。事实证明人类极不善于记忆,而失去记忆的结果总是先使自己受辱。人类的不同群落在文化上应有的个性与骄傲,往往让位于武力和强权的征服。似乎有了后者就有了一切,尤其是有了文化上的优越感。这何等荒谬。

　　船上人早已在暗中准备好了"徐"字旗。记得那个风平浪息的夜晚,几个人带着神秘的眼神将它展放在我面前时,令我何等紧张。汗粒生满额头,我竟顾不得擦掉。"君房(徐市字君房),不必再犹豫了啊,是时候了啊!"他们声声劝导,一片至诚。我只问半途事变,问制伏秦吏后的善后事宜。这是自我安定的缓解之机。他们回答了什么我并未在意。但也只是在那一刻的海风吹拂中我才突然醒悟。我声音轻细却是异常坚定:"把这几片布绺扔到海里去吧。"

　　几个人大为惊愕,面面相觑,唯不答言。终于有一老者双手大抖,叫道:"君房!天赐良机啊,再犹豫不得,日久必会众人躁动,心无归宿……"

　　我望着半隐半露的银月。船上总得悬点什么。我忽然记起舱内有一面绘了阴阳鱼的八卦旗,看来只得悬它了——我不得不说,我这样决定时心中忍住了极大的厌恶。

　　他们再无反驳。看来没有几个人愿意说出心中的厌恶。或许多年来的"方士"行径,阴阳鱼的腥风已熏进心扉,早已不存厌恶。

　　我当然不敢睥睨阴阳,尽管它不是东莱的国学。我曾经求学稷下之门,亲耳聆听阴阳五行家的宣讲,对其深奥渊源大为叹服。我承认齐人邹衍集阴阳五行之大成,他最能吸引我的即是批驳儒墨的"中国即天下"。何等痛快,淋漓尽致!它与我心中的某些期待和畅想正悄悄切合。他说"中国"仅是整个天下的八十分之一,有九个州,此可谓"小九州"。而天下类似中国这样地域宽阔者共有九个,每个都有小海环绕,这可称之为"大九州"。

邹衍的"大小九州"思想是我有生以来所接受的最大恩惠。我承认后来的一些奇思妙悟并非一人向隅而生,而是植根于很早之前稷下之士的"大言纵论"。当时闻其言思其理,犹若石破天惊。

既然每州皆有"小海环之",那就不得不想到船。

至于后来频繁的祭祀、宣道,各种法术的演示,神仙学说,就不能不让人烦腻。可是舍此就无以生存:既不能取信于秦吏,更不能诚服于草民。在这个海角,在莱子国故地,一群"方士"已将邹衍之说推到一个极致,而且在形式上已走向了更为神秘荒谬的地步。阴阳旗下这种荒谬是如此巧妙地得到了掩饰,简直是庄严而神圣地大行其道。在当地人看来,世上一切皆需求问"神仙",事事莫得逾越"道法"。

我知道自己终有一天会将阴阳八卦旗挥手投入海中,现在还不是时候⋯⋯

城邑筑起,"长城"也蜿蜒西去四十里。土著们渐渐相邻为安,而且多有欣欣来者。他们得益于医药之术、五谷种植、器物打造、盐铁工技,百日之间飞跃了一千年。

诸事顺遂之时,人会滋生难言的愁绪,正可谓孤独寂寞。常常回想昔日的紧张与峻急、那稍有闪失孟浪即毁于一旦的历险。一般的游戏没有这样的历险,所以也仅仅获得一般的、微小的快感。要有灵魂震荡、根性漂移的大快感,就不得不冒绝大风险。

如果游戏的对手是秦王嬴政这样的鹰鹫,其快感也就可想而知。奇怪的是我在面对他时,阵阵泛起的恐惧与惊栗中还掺杂着一丝同情和怜悯。那时他就很像一个老人了,用力挺起的脊背已无法掩饰地驼下,咳嗽声较一般人更为粗浊;他那把卢鹿剑仍像传说中那样悬在腰际,不过却更多地让人想起一把竹箫或其他饰品,并无寒气环绕的威力。

我知道这些莫名其妙的情愫的滋生,远非一个智识人士出于文化上的孤傲,而有着更为隐蔽的深层动因。它源于生命的奥秘。我当时对他明显的老态感到了快意,进而产生了同情。

任何人都无法阻止那一天——让后来者内心滋生同情的一天。可悲之至。秦王并非像传闻中长得那么高大,在近处看去,他甚至有些羸弱。我想这多少也因为他那奇怪的、远非健康的脸色所致。很显然,他身上的华丽服饰已显得有些滑稽,与枯槁的形容反差太大,而且过于宽松。我注意到,他在端详我的时候,有几次是故作威严了,双目在努力闪出冷光。他在寻找"皇帝"的威声和感觉。他太疲累了,后来说话就颇有些家常气了;有两次他甚至免除了我的跪拜礼。

嬴政虚弱的身躯一半因为操劳、酒色过度;一半因为那些可怕的丹丸。进入齐地之后,他所能得到的各种丹丸较往日多出了十倍。有什么"赤丹"、"黑丸"、"玛瑙红"和"金粒",其实五颜六色皆欺世之徒所为。

当年喜好神仙异术、长生不老药者,多为功成名就的人。他们就此了结一生,有些于心不忍。他们的长生之欲甚至不能简单斥之为贪生怕死、谋求更多世俗享用,因为其中的确有一些义务和责任在。他们建立和贯彻的功业,自认为刚刚行进中途呢,就此撒手未免轻浮。他们在大口吞服丹丸的同时,也未必不对其充满怀疑。大概在深夜的宁静中,他们最为嗤笑的恰恰也是自己。这大概也可以称为"自知之明"了。不过这还不足以阻止他们自己荒唐的举动。

我深知嬴政王的远虑近忧,所以能应对得体,进退有节。对其既不能虚言敷衍,也不能如实相告;有时要表现得疑惑重重,仿佛对命数惴惴不安,有时却要列举说明,言之有据。倾听者不仅只一个帝王,还有阴郁狡猾的丞相李斯,有左右一班文武。他们皆不是等闲之辈。

回想月主祠莱山下,秦王东巡营地那赫赫威严、重重冠盖旄节、彤云雾雨一样的幔帐……巨大的、生来未见的长营铺满厚毯,上面绣有五色菊花。所有这些都需庞大车队驮送,劳累无数草民。嬴政东巡三次,气势一次比一次浩大,身体也一次比一次衰萎。他作为一个治绩卓著的人物、一个好色之徒,都同时给我留下了深刻印象。秦都掠集了六国的财宝与美人,一刹那粉黛无数,让老嬴政在其间步伐踉跄地奔走。

我仍怀念那种奇异的对话——盖世帝王与莱夷贵族的对话。一个雄踞一统中国,一个心怀亡国之恨。秦灭齐丝毫不能引起我的快意,反激起我更大仇恨。我当时恨的不仅是暴秦,还有宿仇齐国。齐王拱手交出的不光是齐地膏壤千里,也包括泱泱莱夷。这一切暂且压抑,以持续一场奇异的对话,倾听异地君王那衰老粗糙、如同枯木折断时发出的咔嚓声。

他实在是老了,百疾缠身。我亲眼见他在短短一会儿工夫就起身去后帐三次。那显然是去解小溲这类,不消说肾气虚羸。丞相李斯对嬴政多有奉迎,诸事皆百般怂恿,可恶复可笑。李斯之流,我已无法在内心为其寻一丝辩辞。而在其他功过人物身上,我皆能将身比身,量人度己,生出许多原宥。

秦王,就此别矣。

今天大概是我登上瀛洲以来最为欣悦的一天。我照例到了深夜仍未能入睡,轻轻抚摸一天来的感知与记忆。

历时两个多月,派出的绘图勘查者终于归来。他们此行至少受到三位土著头领襄助,不然一切都无从谈起。他们将把瀛洲山脉河流、环卫岛屿,一一绘上丝巾。眼下所勘的只是大尖山一带,约莫方圆三五百里而已。整个事项全部完成至少需要两到三年。大尖山是视野内最显著之山脉主峰,在我看来也是瀛洲的标志,因此我为之命名"蓬莱"(即今日本富士山)。

绘图者言及一路见闻,令人神往。待一切就绪,营地内外给以闲暇,我将亲自率人游历。瀛洲山河之美,以我所见所闻,并不亚于莱夷之邦。时下大部区域仍是刀耕火种,渔猎方式殊为老旧。一些见闻在我听来常常忍俊不禁。他们崇尚一些奇怪的神祇,举行特别的仪式,这在来自彼岸的人眼里简直就是愚傻疯癫。但我还是奉劝左右:不可轻率布道,不可妄言尊卑,一切皆由土著心性。如此日久,事情自然会良性演化。

我一度非常推崇"无为而治"之道,但又自忖一切皆有限数,"无为"当中遵从的"义理"又是什么？须知一切都会在"义理"中运行。这个念头折磨我许久。那时我还是一个顽强的"莱夷复国主义者",一心所念之,就是尽一切努力恢复莱子故国。于是我不能不更多地研琢治国之道。在总结先人行迹治功时,我常有一些痛苦的发现。这些发现与后来所经历的一些困厄一起,动摇了复国的决心。

世上一切荣枯兴衰都消长有序。一个民族有"向上"与"向下"两种积累,这种积累虽然有时出奇地缓慢,却有极大的韧性和不可逆转性。他们一旦发生,非得有强力而不能终止。"向上"即健康与生长,即走向开阔与永恒；"向下"即萎缩和消沉,即逐步结束的过程。它们有时又颇难辨析,一时的假象也可能遮掩本真,使人得出完全相反的结论。

无论是东莱国、齐国,都曾经引起世人的许多误解。曾几何时,人们还以为它是无可摇动的泰岳,想不到西风吹过,顷刻间土崩瓦解。

一个统治者不可不爱"人事",但更重要的是爱"山河"。令人遗憾的是,我从历史典籍中倒看不出古人对此有多少深刻的认识。他们过于热衷于权变、武功,结果白白耗失了许多生命。生命之伟力往往潜隐不显,统治者误以为将其调动起来,比如秦王的修筑长城、楚国的泽国大战,即充分利用了它的伟力。其实这更多的是耗失。生命的伟力主要表现在"创造"上,"创造"即不可重复之生长,一如生命本身。给生命以自由,让其焕发"创造"之力,并加以引导和积蓄,那么这个民族才有不可限量之未来。

"山河"即四境之内,即流动之水和凝固之山。爱"山河"不是一味争抢,不是占据,而是栖居之权获得之后,与之发生的依恋之情。人不能将"山河"据为己有,再神圣的统治者也仅仅能够做到"栖居"。体悟生命与山河的关系,即体悟"子"与"母"的关系。大地生殖不息,从小小昆虫到赫赫巨兽,从微末苔痕到参天大树,何等神渺难测。以拘谨之心对待"山河",去看守与卫护,敬若神明,正是栖居者的本分。

人世之间,除了"山河"能让一个民族获得伟力之外,其余皆不可信托。齐与东莱之毁灭,可以从中找出一万条依据,但有一个共同的征兆却从来被人忽略,这就是:两片土地上的栖居者早已不爱"山河"了。他们已经在不知不觉间"反客为主",妄自尊大,对大地失去敬畏。这样的结果就是在一切方面的为所欲为,没有节制,最后耗尽生命的伟力,迎来衰败的结局。

由于这个过程是漫长的、一丝一丝完成的,所以谁也难以察觉,难以挽救。

耗失生命的方式是各种各样的,于是这又成为一个十分复杂的话题。剖析这一切,分条梳理,也许要费去我这个漂泊者的下半生。

这确是我最愉快的一天。因为这一天我伸手触及了心中美好的悟想——"生命"、"人事"与"山河"之间的关系。我凭直觉揣摸到了什么,所以才对勘查绘制如此重视,视瀛洲寸土寸金。我深知它是滋生万物之母。每一片"山河"都有自身的力量,无可匹敌。

对它的信任,是走向健康与强大的开端。我常常端坐帐外,一动不动地凝视大尖山——蓬莱山。它碧绿的基座、苍蓝的山腰、白雪积叠的尖顶……真是美丽如画。它让我想起黄县中西部的莱山。

第二章

每天需要亲自料理的事务繁复杂乱,如浪涌山峦般堆积。左右一两位伴随多年的挚友戏言:功莫大焉,开国之君! 被我严厉制止。我的口吻之重、声气之粗,事后连我自己也稍稍吃惊。有什么拨动了我之心瓣,一下下楚楚难忍。

我恐惧于走进那个结局。它像一个难逃的围网,正将我牢牢罩住。我变为一头喘息的动物,已经挣扎了许久。待这动物喘定,筋疲力尽之时,我大约就要称"王"了。

我未曾见过几个能够"挣扎"的王。他们都丧失了那种能力,然后被左右移入殿阙供奉起来。王在高座上休养生息到声气粗壮时,再发出几声吼叫。但那已非人声。

他们时下正急于把我变成那种人人畏惧的稀罕动物。这是残忍的预谋。令人心寒的是预谋者正是我的一些挚友:我们曾共赴危难,咬住牙关忍了几十年。他们问我还等什么,这连我也难以回答。因为我自知离那个完美之境、那个长久的想念还尚为遥远,还待描绘。比如说它该有神思一样的随意和自由,有纵横驰骋的辽阔和旷远,有既不自囚又不他囚的安定从容,有日月巡回般的美好节奏,有四季轮回那样的变幻斑斓。

这都是在漫长苦难之中形成的梦想。它也许永远是个梦想——但我不能去亲手毁坏、破碎它。

它还能存在多久？

面对左右，我已无语。他们说：君房已经变了，变得难以揣测。我想告诉他们，迅速蜕变的恰是你们自己，而非君房。我在固守和持续那个梦想，而你们正在告别它。自从庞大的船队驶离彼岸，一粒心籽即开始霉变。那一刻岸上旌旗高扬，秦吏吹响螺号长管，你们唇边只藏下一个讪笑。船队与秦王维系之纤弦正在断掉。记得我当时登上后甲板，凝视船后束束白浪，心中何等快慰。我知道这个时刻，历史上最奇异难解、最隐秘也是最易招受误解的伟业，已经进入了峰巅状态。

那个时刻我就稍稍预感到，尔后向我们这些人逼来的，也许将是比秦王还要难以规避的什么。它无以名之。它的力量无可匹敌，因为它就出自我们心中，是从我们自己命性之根上萌发的叶芽，它饱含的毒汁将使我们自身丧尽青春。

这也等同于死亡的威胁。一个人震栗恐怖之余会产生不尽的愁绪和痛苦，还有悔疚。这种死亡比起肉躯的毁灭更可怕。因为后者是自然的、谁也不能逃脱的。另一种死亡则是先于肉体的，那就分外悲凄。它会粉碎我们的全部希望。

在四十七岁生日的前夕，我极想把一切重要思绪廓清。哪怕先让其清晰起来、疏朗起来也好。这太难了。眼下正有无数繁琐，每天至深夜还有诸多呈报、重大事务、消息。因为事关城邑和营区安危，我不能漠然置之。这期间给我巨大震惊的是，前一个月营内有人谋反，领头的竟是随我多年的方士！他在暗中笼络了三个伍长,甚至不惜使用叛心不死的秦吏。

谋叛在数天之内即被平息。那支小小的队伍逃向蓬莱以北,妄图与一支桀骜不驯的土著会合。他们携走了大批武器,还有草药、丝绸。可怜这干人马还未能与土著合手,就被淳于林将军率领的护营兵士围困起来。战斗结束之快大大超出我的预料,待我得到消息与一队卫士赶到,那里已是一片狼藉。

叛者头目,那个十余年来一直忠心耿耿的方士太史阿来,在最后时刻畏罪自杀。随他自杀的还有两人,一个是三千童男童女的领班,那个面皮有些浮黄、生着一对硕大乳房的女人,此人年届三十,颇有姿色,一对黑目灼灼有光;另一自刎者是归附的秦吏,四十有二,面皮黝黑,平日里闷声不语。

所有叛者都被缴械,此时一一缚起双手,全身大抖。我让身边人传话淳于林将军,请他为这一拨人松绑。我的命令被执行了。

自刎者皆给予厚葬。他们的坟头都留在蓬莱以北地区——一班人出逃之地。我想他们既然慌悚逃离城邑,想必是心生厌恶,于是就让他们安息在远一点的地方。

此事件让我产生的惊惧久久不能消逝。我一度放弃了一切事务,在帐中独思。

头脑一片混沌,而且伴阵阵剧痛。医士赶来为我号脉,煎药扎针,用木槌击打穴位,料理半晌。可是周身仍疲累无比,常常涌出虚汗。我不得不卧榻休息,倾听自己的呼吸。我抑制着不去想"太史阿来"四字,可是总也不能。我还能记起两人一块儿去乾山(乾山,在黄县徐乡古城东侧)大祭的场景,仿佛仍能嗅到燃过的香木气味,看见他手扯袍袖,悉心摆放祭器的模样……秦王第二次东巡登临莱山,我携几位方士前去拜见,其中就有这位黄脸疏须的男人。

思绪飘到碧波涟涟的海上。那是船队驶向中途,秦旗纷纷扯下之后。自上船以来,我一直保持深夜到后甲板踱步的习惯,即使风狂浪大也要勉强去站一会儿。那一天风清日朗,我从舱中出来。护卫的兵士通常把住通向后甲板之路;在楼船的最顶部舱口还有一个值夜者,他从那儿可以瞭望大半个甲板。

我仰望天空,像往常一样久久凝视故乡之月,而后就是去看那神渺难测的夜海。记得那海极为平静,颜色苍蓝;靠近船体处,不时有一二跳鱼飞起。后来我听到通往楼船底舱的木梯在响,声音迟缓,不像是我熟悉的脚步。月光下一个身影出现了,是个女子。她身躯略胖,那长长的、在身侧悠动的一对长臂让我一眼就认出是女领班。我心里立刻有些不快。

她在那儿停留了一瞬,后来还是大胆地走来。我伫立甲板,觉得落在她头顶的月光有点怪异。其实这女人一直引起我的注意。我在船队尚未出发时就观察过她,从那对黑得发紫的眼睛里看出某种神秘意味。她的面色像胡萝卜那么红润,裸露的双臂像被河水长久浸过之后,又经太阳炙烫,熟得如同刚刚出笼的发糕。

"我的先师!"她垂下头,在离我两步远的地方低声呼叫。

"为何深夜不眠?你有什么要紧事禀报吗?"

她双臂按在心口处,实际上紧紧地抱住了自己硕大的双乳:"先师,我睡不着。我被奇怪的灵光照着,从上天传来的声音进入耳廓、心中,让我喜悦又害怕。我激动得疯癫一样在舱内走。后来我觉得必得把所知所闻一一禀报先师了……先师,我一直瞒着您的是,我是一个'通灵者'……"

她的声音在冰凉滑润的月光下显得阴郁低沉,让我心中一动。我不自禁地发出哦的一声,她立即抬起头来。

我看到她满眼里都是晶莹的泪花。出于感激和怜惜,我的手动了一下。那只是一种下意识。可是她却猝不及防地靠在我的胸前。我清楚地感到了她那一对巨乳是何等温热和柔软。但我的头顶像被一只冰冷的重锤敲击了一下,浑身一震。我立刻把她扶正,让她好生说来。

"我真是个'通灵者'。这样许久了,在夜深人静之时,我能够与天上的声音对话。那是无声之声,只有我一人清楚……"

"哦!那声音说了什么?"

"那声音告诉我,新王率领我们踏上的将是鲜花遍地的极乐之地。我问谁是新王,那声音说新王即在后甲板上踱步……我的先师,我若有一个字的编造,那就是欺君之罪了!"

她跪下来,浑身抖动。

我这一次并未立即将她扶起,而是害怕地退开。我在五步之遥看着这个胖胖的女人,强抑着说不出的震惊。这样许久我才轻轻吐出了几个字,自己也首先感到了它的威严和重量:

"你回舱里去罢。"

"我的先师!"

"回罢。"

她抖抖站起,泪水哗哗流下。她嗫嚅:"我永远是先师的奴婢,永远……先师可以把我扔了,像扔一只小虫,可奴婢的心是不会变的……"

她消失在通往下舱的梯口。

一种得意而又厌恶的复杂情绪攫住了我。那个夜晚我睡不着了。在后来很多日子里,我都想把那个噩梦般的场景遗忘,可是不能。一个人的时候,我只求助于对卞姜的回忆,想让她来帮帮我。

那天,在蓬莱山北,几具血肉模糊的尸体让我从惊愕恐怖中镇定下来。我仔细看了太史阿来最后的面容,发现他出奇地安详。我又看了那个"女通灵者",觉得她比生前美丽,甚至有些娇艳,只有眉梢那儿,留下了明显痛苦的痕迹。

因为新建的城邑经受了第一次谋叛,无形中比过去显得肃穆和沉重,简直有了一点古城的端庄和神圣意味。淳于林将军未经我的许可,自发决定了诸多事项,城邑内更加戒备森严。我的居所有了双倍的护卫者,我将其驱散,他们就在不远处游弋。

淳于林是个英俊的中年人,少我七岁,具有无可置疑的莱夷血统,而且还极有可能是卞姜的族亲。我们有十余年的友谊,他曾随我多次远游密访,是一支藏而不露的莱夷利剑。他给予我的则是双倍的安宁和双倍的痛苦。我不认为自己这一生还会像倚重他一样,去倚重其他任何人。

我在五年多的时间里,毫无来由地为一种感知而痛苦。它折磨着我,一度甚至超过了任何其他忧烦。我莫名地觉得他与卞姜深深相爱。这种爱好像无法言说,也无从考查,因为它仅仅埋藏入心。有一段我曾暗自留意,观察他们在说起对方名字时,或可出现的特异神情。没有。其他蛛丝马迹更是难觅。我只是有一种感知——可惜我从来都相信自己的感知。因为在其他方面,这感知总是被一再地验证。

大约是秦王第二次东巡,在琅琊拜见这位黑衣帝王之后的第三天深夜,我一直毫无睡意,而且悚悚之感越来越浓。我仿佛感到说不清的危难正在逼近,如闻巾帛断裂之声。我一遍遍坐起。四周皆无声息。我知道帐外有游动的士兵,戒备森严的秦王大营自不必提心吊胆。我又和衣躺下。只是一会儿工夫,那种极大的危难逼近感又出现了。我再无犹豫,起身取剑——也就在这一刻,我看到两个黑影闪身入帐。我猛喝一声,举剑迎击。混乱中一人被我刺伤,另一个很快蹿去。

类似场景还有三次,都是我的预先感知能力救了我。

淳于林对我忠贞不贰,这无须怀疑。而卞姜是患难与共的夫妻,我们一起挨过了血泪交织的日月,也有欢畅忘我的时刻。我们生下了两个儿子,一个早夭,一个现已长成,就是与母亲从不分离的小林童。卞姜怀念我们一起居住徐乡北面丛林小屋的日子,故而给孩子取名留下一个"林"字。可如此一来又占了另一个人的"林"字。类似不着边际的胡思乱想还有许多,都合在一起折磨,让我徒添皱纹。

我甚至认为,淳于林对我的忠诚至少也掺和了一点对她的挚爱。我也相信淳于林正因为这爱而经受无法表述的巨大痛苦。因为爱的确是一种奇怪的物质。性欲、拥有、冲动,它们与爱还是有所区别。爱之不能忘怀、不能摆脱,就像不能赶开自身形影。只要日月星辰不灭,这形影就不灭。我深深地领受和经历了,因此我不仅懂得,而且无力斥责淳于林。

只是我无法战胜深埋深处的嫉恨。它如毒蛇一样缠裹,又如火焰一般焚毁。

对于这次叛乱,我深信不疑是太史阿来与"女通灵者"的一次绝望的合作。他们是一对通奸者、妄想狂、浪漫的信徒、走向极端的追随者。我还毫不怀疑,他们这十几年来对我都一片忠诚,这忠诚浓得无法剖析和定量,也许只有死亡才可以与之相比。他们都可以为我去死。至于死的方式,倒是各种各样,他们会仔细选择。眼下的结果仅是方式之一。

如果说他们的叛乱是为了加害于我,那还不如说是在寻找死的方式,是匆匆走向殉道的结局,是铤而走险地表达对我的忠诚——最后的一次表达。因为他们想加害我,完全可以把握更好的机会。这种机会真是多得俯拾即是。比如与秦王及手下鹰犬的周旋历时十载,还有选童男童女、打造楼船、备五谷、集百工,随时告密构陷,都可以置我于死地。他们那时睡着了吗?当然不是。

我重温往昔,一个个场景历历在目……太史阿来登临瀛洲以来,曾屡次劝我称王,几乎每次都声泪俱下:那个月夜船头,鬼迷心窍的"女通灵者"——我突然明白,那个女人听到的"天上的声音",其实只不过是他们簇拥一起时的谵乱之语。

他们太性急了。他们感到了时光的无情催逼,觉得有点来不及了。他们大概不会自信成功。因为他们都知道我手中有一把莱夷利剑，出类拔萃、超出想象的锋利。至于那三个随同的伍长，本来就是几个愚人武夫——他们的愚蠢和胆怯到了这种地步：直到最后也未随新主自刎。

随我登上瀛洲的各色人等多达四千人。但我还是对太史阿来和"女通灵者"的死亡感到痛惜。

这痛惜是真实的。伴随他们一起死去的，是一生再不能重演的岁月，是彼岸的时光，是莱夷之地的烟火气……愿他们安息。

整整三天的时间，我的思绪都围绕着太史阿来与"女通灵者"，渐渐生出疲惫。我再不愿想他们，于是打开大门步出营帐。我想到那些作坊里走一走，那是百工们一显身手之地。城邑内分设"六坊"：丝织、炼铁、锻造、制简、物器、盐工；还有"三院"：经卷、缮写、大言；至于士兵操练、防卫布置，除了我定期参与筹划而外，差不多全部交予淳于林将军办理。军机大事从来是一国一城之首务，关乎生死存亡。但我对这性命攸关事体却越来越厌倦。与其说我一概推给淳于林是出于极度的信任，还不如说是为了规避，为了免除烦扰。我最喜欢去的地方是经卷、缮写和大言"三院"。

不消说，这"三院"的设置是受了稷下学派的影响。当年稷下学宫的盛况令我倾倒，至今想起仍是如此。我决心让彼地萎褪之花在此岸灿烂盛开，而且有过之而无不及。经院是贮藏经典宝籍之所，并蓄有至佳学问者、随船而来的几十位"方士"——这些所谓的"方士"大半一踏此岸就扔掉了原来的营生，再也不"言必称神仙"了。他们分别来自六国。经卷院称得上是整座城邑的心脏地带,我视为手足。缮写是抄录经典之所,为防万一,从彼岸携来的宝典文书四千二百一十六卷册,要逐一抄写备份,并分别存放,以避水火兵乱;其次,学士每有崭新著述,皆由经卷院议定,也必由缮写院大录数卷,或存起或传阅。大言院是学士诸人每日辩论之场所,设有讲坛、边座、听席、记录;邑内一切有益之思、深邃之想,都不必忌讳,大可一一放言。所辩论者,题目愈大、愈远离俗务,即愈被珍视。所言皆大:大境界、大气度、大念想。愈是如此,则愈受尊崇。

三千童男童女分布在"六坊"中。他们与年长者不同之处,是每人每月要进十二次学坊。学坊授课者皆为名士,分别讲授义理、算学、天文、农耕、渔盐、武事、文书,共七项。每半年考试一次,优异者给予奖赏。七项中的突出者,则特予鼓励,以备启用。我常常走入作坊或学坊,只见童男童女或繁忙纺织,或朗朗诵诗,心中大喜。

三千童男童女,灿烂如花。

我不由得愈加思念起儿子小林童。他今年该是十六岁了,正如这些孩子差不多的年纪。他如今怎样,正是我日夜牵挂之处。母与子相依为命,我孤儿与寡母!唯担心哪一天秦吏对他们母子下手。秦吏绝望中不会放过他们。我叮嘱下姜:如骨肉分离那一天真的来到,一家人不能同船启程,那么首要一事就是携小林童隐入民间,远离徐乡。我把民间密友一一道出,下姜哭成了泪人……

我从不记得她号啕大哭过。她总是无声地流泪。这不是一般女子的哭泣,不是一般的悲伤,而是面对宿命的无望。她熟知莱夷人的全部历史,对来路与归路有明晰无误的洞察。她为人生的短促、虚妄、怯懦、无能为力而哀恸。她从这不可逃脱的分离和撕裂之命运,看到了为人的全部隐秘。她已经无话可说,只有让那一双溪水潺潺而下。对于小林童,她已经付出和将要付出的,是我的十倍。我从未看到一个母亲像她那样携带自己延长的生命。那不仅是无微不至的呵护,还有面对一个新鲜生命所表现出的震惊诧异、巨大的喜悦——而一般的母亲在自己的孩子面前,一切都淹没在疼爱怜惜之中,即所谓的母爱之中了。神秘的母爱是无须区别的,可是一个女性面对自身分离出来的又一个生命,面对这人世间最大的奥秘,仍然有忍不住的惊奇流露出来。她对世界充满感激,这感激使她一次又一次热泪盈眶。

她感激的泪水与绝望的泪水掺在一起,流到了我的唇边。我品尝了天下最苦涩的液体。我长达几个时辰拥抱着她,唯恐这芳香温暖的躯体转瞬即逝。她在最后的时日里表现出了过人的温柔。我想这是世上一切最优秀、最聪慧的女子才具有的德性和灵悟。你纤纤十指滤过了急促无情的水流,把漂来逝去的游丝挽在掌中。无言的抚摸啊,默读了几十年的辛酸与欢娱。没有一个人——他或者是今生的挚友,或者是来世的智者——能够稍稍体味这午夜里的恐惧和哀愁。这都属于我们两人了。

可是在这个蛮荒之地的午夜,却必须由我一人面对这恐惧和哀伤了,还有其他。我必须面对人生最怯于面对的东西:背弃。我尽可能不去想这些,可是它总是不由自主地来打扰我。对爱、对一个约定、对无与伦比的信托和念想……这一切的背叛。它伤及灵魂,让人几度绝望。我的至宝,我的露珠,我的羔羊!你明白我在说谁吗?

当然,我首先想到了太史阿来,这个十余年里的挚友、追随者,还有那个如影似幻般闪动在身侧的"女通灵者";甚至还有淳于林,这个让天下君王都会心生嫉羡的美将军;接着就是你了……我想我是疯癫了,一个人在最孤单无望的时刻,也许会滋生一些疯迷无稽的幻念。如果是这样,那么我也是一个罪人了。

我只确凿无误地知晓,我无比地思念你,还有我们的小林童。

我问淳于林将军:太史阿来和"女通灵者"为什么会自刎?

淳于林将军奇怪的眼神看着我,一时未语。

我觉得他的目光威严之中透着温情,确是魅力无穷。即便经过了几个月的风浪颠簸、一年多的疲于奔命、常人难以想象的百事操劳,他还是这么英气勃勃。这使我心里稍有不快。我记起他比我年少七岁,大卞姜一岁……我的目光从他脸上移开。

"先师,他们犯下了弥天大罪,死有余辜,也只能这样了结自己。"

我没有说什么。很清楚,淳于林的意思是他们死于恐惧。有一点儿。从彼岸过来的人熟知对待叛乱者的各种刑罚:车裂、肢解,甚或更为可怖的处置。不过他们在最后真的想过了这些?我浑身一震,悚悚之感涌过心头。不过我将努力从中寻出别的因由,更深的因由。那一对血肉模糊的躯体让我不敢凝视,但最后还是走近了。我惊异的是,太史阿来与"女通灵者"都大睁着眼睛。

死者的眼睛闪出一层荧光,那光浮在上面,即将消失。我极力想从这大睁的双目中看出一丝愧疚或其他什么。没有。但我相信总会有的。除了愧疚,还将有深深的斥责,但唯独没有仇恨,这是我能够肯定的一点。

淳于林说:"如果不是追剿及时,他们一伙与那些土著合到一起,从蓬莱山撤走,祸患也将无穷呢!"

说得极是。这些人对于刚刚立足的城邑而言,必将构成心腹之患。他们送给土著的,不仅是精良的武器,还有可怕的计谋。除了这些,更令人生畏的将是无法探测的心之伤痕。这些我都反复想过了一千遍。可是我一直未能说出的感觉是,除却这一切而外,他们那对死而未瞑的眼睛呢?透过那层虚虚的荧光,我看到的是动人肺腑的忠贞,甚至还有爱——他们爱我,这正是他们用生命回告我的!我知道他们绝望地爱我。这种爱有时是难以表述的,人与人常常如此。为了这困难的表述,有时真的是需要生命的,尽管生命对于每个人只有一次,它异常珍贵……

正是这最后的念头重新泛起,使我再无心与淳于林谈下去了。我们最后草草议了一下筑城和防务,就匆匆分手了。他有些意犹未尽的样子,壮实的肩部拨开幔帐,无声离去。

他离去很久我还沉浸在思索里。因为我发觉自己的头脑从未像现在一样清晰明朗。我突然明白太史阿来与"女通灵者"精心策划的叛逃,竟是一桩连他们自己都不相信的荒唐之举。以太史阿来的周密与远谋,以"女通灵者"的狡狯,他们不难看到最后的结局是什么。他们会像无知的儿童一样接受这无聊的冲动、热迷于致命的游戏？或者是几十年的困厄坚守、与秦吏捉谜般的斗法使其疲惫不堪,踏上此岸仍看不到个终点,伤心之至？而他们心目中的"终点"只有与我一起才能到达,离开了我,他们将是无能为力的,这我从"女通灵者"甲板上的那场倾谈中已略知一二。

他们在逼我走向那个终点,以死相谏。

我从未像现在一样怀念亡人。我在整整多半天的时间里紧闭屋门,想过了与他们在一起时的一切细节。特别是太史阿来,我们确是一对难友。除了他满脸细密的皱纹让我不能忍受而外,我差不多喜欢他的一切。他足智多谋,老成持重,不像我这个游戏者,总也进入不了角色。他有时甚至与我一起,构成了一枚钱币的阴阳两面。我那时总也不敢设想在失去他的那一天,我及我的事业将会怎样。因为他大我十余岁,会先我而去：每念及此我就一阵伤痛。最想不到会有眼下结局。

自我们相识以来他差不多一直是我的提醒者。秦王第二次东巡,我们一起拜见始皇,归来后就由他筹划了一场祭祀乾山活动。那一次声势浩大,费尽心机,围观者不仅来自徐乡,还有黄县境内千余笃信神仙术者。秦王嬴政登莱山拜月主已有十一日,浩浩车队先锋已抵芝罘,却不断有秦吏将乾山盛举禀报上去。这博得秦王极大兴趣,也使黄县一带秦吏不敢妄为。而后祭祀活动连绵不断,我们借此邀集了八方挚友、沦落民间的百十位学士,让他们成为清一色的"方士"。这些人历经摧折,分别来自六国。秦王悍暴,一扫六合,名扬天下的学士纷纷隐匿。他们如同溪水一样从西部高地流向东方,自鲁入齐,再入莱子故地,在一块巴掌大的海角驻足。这块海角小得难以承受如此重量和巨大光荣。终有一天,这海角会因不堪重负而坍塌。

太史阿来当年脸上还没有这么多细密的皱纹。他的脸有些苍黄,望去仿佛涂了一层蜡油。他说话时总发出拉动风箱似的呼哧声,走路摇摇摆摆,又让人想到他会不久于人世。可是那一年的夏天,当一个秦吏贸然闯入几个正在密会的"方士"中时,他突然挺剑而起。秦吏剑术颇精,且呐喊不断,步步进逼,气焰嚣张。其他"方士"中有持剑者,立时出鞘相助,却被太史喝退:"别让这狄戎的血污了你们!"他面无惧色,沉着应战,平时的剧喘也消失了。随着一声霹雳般的呼叫,太史阿来挺剑一击,刺进了秦吏左胸……从此再无人将他视为孱弱之辈。

登瀛之后的第一要举是焚毁楼船。此举惹得一片斥声,特别是淳于林将军,简直面红耳赤,就差没有恃武护船了。赞同者凤毛麟角,其中即有太史阿来。此场景让我日后不断记起,感佩交叠。所以后来频繁议事,凡营中机要,无不与之商定。修长城、建城邑,都得到他的强力赞许。但我觉得其贡献至大者,还是帮我设置了"六坊三院"。

回忆像潮水般涌来,我难以自持。我先是默念太史的名字,后来竟至大声呼起。护卫兵士被惊动了,营外一片急躁的走动声。我镇定下来,推门出营,看一片围拢的暮色。远处,城垛下游动着几个荷戟的兵士,太阳的余晖把他们身上的铠甲映出闪闪铜色,煞是壮观。我又听到了战马的嘶鸣,这让人想起那个叛乱的凌晨……一切都消逝了。他们作为一座城邑、彼岸迁徙者的叛逆,自绝于蓬莱之北。曾几何时,他们还与淳于林将军一起,成为我心中的麟凤龟龙。

几千年后,当我那些彼岸的亲戚经历了几番极度的繁荣和贫困之后,将会一再地想念我,苦苦寻觅我的踪迹。他们越来越确定无疑地相信我是一个航海家、探险者、术士,甚至是一个巧言善辩的江湖骗子——只是出于自尊和其他原因,他们才不好意思把后者说出口罢了。其实真正的"航海家"是我募来的周边渔民、海上老大,还有个把通星相辨潮汐的"百工"。留给我的真实角色就只能是一个"骗子"了。他们说得并没有错。不过历史分派给我这个"骗子"的倒是一个大角色,让我去骗骗那个自视甚高的"千古一帝"。我正因此而心生得意。世上一切心怀叵测的"小人"都时常会涌起这类得意,尽管我最终还是扮演了一个大角色。

我说过,自己的顽皮、狂妄,那是骨子里的东西。有时也并非如此,人们看到的只会是一脸的端庄。祭祀、祈祷,我所做的一切都需要端起架子。我的顽皮只不过使我独自一人时,面对铜镜做一二鬼脸。那是我至为愉快之时。想象中,有不少载于经传的"大人物"都有偷偷做鬼脸的癖好。我因此而喜欢他们,也喜欢了自己。

我终有厌烦自己的那一天,到了那一天,我将设法结束自己的生命。现在还不到时候。面对一片狂窜疯长的青草、杂树,日夜嗥叫欢鸣的野生动物,哗哗奔涌的河与溪,与水汽中蓝黛变幻的蓬莱山,我的喜悦非常人所能体验。像那个令我备感尊敬和厌恶的人物嬴政一样,我也有非同小可的自尊自大;所以我也偶尔说一句"非常人"云云。因为我有了这个资格:是我把三千年来最杰出的一些人物搬运到了这片偌大陆地上,又将其像羊群一样放开。

仅仅有率众出逃之举,还仍有点"常人"味儿。能在一片"平原广泽"上"放羊",就不是"常人"了。但我告诫自己千万不能做个"牧羊人",不能有栅栏,更不能有鞭子——我之"非常人"说,是因为"放羊"之后,"牧者"自己也化而为"羊",欢腾跳跃于绿草之上、白云之下。他、他们,与一片土地上的诸多生命一起,或咩咩唱,或啊啊唱,应和着海浪千顷。

我深知那班挚友要把我变成"牧者"。他们不自觉地让我把"羊"迁地而"牧",自己宁可做"羊"。他们希求的不过是饲喂的精细,而不是奔向大野的流畅。他们只是面对那个嬴政莽汉的宰杀之危,才愤而登舟。这正是我的恐惧与悲伤。我悲的是同类挚友。因我转眼已近五十,大限将至,无法预测未来的一天。我所要做的,也许只是赶在这一切来临之前做下些什么。

于是我力主设"六坊三院",特别倡立"大言院"。彼岸膏壤千里,竟无处吐放"大言"。人无"大言",必类虫犬;国无"大言",气短如雀。"六坊"与"三院"互为支持,缺一不可。淳于林等喜"六坊",厌"三院",殊不知它们好比躯与首的关系。失去"三院","六坊"中的丝织坊会织出长丝勒围自身,炼铁坊会锻出利剑戕绝肉躯,盐工坊堆出的盐山也会把莱夷的三千童男童女腌制起来。其他几坊,亦是同理。

不必讳言,我最爱去的场所即是大言院,不仅如此,而且还鼓励和率众前去那里。一杯清茶,席地而坐,倾听辩家们"辩理驳难"。我敢说这里容聚了各色学问,举凡儒家、道家、墨家、法家、名家、阴阳五行家、小说家、纵横家、兵家、农家等等各派,都有倡明主张的机会。他们据理力争,吐言锋利,几次让我感动得泪湿双眼。我想起了少年时节远去齐都稷下的情景……有人轻扯衣袖,原来是最年长的"方士"。他是父辈,我该称他先师,但他和左右对这一称呼坚辞不受。他们只维护一人的尊严,只将我称为先师。老人此刻口中喃喃,后来浑身颤抖:"君房,大言误国啊!"

我不敢应。我只能婉拒,并引经据典,排列史实。我倒举齐宣王、齐湣王时期的稷下名家学派的田巴——此大言高手,千余年后之人这样记载他的行迹:"齐之辩士田巴,服于狙丘而议于稷下。毁五帝、罪三王、訾五伯;离坚合,合同异。一日而服千人。"那是何等的辩才!又是何等的狂放不羁!齐王如何对待?"齐王聘田巴先生,而将问政。"齐王恭敬地称其"先生",齐国非但未亡,而愈加昌盛。反过来,到了齐湣王后期,及至齐王建时,稷下学日渐衰落,齐国也走向了末路。

"君房,他们所言对您多有讥讽,真是口无遮拦啊!"

我笑答:"君房又算得什么,区区亡命之徒!稷下学士尚可以'毁五帝、罪三王'!"

一言既出,四周再无议论。但也只是数月,又有人愤愤然:"君房设置此院,原为扩言路、促思辨,可今日听辩家驳难,所言皆掷地有声,批驳无情。长此以往,势必言出一家。众人恐之,何能放言？"

我反问："批驳无情是放言，大言是放言，说'大言误国'是放言，'众人恐之'也是放言。自古放言者未能禁言，而持兵器者才能禁言。既如此，何忧之有！"

他们一时无语。他们应该明白：大言院如果不允许其"辩理驳难"，那也只好改名为"颂诗院"或"礼赞院"了——可是这类院所只嫌其多，不嫌其少，自古如是。

从大言院出来后，几天时间让我心中不宁。回味一番才明白过来，我也刚刚放过一番"大言"啊。想到此不禁有些耳热。

不久淳于林来舍，面有难色，吞吞吐吐。我让他有话直说，怎可如此期期艾艾？他说很久了，城邑中有些议论，只觉得不便言与君房，现在想了想，君房知道了也好。我催他说罢。他于是说："城中人议，君房也不是个实在人啦，简直是……是虚伪！想想看吧，逃离秦王，到这边儿又是筑城，又是修长城，操练兵马；有军机，有政议，令行禁止样样俱全，他不是'王'又是什么？可他就是不称'王'。这反倒别扭，何不干脆点儿？不是'王'的王让人见了更作难，跪也不是，不跪也不是，礼法无处遵行，'万岁'也无处喊得。类似尴尬也实在太多，城里人都觉得无法做人了！……"

我感到一颗心在加快跳动。因为这些议论有几句不免切中要害。可是我正在渐渐笃定。我想，筑城、护营、修城、操练兵马并非只有"王"才能做的事情。如果登瀛后不加紧去做，不仅秦兵追剿之日必定灭亡，就是土著扰乱也不得安宁。如此这般，只为生存。生存之虞不除，又何谈其他？只是这样想，并未说出。

第三章

　　如果她们当中有一个在身边,也必会减轻我之痛苦。近来,说不清的误解和扰困,让我心情沉重,体态也沉重。我再无力像往昔那样顽皮。这是可怕之兆。人心不会顽皮地跳动,就是衰败颓丧的开始。我的爱人曾在过去给我诸多战胜困厄的勇气。她们有如此奇力,总使我大为惊骇。我有时不愿,也不敢正视她们的力量。

　　现在我又想求助于她们了。可是我顾虑重重,万般虚伪。我窥视过那些如鲜花吐放般的童女。如今这些孩子都一一长起,面色姣好,有了娇嗔的眼神和阿娜的形态。不止一个男子武士、方士和百工犯有强暴之罪,皆被处以重罚。我觉得自己有绝大的责任保护她们,只是这种保护的方式令我三思。

　　她们如今和那些抛家舍业的武士、方士、学子一样,都需要婚配了;还有那些长出了茸茸胡须的童男,都到了婚娶的年龄。城中人丁不兴,衰者亡故,新儿不增,长此下去将不堪设想。我原有个设计,并在船上与左右复议:让三千童男女年及十七即捉对婚配,不得拖延。可转眼他们已是十八九的青年了,仍像原来一样独守。我像是已经遗忘了什么,迟迟不愿将许诺兑现。我已看到了诸多责备的眼神。

　　昨日又有一男子(一个年过四十的炼铁师匠)被捆绑起来。他平时腼腆少言,目不斜视,想不到而今也会胆大妄为起来。禀报称:该匠师借送取缝补衣衫为由多次进出丝织坊,而且磨磨蹭蹭久不离去。有一天为其缝补的女工——该女工上个月刚满十八虚岁,相貌甚为娇美,只是略胖,坊中人呼其"水胖"——忙误了工时,日落后尚在苦做。可怜"水胖"正穿针引线,该匠师即扑将过来。"水胖"虽经剧烈反抗,但终因势单力薄,于事无补。

整个事件再清楚不过,禀报者却扯三挂四絮叨许久。我已有些疲倦了,对方仍在愤愤然:"更可气的是,我等将奸犯捆了,正欲押走,'水胖'却哭叫挽留,为匠师求情呢。要不是她衣衫撕破,之前又有几声呼救,我等必把她当成奸犯一同捉将起来!"

我制止他再说下去。

"先师,如何处置呢?"

"哦,不必处置啦。"

"这……难道……然而……嗯?!"

"请下去罢。"

他极不情愿地僵在那儿,像肚子疼似的,右手使劲挤弄了一下小腹,咬着下唇退出。

我深知此事不加处置的后果是什么。以前对此类事件颇为严厉,至少需断其右脚小趾,并在额上留下刺记。须知这是在秦吏酷刑下减免数倍的结果。如在秦地,奸贼被乱棍打死、石头砸死、剜睾除势,皆是平常处置。如果匠师之事漫传开去,城邑之内必会风气败坏,暴行迭起,最后硕果也将不存。我放弃惩处匠师也是遵从了那个受害少女"水胖"的请求,因为这请求之中蕴含甚多,她对匠师心生欣悦也未可知。但无论如何,从大业计,此事仍不可荒疏。于是我急忙摇响手铃,让卫士复送定夺:对匠师罚三月薪俸、施杖二十。

卫士应声而去。我仿佛看到那二十杖纷然落下,匠师疼得满地滚动。还好,将养十日又可以去炼铁了。

我的命令总是得到很好的执行,这不能不使我滋长一丝自负。如果说在徐乡、琅琊、黄水河港附近的船场,我十分懂得使用嬴政赐予的权威规划行程、征用物器人口的话,那么在这之后,嬴政的权威已丧失殆尽,我完全无所依托,没有权杖,也没有武备。我虽是莱子故国的贵族后裔,但说到底只是一介书生。我在长达四十余年不屈不挠的求索中只获得了自己的信仰。这才是坚实无欺的,在我心中日夜燃烧得火烈,冶炼得纯洁。它最终又成为淳于林、众"方士"与挚友们共同求索之物。淳于林拥有兵权,可是他与众伍长、那些强悍的将军们一样,唯对我失去反抗之力。这就是信仰的力量。信仰也有显而易见的"专横性"。随着事务的增多、年纪的增长,我习武时间越来越少,有许多次出门时甚至将剑遗在室内。卫士们已经习惯于在十步之外护卫我,而我却常常忽视他们的存在。他们在信仰和思想面前已化为无情的物器,仅仅取代我遗在室内的那把短剑而已。

我珍视信仰如同生命。正因此,我必得警惕它的变质、它弥散和辐射出的蛮横和乖戾。我同时视无信仰者如草芥,却又爱惜每一株草木,因为它们是蓬勃的生命……我到了检视自己内心的时候了。我知道蛮横无理地强加于人的,无论以怎样美好与圣洁的名义,都将在未来被视为不义,或是罪恶。每想到此额头一烫,豆大的汗粒滋生出来。

我发现在内心深处,在幽闭的角落,有一颗隐秘而阴暗的种子。它非常苛刻与嫉恨。它阻止了我更敞亮愉悦地行动,而只让我阴郁地徘徊。我知道,三百艘楼船起碇之时,一个铁定的冷酷也就形成了:几乎所有年长的百工、方士和弓弩手都失去了岸上妻儿。秦吏让他们不得不有一个留恋,以便早日归来。他们当中只有极少一部分知道此行将一去不归。而三千童男童女中,男女数量恰好相当。也就是说,这些茁壮茂盛的少年已成天然婚配。而当他们一一结对之后,年长者将永远失去了人生的机会。

我也是一个年长者。我为此深深地哀愁。

诚然,我有办法做成自己的事情,可那样即是不义,敢将冒触犯禁忌的风险。

我终于在政议之日提出了婚配问题。我当时尽可能使用平淡的语气,内心却极为紧张。我留意了一下,发现至少有三个老者、两个中年人手指抖动。其中一个脸色蜡黄,吐言混乱。关于三千童男童女、遗在彼岸之妻、夫妇之道、天地伦常,一时费尽了口舌。没有一个人能够统一他人观念。对三千童男童女的婚配虽无人反对,但有人却提出若干限制条款,比如说女子须小于男子三岁以下——初看近于常理,细推敲却大有曲折。因为所有童男童女当初选择都在十四五岁之间,就是说年龄大致相当。如果依此建议,势必有大批童男童女失去婚配——女子本无妨碍,因为有大大长于"三岁"之差的男子在等待,苦只苦了一批童男。

提出这一建议显然荒谬。可奇怪的是它很快得到多数人的应和。此事令我颇为苦恼。最后我只得将该条款搁置,留待大言院辩论。这一来又使参与政议者大失所望。

经过大言院三日辩论,又是几日复议,好不容易才将条款一一拟定。关于"男子须年长女子三岁以上"的条款自然废除,但又附加了不得已的另一条款:婚配关乎城邑存亡之要,所以望全体慎之又慎,年长者优先择偶。我知道这一附则实施的结果会是一场剧烈争夺,惨剧必将生成,于是又添一款:强制婚配者严惩。

值得欣慰的是,尚有为数不少的男子拒不婚配。原因是对彼岸妻女日夜挂念,有时呼其芳名泪水不断,发誓终生等待团圆一日。此情此景令人悲酸难忍。我不得不告诉他们:团圆之日只是来生的事了。但他们置若罔闻。

我对这些苦念者有说不出的敬重。他们昏聩之处不难察见,但我也宁可信赖这些"愚夫"。我自诩顽皮,却唯独不敢对心爱的女人游戏。我的目光一转向她们,拘谨与诚挚、依恋与乞求、自尊与敬慕……一齐生出。我永远感激她们所给予我的一切。我在这几十年的遭遇之中甚至发现了一些神奇的原理:无论是多么博学多才、心气高远的男子,在特定时刻,都会领悟到一个心爱女子的深邃与博远,领略她那颗明净而尊贵的灵魂。只要这女子温柔和煦,就会生出难言的深刻与尊贵。她在德行方面,永远是男子的师长。我常常惊异万分地注视着这一发现,坚信不疑。即便是未经雕琢者,即便她不识一字,也仍然不失其深奥绵长。她们舒展和缓的眉梢会透露出人生的全部恩惠与从容,那令人神往的自信,一个男子何曾有过!

我不得不承认,我越来越恐惧于失去她们的援手。她们的支援之力,巨大到无法形容,这些,愚钝之人无论如何也难以感受。由此我又想起了那位滑稽多趣的远亲淳于髡,他与大儒孟子的一场有名的辩论。人问:"男女授受不亲,礼与?"孟子答:"礼也。"人又问:"嫂溺,则援之以手乎?"孟子答:"嫂溺不援,是豺狼也。"如今有灭顶之灾的不是女子,而是男子。他正忍受思乡的痛苦、疾病的折磨、事务的缠裹、孤单的煎熬,再加上对未来的茫然……这一切需要多么坚韧的毅力才能战胜。我一直未对他人透露的是,近半年来我时常感到左胸不适,还有折磨人的脚气病。我未求助医师,而是自己小心翼翼地治疗。长期以来我都是一位好医师,曾在三年多的游荡期间为人医病。我当年以善用大黄出名,百病皆求之于泻。人之虚弱委靡,是为毒火攻讦所致,欲扶体必先驱毒。可是多半年来自我医治并未奏效,疾病时好时坏。特别是脚气病,夜间痒得不能入睡。这反倒使我多了忆想的时间。

我与卞姜多有分离。我们的婚姻既早且好,算是最为完美的姻缘。她嫁我时刚刚十六岁,身体纤细颀长,双目柔煦如同春水。我一想起这一生有可能伤害她,就感到战战兢兢。这伤害会是难忍的、无意的或不得已的。反正我总担心会有那些伤害。她最初的痛楚和哀哭令人一生难忘。我曾暗下决心,用一个男子的忠贞和强大、迎接万千繁琐和操劳的双手,像捧起一个婴儿一样,小心地照管她。我会让她一生免除饥寒之苦,身体丰腴硕胖,容光闪烁,双眸明亮。后来她的确变成了一位高贵华美、体态丰盈的夫人。她从来不曾浓妆艳抹,因为她的资质太优良了。

我爱她到寸步不离的地步。我因这过分沉溺之爱而一度变得孱弱。她的款款细语足以支持我长久的热情,她对情感的洞察细微又使我愈加贴近。心与心的紧密难分、生命的知遇之恩,让我们共同拥有了一段最珍贵的岁月。我甚至因为她而减少了对淳于髡的厌恶之情。

我并未见过这位先人、徐乡城的奇才。他理应博得后人的尊重。我生得太晚,但我出生后他仍健在,而且是齐湣王手下一个最为特殊的人物。他活跃于诸国之间几十年,得到的爵位和赏赐数不胜数,几代齐王都与之过从甚密。就连傲慢的梁惠王也对其敬佩不已,两人曾有过三天三夜的长谈。这对于家道衰落的贫儿、一个入赘者,已经是个奇迹了。我从小受过母亲教诲,嫌其"忘族卖才、取悦雠仇"。我开始甚至不愿娶卞姜为妻。先是她娇美逼人的容颜攫住了我的魂魄,后是她过人的睿智和德行战胜了我的心灵。

我们一开始就有许多相似的话题,其中之一是关于淳于髡。她认为与其说淳于髡服侍了强齐,还不如说他襄助了庶民。其理由是,她的这位远亲运用自己的睿智与勇气,来往于齐、鲁、燕、赵之间,直谏于帝王诸侯之中,避免了多少战乱,革除了多少积弊:这正是男儿的良知作为啊。

我并未立即赞同。不过她的话让我不得不去思虑一些至大问题。这一切常在脑海中纠缠不清,让人痛楚忧烦。民生与社稷比较,民生至上,社稷次之。可是社稷即民生啊——我对这长久以来的思路开始怀疑了。这也是我对卞姜的爱所促使,让我有勇气去触碰这个绝大的命题。也许淳于髡超越了社稷,走进了民生。可是我却因为他而耻辱而愤懑。他折损莱夷的是什么?既非自尊,又非物质。江山固在，人民固存。齐灭莱夷久矣，莱与齐的疆界只能刻在心中。莱齐混血，共抗暴秦，可秦统一之后的齐秦之恨呢？此恨绵绵无绝期吗？

我哪一天才会真正原谅那个足智多谋的远亲？

权衡忠勇道德的至高原则又在哪里？

这一切我终会探究个清楚。现在我只是沉浸于往日的温馨，寻求于彼岸的幸福。我在这难以摆脱的纠缠之中，忆想和愧疚，兴奋和哀痛。我在无法解脱的矛盾蛛网中挣扎，为了你和她——为了你们……这种种难言之苦愁、之焦思，即便"日服千人"的田巴再世也说不分明……

一切缘起于那次远游。完婚半年之后的卞姜为我打点行装。我将要去齐都临淄。这是第二次临淄之行，心中说不出地兴奋。第一次去临淄我还是个孩子，稷下学宫的老先生们说我是"一个娃子"。那次受了母亲的鼓励，她说那里聚集了天下第一流的学问家，金碧辉煌的厅堂里日夜辩论激烈，声音洪亮，手掌翻飞。我仿佛望见一个个诸子们目光炯炯，面红耳赤。母亲话语中对淳于髡多有指斥，但又认为他是莱夷人所能贡献的最为聪慧的人物。"你或许能见到他，不过他也该老了——他比我还老呢！他二十多岁时我见过，那时他穿得可真寒酸。"

第一次去临淄没有见到那个名声不佳的老人。当年稷下学宫已隐隐露出败相，虽然看上去一切依旧。最老的先生相继去世，只剩下了荀况。齐襄王雄心勃勃，重修稷下学宫，提稷下后学为"上大夫",但稷下学似乎再也没有了往昔的沉厚宏阔。我一意追寻那个姓淳于的老人,却渐渐被齐都的繁华弄得头晕目眩。这是真实的情形,我作为莱子国的后裔,有时是羞于袒露真实心情的。我好像在极短的时间内就明白了莱夷何以灭亡。在更为强大和开放、自信得近乎松弛的邻邦面前,那个严谨而粗犷的游牧人的城邑是难以抵御的。我承认在齐都三天之内看到的洋玩艺儿,抵得上莱地十几年的观览。这里才称得上世界之都,车毂击,人肩摩,连衽成帷,举袂成幕。大街上美女如云,身上的各种饰物叮当作响。我像一个迷失了旅途的人,久久伫立十字街头。

卞姜叮嘱我早些回返。我们已经难舍难分。我知道强大的思念会阵阵催逼,让我无法忍受。是什么吸引了我在这样的时日远行?是华丽的齐都吗?是母亲的目光,是她的目光指示之处。

她让我从齐人的陌土之上寻觅一颗种子。它被我的祖先遗失了。齐人用弓与马征服了莱夷,可当年莱夷有世界上最好的弓、最快的马。莱夷人织出了天下最绚丽的锦缎,煅出了天下最锋利的长剑。然而这些都未能延缓它的消亡。关于民族之谜是最有诱惑力的,我一生都会致力于这种破解。我心底常常滋生出悲凉彻骨的、奔赴和投入的勇气。

那次去临淄并未如想象那样简单。我在异国徘徊得太久,耽搁得太多。直到那个早晨,我与荀况的学生亨话别——这是荀况最小,也是最有才智的弟子。亨中等个子,气宇轩昂,说话时明亮的目光总是紧紧盯住对方,鼻翼翕动不停。亨当年刚刚十八九岁,坐时身躯挺得笔直,服饰洁净简朴。世上再也没有像稷下学子那样嗜好辩论的了,而在后学中间,再也没有比荀况这个最小的弟子更好地承袭这种风气的了。他在即将分别的时候也抓住一切机会与我辩驳,使我不得不认真对待。

好在这次辩论刚刚开始即有人敲门。进来的是一个女子,神情出奇地平静。与这位小弟子一样,她也穿了简洁的服装,但细看起来做工却讲究到了极点。与其他女子不同的是,周身上下没有一件饰物。这在上层女子中是绝无仅有的,就连我对面端坐的亨,身上还挂有闪闪的玉佩。我以前见过她的侧影,只是一闪而过,知道她是一位史官的女儿,叫区兰,饱读诗书,是城内闻名的才女。这次近在咫尺,我的目光刚刚抬起,立刻就有一种灼烫的感觉。

她那对圆圆的、漆黑的眼睛甚为特异。她似乎只是不经意地瞥了一眼……她与亨是一对挚友,还极可能是一对恋人。这我完全凭一种感觉。可是那轻淡的、一闪即过的目光却使我脸上留有长久的烧灼感。我差不多没有听清他们在说什么,只是后来才发觉两人的声音渐渐激烈起来。原来亨又不失时机地与区兰进入了新一轮辩驳。与之形成鲜明对比的,是区兰那平缓而执拗的声音。这声音可真美,柔和得能融化坚冰。她义理清澈,驳难析疑中透出别样的温情。也许这就是让我产生那种判断的依据吧。对方却毫无通融,步步进逼,言辞愈加锐利。区兰笑了。

这一笑使她显得何等妩媚。我再没忘记这一笑容。我想这是一生中所看到的最美的笑容之一。

可是她这一笑却激怒了那个辩驳对手。亨立刻气恼站起,嘴里发出呔的一声,拂袖而去。

区兰不愠不怒地呆在原地。后来她缓缓转身。那黑漆漆的目光又掠过我的脸颊。我这一次发现她的脸倏地红了。她好像叹息了一声，垂下了长长的睫毛。当她重新抬起眼睛时，那目光闪出了双倍的明亮。

　　我说，我被她阐述的义理给深深打动了。

　　她并不急于谦逊地表述什么，只是略有好奇地看着我，认真倾听。她不自觉地微微张开嘴巴，让我在不经意间看到了那白玉一样的牙齿。

　　我无法将其忘掉……

　　后来，当第三次去临淄城的时候，我发现自己心里正装满了特异的急切。真害怕这种心绪如河水般将我淹没。我深知母亲的目光蕴含了什么。这一生，唯有母亲，让我一想起就满面羞惭。使她失望之处真是太多了。可是有些命定之物人是无法回避的，这是我后来才明了的一个玄机。我终于得知遥远的临淄等待着的到底是什么。

　　许久之后，当我们可以无所禁忌地相互倾诉之时，才知道这真是无可逃脱的命数，它融合了人的全部欣悦与悲伤，还有那沉重如磐石的、注定要落在肩头的使命。

　　区兰说她那一天像被一只手推拥了一下，不由得要迈进亨的房间。而这之前他们之间刚刚有过约定：每个月只相见一次，各自研修。这主意当然是亨首先提出的。她谈到这个荀况晚年百般宠爱的小弟子时，立刻满面羞红。看得出他们之间既有过热烈的爱慕，又有过难言的龃龉。对后者区兰闭口不谈，偶尔触及即颇不自然。她只说亨原来绝非如此，他是过于执迷老师的义理了，对先生的"天地者，生之始也"、"天地合而万物生，阴阳接而变化起"倒背如流。先生仙逝之日，是他悲伤欲绝之时。从那时起他就不通儿女私情，却愈加精于研琢。先生的学问在他那儿几经打磨，已经光可鉴人。他抄录著述可以几夜不睡不饮……区兰说他们从小一起求学、研习，他与她，已像同胞兄妹般熟悉和亲近。她说得泪花闪闪，把脸转向窗前。她说那一天她是无论如何不能安坐案前了，总有一个无声之声在心底提示：快些去罢，如若耽搁就是一生的惋惜了。她于是不顾那个约定匆匆而来……跨进门，一切如旧，亨身躯挺直，与人驳难。可是她感到一种异样的重量落在身上。"哦，原来那是你的目光！"

我们紧紧相拥。我可能一生再无悔疚——这奇怪的感念在与卞姜最初时也曾产生过。我多么幸运又多么轻薄，可又的确找不出什么虚伪之处。我真实地感知了。她们都是流进我心头的泪珠，让我有了终生的润泽。

就像对卞姜的感觉一样，区兰是我生命的一部分。她一连几个时辰在我身边，久久伏在我的胸前。她后颈上金色的茸发让人无比爱怜，我伸手轻轻抚动，领受那种滑滑的、丝绒一样的触感。这又让我想起猫咪颌下的温暖与光润，想起它们那柔顺可人的一切。她的耳垂、手指甲、下巴，都能使我涌起阵阵感激。我甚至急于把这一切告诉另一个人——母亲不在了，这人世间最亲近的也就是卞姜了。我的极度幸福和欣畅必须与她分享。我已经不能支持了。

冷静下来我才知道自己多么荒谬。下姜会伤心以至绝望的。她有过人的悟性和宽广的胸怀,可是她仍将无法承受。她爱我容我,首先只是爱我。

区兰承袭了家学,是当时唯一一个出入稷下学宫的女子。齐王在她十一二岁时听过她驳难析疑,大喜,第三天传话要蓄为宫妃。她那个史官父亲踉踉跄跄奔得家来,泪水涟涟抱住女儿。女儿得知了原委,马上跳出父亲怀抱:"给孩儿一把短刀吧!"父亲问何用,她说到了那一天用呢。

齐王只得放弃这一念头。不过在临淄街头,齐王华丽的车子每当驶过她的身边,总要停留片刻。齐王在车内发出一声长长的叹息。

也许就是那声叹息吸引了我。我极想见识一下齐湣王。传闻中这是一个爱士如命的角色,只要听说有士自远方来,必放下手头的一切驱车远迎……当然这只是开始的情形,及至后来,那些士们口沫横飞,他就斜着眼瞧他们了。我通过亨和区兰的父亲见到了这位齐王。原来他是一个瘦削的中年人,与别人不同的是,他通体瘦削,唯独小腹高高鼓起。这种特别的体态让我不太舒服。

齐湣王把我视为境内之"士",一会儿热情一会儿冷漠。他也许寂寞了,竟然想与我讨论义理。我只把他当成亨一类辩驳对象,出言犀利而无所顾忌。齐湣王从座位上起立三次,最后又沮丧地坐下,发出长长的一声叹息。

我想说,这叹息真是很美的声音。

最后潜王挽留我长住临淄,并许诺赐我田舍。我坚辞不受。

我对区兰复述了那声叹息,她笑了。我们一次又一次拥吻。那个紫玉般的夜晚我们几乎一夜未眠。诉说太多太长,今生也难以收束。我们只能相互揩掉感激的泪水。

我周身都充斥着她的气息。这气息已渗入血流,又从毛孔溢出,风雨和时光也洗它不去。我渐渐害怕与亨对坐,而他却抓住一切机会与我辩驳。过去我们辩论互有胜负,而今我却节节败退,使亨得意中又有些手足无措。他终于对我失去了兴趣,斥为"毫无长进"。看着他那翕动的鼻翼、秀美的眉梢,我无论如何觉得不可思议:不爱美人爱义理。

而我从区兰还有卞姜身上,却感知了深刻的义理。原来它们共为一体,同物异形,只在不同的时刻闪射出不同的色泽。

原以为临淄之行只是短暂的分离,想不到如此之久才回返莱夷。卞姜在迎候我。

我不敢迎视她的目光。她吻我,泪水湿了面颊。"说了吧,我的君房!"

我就说了,我的卞姜……

如果在海角,像我一般的人物没有三两个妻妾倒也不可理解。可是我曾对卞姜信誓旦旦:今生只与她厮守。轻若鸿毛的誓言,男儿的誓言。她哭过了,最后催促我接回区兰罢。

至今犹记齐潜王那声长长的叹息。可惜的是后来,是他对稷下学子的背弃。几乎所有出自稷下学宫的言策义理,都被他视为虚言妄义。而这之前不久他还说"寡人甚好士"。他原来只想模仿先王,并期望做得有过之而无不及。之后,他那叹息代之以威厉的呵斥,稷下学士四散奔逃,游学他方。这使我特别关心荀况老先生的小弟子亨。每念及亨,我的心中就有难以抑止的亏欠之感。我的关切是由衷的。因为后来我与临淄渐渐疏远,与亨的朋友也难得谋面,关于他的消息只是道听途说,难以确证。有人说齐湣王与学子闹翻了之后仍与亨少有交往,并借机打探过区兰。也有人说齐湣王在五国合纵伐齐,燕人攻入齐都时逃奔莒地,稷下学士中唯一追随他的就是亨了。也有相反的说法,说亨在这之前很早就与齐王分道扬镳,当时亨心情恶劣,一方面因为齐王对稷下学士虚与委蛇,另一方面是区兰的离去。他出走临淄,再无音讯,而且多半是"小隐于野"。

后一种说法更能令我信服。我深知一个男子是不可能漠视区兰的。

齐湣王治下的齐国由盛而衰。他自视甚高,却无力抓住历史赋予的良机。随着齐国军事上的节节胜利,他再不提"寡人甚好士"了,忙于对外扩张,利令智昏,将稷下学士的一切谏言都视为迂腐不通。结局即是后人所载:"南攻楚五年,蓄积散;西困秦三年,民憔悴,士罢弊。北与燕战,……而又以其余兵南面举五千乘之劲宋。"

齐湣王的残生竟至如此:五国合纵伐齐,燕攻入齐都临淄,齐湣王逃奔莒地,复被杀身亡。齐国遭到空前惨败,几近亡国。

齐湣王被杀的消息传到徐乡之后,立刻引起了震动。莱夷人普遍感到快意,认为这一结局是对连年扩张、倨傲凌弱者的最好回答。而在我内心却是复杂的意绪。起初我和卞姜、区兰都同样震惊,之后是唏嘘不已,是或多或少的追忆和总结。区兰来徐乡已有三年,算是明媒正娶。她与卞姜亲如姐妹,融洽之至,已传为美谈。她听到潜王被杀的消息时,正在剖一条青鱼,手一抖,割伤了左手拇指。殷红的血立即染了垫板,女仆惊得大呼——她们一直反对夫人下厨,可是夫人坚持要亲手为我煎一条青鱼……区兰顾不得包扎伤口,僵在了那儿,直到我和卞姜跑来……

我眼看她的颊上两道泪水流下。我的惊讶并不亚于听到齐王的噩耗。我再一次体味了一国之君的崩溃给予人臣的强烈震荡。我知道区兰对齐潜王的藐视和不屑,她甚至多次背后取笑,对他后期的荒谬无道,更是愤恨交织……这其中似有不解的奥秘。与其说她为身亡的潜王而流泪,还不如说是为自己的母国而悲伤。她凭直觉理解,即便是一个无道之君,如此的结局也预示了社稷的悲哀。对于她而言,这真是来到了国破家亡的十字路口。

她的父亲已到迟暮之年,还在忠心耿耿服侍王室,这一次生死未卜。战乱之中已难觅准确音讯,区兰直到最后也未见父亲一面。

她的死是我终生不解之谜。她虽比卞姜大一点,比我则小两岁,如此稚嫩的生命却要提前熄灭。她长期以来承受了多少沉重,可她从未呻吟,直至最后,对我流露的都是最美的笑容。时光何等匆忙,一切宛若眼前。她因爱而远离母国,告别了年迈的父亲,回绝了才华横溢的亨、能够发出长叹的国王。多么毅然果决的女子。她那一双颀长笔直的腿,一开始就让我心生惊悚。我总是小心拘谨地触动这双腿、这润滑的肌肤。一股犹如三月椿芽般的气息把我围拢、裹卷。她的永不褪萎的端庄也使我感到莫名的困惑。我从不敢奢望在漫长而短促的有生之年会遇到区兰一般温馨典雅、纯美甘洌的女子。在她面前，我一再地感到了自己的污浊不洁，还有起伏不安的浮躁心情。她则一如既往地热烈着、沉静着。

可以想象莱夷给予她多少难言的苦痛。她终生都在努力适应、融合，最终也未能如愿。她不服水土，无端地消瘦，还有过三次流产。她做梦都想像卞姜一样获一娇子，结果还是事倍功半，空受摧折。她不爱莱夷的一切：土地、山河、风俗，还有其他。她仅仅是爱我一个，只为"这一个"而来。她因我而获的痛苦，真是太多太多了。

有许多的时间我既不能待在她身边，也不能顾恋卞姜母子。我要与强吏周旋，要迎接从临淄和六国远涉而来的学子。他们先后来到徐乡城，这座所谓的"百花齐放之城"。游学的人越来越多，当代大儒在此皆留足迹。我陪他们祭乾山、登莱山、拜月主，梦想重塑稷下。未曾想它短暂得转瞬即逝。区兰生前最厌恶的就是那些"言必称神仙"的方士，像孔丘一样斥拒"怪力乱神"。我对方士们热衷谈论的邹衍"大九州"、"小九州"，及由此派生的航测与占星术仍给予认真对待。我同样不能消受方士们的装神弄鬼、他们团制的花花绿绿的丹丸。他们甚至散布长生的谎言，玩弄起死回生的把戏。这一类妄徒倒在一定程度上迎合了官家，其时几乎没有一位官宦不热衷于方士之说。

区兰病逝在那个秋天。肯定是因为灵性的哀伤感怀，庭院一棵盛开的木槿一夜间全部垂落。卞姜哭干了眼泪，抚着我的额鬓：那里陡生许多银丝。

我默然注视着邑内这场巨大操作。婚配通令颁布十日，街道场所各处尚无异样。但我早已不存侥幸，对可能出现之任何骚乱都预防在先，嘱淳于林将军加派游动卫士，并对"三院六坊"给予重点护佑。淳于林显得英姿勃勃，仿佛比往日精神数倍。

第十三日，"三院"中一位须发皆白的老者请求晤谈。他是经院元老，多有沉默，一月间说不了几句话，常令后学敬畏。这一次他突然踉跄进门，刚刚坐定就抱怨起来，说闻听外面已沸沸然，各色男子皆携一女子而去，正所谓各得其所。他潜心经卷，无暇他顾，事已至此，还请先师特别选配，以成不才之美……我耐着性子听完，惜无良策。如此踌躇半天，也接着他的话头抱怨下去，说自己忙于城内事务，更无暇为自己寻一女子，又难以对下启齿，正想找他这样的资深先生搭一援手……

老者直眼瞪了我半晌，口中"啊啊"，颓然而去。

我却毫无幽默快意。我明白自己正经受前所未有的苦厄，心中再清楚不过，我与离去老者有同病相怜之虞。我觉得自己真的老了，腰弓，双腿出奇地沉重。我发出了一声长叹——这声音让我想起几十年前齐潜王的那一声叹息。

每日都有人来按时禀报。我不满足于他们的照本宣科：某人于何日完婚，年龄、家世、籍贯，自愿婚配云云。我总是打断他们，所问之事又无足轻重。我察觉自己的脾气在无端增大，于是让其一一念来。这种禀报繁琐之至,三千童男童女,外加他人,要开列一长长名单,似乎究之过细。后来我令其择要报来,只需将伍长、"三院"先生以上者逐一禀报,其余略可概说。

令我大吃一惊的是淳于林将军:他已择得十八岁少女,且为莱夷籍人,父母皆为桑农。

我大声追问一句:"自愿婚配吗?"

"正是。"女子甚为畅悦。

"嗯……"

接着我就有些疲倦了,于是禀报终止。脚气病在不经意间发作,不得不唤来医师。他为我抹一些暗黄色的药汁,散发出一股硫黄臭味儿。

为了抑止双脚的奇痒,我在暮色中奔出营帐,一阵疾行。卫士大为诧异地跟在不远处,相互观望。我从"六坊"转到"三院",但并未驻足,又急急奔向城北,在城门四周徜徉片刻,又复返城。我在铺了砖石的东西大街上走过,低头看着车辆留下的浅细辙痕。它在刻记这座新城的历史。街道上行人稀疏,他们不断抬头观望。大概城内没有几个人不认识我。偶尔也可以见到几个土著,其衣饰已与他人无大差异,只有神色与肌肤、五官身躯等标记了自己的血统。这些土著入城日久,大多已能操作"六坊"工艺。向土著开放城邑是我的一个重大举措,我深知此举实是利大于弊,不仅可补城内百工劳力之缺,而且可加快同化。土著居此有五代之久,对本地脾性奥妙所知甚多,正可传授,此为紧要之需。

暮色中的街巷仍然寂寥,可见新生繁衍再不敢拖延。双脚之痒似有缓解，我往营帐走去。

淳于林已在帐外等候多时，我邀他速速入内。几日不见，这位将军愈加神采飞扬，眉宇间全是喜气。我除了致贺之言，别无他辞。淳于林将军谢过，接着颇为严肃地说出两件大事急需禀报。

他说三千童男童女中的女子已经全部婚配完毕，少有越过禁令者，总之皆大欢喜。偶有违禁者，已给予严惩。我忽然记起一事，打断他问：

"那个叫'水胖'的女子呢？"

"她自然去寻那个铁坊的匠师了。"

我感到宽慰。淳于林继续说下去："只是女子少而男人众，如此一来，平添愁苦。土著女子中多有愿嫁者，又恐血源不同，禁忌固大，想请先师定夺……"

我明白此事关乎重大，一时难以决断。我让他再说第二件事。

淳于林吞吞吐吐："这第二件嘛，是关于先师您的……婚姻！那女子原在丝织坊，先师见过，不曾留意而已。她倾心先师日久，只是不敢，这一次几经择婚者催促也毫不动心，焦虑中对我吐露心事，说愿服侍先师一辈子……君房，这是天意啊！"

我的心跳有些加快。我不信会有哪个少女甘愿如此。但我忍住了，问是哪个少女。

"她叫'米米'。"

"不可。再不能有第二个区兰了。我有爱妻，她在彼岸……"

"谁没有爱妻？"

我仍旧摇头。

第四章

　　闲下来的时候,我愿一一比较那些有意思的人物。这些人物曾在不同的方面执掌重权,正可谓炙手可热。人世间执掌权力的方式和兴趣原是各种各样。我不能将其一古脑地混到一起,而只愿分类比较。我不相信人的兴趣是一样的,而只能说人在某些方面的兴趣是一样的。

　　对于有些人物,不消说,我有点爱恨交加,喜厌参半。而另一些,我在激赏其才华与谋略的同时,简直要生出深深的憎恶。有一些人虽让我信赖和依托,给我人生的温暖和安全,可也正是他们让我产生出长长的嫉妒。这后一种奇特的情感妨碍我与之更加亲密无间,并滋长真正的痛苦。这种心情是有害的。

　　秦王嬴政对我而言真是魅力长存。我承认私下里琢磨他的时间最长,也最有兴味。较之另一些同样贪婪于土地、人口和骏马、兵士的野心家,如齐湣王、楚王、梁惠王之流,秦王倒要有趣得多。直至晚年,他的顽皮劲儿还是十足,迷恋于各种不成体统,其实也并无多少指望的实验。这些实验像儿童闹剧,来得快去得也快。这与他盛年的一些颇为严肃工整的决策相比,既草率随意得多,也有趣得多。当年他修万里长城、缴天下兵器以铸铁人、统一度量衡和文字,每一件都做得惊天动地。于是他博得了"大手笔"的美称。只是后来,当他听到了身后那一只时间的"黄雀"在振翅,这才开始把目光收缩回来。回视往日的伟业,他感到自己何等幼稚与可笑。

　　我深知,人也正是在"幼稚与可笑"的时候才会有伟大之举。

人在感悟了天命之后，就会表现出疯癫般的好奇和令人难以置信的顽皮。

嬴政竟能如此荒唐，违背人人皆知的常识，将纵横征战、日夜操劳的疲惫之躯投入三千粉黛之中。他误以为亲近青春必获得青春，青春也像流感和脚气病一样，能够相互传染。

失望之余就是贪恋丹丸。他不仅求助于术士异人，而且还亲手搓制起五颜六色的药丸。好在嬴政颇有心眼，他兴之所至弄出来的丹丸总不愿第一个品尝。伴他左右的尝丹宦官忠诚而蛮勇，可以大口吞食。他们不止一次手捂肚腹在厅堂乱滚，哀号不休。但为了观测药力，医士通常并不援手，或等待缓解，或眼看气绝身亡。试丹者死去，秦王总赐以最好的棺木，加以追封。于是竟成美差，宫内人踊跃补缺。

天下最有名的术士不断被引进咸阳。秦王也由此大开眼界。他第一遭见到东海人时，对他们光滑的肌肤、炯炯发亮的双目，感到好奇。他甚至推测东海人食鱼日多，且祖辈出入海屿，混生出锃亮浑圆的鱼目也未可知。最令其惊诧者是黄县人氏。该县为秦王天下初定后第一批钦定的郡县，管辖范围颇广，囊括了临淄以东的大片沃壤，属东海重镇。黄县人头脑活络，长于经商，身材颀长，口音怪异如同鸟鸣，过于喧哗。秦王对其多有异趣，特别喜爱他们携来的贝壳、珍珠、鱼骨，以及用此类物品研琢的玩器饰物。其中有一种异香扑鼻之植物，名曰"邕草"，可悬置于厅堂。此物原产于东海，在碧波万顷之仙岛，其地扑朔迷离，幻化无尽，常有仙人居之。邕草仅是黄县沿海一带渔人偶然迷失方向漂至仙岛所获。该宝物不过是海中万千珍品之一耳。

秦王惊喜非常。他突然记起李斯为其演示的"大小九州"之说——当年丞相李斯来秦不久,异端颇多,将六国学说一一道来,给秦王印象至深的即有孔丘、荀子之说,再就是邹衍这一奇论。东海仙岛想必是"九州"之一,欲登州必得求助于舟船。妙哉奇哉!从前齐国也多有美女、饰物、玩器传来,除齐都宫廷使者馈赠,大多为商人所携。咸阳城内有人戏言,说齐之商人手眼通天,除了不能摘下月亮,什么都能搞来,只要获利丰厚就成。

自从齐潜王问政以来,秦王从齐国获得了不少好处。此人极重名利,对文治武功心向往之——这也是古往今来所有人主未能超越之处。齐潜王一生可分为三截:一截求士,二截重商,三截耀武。求士是问政之初,因为临淄城以稷下学宫名闻天下,齐潜王决心发扬光大,将稷下学宫搞得轰轰烈烈。可惜学士们议而不治,大言刺疾,终于令其不能容忍。于是转而重利,笃信商可强国,名商巨贾一时宛如国之栋梁。结果商贾远去鲁、燕、楚、秦,愿为厚利而冒各种风险,全无禁忌。

秦王于是得知,咸阳城内充斥齐之物品,更有稷下学宫游说之士、落魄政客,有商人贩卖和拐挟的美女……不少齐之重卿甘愿归附,出言献策。这也是丞相李斯用心网罗的结果。以李斯之见,天下齐国至强,齐国灭则天下得。而时下齐国实属几十年来至混乱、至无法度、上下贪婪奢华之秋,正是秦国大有可为之时。一时齐之幕僚纷纷来秦,大量稷下学士游来咸阳,商贾重金一掷长安。

齐潜王的耀武时期,齐国已近尾声。商业的畸形繁华遮掩了国力虚脱,一度真正强大的齐国已堕于谵妄混乱之期,底气虚羸。这时的齐湣王颇沉不住气,十分任性,疆国之争若姑嫂斗气,动辄举兵,终惹得周边怨怒,结果换来一场"五国合纵"。齐湣王逃亡莒地,被杀身亡。而后虽经齐襄王、齐王建倾力为之,偶有振作,但毕竟大势已去。公元前二二一年,秦王寻得一个时机,自燕国南下攻齐,虏齐王建,齐灭。

几年前,巧言善辩的齐国巨贾来咸阳,献齐地奇巧予秦王,博得嬴政赞叹。巨贾立即不失时机地再度邀宠,说秦王英勇盖世,名满天下,何不去东海一游?秦王大笑曰:"大王足不出秦,留待来日罢!"

这一天说来也真是快啊。

当秦国疆界远达东海之后,这个狄戎之王未食前言,立刻准备第一次东巡。他带着极大兴趣走出咸阳。对于东方,他心中充满了神秘感,还有无尽的渺茫。神仙闪现出没之地在齐国之东,那里是古莱子国,接连了碧波万顷。他让史官找来所有东海卷宗,认真研读了莱子国史,对这个骑马民族的迁移史、兴衰史好好琢磨了一番。

这些可从对答中得知。我在第一次拜见始皇时,就为这个帝王的渊博所震动。他对莱夷的始祖、孤竹与纪两个氏族的分合、莱夷人定居海角的一干旧事无所不晓。我在暗暗惊诧中有了一个决意,于是并不讳言自己是莱夷后裔,但却掩了三去稷下的行迹。我欲强调的是这样一种民族心理背景:莱夷为齐所灭,于是不能不耿耿于怀;莱夷人臣服秦国,是因为秦惩暴齐。我特别流露出自己土生土长于东海,自小追逐神仙术,传得衣钵。

秦王大喜,命人赏赐玉帛。于是一场游戏、一场亘古未有的艰难斗智开始了。秦王做梦也没有想到对面的"方士"会成为他最后的对手。比较这个对手而言,他知道对方的东西实在是太少了。我在这场斗智中一开始就处于有利地位。我在暗处,并且是有备而来。比如说我曾花费几个月的时间研读秦史,对秦王所有重臣,特别是赵高、李斯一干人物的履历也不陌生。自秦王东巡以来,浩浩车队所经之处,我都派人打探,一路风声皆入我耳。

这个阴鸷的暴君必遭报应。东巡前三年咸阳城内已发生过"焚书坑儒"的重案。秦王焚千年典籍、坑天下名儒,蛮愚之恶闻所未闻。其残暴逆行迅速传至东海,所有学问家、政议家、名士儒生,一时皆隐于民间海角。徐乡城的方士之多、术士之盛,都达到一个极数。这是不幸之秋的一个奇迹,是莱夷故地最神圣的一页。也许只有它才能稍稍挽回一点莱夷的亡国之辱。我作为一个贵族后裔,在连年颠沛流离、游学思虑的痛苦之中,走入了连自己都陌生的精神之旅。我开始稍稍收敛那种顽劣的游戏之心。我在不自觉地改变自己,由一个复国主义者变成为一个充满疑虑的探求者。也正是这些年,我对心爱的区兰之死越来越感到惋惜。

毋庸置疑,她死于亡国的忧伤。莱夷早已化为齐的一部分,但在她心的深处,唯有临淄才是齐的象征,正如同徐乡是莱夷的象征一样。我敢设问:如果齐国在齐潜王的掌握之中,举兵四邻,民不聊生,齐国再强固、再威赫,于他人幸福又有何益? 不仅无益,而且只有灭顶之灾。国内权族交织，弱肉强食，富贾官家沆瀣一气，即便葆有社稷之尊，于民又有何益？

盲目而昏聩的民族主义者实为不义。狭隘的爱国者总在国君、国土、国民……之间陷于迷惘，丧失为人的大悲悯。其间关乎人的大自尊、大义理，尤其不可糊涂妄议。社稷其名也恩重，于是就尤其不可借其名而妄其行。离开了义理去讨论利益，必有妄行。区兰在为齐之灭亡洒下悲悼之泪的同时，也该为齐之新生给以祈祝。朽木已崩，新生未成，妄行背义的齐潜王哪值得区兰如此同情？

比起她的齐国，我的莱夷，我想还有一个更为尊贵之物，那就是应有的义理。它当然要包含对母国的忠贞，可是真正的忠贞总是对义理本身无损无污。比如说我不能因莱夷之利而损伤齐民，更不能为它的千秋永立而使万民涂炭，掳掠四方。

对这一切的索源驳难确是精严到不可想象，非得面壁功深之人而不可得。一般的"爱国者"唾手可取，他们可以一任性情，而那些大爱国者何其难觅！他们除非有大眼光、大境界不可，他们的挚爱之心不可稍稍剥离至真的义理，二者总是并行不悖。他们将终生为之探究。所以我衷心、倾慕的，就是这些为至理不辞辛苦、不畏艰难、游走四方之士。他们当中杂有名利之徒也原不为怪。这一类人嗜名利如性命，趋之若鹜，也恰是士的死敌。他们与鼠目寸光的历史投机者一样，是战乱、饥馑、倾轧之源。他们没有义理的热情，而只有权变之术和苟且之巧。

秦王焚书坑儒的讯息传来，莱夷人如闻哀声，如见烈焰。这个愚蛮残暴的狄戎之王一举焚毁了所有典籍,随之又屠杀了儒生学士。火与坑焚毁的,不仅是记载和生命,而是人类的信托和希冀。

我跪拜秦王之时曾在脑海中闪过:我与齐王之恨至少也掺杂了"私仇";而与秦王之争,却完全是面对了一个"公敌"。

恨到一个极处,人也将沉静下来。我与嬴政的周旋看似稚儿游戏,实则沉静深远。我之追随者有方士三千、挚友两百。他们言说神仙,巧言善辩,祭祀、丹丸、道法样样皆备。他们一致推我为方士之首,大肆吹嘘,说我有呼风唤雨之功、移山填海之力,上通神灵,下达冥界。总之我平生最为厌恶之物,一时却无不揽于自身。

秦王身边有一形销骨立的男子,即丞相李斯。皇帝东巡须他相伴,可见此人之重。他面色萎暗,目如蟒珠,闪射紫光。一股阴凉之气从其身上生出,散射到四周,让人有悚悚之感。这是一个真正厉害的角色,属暗拨乾坤之流。略翻史册可知,此类人物总是威重半世,最终却未必逍遥。我愿给予至厉之诅咒。李斯首先对稷下学士背逆,其次又辅助和借重暴戾。早在焚书坑儒前数载,他就构陷害死了天下最杰出的人物韩非。他与韩非同属荀子高足,当年韩非来秦也为投奔学兄。秦王与韩非畅谈痛快击节,即引起李斯嫉恨。其时他已非昔日可比:当年从上蔡西投秦,在吕不韦门下做幕僚;后被秦王拜为客卿,言听计从,擢升廷尉,终于跃居相位。韩非之死,李斯难逃罪责;焚书坑儒,李斯当为学奸。

我回李斯话时格外小心。此类卑鄙人物素喜言辞贿赂,我即转而大谈其书写之美、学问之深。李斯得意地发出几声干咳。因为第一次东巡赵高并未随行,所以他更无所顾忌,吐言放肆,对前来拜见的方士随意侮辱,以泄胸中莫名之愤。开始我略有不解,后来渐渐明白:咸阳儒生全部杀绝,左右只剩下一班臣僚,无人与之谈诗论文,更没有智力较量,于是也心生寂寞。方士们唯唯诺诺,一片颂词,终于使其不再耐烦。他想挑逗方士与之辩论,但终未如愿,焦急之中自己放言无疆,大谈先师荀子,还有孔孟、儿说、宋钘,直说得额头汗迹斑斑。他后来猛然转身盯住我:"你等怎不发一言,嗯?"我忙施礼:"在下只晓得些神仙事体……"

李斯咆哮几声,再不出帐。

秦王兴致高时去琅琊、成山头,并让我与几个方士随行。真是天赐良机,我一路未曾停止宣讲"神仙",并多次出示能够"长生"的彩色丹丸。这种丹丸只不过是用鱼骨粉搓成,吞服无碍。

从琅琊归来十日,有人报黄县北岸海中出现幻象奇景。因为快马来报,路途又短,所以当秦王一队人马赶至海边,海市蜃楼正演示清晰,闪烁迷离,愈加生动。如此情景直延续一个时辰,秦王看得大醉。我当即指出这是神仙所为,所演示者即为仙人境界。

秦王那对细长眼稍稍瞪起,盯得我脸上发疼。

"欲求长生不老之药,必得抵达仙境!"

始皇瘦削的双肩抖动起来,脸上肌肉阵阵牵动。这是我第一次,也是最后一次看到这个千古一帝兴奋成这等模样。我默默等待。

"那你与我速速取来!"

我摇头:"谈何容易。仙境遥在天边,其间又有恶浪巨涌,非巨舟大舸、人众粮丰而不能至……"

"朕为你备下一切!"

秦王一声令下,船场即开,黄水河湾一片斧凿之声。我被封为始皇寻仙船队命官,船场、征粮秦吏和兵士也由我统辖。一切想必不会顺遂,因为李斯很快布下自己的耳目,名为辅助,实为监督。我不得不将一部分精力耗在李斯身上。有几次李斯甚至公开将寻药一事斥之为"大谬",我都冒死力谏,方才挽回。秦王未必对海角方士笃信不疑,只是奢望日盛。

李斯无法解释海上出现的奇景,于是一连多日在海边游走,踽踽而行。侍从高举冠盖为其遮风蔽阳。海市蜃楼本无预测定时,李斯终究空手而归。齐郡守在十日内竟数次来船场督察,并伏设无尽麻烦,可见若不是秦王旨意,他可以轻易取缔船场。寻仙药、长生,眼下还只是秦王一人之事,无论李斯还是其他人,都不过阳奉阴违。他们只把嫉恨与仇视撒在方士身上。李斯与齐郡守将使我在船队出海之前就精疲力竭。

比较而言,李斯及其同僚不太相信"仙人"居地,也不奢求"长生"之药。但他们认同邹衍开创的"大小九州"之说。同是百艘楼船入海问路,李斯企盼秦之武威远播"九州",而嬴政王更多想到采回仙药。看似荒谬的嬴政比起丞相李斯更像一个"醒者"。李斯博学,也更贪婪功名,为此可以舍命。嬴政则与之相反。扫平六国之后,尽管天下颇不太平,危机四伏,始皇帝还是顾不了那么多。他以一己之躯面对整个天下,深知命之不存,九州尽取又有何用?既然"朕即天下",那么朕不存则天下不存。

李斯则要多情一些,对社稷山河、对嬴政王,皆自作多情。"千古一帝"都在全力准备自己的后事,一个丞相又算得了什么?

如上是我对李斯一伙的苛刻。比起一个学士的叛卖、以同类鲜血换取荣禄者,更厉的诅咒也都使得。入夜我在船场巡察,心中苦痛非人所知。我对丞相灰暗的面色略有吃惊。我想这是阴毒之火、殷勤低贱的操劳加在一起的折磨,他不会有更好的面容了。人的心绪性情会浮上仪表,嬉戏、荒唐、庸俗者,或者是端庄整严、缜密不苟、求真自省者,都会在眉宇间留下痕迹。我曾震惊于自身面部微小而明晰的变异——我不止一次恐惧于铜镜,深感在其面前暴露无遗。每当自己过于嬉戏,不思进取之时,面部即有轻浮之色;而当我精进不懈、心怀辽远之间,铜镜即映出正气充盈之态。我对此观测许久,简直无一例外。人若颓唐,故作端庄也徒劳无益。人须慎独、内守,长此以往方可敛住正气。正气可以逼退淫邪,反之亦为同理。如同李斯一类阴郁者,心绪必会对其长久滋蚀。

我不想因李斯这样的叛卖者而为学人羞愧,正像不必为那些残暴之徒而为人类羞愧一样。在这个繁衍不息的神秘时世上,圣者逝而再生,渣滓涮而复聚。闻所未闻的妄徒凶暴、触动神怒的凄惨酷烈,也将会一再生发下去。若此,人将以韧抗暴。

后人将对我东渡时间和地点、航行路线兴致渐高。特别是我那些彼岸的亲戚,面对各方猜测,必多愤懑。其实这也情有可原,因为时隔两千余年,一切皆无踪迹。有人将我东渡之日定为"农历十月十九日",并由此而生出一个"徐市节"。我心中感激有之,感慨亦有之。本人率众三次渡海,时间、地点皆有变更。但农历十月十九日显然是个错误。秦代以农历十月为年首,我未在年首出海,因水流、季风不合。三次出海时间分别为农历六月、七月、八月。最后一次即为秦始皇二十八年,即公元前二百一十九年的农历八月。

那次原打算自黄水河港启程。船场即设于此,因此地地处良港,而且丛林茂密,整个海角西北部和东部山峦皆有韧硕大树。历时六个月造起大船七十余艘,又费时两月征集粮草人工。秦吏随船者甚多,多为齐郡守所遣,其用心不言自明。起航时逢六月,天水一色。然季风、水流并不相合,船队本欲取道海角北湾,经庙岛群岛达辽东南之老铁山,东驶高句丽半岛,入鸭绿江口。此路缘海岸而行,沿岸陆上丘陵连绵,山岭凸立,陆标甚明,海内则多有岛屿,港湾锚地不绝。因在近海徘徊多时,西风仍盛,后不得不取道琅琊。

琅琊自春秋起即为半岛东岸良港。而秦王东巡时多次于此泊船,又经整缮。船队入港后大事休整,避入琅琊附近的利根湾。秦吏恐有异变,兵士遍布利根湾陆上十里,殊为可笑。这一切动作皆由齐郡守策划。齐郡守原为齐王建时一官吏,公元前二百二十一年引秦兵自燕南下,后得升迁。叛逆奸贼,其恶尤甚。

利根湾口介于大珠山嘴与斋堂岛之间,为避风绝好去处。斋堂岛本一荒芜小岛,我曾在休整闲暇率几位方士登岛,实行斋戒,沐浴更衣祈祷,故名之。十日后起锚沿岸北上,进入灵山湾。此湾东南可望灵山岛,足为海上屏障。船队泊灵山湾,经五日休养,补充淡水,继续沿岸北行。至此达成山头,亦即始皇帝登临之地。一线沿途山脉连绵,水礁碍厄甚少,小湾遍生,可随时行止。

船队驶出成山头水域,即见茫茫无际之渺。船队开始东航,直驶高句丽半岛。此时西风吹拂,间有微弱南风,一帆风顺。船行三日后,无奈南北走向海流愈盛,且自成山头至高句丽半岛的海上跨径远达几百里,渐渐偏离航向。五日后,我与驾船人及众方士商量,改航路向西南,而后绕路西行,驶达另一大港芝罘。该段航程虽遥远曲折,但天然港湾及避风锚地随处可觅,山深水阔,不失为最佳路径。

如此盘桓日久,丧失时间,及九月风向遂变,船队只得回返黄水河港。齐郡守亲临问罪,出言狞厉,命秦吏封查船队所有物品。我强忍愤激,述说航路险要曲折,并让随船秦吏一一佐证。我着重申明:为始皇帝采仙药、抵九州泽国,乃天地间第一伟绩,岂能一蹴而就?更何况船队海上周旋、搏击三月,艰辛非常,劳绩俱在,犹可为再次出航探得正路,何罪之有?齐郡守见声色益壮,言之凿凿,只得悻悻而退。

我奏请重辟船场,打造坚固楼船,一切再加周备,等待良机出航;同时择莱夷地方最精良之船夫、渔人,并携船场领班、我的挚友淳于林,备好一切必需之物品,随时轻便出海。

临行前我与卞姜泣别。她自知凶多吉少,再三叮嘱淳于林一路辅佐。淳于林是莱夷护城将军,曾秘密联手数名尉官反戈,起事前二十日秦入齐,乃罢。船队初航,淳于林即充作百工登船,原手下尉官也随之成行,只待船至中途相机事变。卞姜哭泣不止,而后一向刚强的淳于林将军也流下泪来。这使我稍稍吃惊。

我与淳于林几人只驾小船三艘,但装备精良,人手绝佳。俟一切准备停当,季节已近农历七月。此时风水正合,据渔人言传,七月间水流改向,可凭借天时沿北部海岸绕行,一直漂流至庙岛群岛。该航路已被渔民走熟,他们多次由黄水河口起航,先抵南北长山,再经砣矶岛、大小钦岛、南北城隍岛,穿过老铁山水道,抵达辽东半岛。下一段路程即由辽东驶往高句丽半岛东南,去对马、冲岛、大岛,登北九州沿岸。至妙之处是船航至高句丽半岛约一月余,正可赶上瀛洲海域左旋海流的单向自然漂流。如此只消半月余,即可登上瀛洲。

三艘航船于七月上旬如期出海。

正如渔夫所言,航路颇为顺畅,自长山列岛至北城隍岛水路曲折,然全无风险。最为可怖的是横穿老铁山水道,水色苍黑,流急涌大,令人毛骨悚然。至辽东后稍事休整,补填米水,再打足精神驶向高句丽。一路艰辛难述,几度绝望。好在自高句丽南岸募得一本地渔夫,施以重金,答应驶船。渔夫熟稔水道,而后几经风险,终算如愿。山光水丽之处可为瀛洲,然船帆只在周边小岛徘徊,难以登临。

从小岛远望瀛洲,可见沃壤千里,峰峦碧秀。淳于林恃武气盛,勇力可嘉,但临近陆地又不得不速速退却。陆上土人颇多,身着树皮兽衣,语言浊怪,持弓携棍,似不可近。

尽管如此，一干人还是喜不自禁。

在小岛上流连半月，天气渐冷，不得不尽快归去。归路风险依旧，只是较来路坦然。船至高句丽北五十余里处一船触礁，船上五人只救得一个，其余皆被急流卷裹、巨鲛吞噬。淳于林曾用弓箭射中一鲛，然其身带箭镞依旧优游。余下一月之里程有惊无险，唯随船一渔夫年迈不胜劳顿，暴发热病，挽救无效死去。归路上我与左右挚友再三议事，最后意见归一：此次迁徙为亘古未有之大举，必得成全；所计划步骤，不能有一毫闪失；择人谋事，慎之又慎。为堵塞疑迹，约定登陆后不得言说瀛洲真实，只可敷衍水路凶险，有巨鲛阻碍，不得近前云云。考虑到此一去将永生不得复返，几人齐声叹息。有老者献策云：蛮荒之地人疏土寒，区区百人不胜孤寂，日后也不得蕃茂繁华。若能一举携来数千人口，久远之未来方有大业可图……

老者所言甚是。所有人都长久不语。有人想起莱夷之南部蛮地古俗：河妖与海妖兴风作浪之际，常抛童男童女祭之。于是议定：为求得仙药，抵达彼岸，必射死巨鲛，将童男童女奉与海神。

归来后未去船场，也未急于搪塞郡守和秦吏。我只将极多时光留与卞姜和小林童身边。她与稚儿望眼欲穿，思我心碎。我未曾讲述风浪险绝下的死亡生还，只轻描淡写略过。凭卞姜之聪慧颖悟，不难理会其中的艰辛。眼下她全是欣悦，简直有些大喜过望。历经几月的海上腥咸，此刻我们紧紧相拥，只觉得她周身都散发出春草的清香。小林童轻咬拇指，我把他们母子吻过又吻。

余下的日子我一人藏入后室,杜绝一切来客。后室逼仄,但有一隐蔽通道可达草堂。草堂从来无人问津,四周有密密围篱,中间是一二亩菜田。草堂内有书简三五籍、笔管一二支。这是我一人静修之地,也是我舐伤抚疼之所。在长达三年的时间里,我曾在此览阅无数简册,抄经四十二卷。思远古,辨义理,沉浸痴迷,不知回返。卞姜居于十步之遥,我却把无数柔肠埋于悠思。夜深我尚无睡意,轻轻踱过通道,寻找呼吸之声。

母子二人已经入睡,小林童枕着母亲手臂。母子何等安详。一样的鼻翼、嘴角、眼睫,甚至是同样鲜润的肌肤。满室洋溢着槐花的香气。我听到细微的、异样的呼噜声,原以为是小林童发出,后来才看到他们身侧有一只鼾睡大猫。它肥胖浑圆,毛色闪亮,小小鼻子精巧绝伦。可见我离家后母子寂苦,养育起这可爱的生灵。

我蹑手蹑脚走开,想到最后撤离的日子,无论如何不可遗下这只美猫。

草堂离船场尚远,仿佛可闻当当斧凿之声。与母国分别的日子即在眼前。一场剧烈艰苦、难以预测的较智较力也将开始。我不止一次细细想过嬴政那细长的眼睛、李斯那灰暗的面孔。现在我是沉然笃定、敛起精力之时。我必须把一切都想在前边,不得孟浪。妻与娇儿给了我特异的力量,还有对区兰的珍贵忆想。我渐渐加强了一个理念:作为人子,我已赢获全部幸福,蒙恩盈足,剩下的只是对上苍的回报了。

我欲施行的绝非一般的善,而是大善。这必使我蒙受巨大痛苦,它们会竭力折磨我、伤损我,使我不时临近绝境,全凭一己勇气挽回。我还会遭受几千年的大误解,牺牲之后又要裹糊污浊。我必得对这一切全数有个预料,然后再迈出致命一步。属于我的全部时间只有六十年左右,而这之前已相当吝啬地花掉了多半。

接着是再三筹划。

对秦王、李斯、齐郡守的禀奏要点,楼船数目、童男童女数目、兵士、弓弩手……淳于林着手起事,缜密周备,万无一失。太史阿来则负责运藏经卷简册。我亲自选择随行"方士"。其中一部将同淳于林暗置的伍长一起充作"百工"。事变地点择在穿越老铁山水道之后,"同舟共济"会使秦吏松弛警觉,加上疲惫惊险,正可动手。淳于林说一旦事败他即自刎,大局尚可挽回。为最坏打算计,起事筹划细节只由他一人与各伍长传布。

入草堂六日,齐郡守派人来传。卞姜依嘱说我渡海染疾,已去民间求治。秦吏三番五次寻来,卞姜依旧将其挡开。

第十一日,我脱去宽松袍衫,身着徐乡城方士祭祀之衣,面容肃穆,踱出草堂。齐郡守一行人马正在官邸迎候,我登上饰有金色冠盖的华丽之车。经过几天静卧滋养,我自觉底气充盈,面色尚好,唯在前额留有一处淡淡艾草灸印。

郡守官邸煞是威严,左右幕僚偶尔低咳,垂目视下。我施礼朗声禀奏。我用徐缓清晰、确凿无疑的口气,提出包括三千童男童女在内的一揽子计划,并强调此行非同小可,势在必得。

郡守立身起座,大为惊骇。

秦王嬴政第二次东巡即在我拜见齐郡守不久。这实在出乎意料。始皇帝不顾远途劳顿,进入齐地之后直接取道琅琊,可见求取仙药之切。郡守不敢稍有怠慢,一面追随迎候,一面命我火速前去琅琊。

我出海求仙的庞大计划看来早已禀报上去,因为我从嬴政眼里看到了异样神色。那是一对沉重衰老的眼神,可是这一次闪出了再明显不过的微笑。在这双眼睛面前,我感到了自己的恐惧。这一次李斯并未随行,而代之以中车府令赵高。赵高微胖,肤色甚好,慈眉善目,口音清纯。只是他常常发出一种怪笑。这笑声令任何自尊的男子丈夫都不能忍受,我真为之捏了一把汗。可是秦王未有丝毫愠色,看来早已适应了这古怪的声音。我发现赵高对采药一事出奇地感兴趣,详细问过了一切细节,连船行海上的大小解诸事都一一问过,鼻子里发出满意的哼哼。

秦王几乎毫不犹豫地应允了我提出的一切要求,并嘱身边几个文武官员和郡守全力督办,不得错过八月出海佳期,接着就提出一个令我胆怯心寒的问题:他将亲自陪我去海上射杀大鲛!

我于慌乱中不知摆手说了什么,众人大笑。我终在这笑声中镇静下来。我说:"大鲛只在水深浪急之处,未必马上寻得;再说皇上至尊之体,怎可出入水浪涛涌之险?"

秦王哈哈大笑。

第二天五艘楼船自琅琊湾入海。秦王左右皆是弓弩手,我被邀至身边。他青筋暴起的大手持弓待发,令人焦躁又可笑。我祈求大鲛快些出现,以了却这场煎磨。郡守一干人马都在最后一艘楼船上,所有随行者都被告知,一俟巨鲛出水,不可慌张,立马禀报大王,由大王亲手射杀。

船队在海中游弋多日,未见大鲛,只发现了不少鸥鸟。焦愤中秦王一连射杀了十余只鸥鸟,其弓上之力令人叹服。

第十六日,船行至成山头南侧,寻觅巨鲛不见,又去芝罘、黄县。在黄水河港造船场巡视一番,复又登船东去。船行过芝罘不久即发现一巨鲛,全体大呼,恐惧、兴奋交织。追逐约一个时辰,巨鲛隐匿。秦王大畅,令船队火速搜寻。船行至成山头北侧,巨鲛终于又现。这一次,秦王命左右不得喧哗惊扰,只耐心靠近,然后连发数箭。大鲛血水遍染一片海浪,渐渐不支,翻转肚腹。众人山呼万岁,压过了海浪的呼啸。

第五章

登临瀛洲已近四个年头,再过几个月我将满五十岁生日。在我的生命中,我一直恐惧于"五十"这个数字。按莱夷人的平均寿命计,我已属侥幸之人了。近日来左胸疼痛频仍,脉象有变。我知道这是万事入心,思虑过甚。可是正像人无法遏止日之起落,也无力抑制驰骋游思。除了心病,脚气病也日渐嚣张。若不念万事开端未有结局,我也许早已了结了自己。在心病和脚气病猖獗之前,腰骨和颈疼曾把我弄得痛不欲生。我一贯对那班医师不太看重,后来也不得不请其为我诊视。一看到他们灰暗的面庞、那三绺长须和长长的手指甲,我的气就不打一处来。可我还是忍受他们号脉、用一片铜板压住舌根,特别是伸手翻我的眼皮。最后开出的是几服熬煎得棕黄中泛着墨绿的汤药。他们照例让尝药人尝过,然后让我喝下。三服药用过后病痛似有缓解，于是，我就把为自己备下的东西暂且藏了——那是几颗断肠草配制的药丸，吞下后只需片刻，一切也就结束了，并未有多大痛苦。这种剧毒药丸自从齐都最后一次归来就一直带在身边。秦王东巡时，我甚至把它存于贴身衣兜，以备不时之需。一旦面临暴君的惨刑、疾病的折磨、无望的绝境，我都给自己留下了这条出逃之路。只是这一可怕的怯懦没人知晓，无论是卞姜、区兰还是淳于林诸人，都只看到我的另一面：忍辱负重、胆大果决。眼下我又在彻夜不眠的煎熬中琢磨那几粒致命的丹丸了。有一天，约莫是三更天里，我憋气爬起，在灯下直盯着三粒丹丸看了许久。那真是一次绝大考验。我身上遍生汗粒，等待巨大诱惑丝丝消退。后来我总算胜了。

每一天黎明我都显得神采依旧，经过梳洗、饮用提神的汤汁，两眼闪出光亮。卫士们已在营帐外换了三班，在门前来回踱步，曙色映着身上的甲胄。他们见到我总是略有慌乱地行礼，我则轻拍其肩以示谢忱。

淳于林禀报：自城邑北面五十里山岭修筑的城墙，至这个夏末已砌四十里。至秋冬两季将砌完中段六十里。砌城之伕多为城内征用，土著为换取粳米、织品，多踊跃投入，故进展较前大增。下则设以排污水道，如此将杜绝蚊蝇脏臭蔓延滋生。我听后大为快慰。特别是铺设排污一事，本由我大力倡议，然建城之初却未能实施。百工中的建造长自恃名高艺精，径自设计。其实此举非我独创，而是从临淄得来。临淄作为天下数一数二的繁华之都，一切皆有条理，地下水道纵横交织，毫无紊乱，清浊有序，出入分明。本城因未设地下排污水道,三年来山洪溢入,污水涨出,恶臭满城,几处疏畅出口都被石砾堵塞。

除了筑城诸事,我更关心的还是兵营体制、操练防卫等等。淳于林在这方面无须催促,总是新奇迭出,日日精进。三年来由原来的十五营扩展至二十六营,且器械愈加精良,火器品种多达十二种:抛石机、炮、飞箭、冲锋车、登城云梯、火櫑,都迅速增置。兵士盔甲添置数种,金甲由一年前每营四十二件增至八十余件,整整多出一倍。三年来与叛贼交火一次,击退和剿除土著劫匪十余次。兵士严格遵守我的旨令:对土著的打劫围拢以驱除打散、缴械劝降为主,不至万不得已不准伤其性命。此类尤在我一一督察之列,所以三年来未曾逾矩。

淳于林一年前欲改变兵士建制,变各伍长为总兵,并由总兵下辖三伍,配以全部各类兵器,以单独完成大战项目。此事项之提出,主要为提防秦兵来剿;其次闻东部土人血统颇杂,混有辽东人、高句丽人,甚或有秦地船民也未可知。他们安营扎寨,渐成气候,时常劫掠。淳于林多次准备东征,以扫东部灾殃,皆为我劝止。我认为一切尚不到时机,时下坚固城邑、强兵自防为要,东部流寇草贼若不犯我,暂且可与之遥相安处。

我在交谈中特意观察了这位将军。有人说淳于林自从与娇女完婚之后更为峻拔;娇妻甚得宠爱,心手皆巧,从当地土人学得制作海鲜三法。莱夷人也有生食海物之俗,但与此地有所不同。淳于林衣饰也好于往日,简直是风尘不沾。在我缄口不语时,他的脸色略有泛红,叫了一声"君房",再无下文。我并不追问。其实这位将军也有苦不堪言之处:所带兵士、总兵伍长,常有骚乱发生,有时还颇为严重。上个月有两个携带武器逃去,至今下落不明。有人发现他们曾与土人女子一起,于是十有八成是到土人处"入赘作婿"去了。我不知土人风俗,也不知他们时下可否无恙。总之,两个年轻人必是忍无可忍,方才取此下策。淳于林在报告此一叛例后议论:"如果开放与土人通婚的禁令,一切也就迎刃而解!"

他的话令我不得安宁。因为自开始择女完婚以来,未得婚配者不在小数,这一部分义愤填膺。可是事关血脉种族诸至大事体,我却不敢轻言可否。最后一次提交政议,并将这一难题送至大言院。我密切注视大言院,发现一片沉默。原来大言院有三分之一学士尚未婚配,他们就此难题不敢轻率,正抓紧时间出入经卷院。其结果必是引经据典,一发而不可收,一举促成心愿。

一切不出所料。大言院终于展开辩论。辩论终了无非是"可"与"不可"相持不下。令我惊讶的是,并非所有未曾完婚者都是同一种言论,他们当中有人竟坚持反对与土人女子通婚,认为如此一来无异于"亡国亡种"。驳难者反问国是何国、种是何种,结果又引出万般繁琐,从炎帝、黄帝上溯,说到盘古,最后又大骂狄戎,说西部蛮夷入齐后一切都不成体统,一塌糊涂了。

大言院的辩论至少使我想到:既然七国混一、古今混一、四方混一,为何城邑之内不可混一? 此莫非作茧自缚? 我私下将种种想法议论于"方士"之间,他们当中年老者愤然,而年轻者则合掌而歌。问淳于林,他稍稍赞赏,并借机提出织坊中那个要"追随先师一生"的女子。

"她叫米米。"淳于林大概怕我已将其遗忘,故意提醒一遍。

其实我从未忘记她的名字,在脚气病猖獗之夜,我甚至喃喃吐出过这两个字。我认为这是两个至美之字,是再好不过的莱夷名字。莱夷稻米当为七国之首,而且引种时间早于南部泽国,与桑织并为二美,炫耀于世。米米也会炫耀于瀛洲吧。想到后来自觉心口灼热,隐隐不安。我曾决意不再有第二区兰,只身一人度过暮年。"暮年"二字何等凄凉,不过也多有悲壮。脚气病、左胸闷疼,都使我不能入眠。在这不眠之夜,我特别渴念一个诉说之人。

有几次,也许是不经意间,我又走入了"六坊"中的丝织坊。所有女子皆自顾忙碌——因为这里已成规矩,无论何人查看,皆不得慌张起立,耽搁操作。我在织机前走动,像往日一样不时伸手在光泽的丝巾上拂掠一二。我对这些女子的名字一概不知。她们个个垂目,并不看人。偶尔有人抬头,旋即又去操作。时下这些女子已非昔日,她们皆已婚配,满面红色,娇媚胜过常人。

有一女子颇瘦削,纤弱然而妩媚,皮肤微黑。她在片刻间三五次抬头望来,待我注视又匆忙低头。灼热之感从胸口掠过,我在心里念道:米米!我从旁走过,禁不住再次端详,双脚如石块般沉滞难移。女子旁边一人小声嘀咕,全是熟悉的莱夷乡音。惊喜中我终于听到那人呼她米米……这时才注意到米米穿了件深绿色手编绠衣,内衬粉色丝缎,腰上束的是水红带子,颈上饰有小小玉贝。她长了微微上吊的凤眼,额头鼓得像鹿。后来我发现其眼睛也闪闪如鹿。她太瘦小,两只羞惭的乳房像秋天的桃子。

米米原来如此之小。我开始深深怀疑起许久前淳于林的传话。我怕她是听从别人授意,认命般地耽搁了婚姻。如果她在童男中尚有自己的意中之人,那我就是一个蒙羞的罪人了。

从"六坊"踱出,四周光色仿佛一齐笼罩,无数目光盯视过来。卫士照例在几十步处走动,我却宁愿他们远在视野之外。有人从大言院和经卷院走出,至近前恭敬施礼,呼一声"先师"离去。

他们敬畏的声气使人振作一些,将我唤回眼前的时光中。举目四望,一阵无法忍受的孤寂泛上。我一瞬间明白,之所以在深夜难以拒绝那几粒要命的丹丸,除了疾病的纠缠,也还有其他痛苦。

我及挚友、百工、方士、童男童女,整整一座城邑的人,都是一些漂流者、从大陆母体上分离出来的孩子。一旦分离,也就丧失了顽皮,从此要直接面对人间的风霜雨雪了。截断回返之路,剩下的一条路就是继续前往,愈走愈深,走入自己的未知。

我向卫士做一个召唤的手势。他们飞快上前。"传我的旨意罢,我已决定让各色人等,土著人、秦人、莱夷人,此岸与彼岸种种,自由婚配……"

卫士张口结舌,脖颈伸长。我再复述一遍,他们才应声而去。

听了几次大言院的辩论,我追思很多。我在百忙中不得不多次出入经卷院,翻动那透着特异气息的卷宗。有些简册已非常陈旧,字迹脱落,韦编绝断。我对经卷院的管理者颇为不满。但对方辩解说,这些经卷大半由七国辗转汇集,经多处匿藏移动,才运至楼船;登临瀛洲之后,经卷院中所有人手——其实也只有区区十几人——全力抢救古籍经典,有的已断断续续转交缮写院抄录,几年来差不多已无暇研琢、攻读、著述……翻动经卷时腾起的淡淡尘埃,又让我强烈地怀念起老友太史阿来。

对于我和我的左右而言,他是友谊与学术之链上断绝的一环;对于整座登瀛者的城邑而言,他则是完整历史之页中漏掉和滑脱的章节。对于他,我一时不可能有再多透辟的分析。他与那个"女通灵者"的行为够独特的了。他们既不是一般意义上的叛逆,又不是蓄谋日久的贼子。他们的忠贞与诚恳简直人人皆知。

我以前曾想过,他们的死亡之中埋藏着对我的深爱,也遮蔽着对自己的绝望。没有人站在历史进程之外向他们指明:殉一个无冕之王远非值得;他们自己也还不到绝望之时。他们的忍受力太差了,他们过早地吞服了自戕的"丹丸"——当然与我的丹丸不同,那是冰凉的剑,是金属所制。人在忍受中会发现奇迹,历史和人心会发生出乎预料的逆转。人总要违背自己的意愿行事,走相反的轨迹。人的最初意愿只是一种动力,它只负责把人推向一定之轨。然后这意愿就失去了定力。人在自己的轨道上滑行,滑向固定难易的方向。太史阿来与"女通灵者"性急到不能等待;他们在嚓嚓作响的滑行中竟然一无所查,认为人和历史命运之车已然停滞。

仅仅为此,我又洒下一把同情之泪。

我不想回想在中途事变不久的甲板遭遇。"女通灵者"在月光下热气腾腾如同烤红薯般的双臂、高耸硕大的乳房,都给人强烈的感觉。特别是在挨上我身体的一刻,我即真实无误地感知了她的肉体,那种特别的温煦和弹性、一个人在极度兴奋中的震颤。那天,她散发着夏天第一批熟杏的气味。在刚刚笃定和历险之后,长达一月的海上之行使我精疲力竭。我在这位女性放肆而颇具勇气的刹那依偎中,获取了他人无法理解的安慰。尽管接上去我出于各种考虑疏远了她,心中也还仍然残留着某种谢忱。

她显然并非一个浅薄可笑的女子,这在其后来的选择中即可见一斑。但她突兀冒险的举止——甲板上的冲动——简直又让我无从解释。像她这样一位年纪略大、富于冒险、体态丰腴的过来人,也许更适合我一点。我从来没有将其当成一个"通灵者",而只看成一个潜在的肉体伙伴。尽管她颇为精心地构筑、描绘了其"通灵"的异样功能,我仍然没有留下过深的印象,而只有丰富、强烈的肉体记忆。总之她是一个奇妙的、不可多得的女人。

比较而言,"女通灵者"比米米更能够吸引一个逃亡者。她的死差不多像我的多年挚友太史阿来一样,让我深为震动。我正有许多话要与之交谈,想不到她走得如此匆忙。

太史阿来在多大程度上令其臣服并支配了她甲板上的行为,如今已无法查寻。我知道太史阿来是一个诡秘异人,常常做出一些不可解之事。记得我与他从乾山祭祀完毕第二天,一同去黄县、归城、莱南,然后西行临淄——后因事耽搁未至临淄,与三五方士一起经东海沿岸一线返回徐乡。行至一渔村过夜,太史阿来与房东女主人交谈甚多,并应她之请作了道法。第二天一早启程时,女主人尾随不舍,泪眼蒙蒙,令太史颇尴尬。我一再让其劝止,女人仍随。我只得亲自劝其返回。女人哭泣不止,说随太史抛家舍业在所不惜。"他是人世间第一个让人舍不得的男子,只与你说不清细……"我只得令太史了结此事。太史于是只消片刻私语,那女子就恋恋不舍地回身去了。我总设想他正以相似方式使"女通灵者"追随。

太史阿来从来睥睨婚姻,自称杜绝酒色,又在徐乡一带常有风声。一寡妇受雇为其浆洗做饭三年,而后事发。族上严加追问,吐露详情:太史阿来行为极其乖戾,而且十分沉溺,举止怪异到意想不到。寡妇曾向族人展示身上数处印痕,叙说一二,听者大为惊骇。族人合伙缉拿邪癖之徒,我只得令人藏匿,转至黄县北海桑岛。寡妇在族中再无颜面,数次寻死,终究投井自溺。加上"女通灵者",太史阿来此生已携两女走入冥界,可悲可叹!

自秦始皇第一次东巡至今,我与同伴结识、相聚、流失,不知有多少人次回合。我已疲惫。秦王二十八年之前更是令人慨叹不止。历经多少险境,再背负出卖之绝情凶恶,心上愈加冰凉。

我如今可由几字概括:多病、疲惫、麻木、多疑。麻木是多次挫伤摧折的结果,而多疑却是存活的必需。在内心深处,我不敢让这样一些触角收束伏下,而必须大张开来。我并不相信这里是一片最后抵达的精神陆地,正像我不信三百艘楼船装载了同一种义理一样。人可共赴危难,但这说明的也仅仅是共赴之特殊、固定的时段。人生危难瞬息万变,共赴者将会不断组合、聚拢和分离。韩非与李斯同为荀子弟子,一个却死于另一个手中。他们之间的差异不仅是义理,还有世俗之益,还有血源之异。我不相信李斯之流,首先是不信任他的血脉。他是远在彼岸的背弃者、出卖者,双手沾满学子鲜血的罪孽。

太史阿来忠诚于我的,只是我身上的一部分、生命中的一程。时过境迁,我即让其感到陌生。我们寻找的义理原是如此不同。踏上瀛洲,漫漫长路又将起步,能够伴随者不知尚有几人。我警惕的竟至于还有自身!我害怕意念与肉体对抗,害怕灵魂的遗弃,害怕无谓的迁徙。

太史阿来留给我强烈震撼的不是死亡本身,而是生之嬉戏、邪癖、私欲——这一切相加都不能剥夺的"意念"。他这一切曾与我心灵深处的一部分悄悄吻合。但也仅是一小部分和一个阶段而已。他曾在徐乡的某一个深夜,声泪俱下地言说那个"意念"。他牢牢记取的是莱夷人的祖先和业绩,并自始至终是一个伟大的复国主义者——仅由此而论,他也是一个纯粹者,一个高尚可敬然而却又是害莫大焉的妄人。

他在莱夷人的自尊和威严、利益与机会面前可以丢弃一切。为了那个"意念"他可以丢弃怜悯、道义,而且永远没有罪恶感。我实在看不出在这一点上他与李斯、秦王和齐潛王之流有什么本质区别。当然这些人很容易在狭小的层面上找到狂热的颂扬者,但这也丝毫无助于他们。

在太史阿来为自己激动之时,我却为自己而悲伤。我发现年届四十,却来到了人生的十字路口,对以往滋生深切怀疑。我怀疑一个消失于彼岸的故国能否存留于他乡。我怀疑世上许许多多东西,包括社稷,有时真的会是一去不再复返。这一切当时并未说出,一方面因为还没有梳理清晰,另一方面也为了回避剧烈论争。

太史阿来收集了所有关于莱夷故国的经卷,哪怕是只言片简。他对自己的来路与去路毫不怀疑。我不知该怎样评定和判断这位迅速衰老的、一度是相濡以沫的兄长。我发现源于内心的炽热火焰已将他烤得枯干。他脸上皱纹细密如同灰尘。

我渐渐不能支持他的"意念"以及这种"意念"的方式。那是一种极其世俗化的精神提摄,至为现实又至为明朗。比如说它支持一部分人索要土地、城邑、特权,以及其他种种好处。它并不排斥这样的思路:为了这一部分人的获取,可以向另一部分人掠夺,可以造成另一部分人的莫大痛苦,直至死亡。

我于是渐渐恐惧于太史阿来。

但我也曾被其误解为源于同一种思路和目的的狂热。我深知他今后会由我身上产生出长长的悲凉、绝望,直至仇恨。他会以另一种方式表达对"旧我"的忠诚。他需要我的"回返"和"归来"。但这已不能够了。

我常常想起在徐乡城的一次对弈。那是从临淄稷下来的几位弈人——他们闻听徐乡是一座"百花齐放之城",诗书琴棋之风甚盛,特来切磋商榷。我率众士大礼迎之,并安排对弈析难。对弈中,徐乡一方对稷下一方,十六局胜九局,费时七天七夜。观棋者甚众,气氛热烈,有人兴奋得不能自持,手舞足蹈,甚至口吐狂言。其中最为活跃者乃太史阿来,他并不参加对弈,但每局都牵动神思,败则神伤痛楚,捶胸顿足;胜则啊啊呼叫,忘乎所以。最失礼处,宾客未走,他即与一班方士在辩驳中讥讽起来,并由弈技引申到莱夷与齐人种族优劣之比较、国势之衰盛轮回、齐人之不义——鲜廉寡耻、勾连蛮戎,必沦为亡奴等等。双方愈吵愈盛,无法止息,最后太史阿来竟愤然而去。当夜,太史阿来又率人围困宾客馆舍,呼喊叫骂。幸而有淳于林一干人前去解围,方才了结一场尴尬。

事后太史阿来不以为耻,余气犹盛。他说莱子国怎可负于齐愚?幸好略胜一筹,若蒙羞,他愿舍命一搏!我问他,仅此之一命,搏一局之输赢,岂不太亏?谁知他听后青筋暴起,拍胸噗噗有声,曰:"大丈夫视尊严若性命,士可杀而不可辱!"我再无言。我觉得徐乡人以对弈定荣辱,已蒙辱在先。

齐国宾客离开徐乡三日,我犹在苦思之中。除对弈而外,驳难,甚至比试剑法、骑射,徐乡之士都常有出色之处,令我喜悦畅快。这是至朴素之情感,皆由水土培植。不爱水土,极为荒谬悖理,犹如疏离、背弃生母。但不能以对弈竞技,轻言社稷之尊。我在这畅悦狂热中感到了危兆。

种族和社稷,此二者太重了。

她容不得轻薄肤浅之徒的无忌无度。她不容各种各样的损伤。她的强大雍容,即在于蕴含、沉然,还有肃穆。一己之心往往难以度测,她的尊贵、挚爱,都应潜于血液与不言之中。

她总是通过显示深厚而彻底的义理,来表达自己的尊严。一切离开这一基柢的表达,无论多少热情炽烫激烈,都会造成相反的结果,使其长久蒙羞,伤及骨髓。她支持下的热情将不会耐久,她赢来的富强也不会长远。

在一种虚妄的热情支配下,一个部族的大部甚至全部都会踏上歧路。歧路即是末路。昏聩狂妄的君主恃民族之众，幻想着不受追究。其实一个民族既可犯罪，也就难辞其咎。昏君相信"民众是永远不会错的"、"君即民众"、"君即社稷"——实际情形则是："民众"既会犯错，"君主"也非社稷。无论有多少诱因，民众的行为仍是一种集体行为，即多数人在某一前提和某一心绪状态下达成的一种妥协一致。太史阿来的"忠贞"与"热情"相当通俗明了，众人尚来不及思虑也就拥赞了他。对他一度不能质疑，犹疑就要受到唾弃。

我至尊至贵的莱夷之母啊，我有何言？

如果正道换来的是唾弃，那就将我唾弃吧。深夜人声四息，我甚至想，就让我忍受这一代一世，甚或永久的误解吧，就让我拿出不可思议的巨勇吧！谁来给我这勇这力？谁来给我这心这志？没有，只有我自己生得获得，然后才用得。

我坚信在后来的一切艰难时日中，甚至是后来人一世复一世的无涯之中，每个人将忍受的最大艰辛，都是这追思寻路之苦、这自问自答之苦。此苦无边无际，伴人一生。

回想从莱夷徐乡到临淄访学、民间长达数年的游荡，我都在一种质询、矛盾和纠缠中活着。有时我顿觉豁然开朗，有时又四无通路，步入绝境。意象通明，脚下阻塞；脚下畅然，义理全无。沟通虚与实、言与行、动与静、远与近，即让人耗失全部体力。有时我极想寻一个大致不错的通路行走，比如访学苦思和抵抗蛮暴。但后来发现这条"大致不错的通路"又将人引向大相径庭的异方。同是访学,纷纭的义理也会把人缠裹;同是抵抗蛮暴,却会让人援引各种手法。其结果将不堪设想。看来寻一个"大致不错的通路"也远非易事。

随着强秦东渐,四水归一,我的悟想纷乱匆忙。去临淄、访稷门、入民间、集同道,无非是寻一个简便可行且不可耽搁的途径。我反复思虑:在此非常之时世,我要做与必做之事到底是什么?拒秦已不可能,复莱更是遥远,归附即是罪孽。吾欲将何为?

这个时世有多少人像我一样心怀哀伤。他们从西向东,仿佛七国之崇山峻岭渗出的涓流,汇入了底层,化入了民间。他们各怀念想,一颗心并非分属七国。这都是时世的哀伤者和寻路者,都在痛苦地想念。秦王统一七国之后,更大的野心是要统一人的想念。于是繁杂而众多的想念也就没了去处。

想念是至为重要的。给众多的、如春日繁花般绚烂的想念找下一个去处,也就是时代的大善。

这个路径在心中渐渐明晰起来。我终于认定:它即是"大致不错的通路"!

我于是谨依心示而行,不分门派,不穷义理,只为保存想念;我引众学士、儒生东去海角,再入徐乡,而后同做方士。一时徐乡成为名符其实的"百花齐放之城";地远心偏,鞭长莫及,加以秦王喜好神仙之术,热衷不老丹丸,齐郡官吏也多多效法。一时间对神仙存疑者为吏甚难,对丹丸摒弃者几近愚傻。唯方士大行其道,优哉游哉。太史阿来第一个尊我为先师,我每每拒之,他即勃然变色,结果也只能勉强为之,对这一称号逐日习惯。

其实就方士的道法与礼仪事项而言,徐乡本土有一些真正的"先师",而今在这座城内却成为末流;一个个愤愤不平,又莫名其妙;他们出示典范,太史阿来就斥为"大谬";日久之后也只得臣服,以"先师"之礼待我。

太史阿来常以焚书坑儒之凶警示方士,以激发抗暴之心。这原不错,只是失于浮浅。日久,已有多人不能见容。我甚为苦恼。我多次想与之深谈,又不知缘何谈起。我巍巍然以先师自守,他总是温顺肃穆,甚至诚惶诚恐。于是我渐生疑窦,发觉有进入角色之辱。这角色的规定者即太史阿来与一班追随者。也许仅仅是在我进入角色时他才如此谦卑。我且忍耐,因为时下也只能如此。我发现太史阿来以及周边为数不少的方士,因过于迷恋自己的角色而达忘我境地,渐渐将命性与角色混而为一。我只在内心认定他们的激愤、焦思和痛心疾首多少有些自欺和欺人,但无从找到戳穿的切口。

如上想法往往是一闪而过,是我独自一人的悟想,并未道出。我太需要他们,正如同他们太需要我一样。我亲眼看到来自七国的儒生名士、各色人等在经受如何痛苦。他们正进入另一囚笼。这囚笼无形无影,却紧紧相逼,使一切违背莱夷的义理都隐退消匿。这个囚笼给人以肉躯的安全,却又给人以灵魂的戕伐。

半夜出了一身汗粒,胸跳如鼓,伴以阵阵疼痛。我挣扎起来喝了一口水,吞下三粒医师的药丸。这些治胸疼的药丸都按验方制成,呈墨绿色。接着再不能入睡,心慌胆怯。脚气病也屡屡冒犯,时下虽被扼制,但不知何时又会嚣张。颈骨像镶了一块陌生的木节,麻胀刺痛,有时真要令人破口大骂。我知道这样下去终不是办法,事情总该有个了结。作为一个略通医术的人,我明白自己身上的所有疾患都将不治。那几粒致命的丹丸仍在诱惑,我正小心而缓慢地走近它。放不下的是此岸、彼岸的牵挂,一座城邑的未来。我对身边一切事业的明天不敢设想。强烈思念卞姜、区兰、小林童——这个夜晚我突然觉得他的那一对微微上挑的眼睛有些异样。

这样一直挨到黎明,开始洗漱、用餐、晨读。接着是一件连一件的禀报,于是胸疼和颈部疾患全部无影无踪。我发觉自己最喜黎明到日落这一段光阴,深惧夜晚。我想寻一个伴寝之人。我让守夜卫士夜里陪我说话,如果困了则歪在榻上歇息一会儿,醒来续谈。这样我觉得略可忍受长夜。

陪我的卫士已跟随两年,以前似乎未曾多言。他十九岁,家在徐乡南边村落,自小随父捕鱼,十六岁入城做织工。他当年作为划桨手上船,登临瀛洲后被淳于林选做卫士。所有卫士都经淳于林亲自审定,从五官举止到身世亲戚,一一验过。这个叫"甘子"的年轻人眉目极为清秀,身体细长,手足柔软,开始回我话必挺胸昂首。我让他随意些,自己也斜倚榻上与之对谈。所谈皆莱夷旧事风俗,如观乾山祭祀典礼、春天渔夫祭海、婚丧礼仪……甘子渐渐没了拘谨,笑声朗朗。夜半之后,有时我不知不觉间睡去,一觉只是片刻,醒来却见甘子睡得深沉。他睡相甚美,双目夹出长长一溜睫毛,让人想起安眠的羔羊。

我有时长达一个时辰站在安睡的甘子旁,屏息静气,唯恐将他惊扰。我想起了小林童和其他。在这样完美无缺、蓬勃向上的青春面前,我有一种难言的羞愧和感激。有好几次我莫名地流出泪来。甘子吐纳的气息含蕴了芳香,那面庞如丝缎一样闪亮,又如七月之果。后来我出了帐子,见有卫士在不远处踱步。仰望星空,又展望紫黑色远山,心中颇为安然。朦胧中觉得帐中正睡一顽皮温顺的孩子。

这一天政议结束时,两个长者留下,未曾开口即跪倒在地。这使我大为惊骇。自来瀛洲,除了几个捉回的叛将伍长惧死而跪,还极少有人行此大礼。我慌然搀扶,他们好不容易才站立了。我说:"这万万使不得!这会折杀我也!"老者泪水在深皱中闪烁,尚未开口先仰天长叹。我一再请求赐教,他们才直言不讳起来。

原来他们所求者有三:一是立即收回成命,禁止城邑中人与土人混血通婚;二是来瀛洲日久,欲图大业久远,实不可无君;三是从社稷子嗣计,先师必须择娶,万不能再有耽搁。

三者都在一再禁言之列。我料定二老的确是鼓足了勇气。连我也觉得欲做成这三条颇为容易,若不做倒是极难了。他们反复强调此乃全城人之心愿,只不过别人没有胆量直言;而他们年事已高,早无挂碍。

我只能婉言应对,答应仔细斟酌。他们离开后,我愈觉从未有过之沉重。船队驶离黄水河港那一刻,我望着船尾翻起的波浪,心想一切刚刚才开始。我想得不对了,此行既走向了开始,又走向了结束。

我将像拖延自己的生命一样拖延下去,对三项要求未做一丝变更,并坚持不列入政议。我知道二老的勇气来自多方支持,其力量恐难预料。我也知道自己处于特异危险之中,也许使命已经完结,从中途事变甚或更早时日就该由另一个接替了。这个人会是谁呢?

这一夜甘子久久未来。

大约三更时分有人笃笃敲门。我以为是甘子,上前开门。门前跪着一个女子。她伏在那儿,但我从瘦瘦的肩头一眼就认出是米米。

"请站了罢。"

"不,先师!您答应让我服侍才能站起……我知道这是命定的。"

我没有愤怒,只有压抑了的一丝狂喜。我问:"谁告诉你是这样?"

"不知道……我只知这辈子不能离开先师了!"

"那你站起来罢!"

第六章

我想简明扼要地追述一下莱夷人的历史。这颇困难,但我还是想努力寻觅一个"原来"——我知道任何类似的企图都会大有争议。比我更为"好事"的大有人在,他们引经据典的能力并不逊于我。不过这在我也是必做之事。长久以来我都疲于奔命,几乎没有时间作出这些梳理。而关于一个民族的任何追忆,都不可能不影响到时下正在形成或遵循的义理。也就是说,我及我的同道走到了时下一步,是必须如此的。

只要稍稍回眸,就不能不为自己所从属的民族而自豪。这是一种源于血脉的情感,它并不能淹没清晰的思路,尤其不能淹没至善的义理。我的莱夷族是后来中原大族所蔑称的"九夷"之一。"九夷"后来的变故多到不可言说,其名称由于时间的久远、复杂的演化,已大致不可据信。但莱夷肯定在"九夷"之中。夷族居于东方,黄河下游、濒临大海,拥有当时天下至为发达的文化:发明了陶器和文字。历史上记载的"孔子欲居九夷",即是这位游说访学之士最后的选择。他的选择当然出于物质和精神两个方面的考虑。"九夷"在漫长的历史演化中几经变迁,分化瓦解到惨不忍睹。他们经受了来自西部强敌的进逼,不断向东退却,最后全部缩居于一块不大的滨海地区。这个过程不堪回首,灭国的灭国,迁居的迁居,降服的降服,其中大部已融合得无有踪迹。

莱夷族是"九夷"之中最为强大和倨犟的一个部族。它由若干个胞族组合而成,其中最有影响的又是其中的两个胞族:孤竹和纪。他们好比是莱夷族两兄弟,在纷纭复杂、酷烈壮阔的时世有令人泣下的行迹。我不得不说,像所有英雄部族一样,他们的悲欢离合、从兴起到衰亡的真实历史,就是一部动人心魄的史诗。

莱夷族起初是一个游牧民族。它在遥远得无法追述、几近湮没的历史年代里就定居在东部海角,其中心地区即黄县莱山北麓;距莱山二十余里的归城故城,那高大的夯土城墙屹立风雨,千年尘埃也难以湮没。许久以后的考古学家对待复杂的历史往往会有眼花缭乱和犹疑不决之时；比如说他们会把归城莱国故地误为齐灭莱之后由临淄一带迁移。其实归城故城是莱夷人最初也是最重要的一个城邑，在长达几千年的时光中都是莱子国都。远在夏代甚或更早，他们的势力范围已达泰山以南地区；黄河西岸的大片土地也属于莱夷人治下。这是当时天下最为富强的东方大国。

莱夷人在东部海角定居的时代，老铁山海峡还没有发生陆沉。从海角到辽东半岛的遥远路程可以骑马穿越。所以这个游牧民族自从远古时期就自由来往于北至贝加尔湖南岸、东至高句丽半岛、南至胶州湾这样一片不可思议的巨大陆地。从当时的地理版图上看，其国都定位于后来的海角地带是颇有远见的。当时看不出地理意义上的狭窄感；而后来由于打通了海上通道，地理上的偏僻和局促就更不存在。至于这个骑马民族如何缘起，又经过了哪些更早的分合衍化，已难以追述；人们只好无一例外地求助于神话。从有文字可稽的历史中可以看出，莱夷族是生存于黄县海角一带的土著。他们擅长骑射、冶炼和丝织，发明了文字——直至西部狄戎、鬼方、白狄族东侵，再到秦统一文字，历经了几千年的融合演化，文字仍源于莱夷的发明，并能跨越八千年风烟，直接呈现于后人。丝织业的繁荣传统在八千年后也不会淹灭。其时的"现代人"将会在半岛地区看到最为华美的丝绸。至于冶炼，那更是无可驳辩地直接记载于文字："铁"字的"失"部即由"夷"字转写。由于莱夷人的国都位于老铁山南部，铁矿资源极为丰富，莱夷人就在海角地带建立了庞大的冶炼基地。

我认为莱子国在西周以前时期达到了强盛的顶点。这是不同胞族合力开拓的结果。孤竹与纪这两个胞族起到了中坚作用；而纪族又是最强大繁荣的一个胞族。莱子国自西周之后走入了低潮期，但这个过程极其缓慢，远比后人认为的要缓慢得多。有人把莱子国的衰变完全归之于纪与孤竹的分裂和相互背叛。这是非常荒谬的。两个胞族间有过龃龉，但尚不可以称之为"背叛"，"背叛"不能让整个胞族承担。莱子国的衰败委颓是不可挽回的运命。

令人一直费解的是，历史上为什么一再发生这样的事实：比较落后的民族取代了比较先进的民族聚居权。这已是一个不变的结论。中原以及东部生活比较优越，当文化落后的民族取得了聚居权之后，往往又会被更为落后的民族所驱逐。那一段的历史图表几乎无一例外地可以做出这样的阐释。以莱夷人为代表的诸夷创造了灿烂的文化，却在最后没有能力保护自己的社稷，有的甚至几近灭族灭种的悲境。

莱夷人有一个强大对手：周。周的势力从中原一带扩展到黄河以东，终于主导了泰山以东广大地区，迫使莱夷人迅速东撤。其实周人的族居地也并非中原。周之后人总乐于说自己的始族为轩辕氏黄帝，完全是出于一种虚荣；另有一说为东海人，也出于同样原因。周氏族其实是源于比较落后的白狄族。白狄族与犬戎、鬼方等都是古代同以"犬"作为氏族图腾的北狄族，他们的居地最早在西北部。远在夏代以前，白狄族的一部就沿黄河来到中原地区，他们是姬、姜两个胞族。有人说姜太公是东海人，自然非常荒谬。白狄族因其落后而在中原颇受歧视，所以后人总是抹去自己的血缘痕迹。他们把姜太公说成东海人,又说成是中原土著(河南汲县人),显然都出于这样的目的。

姬和姜姓的婚姻,使两个胞族结成了更为紧密的部落。周氏族在中原立足之初与夷族有过极为美好的合作。其莱夷族的孤竹一部即在泰山以南、黄河中下游一带与周人过从甚密。孤竹曾不无争议地将一块富饶的属地划给了周氏族,这其中的代价是什么一时还难以明了,但的确是一个重要的历史事件。周氏族与莱夷人值得怀念的合作期当是这一阶段。鱼族作为周氏族中的一个胞族,也属于姜姓;而嬴姓属于另一胞族黾族。他们都是白狄族的后裔。秦始皇姓嬴,也不难寻其血缘流脉。有人称其为"狄戎之王",并不显得多么唐突、虚妄。

周氏族中的鱼族曾是中原地区的一个大族。在历次复杂的战争和兼并、融合之中,后来已消失得几乎杳无踪影。在悠远的古代,它显然经历了一段极为痛苦的时期。这当然不排斥后来越来越强大的周氏族的内部分裂。当年与孤竹合作最好的就是这个鱼族;同时也可以预想,这种亲密无间的合作的结局会是什么。它导致了周氏族内部的分裂。有一个时期——想必是至为艰难之时,鱼族人的足迹遍布东部,这显然是莱夷人对其施予的特殊恩惠。再到后来,当莱夷人与周氏族彻底决裂,发生了所谓"东夷四国结盟反周"的事件时,鱼族倾向并参与了夷族的行动。这是一个重要事件,是不同的氏族溶血的过程。

所以,面对复杂难言的史实,我渐渐已不满足于以族划界,一味排斥狄戎。那将是狭隘和浅薄的做法。因为在漫长的演化、融合过程中,有时血缘的关系远非第一要素。不同的部族可以在不同的物质文化环境中寻找共同利益,共赴同一种运命,完成同一种义理。我提出了这种推论,虽依据了强大的史实依据,却遭到了太史阿来的剧烈反击。他是个"血缘至上"论者,在不顾基本史实、歪曲历史真相的基础上抛出了一整套谬论妄言。后代人强做攀附、无中生有地寻找某些血缘佐证以求得结论的做法,简直与之如出一辙。

后来人不止一次地得出"万族归宗"、"万世一系"的结论,说华夏大地诸色人等差不多皆出于炎、黄二帝,有人甚至画出了"黄帝像",这就更为可笑。因为无论黄帝还是,炎帝都不是一个人的名字,而只是氏族的名字。传说仅是传说,不能认虚妄为事实。如果根据正史的记载,黄帝乃少典之子,而少典乃炎帝神农氏所生,这又把黄帝族与炎帝族合二为一,此说本身也就彼此矛盾。

真实的情况显而易见要复杂得多。无论是黄帝还是炎帝族,也无论是"九夷"还是源于白狄的鱼族及其他,在漫长不可考据的演化之中都经历了地理与血缘的巨大演变。因自然灾变和战争而造成的迁徙:混合、分化以及融血,其具体渊源已完全难以测知。因此我即便极为重视血缘,即便赖此寻觅和确定自己的情感脉络,那也只得无可奈何地去做一个"世界主义者"了!

无论如何,历史上的周氏族与莱夷族之争是至为遗憾的事情。类似的遗憾在古今历史上尽管屡见不鲜,我也还是感到了十分痛心。这当然不仅因为它导致了莱子国的衰败。这场争端引发了剧烈的战争,并产生了莱夷族内部——孤竹与纪的反目。两个兄弟胞族的失和也是一个氏族衰颓的重要动因。

曾有人认为孤竹与纪的争吵不休以致最后分道扬镳是对族上遗产的争夺;还有传说认为仅是为一件具有象征意义的甲胄、一只日行千里的宝马发生口角。这皆不足信。他们矛盾之不可化解,必定与莱夷和周氏族的历史性争斗有关。关于"孤竹的背叛"更不足信。在激烈复杂的氏族战争中,彼此的俘获、降诚常常发生,但就整个孤竹而言还是至为清白的。他们与纪的和解过程也将有助于说明缘由。

早在殷人入侵莱夷的时期,孤竹就曾与纪分手,远途跋涉穿越老铁山海峡北上;但那不是反目,而是与殷人斗争的需要,等于是一场战略转移。当时的周氏族尚未成气候,他们倾向于孤竹,所以才有了后来的合作,有了孤竹分割属地,让来自西部的白狄一支了栖息之地。当时殷与莱夷人的战争甚为酷烈,莱夷一度丧失了西部大片土地。迫于形势的严峻,莱夷人北上寻找新的栖居地也完全必要。大约是几十年之后,北上的孤竹立足已稳,同时莱夷与殷人的关系也趋于稳定,这时孤竹的大部才重新沿老铁山海峡返回海角。

后来的周氏族对莱夷人的反目为仇,使两个氏族间的关系大为复杂化了。起因颇为曲折难索,但必定与周氏族内部的强大胞族鱼族有关。鱼族是一个强盛而慷慨的白狄族分支,他们与莱夷族中的孤竹曾有过精诚合作。这就在客观上损害了周氏族的利益,于是先产生氏族内部斗争,接着又是周氏族与整个莱夷族的长期战争。这场战争中鱼族的一部进一步融入莱夷,而另一部则归于他们的血族。孤竹在战争初起时就受到纪的追究和指斥,但并未达到分庭抗礼的地步。当时的西周步步进逼,莱夷族似乎也没有可能再分化了。他们唯一的出路就是合力抗敌。

莱夷族倚仗强大的国力击退了西周的侵入,领土范围大致恢复了战争初期的规模。这时孤竹与纪的矛盾才重新突出起来,冲突日益加深,于是孤竹一支人马重又沿殷人入侵时北上的路线穿越老铁山海峡了。他们最北达到了大小兴安岭,甚至是贝加尔湖地区;往东南则到达高句丽半岛——这些地方素有孤竹人的后裔,其时大张双臂欢迎来自故国亲人的悲喜之情可想而知。孤竹此次北上当然不同于殷人入侵时期,大有一去不归、分土而立的意思。但他们仍视黄县海角的莱子国为母国。

也就是这个时期,暂时平静的周氏族与莱夷族的局势重又紧张。本来西周面对强大的莱夷无可奈何,但由于孤竹北迁,莱夷族自身荒疏,周氏族又开始了新的图谋。战争一开始就非常激烈,周人重新越过泰山和黄河。黄河中下游的土著过去曾受惠于莱夷,为了表示对莱夷的忠诚,甚至更换姓氏为"纪",而这一次却迅速转向了周氏族,并作为先锋进攻莱夷。莱夷军队撤过黄河,又东撤四十里,最危险的时刻甚至撤到了莱州湾。

纪不得不派出快马北上求援。而差不多与此同时,远在北方的孤竹也得知了海角的危急,正披星戴月、马不停蹄赶赴故国。这是至为紧张动人的一个历史过折,可惜史书上绝少记载。孤竹人过于慌促的回返,因季节不合,大约有三分之一兵员、战马冻死在大雪冰封的迁徙之路……及至春天,孤竹人终于赶到了海角。一场空前酷烈的故国保卫战开始了转机。

莱夷国因此而得以生存。但他们付出了何等惨重的代价。

早在孤竹第二次率众北上时期,居于西北方和西方的狄族、犬戎也开始了东移。他们与周氏族有着血缘关系,同属白狄族。狄族与犬戎族的东侵路线颇为曲折,大致一支来自北方,一支来自西方。虽然入侵的白狄族与早已在黄河中下游定居的姜姓和嬴姓同属一个血族,但如同当年鱼族的分化融合一样,其间也经历了兼并、战争、妥协求存等相当繁复的过程。他们最终共同面对的是一个强大的莱夷部族,一个拥有灿烂文化的莱子故国。不难想象狄戎东侵对于正在进行的周氏族与莱夷族这场战争的巨大影响。结果是长期的平衡和对峙被打破,强大的莱夷族不得不割地东移,退居于胶莱河以东地区。这是莱夷人历史上最感屈辱的一段,可是历史的悲惨演变并未止于此。

战争的结局是莱子国领地收缩,版图大变,土地仅剩强盛期的三分之一。而从西部、西北部东下的狄戎族却获得了极大生存空间,不仅获取了中原,而且雄视东部和南部。他们实行了新的分封,划定了更为明确的势力范围,半岛西部地带产生了一个齐国。这是周氏族派生出的一个强大的东方之国,日后它将有世人瞩目的作为。它与西部狄戎的另一分支也将有复杂的合作与对抗的历史。这盖出于新的利益关系,其结果又是新的战争、新的分封、新的一轮吞并和灭亡。在此期间,遭受更早,也是更大不幸的,乃是莱子古国。

周氏族在取得了对中原和半岛地区的控制权之后,对以莱夷人为首的众多氏族实行了严厉统治。这在今天看来仍然令人震惊。没人能够设想一个文化落后、至为野蛮的氏族,能对包括像莱夷族这样先进氏族在内的一些部族实行如此有效和有力的统辖。这说明在长期的土地争夺、侵入和氏族兼并的过程中,有一些部族是专于探究的。周氏族以永久统治者的气魄,在很大程度上打破了血缘的局限,而遵从全新的、合乎历史与时代的义理行事。比如同属白狄血统的鱼族,虽然在战争初期就有了分化,归附于周氏族的并未受到文化上的限制;而今,也许出于对一种背叛的后怕,即便是归附了的鱼族,周氏族也给予了严厉而冷酷的惩罚,大有扫除鱼族一切影响的企图:凡与鱼族有关的所有铭文、刻记、简册,都一律毁弃,而且还进一步将鱼族迁至遥远的西部。对待其他氏族也采取了类似方式,尤其是对于莱夷族留在黄河中下游的痕迹,全部彻底予以扫除;对于那些散居的异族则统统迁移:或西部,或南疆;而中原和半岛西部则迁入其他居地的繁多胞族和部落。

大约在短短二三百年的时间内,来自西部和西北部的狄戎族完成了至为艰巨的文化与政治的分割兼并、混合统一。如此一来,一些氏族也就很难以血缘的力量重新集结了,从而也就免除了历史上曾经发生的那种"四国结而叛周"的事件。当然,许久以后又会滋生新的问题,因为没有了血缘的纽带,也还有物质的、义理的、政治的、地理的……各种各样的纽带。新的纷争可以一度缓和,但不可以永久消弭。这即是人类悲剧的奥秘。为消除这一悲剧之源,需要的时间也许要久远得多,也许远远比狄戎改造和夺取中原花费的时间更多。它所需要的时间,可能抵得上人类有生以来的全部历史。

齐国产生之后,与莱子国的相峙期并不太长。莱子国已尽全力振奋国家,曾经采取了军事、农工等各方面的诸多新策,但终因不合历史大势而归于灭亡。最后的居地失去之后,莱夷人一部分沿孤竹与纪开辟的路径回返北方,一部分被迁移,流散四方。齐人不像周氏族最初对付鱼族那样严厉,但也相当苛刻。莱夷人的最后一部分固守海角者不得不沦为铁盐丝织百工,成为强盛齐国"渔盐之利"的一部分。

莱夷古国毁灭的悲剧,带来了永远不能消除的遗恨,而这遗恨又派生了其他。它造成的历史之回响,将会产生可怕的、多方面的震荡。王室沦落,庶民流失,走上了令人不忍目睹的悲命亡路。余下的、潜隐不彰的、更久远更揪心的,是绚丽逼人的莱夷文化。天下人的技巧、富庶、文字简册,盖无出其右者。但也正像后人多次指出的严酷现实一样:在古代,往往是比较落后的部族取代了比较先进的部族。这种取代一方面造成了新的交流和新的进步;另一方面,先进文化的被淹没、不被完整地传承,又不可避免地造成了历史的倒退。这种代价也许才是人类的大哀伤,令人类难以承受。

人类的这种替代、战胜与被战胜的方式,曾让我久久伤怀。我不能理解的是,为什么物质极大丰富、文化极为发达的莱子国,尚敌不过处于野蛮时期的狄戎?当时的莱夷人衣着天下最华丽的锦缎,手持天下最锋利的宝剑,却要败于手持棍棒铜戈的敌军。天下最好的骑兵也属莱子国,人口虽略居弱势,但由于鱼族及黄河中下游诸多夷族的联合，也非致命弱项。莱子故国灭亡的原因到底是什么？

我相信它终有化解之日。不仅是莱子国，还有其他种种历史变数，也似乎可以从此一窥端倪。我将由故国之悲索开去，直至穷穿义理。在此我早已失去了顽皮之心，而代之以满腔的庄严。我无法游戏于历史和人类的至大悲伤之中……

我不得不承认，我的族先一度——不，而是在长达千余年的漫长时光里，陶醉在自己特有的文明之中。他们丰饶的土地，辽阔的疆界，最先进的冶炼织造技术，特别是相当周备完美的文字，都足以使其有自豪的理由。作为一个民族，他们过于强烈地记取了一种优越感；他们既不能从一种特定的感觉中走出，也无法超越这种感觉。这就可以让整整几代人陷于一种盲目，而丧失起码的分析。历史的进步和发展常常借助于感觉，但并不完全依靠和倚仗于感觉；它更为倚重和凭据的倒是分析。分析就要冷静笃定，要有"定量"。我的祖先往往在一种陶醉中首先给自己"定性"：自己最先进、最优越，文明程度最高；既有强大的物质，又有卓越的文化；从现实的双边和多边安定上看，也拥有武装一流的军队。"性"已定，"量"的分析也就不屑于去做了。一个傲慢的民族常常是极不喜欢麻烦的。

如果嫌分析麻烦，那么更大的麻烦就会接踵而至。

先进科技在军事上的应用对于战胜对手当然是至关重要的。但它不是唯一的决定因素；它总是受其他因素双重或多重的制约。还有一个可怕的现实，那就是时代的局限。由于处于刚刚挣脱野蛮时代的阶段,莱夷的锋利宝剑、射程更远的弓弩,比起西部狄戎和其他部落的棍棒、铜矛和弓,尚没有更本质的飞跃。这种先进和优越的距离尚不足以起决定作用。另一方面,由于物质的迅速积累,莱夷人的生活已经相当舒适了。在与其他部族的交换方面,铁、盐、织绸这些对于中原和西部南部最具诱惑力的商品,莱夷人是唯一的出产者和制造者,它可以用较少的劳动量换取其他部族极多的劳动量。这种巨大的反差一方面使莱夷的财富得到更多积累,另一方面又促进和刺激了享用。

大概今天很少有人相信,当时的莱夷人已经如此奢华。上层人物自不待言,仅是城邑之内的平民,即在节日里穿绸衣系玉坠,身携宝剑;饮食讲究,烹调师已得到尊崇;每个村落都有自己的酿酒师、制陶师;莱夷人的音乐即是后来齐国音乐的发祥地;有人甚至估计,从强盛之时的齐都临淄的情形也大致可见莱子故都的繁华。其城邑面积,齐都显然要大得多,但它的城建、街道规划,特别是它的服饰、饮食、音乐、文字,差不多一一承袭莱子国都,并无多大改变。莱夷人当时已有了宴饮伴以舞乐的习惯,当然这只局限于上层。但即便是普通人家,起居也相当讲究。他们可以烧制各种陶器用以建筑;房屋有的已做瓦顶,铺以方砖;墙壁用烧制的灰粉涂得雪白;室内总是垒了火炕,炕上铺了芦苇编成的精美席子和毡;席上摆一做工细致的小方桌,以供宴饮之需。

莱夷人当时的渔盐业至为发达,几乎不亚于丝织、种植和冶炼。黄县东西部的大盐场已是举世闻名。渔民拥有当时最大的船,可以顺风顺水驶往辽东和高句丽半岛西端;除了捕鱼之用,莱夷人还造出了供游玩的车船。船由普通的舢板式更新为三层楼船,由顶楼、中楼和底舱构成,且中楼和顶楼舱间皆由细白苇席和毡毯铺就,舒适非常。至于车辆,独马车和牛车基本在城内绝迹,而代之以更为豪华的四马彩绘大轿车。车上丝绸冠盖,并带有水具和酒具,有暖手炉。

由于农业和盐铁丝织业的发达,商业交换在边境和邑内活跃空前。后来的齐国曾以"天下贸易之都"的美名流传于世,也在很大程度上承接和发展了莱夷商贸的结果。专事交换、脱离劳作的邑民大批产生,有的专事于物质集散,而且成为巨富。整个城邑,甚至大半个国家,都游走着商贾的车子。模仿者层出不穷,昼夜不舍的运货车辆把盐与丝绸、粳米、干鱼、石灰、铁制品、陶……运达泰南广大地区,有的还远达西部高原地区,更不用说长期以来即在莱夷势力范围之内的辽东、更北的黑龙江流域了。这些商品的散布也伴随着文明的散布,极大地诱惑和苏醒了尚处于石器、陶器时代的西部、西北部的狄戎,以及其他游牧部族。这使许多部族以神秘、钦羡的目光注视东方,亲临宝地之念也油然而生。

齐国是建立在严重削弱莱夷的基础之上的。此时的莱夷颓相已显,虽然自身还仍然处于想象的优越与辉煌。但也毕竟好景不长了。她正忍受着割地之辱,一边舐伤口,一边努力振作。可惜为时已晚。早在周氏族与孤竹交好时期就埋下了灾祸之根。长达几十年的边境交流,周氏族已非当年。他们已有了自己的百工制造,自己的剑和战车。当然,直到周莱战争初起时,周氏族自己尚不能炼铁,也织不出光亮滑细的丝绸。但他们总在这种时代的交流之中获得了关键性的进取。于是在战争中期,由于大批狄戎的东进,莱夷渐失优势,军事上一再失利;大约又过了十年时间,齐国灭了莱夷。

显而易见,正处于鼎盛期的莱夷人已被物质所累。丰饶的土地、渔盐之利、先进的文明,这一切都促进了翻涌奔腾的物质之河,它终于一泻千里,淹没了一切。尽管她拥有第一流的军队,但军队在特定的历史时期并非国土和人民最有力的保卫者。一支在物质之河澎湃水流中沉浮冲刷的军队,将会发现自己是多么无力。

莱夷人曾经有效地管理了自己的国家,在一切方面几乎都做出了当时最完美的、典范式的设计。但当时西部、中原、泰南,还有北部,甚至是黑龙江西北部地区,都发生了沧桑巨变。这看起来离半岛和海角地带相当遥远,几乎是音讯不通;它们一概影响不了莱子国的生活,属于天外之变。不过这些变化会由远而近地渗透,还会直接逼近,化天外为境前。这时候才会察觉周边的围拢如此坚厚无摧。天下之大,奇迹丛生,演化无常,谁也不知道一个角落在几十年时光中会产生出什么奇迹。莱夷人看到的只是境内之变,而无视那广瀚之数。其实世上原本不存在永恒的城堡,也不存在至高至善之物。莱夷人常以自己的铁骑自豪,自诩举世无双。可是忍耐力、英勇、沉着性,在这些方面达到一个极数的民族,天下已不在少数。

莱夷人在变动最巨的年代没有静观思变,吸纳改良;她太满足于自己的往昔与今朝了。令人痛惜万分的是,她没能伸手抓住自己的历史。机会一旦丧失也就再不回返。其实当时周氏族与殷人、内部的鱼族,还有与其他氏族部落的争端及联合,与西部及西北部的联合与斥拒,更有与莱夷本身的一系列交往和摩擦,其中都包含了诸多可以研讨、可以吸取之处。战争的历史已有千年,变数甚多,当年无敌的莱夷铁骑在今天面临了什么尚是未知。而军事装备上处于落后境地的狄戎却常年征战,经验丰厚,而且蛮勇超人。这一切都藏在莱夷之师的盲角之中。我的族上在相对优厚的物质文明的滋养下,已失去开拓之师的泼辣与生猛,面对蛮勇莽悍的骑射海潮一般涌来,必感恐惧与陌生。敌手之今天,从许多方面看正是莱夷之昨天。

这或许不仅是莱夷人衰败的原因,而且是古代一切先进民族被落后民族驱赶和取代的原因。看来,任何民族,在物质与文化进一步发达、繁荣之后,切不可遗忘了昨天,不可放弃了吸纳,尤其不可放弃体魄与思想的操练。失去了这操练,后果可怕至极。一个被物质所累的民族就不会产生有竞争之力的最现代的思想;就会变成一个鼠目寸光的庸常之辈。这种人周身挂满了珠宝,但就是不堪一击。少数上层莱夷人曾经以筹划国策、御敌和富强为己任。但他们已然忘记:社稷之重不可以仅仅托付几人几代;再说一国之流习总会随风气荡动,无孔不入,无坚不摧,它不可能对国君大臣、王公贵族毫无影响。

我不能说对于自己祖先毁城灭国之由全部了解,但起码可以若有所悟。我谨记:一个民族一不可为物质所累,二不可固守虚荣。其他呢?我想除了所能察觉的原因,余者就实难测知了。因为一个民族与一个人是一样的,一切皆有命数。天命若此,即无计可施。我如果如太史阿来一样,做一个顽固不化的复国主义者,即是违背天命。除此而外,人的敬畏血缘也该有个限数,切不可一味痴迷、鲁莽。因为历经了八千年之久的演化,莱夷、黄帝、炎帝诸族,已然混血交融。我们已无法更具体地指斥狄戎。我们只能一齐听命于土地,去做土地的奴仆。土地也等于庶民,庶民为土地之草介,是土地之生化;为土地的奴仆,即为庶民的奴仆。

有如上觉悟,并能以身试法,固然需要勇气。我又何尝有此巨勇?

无法回避的是母亲的目光。这目光让我在安静之时一再记起。母亲的目光慈爱沉重,让人无力迎接。母亲的眼中包含了太多亡国之恨,她嫌亲手注入下一代血液中的尚不够浓烈,仍用这难逝的目光将其倾注。这只使我一遍遍自责与哀伤。我年纪渐大,不得不从母亲的目光中走出,走向自己的远途。

与太史阿来和那班挚友不同的是,我在一遍遍对莱夷历史的追思中,已经淡泊许多又急切许多。我不再一味地咀嚼狄戎之恨,而代之以深长的悔痛。这悔痛属于莱夷的后人,也属于狄戎的后人。我将社稷、民族、血脉、民生、义理……诸种因素混而合一,心绪复杂得无以表述。任何试图完整无误的言说,都会换来更大的误解。这误解之可怕,是因为总有人不惜抓住一切机会来曲解,以达到自己的目的。目的之卑劣常常即决定手段之卑劣。我对其充满了怜悯。

我有时不知自己代表了谁,代表了什么。我又是谁? 站在了何方？我不知自己在代表社稷还是民生？忠诚于血缘还是义理？向往于母国故地还是环宇苍茫？不敢细究。因为这心中的悟想、这伸手即可按住的善之心跳。这潜而未发的勇力、这柔弱可人与猛烈无敌……我仅仅是我，是一粒一籽一尘，是稍纵即逝的一闪一跳一声。我自知只有瞬间的明了，并倚仗这瞬间而顽抗。我将在无言的反驳中坚持自己的怀疑。那些不能予众生以幸福、以希望、以延续、以完美的，无论假借了多少吓人的名义，我都不会跟从了。

我只想把这些告诉自己冥冥中的慈母，只可惜她再无闻。我还想与那个苦难不幸又是野心勃勃的太史阿来畅谈一次，可惜他已永诀。我想与区兰、卞姜，甚至是那个"女通灵者"逐一深谈，可惜也都不能够了。这些辩论与畅言、这些回告与相诉，大多也无用无益。可我仍需诉说。我自己需要这诉说。

第七章

那个夜晚我费了不少口舌才让长跪不起的米米站了。微弱的灯光里我第一次如此细致且近地端详她。像在六坊中见到的一样，她仍是那么娇媚、瘦小、柔弱；只是这一夜我离得太近了，又闻到了彼岸野地之气息、那雏菊与铃兰混合的香味。这是她身上散发出来的，是她的体息。我许久没有过这样深长的感动，但毕竟年事已高，一切都不易流露了。我不由自主地叹息一声。

她在这叹息里大睁双眸。我又感到了她鹿一样的鼓额与眼睛，仿佛听到一声询问："先师为何叹息？"她仍旧穿着以前那件手编墨绿色绠衣，腰上还是那条水红带子。她在刚刚站起的一瞬有些晃,我就扶了她。她的体温与记忆中那个"女通灵者"的体温一样,有些灼人。我赶紧放开了她。后来我不止一次想去抚摸她那披撒下来的长发。这头发根根爽直,黄茸茸的,蓄满了神秘的生气。我扼制了自己。尽管我感到这两只欲将抬起的手臂有着父亲般的温和,但同时也具有父亲般的色泽。是的,它已满是皱褶,手背上有了早生的斑点。我一再地管束了这双手。

我请她还是回罢,并许诺:终有一天我会召唤她、请求她的帮助。但现在还不能,现在一切皆能自理……最后一句出口,我觉得喉头那儿烫了一下。

米米坚持这个夜晚留在我身边。我发觉她有一种恐惧。我的疑虑促进了勇气,接着略有严厉地让她离开了。

米米走开那一刻,我觉得心上有什么东西破碎般地难忍。这粗暴首先伤及自身。我发现自己滥用了某种权力——是的,只有获得至高无上权力者才有类似粗暴。我的虚荣在那一刻真是表现得淋漓尽致。"米米!"我小声呼唤着,盯着她离开后留下的空虚。

这一夜几乎没睡。无比疲惫、孤单,还有说不清的焦灼、愤慨、企盼……混合一起的情绪。之后是更多的沮丧笼罩了我。有好几次我想让人去唤甘子前来陪伴,但最后还是忍住了。我小声地叹息、呼唤,发出连自己都感到陌生的琐碎言语。我想让自己的声音远达彼岸,让另一个人的耳廓捕捉。我生来经历了多少磨难、绝望,可是极少落入这样的寂寥,寂寥得简直有些不忍。我知道下姜不会拒绝米米,可是眼下有说不清的禁忌在阻碍我走近。

天近黎明时分仍未入睡,而且发出了愈来愈大的呻吟。这声音惊动了卫士,他们笃笃敲门,我未理睬。又停了一会儿,我的呻吟使卫士们胆怯了,他们和医师一起破门而入。我对脸色乌紫、手指甲长长的医师从来反感,这时就粗暴地对待了他。他并未介意,而且比往常更殷勤地施礼和问诊。他说脚气病、胸闷、颈部疾患,这都是引起折磨人的东西,除了不得不施以重剂攻伐之外,恐怕还要请巫师帮助驱邪——一切顽疾都与邪魔有关。医师说前一天还为一个重症患者驱邪,那人现在已满脸喜色、笑声朗朗了。我打断了他的絮叨,并让其尽快离开。

帐内重新恢复静寂时我踱到了窗前。我心里明白,我而今已走到了一个坎前,眼下只有两条路供我抉择:或吞下那两粒致命的丹丸,或有一个全新的开端。这二者抉择都非心愿,只是前一个充满了更大诱惑。

夏天不知不觉地来临,我一连几天都到海边戏水。年轻时我在黄水河湾可一口气游出六里之遥;有一次我甚至不顾他人劝阻,只身一人游向桑岛(渤海湾中一小岛,今属山东龙口)。这在当时成为奇闻,于是许多人都知道了我的水性。随着年纪的增长,世事压上心头,人在水中就难以浮起了。登瀛后也少有这样的松闲。医师说长时间海水浸泡有利于脚气病的康复,这也为我寻得了一个理由。有几次因为去海边耽搁了政议,引起了不少抱怨。

我仍坚持我行我素。淳于林将军为安全计加派数名卫士,大部分散在周围岸边,只择三五壮汉与我一起下水。他们驱走了城内出来游水的人,无论是土著还是他人,一概赶到了礁石的东岸去了。第一天下水我对纷纷围拢的年轻卫士颇为不安,后来干脆让他们统统上岸。他们上岸后似乎更为紧张。我于是请他们到更远一些的地方,只唤来甘子与我一起。甘子水性极好,这一来卫士们才舒了一口气。

其实有一多半时间我们只是躺在热乎乎的沙子上聊天。甘子找来一柄遮阳伞为我撑好,自己倒暴露在阳光下。他仿佛不怕日炙,身上呈黑红色,油光光的,让人想起鲛鱼。他尽情翻腾拍水,总在我周边游动,但距离恰好,并不妨碍我。他一口气潜到水底,有时直滑翔到我的身边才猛然钻出。这一刻顶出的水花、发出的哗啦声,都使我一阵喜悦。那一头浓发被水流均匀地涂在额上,愈发像个孩子。我想小林童在这个季节也会去海边戏水的。

我们近在咫尺,仰卧沙岸。我知道这是人生中难得的快意和松弛。这是双脚皲裂的苦命奔波者赢来的清福。记得初临瀛洲,当第一眼看到黛色蓬莱时,心中就涌过一个念头:我寻到了此生的清福。其实一切又是一场开始,而每一次开始都接续了一次结束。我实在走过了太久太远,也该歇息了。看着对面的甘子,我不能不为身上松皱的皮肤、大大小小的斑点而羞愧。我在不自觉地往身上涂抹沙子,以遮去这难堪的痕迹。

甘子在我无意间发出的呻吟中颇为感动。他想减轻我的痛苦,为我按摩。一只又小又软,然而却是充满力量的手掌给予我极大的享受。我想象这是小林童在为我按背、松动筋骨。有好几次我流下了泪水,只是甘子毫无察觉。

因为迷恋于戏水而多次耽搁政议,使几位老人愤愤然,影响所致,"三院"的先生们也都知道了他们的先师正有些乖戾。我发觉整个城邑内的人都为我痛苦。淳于林将军两次出现在海边,转悠了一会儿复离去。我仿佛听到了他的嗟叹。因为我已下达命令:在我来海滨的时候,任何人不得打扰。我只与甘子漫无边际地闲谈,偶尔下水玩一会儿,或者让他给我按摩。

我们在几天时间里,已经不知不觉用问答的方式回顾了长达四十年的彼岸生活。我一开始就鼓励他大胆提问,不必忌讳。我首先问了他拉拉杂杂一干旧事,如小时是否喜欢打架、何时停止尿炕之类。甘子涌起强烈的思乡之情,好几次哭出了声音,使我不知所措。但我们渐渐又重新平静下来,笑声朗朗。我对他多次谈到小林童,发现甘子不知哪里真有点相似——这极可能是他们的神气。甘子听得出神,像个孩子一样微张嘴巴,露出闪闪发亮的、整齐细密的牙齿。他嫩嫩的细唇就像蜀葵花的瓣朵;那双黑白分明的眼睛偶尔一眨,一会儿合拢一会儿分开的双睫,让人想到夜合欢的叶子。

我疲累时就仰卧遮阳伞下,只让他自己下水。他不想扔下我,但又忍不住。他往身上扬一点沙子,欢快非常地蹦跳几下……那细长绵软的身体简直是世上至美之物,阳光下泛着光泽;那脊沟柔和的曲线、翘翘的臀部,都使人迷醉。他跑到水边时从来不忘回头瞥我一眼,然后像飞鱼投水……我这时总是泪眼模糊。

这是再好也没有的天气了,午后太阳把所有浮云都赶到了遥远处,海岸的沙子和海水一起散发出诱人的气味。卫士们照例在远一点的地方游动,只有甘子浮在浅水处,头颅转向这边。他在引我下水,常常发出呼叫。我总在这欢快的叫声中兴奋不已。连日来不仅脚气病和其他疾病大为好转,而且觉得年轻了十岁。我在远处卫士们惊讶的眼神下,尾随甘子在沙滩上蹦跳,又和他一块儿故意半路跌倒。他在水中喊我,我终于下决心随他游一会儿。

海水暖气可人,波浪全无。有小飞鱼在四周跳荡。甘子潜水、仰泳,有时还和我比试游水的速度。我现在虽不是他的对手,但飞快划动的手臂却让自己惊讶。大约在水中游了半个时辰,甘子发现有鱼群从身侧逃过,接着又是跳起的鱼,啪啪落水时溅起的水花拍到了我们脸上。正在诧异,我们都看到了水中有一巨大阴影在蠕动。我大声呼喊,伸手去拽甘子。我马上想到了巨鲛。

甘子喊一句:"先师!快啊!"猛力推我一下……只是一眨眼的工夫,整个人就沉入水中。我觉得那个阴影呼啸掠去,像一个巨大的浪涌一荡而过。我听到有火花在脑子里噼啪爆响,一时不知置身何处。甘子再未出现,我急急潜入水中……什么也没有,四周死寂。我浮出水面,马上看到胸前十几尺处有一片血水……

我不记得这一生里曾这样痛哭。我坐在沙岸,再无力站起。前方海水在我眼里全是血色。淳于林率几十个弓弩手迅速把一大片水岸围拢,可是一切皆无结果。甘子不回,我只求他们射杀那只巨鲛。天渐渐到了黄昏,弓弩手们还在沙岸游走,淳于林一会儿到我身边,一会儿往远处叱喝。我不知不觉倒在沙岸上,后来什么都不知道了。

醒后已在帐中,身边是医师和大大小小的先生。他们大喜过望,嘴里发出惊叹。"先师,这就好了!"淳于林紧紧抱住我。由于过分紧张,他的嘴唇不停地痉挛。我闭上眼睛,后来听到了拖沓的脚步声。像过去一样,在最困难的时刻,我总愿一人去慢慢对付。

十几天未离帐子。有两次想站到窗前,都没有成功。十天里有过三次晕厥。身上最后一丝鲜活被甘子携走,我自知末日真的不远。对此我已确信,不想再延宕犹豫。我此时极乐于追随那个美丽的孩子而去。我又想到了那几粒致命的丹丸,抖索的手抬起又放下。我把那个奇妙的时间从早晨拖到中午,最后决定是晚上……

我随着黄昏的降临而激动。这一次不再迁就和通融,至深夜,我就要亲手打发自己了。这之前还要做些什么?我一一盘算,头脑出奇地清醒。我知道身体早已破衰不堪,加上这十余天摧折,已经没有任何指望了。没有谁能够历数我自十几岁起经受的颠簸磨难,难以言喻的苦痛只有自嚼。在极度的身心疲惫煎熬之中,我多次怀疑自己能否再看到第二个黎明。身心各处无一完好,能够活到今日真是一个奇迹。天终于要黑了。该结束了。

卫士们在门外焦躁地走动。我突然想到一会儿他们在我挣扎时不小心发出的响动中会破门而入,那时必会呼来医师折腾,让我徒增苦痛。于是我立刻吩咐:今天不必守夜,只可放心回去安睡。卫士说无命令不敢撤回,我说那就散到四周好了,离得太近我难以安眠。卫士们将信将疑退到远处,我马上关门。心跳阵阵剧然,不得不重重按住。天黑得很透,一会儿即将进入午夜。我站起来……因为长期小心谨慎的习惯,我总是在完成一个重大举动之前一再思虑检点,唯恐有所遗漏。这时我突然想起了两个人:米米和淳于林将军。前者曾对我私托了终身,我不能不让人对其多加照抚;后者则关乎一城之重,又是最忠诚的兄弟,我们最后不能不再见一面,并有所委托。我特别想把米米托付给他。想到这里不再犹豫,立即开门让卫士传唤——他们还站在门前,原来刚才退开只是应付。

那个可怕的夜晚至今想起仍非常神秘。它让我明白了上天的旨意。在重大事变的一些关节上,我还是没法违抗天命——卫士跑去,照常理只消片刻淳于林将军就会赶到;可是一会儿卫士却独自返回,说将军有事走不开,还需先师少待片刻。这使我大为惊异。城邑内竟然还有比我的传唤更重要的事情,这是从未预料的。

大约等了一小会儿——这是多么难熬的一段时间。我正在千金难赎的光阴中捱与靠,一生中从未记得有如此急切焦躁的时候。淳于林会永远为这一次拖延而悔恨。有好几次我觉得再也不能等待,几欲先走一步;可是巨大的好奇心还是阻止了我——我想看一看淳于林将军在这个夜晚到底忙些什么……终于响起了那个熟悉的、有力的脚步声。门扇轻启,进来的果然是我的将军。

"先师!让您久等了!我实在……实在不能马上离开。"他一进门就奔过来,一手抚在我的肩头,一手托住我的后背。这是他的习惯动作,因为多日来他都听从医师的话,不让我久坐,常用这个姿势让我平卧榻上,这一次我把他的手推开,我让他坐下——"坐吧,不必太慌急。我们还有点时间……"

"先师!"他声音低沉,但非常急促。我觉得他今夜比我还要急不可待。我立刻对这种反常的急躁有点厌恶。但我并未表露出来。他搓手——只有我知道他这个动作表明了最大的焦灼。"先师,我本该马上赶来,可是,可是我真是气愤哪!"

"哦?!"

"我们正在政议,几位老先生口气颇急,我据理力争……"

我怀疑自己的耳朵听错了,大声问一句:"你们开始了政议?"

"是的。已经三次了,都是在先师病重昏迷的日子……本来政议必得先师主持,可前几次请先师,先师都说:'你们议去。'城内诸事纠缠,刻不容缓,先师有病……"

"我说过'你们议去'?"

"是的,先师忘了。这也是我亲耳听到的。"

我却无论如何记不起。这是我在甘子遇难前后说过的话吗?似乎……我决定不再纠缠,只想知道他们议了什么。

淳于林接着一开始的话头说下去:"有人也太峻急,恨不能立刻就把一切做个稳妥。他们以土著近日滋事为由重提东征;还有人要废止秦人、莱人与土著混血,把以前的通行婚配一一改动;更有人说时下财粮使费过大,要将'六坊三院'中的'三院'合而为一,理由是三者性质相近,何必分立铺张,空耗财力……我提出一切更动决不可行,他们即搬出先师以前的话来回敬,说先师亦主张'不能有一成不变之义理'。总之我有些动肝火了。"

我不得不承认,那一刻我恼怒了。我不得不用尽全力才遏制住什么,问:

"那你是何意见?你对哪些同意或持异议呢?"

淳于林不假思索:"先师刚刚定夺过的,像与土著通婚、暂不东征等事体是绝不能变更的;至于合并'三院'嘛,如先师同意,我看倒也没什么大不了的……"

我一下站起来,但后来还是坐下:"你,接着说罢。"

"也就这些了,先师!我就是如上的意思。"

我们面面相对,长时间无声。这样耽搁了一会儿,淳于林说:"今夜看先师的身体比昨日好多了!这真是一个天大的喜讯啊!城内人一连多日都在打探先师病情,'六坊三院'都有人为先师泣哭,他们都想前来探望,皆被我阻止。先师康复即是城邑福分!先师……"他说着眼里闪出了泪花。

我在屋内踱步,自语道:"是的,我的病的确较昨日好多了——是的,好多了。"

淳于林突然记起什么,急问:"先师,您唤我来有事吗?"

我转身,尽量使语气平缓清晰:"你告诉他们,从今以后,我要参加政议了……"

经历了那个惊心动魄之夜,我十几天里第一次变得平静。我决定抛弃那几粒可怕的丹丸,杜绝它的蛊惑。我明白:像我这样一个人,已经失去了自裁的权利。短短十几天我就弄懂了许久以来模糊不清的一个问题:这里究竟在多大程度上需要我。仿佛城邑内的这一拨人还没有下船,还在激流之中挣扎,在雾霭和风暴中乞求。记得船队穿过老铁山海峡时,汹涌波流打毁两船,其余船只一片恐慌。那是何等险绝!原来一直传言的大群巨鲛也于风平浪息的第二天出现,蜂拥而至,绕船三匝,最后向海峡对面游去。船上人未费一镞,可谓有惊无险。那两只折翻的楼船尽是秦国兵吏,可见也是天意。虽经全力搭救,但因风大浪疾,大部仍被卷去……我自知船队离梦想之岸尚远,仍需诚惶诚恐,未敢懈怠。

好不容易从甘子遇难的厄境中走出。我出营第一件事就是赶赴政议,心里早做好了激烈争吵的准备。很可惜,那些热衷于推翻旧议者并非预想的那么执拗,而大抵妥协在先。他们呼叫"先师"的声音与往日并无不同,施礼时似乎腰弯得更低了。我详细询问各项事宜,特别对城防、区域勘测和筑城三项给予特别注意。禀报者的罗列令我极为满意,同时也得知,所谓东部土著部落的滋扰远非传言那么严重,只不过有两三个原来分立的部落正在融合——有人敏感地将其视为即将开始的西犯图谋,而我却宁可认为是土著部落对城邑的恐惧。至于少批来犯者,也与较大部落无干。于是我更加肯定自己往日决断,再一次否定东征。

康复后第一次政议中我就洋洋洒洒宣讲了一个时辰的莱夷历史。这其中不可避免要插述若干其他部族的演化繁衍、国家兴衰之概要。这样做的目的是为了回迎那些对自由婚配、与土著人融血感到痛心疾首者。简单之回述与追溯即可看到,所谓的血统纯净论是多么虚弱无力、不堪一击。史实或可佐证的倒是,凡宽宥大度、晓理顺时的民族,那些与其他部族结合而获得壮大新生者,才有焕然一新之势。我们绝无必要将迁徙此岸的秦人和莱夷人、其他六国人皆局限于狭地,这等于自我囚禁,而以此求得完美纯洁仅是一种梦想。

结束宣讲时我提出两个议项：一、派出使者东行，联络最大土著部落，说明城邑主张，并邀请尊贵酋长来邑议事；二、从长远计，为繁荣、延续彼岸诸学，倡明义理，立即着手扩充"三院"，并加强学坊，从三千童男童女中择取优异者充入"三院"。

我的提议立即得到了几个人的赞同，但约有一半人沉默。淳于林对第一项颇为积极，对第二项则未置可否。其实我并非急于实施，只是倡议在先，容人三思；若日久不能达成一致，则按惯例提交大言院——其辩论结果当然会是一片拥赞。我对第一条被采纳早有所料，重点则是第二条。它是我固执的内心所萌生。围绕淳于林在那个夜晚的复述，我震惊之余陷入深思。我对于一些人如此急不可待地合并"三院"感到迷惘。这与前几年有人去大言院旁听之后惊呼"如何得了"如出一辙。但邑内尚无一人对"六坊"提出异议。因为"六坊"所施皆为实务，盐铁经济缺一不可。骑马民族自立足海角之日起就倚仗的东西，今日仍被牢牢记取。可是莱夷海角繁衍至今，几千年漫长之日遗失之物却没人深究。

只有人为齐的灭亡而庆幸，没有人将其灭亡的因由想得更多。谁如果将齐灭亡的责任多少也归于莱夷，则必定引得莱夷人大为恼火。其实这种认识才稍稍与真实契合，并非虚妄到不着边际。因为齐灭莱夷之后，即承接了她的巨大遗产，特别是渔盐之利。繁荣之科技与丰饶之物利使齐国很快强盛，加上诸子之学盛行，生气勃勃的齐建起了稷下学宫，即成为第一强国，临淄作为天下第一名城而当之无愧。其时的临淄民富而敦，莱夷人讲究排场之风即被延续，最精巧的物器与最时髦的娱乐都涌入都城，名商巨贾皆出自齐。伴随其甚嚣尘上的,是日益扩大的稷下学宫。每日里名士往来,宾客盈门,论辩通宵达旦。稷下学自齐湣王末期开始走上了盛极而衰之路,因为早已为物质所累的莱夷,其物质主义对齐国的腐蚀又一次达到了一个极数:齐国人在经历了几百年稷下学的巨大精神奇迹之后,后来对于思想实在是疲惫了。

对于思想的疲惫即必然导致对于物质的狂热,接下去的结果则可想而知。

我深知自己的使命到底是什么。它也许一时难以尽述,也许因繁琐茫然不得要领。但一个人追思不绝的时刻,度过了难忍的悲伤、挨过了死亡的诱惑之后,沉静下来,也就不得不进一步认定:我的使命就是永远不允许他们表现出对于思想的疲惫,无论是何时、何地。

为贯彻这一念想,坚守如此使命,我将不惜一切代价。

甘子遇难的沙岸上垒了一个坟堆。其实仅埋了他那一天脱下的衣衫。他没有留下至为完美的躯体。我时常踯躅沙岸,无论是深夜、清晨或其他时候,只要是悲酸难忍之时,就不由自主地走到这里,在坟前滞留片刻,很快就仰望万里碧波。因为他消融其间。那个阴影只是一闪,一切即结束。我晚年唯一的欢乐和倚托,就这样消逝得无影无踪。因为他的失去,我的存活已非常之牵强。我究竟需多少勇气和毅力活下去,只有自知。深夜,多次迷蒙中在他那张卧榻上抚摸,直到最后一刻醒悟。不止一次有人劝我搬开这空空卧榻,都为我拒绝。我大概今生都要面对原封不动的同一张卧榻了。

我在沙岸踯躅,两眼湿润。淳于林将军从远处走来,在旁稍稍迟疑片刻,转到对面。"先师,您大概忘记了吧,再有十天,就是您的五十寿辰了……城内人准备为您好好张罗一番。这是大事啊!'六坊三院'这两天都在谈论先师,他们都说该做了……"

我忘掉了这个可怕的日子:五十寿辰! 心中马上鸣响起喃喃之声:"五十了,五十岁了……"好不容易才听清淳于林接下去说了什么,就问:"该做什么?"

"该做……该完婚了!"

我一言不发。

"先师太苦了! 先师,这可不是您一己之事啊,您永生永世都是此岸之人了,为此岸计,也不该再固执下去了!"

将军眼中闪烁着泪花。我的手沉落在他肩头,像耳语一样问了句:"近日见到米米了吗?"他点点头,同样耳语一般:"她前不久为您的疾病日夜泣哭,后来又为您的康复欢声大笑。她差不多天天都为您祷告呢。她只说先师答应了:在最需要她的日子里会召唤的……"

我看着淳于林:"什么时候才最需要她呢? 我也不知道了……"

将军字字确定地说道:"就是您五十寿辰的那一天! 先师,让她一起走进这个日子吧,这是至为吉利的!"

……

剩下的事情就是全力以赴迎接那个"至为吉利"的日子,我也认为这是一生中最为重大的事件之一,而在整个余生中,恐怕再也没有任何事情会比它更重要了。我暗中叮嘱淳于林:关于五十岁庆贺的一沓子繁琐尽可简化,因为我已是五十岁的老人,没有那么多精力。淳于林这一次心领神会,大概知道我只想聚精会神地完成这次婚姻——要知道,这对于一个五十岁的老人而言,已经是勉为其难了。

随着那一天的到来,我发现自己越发紧张和怯懦,甚至羞于见人,不愿出门,政议之类事务只得全部停止,就连按时接受的禀报也一度终止。我甚至从卫士的目光中看出了什么。这期间我接待最多的一个人就是淳于林,我好像比往日更能无所顾忌地与之交谈,事无巨细都一一商定。结婚之事不仅对于当事人,即便对于操办者也是相当繁琐的。我主张此次婚姻尽可能做得不事声张,越隐蔽越好。淳于林说已不可能,因为城内所有人早就翘首以待了,他们准备到时候好好热闹一番。我的心扑扑乱跳,连说不可。这使将军颇为作难。最后他终于想出一个万全之策,就是将庆贺之类与婚姻分成不太相关的两沓子——也就是说在他们喧哗之时,我将与自己的新娘躲到一个不引人注目的地方。

最后淳于林提到了米米近况:她闻听先师的决定已感动得不能支持,在长达三四天的时间里不思饮食,整个人都消瘦了。这真难为了一个本来就如此娇弱纤细的人。他又说米米几次提出要见一下新郎,我立刻摆手:"万万不能——我不能在婚前再见她了。因为既然时间已不太长,那就一切留待婚后商量吧——那时我们的时间将非常充裕。"

淳于林一离开我就重新陷入莫名的紧张。这对于我是不可忍受的窘况。我在屋内踱步都蹑手蹑脚。我极力想振作一下,结果发现非常之难。

在离那个日子仅有一天的时候,淳于林总算为我在城邑最僻静处找了一间新房。那是一个透风漏气的茅屋,不仅是屋顶,就连墙壁也由植物秸秆搭成,上面的泥巴斑驳脱落。淳于林领人将内壁用布遮了,又准备了灯盏之类。卫士问为什么要这间破屋。他回答有一个年迈的方士要在这里研习一下过时道场。

第二天,黄昏逼近。我开始手足滚烫,额部和颈部发热难忍,最后甚至怀疑这次完婚无法如期举行——不是待在新娘身边,而是被医师围拢。但等太阳完全落下之后,四肢又有点发冷。手冰凉冰凉,牙齿也发出磕打声。但我明白:身体的危机总算过去了,我可以到那座小茅屋中去了。我穿了一件斗篷,出门前想了想,又携了一把短剑。淳于林在屋外等我,卫士依旧在四周徘徊。远远近近都有人点起蜡烛、灯笼,有人还唱起彼岸喜庆的歌子。我在屋外伫立片刻,望着灯光闪闪、歌声四起之地,忍不住流下了泪水。

淳于林把我送至茅屋前就退去了。卫士们这一次被严格限定在百尺之外,也不知道卫护的人是谁。自从将军退走的那一刻起,我马上又陷入了紧张。有长达一刻的时间我在门前犹豫:进还是不进?我觉得手足渗出了冰凉的汗粒。

屋内透出微微的灯光,我依稀听见她小心的咳嗽声。笃笃敲门,门马上打开。米米穿了盛装,这使她看上去比往日胖了些。她费力拂一下衣服下摆,跪在地上:"我的先师!"我把她搀起,喉咙热得说不出一个字。我的手搭在她的肩上,她则靠在我胸前。那股熟悉的气息浓浓淹来,整个人都要窒息。我张大嘴巴,仍然说不出一个字。她喃喃不休,我则一个字也听不到了。我的双耳也被那股浓厚黏稠的气息所堵塞,尽管用力推开、疏通,也仍旧无济于事。

时光一点点逝过,到了深夜。她不知何时褪去盛装,像一只乳燕一样蜷在我的怀中。在全无知觉之中,她吻着我的面颊。我很快得知她是一个温厚而顽皮的孩子,双臂环在我的颈上。我的手被无形地牵引,抚过了她的全身。但我一直闭着眼睛,这样感知得更为详尽。我自信没有误解和遗漏每一个毛孔。我总是叮嘱自己,我在拥抱故地的一个孩子。我发觉她每一根骨骼都长得精巧圆润,结实而丰满的肌肤又将其一丝不苟地包裹。她周身上下像桃子一样,长满了细密的绒毛。

整整一个夜晚她都在喃喃叙说,但我一个字也没有听清,同时也没有回应一个字。我们都没有合眼,也没有分开。但只是簇拥。这一夜我未曾感到一丝的脚痒及其他不适。约莫下半夜,不,肯定是黎明了,她想为我脱去衣衫,我阻止了她。后来窗户真的透出一点曙色,我看了看,在她的照抚下睡去。

整整一夜、一个白天,我都没有离开卧榻,但也没有说一句话。我在全部时间里都处于弱小无依的状态,只觉得她那般强大,简直是足可依恋的成熟。我觉得自己的余生真的有了依靠。半晌左右我醒来了,她先小心地为我擦去了眼屎、不觉间流出的涎水,又用温温的毛巾为我擦了脸和手。那一刻我真的觉得自己是一个婴孩。但我发觉自己更无力说出一个清晰的字了,喉头不仅烫痛,而且完全堵塞。

这样又到了黑夜。我毅然熄灭了灯火——因为她在为我脱去衣衫。我在内心里祈祷、忍受,感知了赤身裸体挨近她的那种奇异。她悉心照料,就像我一觉醒来时为我做过的那样。她不停地照料我,不辞辛苦,不畏艰难。我后来剧烈喘息,但仍未发一言。她不厌其烦地照料我,真的像对待一个婴孩。后来,许久之后,当安定下来之后,她认真地、无比温柔地吻着我的额头,叹息了一声:"我的孩子!……"

这一回我听到了她的声音——新娘的声音。这会儿我才如梦初醒,总算度过了新婚之夜!羞涩的潮水开始微微退去——它将在今后的几天内完全退去……我知道,我刚刚经历了人世间最羞涩的一次完婚。

第三个白天,不知何时醒来。我是被一阵杯盘碰撞声惊醒的,抬头一看,见到她正为我准备早餐。我看到的是她仅仅穿了一件内衣的纤纤背影。一阵怜惜从心头涌过,我不得不再次闭上眼睛。"我作践了青春!……"

第八章

派出的使者归来后,携回东部最大部落的友好讯息。酋长赠送一些美丽羽毛、两块难以辨认的花斑兽皮。我让使者带去一对玉璧和两只金匙。使者复述:那个胡须茂长、身材矮小的酋长看了礼品,像捏住一个活物般,小心地移至榻上。

这次出使是登岸以来至为重要的举动,从此可以略略避免那些可怕对峙,起码能让城邑有一段休养生息。这也为勘测绘图者带来极大便利,以前每次出去必得带大批护卫,而且不能远行。从长远计,勘测之事比什么都重要,我不能容忍自己居于一片野蛮,对周边境况一无所知。那样居者本身也将很快沦为蛮人。

我的倡议正一一得到施行,而且比预料的顺利。因从学坊中挑选十位年轻人进入"三院",所以邑内上下均十分重视学坊。负责修筑的百工长提出为学坊加建十间厅堂,立即在政议中得到确认。以前那些坚持反对与土著混血的先生而今再无烦言。新一轮筑城正在展开,城邑扩至三年前的两倍,又着手准备建第二城邑,因为不久将有新一代出生,而且土著来城日增。

每一年粳米丰收季节我都亲率众先生出城,一为共享喜悦,二为协助稻农。这是一年中最为欢乐劳碌之日,举城吉庆,也吸引了大批土著。土著耕作习俗已变,与城内人同播同获,食稻穿织成为一大时鲜。不断有人在指点中向我凑近,想一窥"大王"模样。我让人宣示:此地没有什么"大王"。他们以为我即相当于"酋长"一类人物,有人又告诉:"也不是。"这令土著甚为困惑。淳于林将军和几个卫士一直陪伴左右,以防不测。其实自登瀛以来,除几次土著袭扰之外,几乎未遇危急。

此记忆中难得之秋日,我觉得身体真的有些康复,无论是脚气病还是胸疼、颈部疾患,都得到了大大缓解。身边人都说我气色较前大好,颇有红润,走路不再呼呼喘息。他人观测与自我感觉略略相符,因为我不再恐惧于那一个又一个漫漫长夜。那些失眠或充斥噩梦之夜好像是许久以前的事了。这当然要感谢米米。她无微不至的关照让我获得了幸福,她几乎可以在我身上创造无所不能的奇迹。我在她身边的时间大约只有晚上,于是常常不舍得睡去。她为我讲述无尽的莱夷往事,或多趣或伤感,令人神往。她思念父母与兄妹,讲述中泪水涟涟。她靠在我的胸前睡去。我觉得她的呼吸至美,喘息之声伴着胸腹起伏,让人想象那些可人的动物。我握住她软如猫蹄的手掌,看那在脸部打一个曼弯的精巧鼻梁,觉得一起返回了四十年前的莱夷河畔。

一个煦日融融的下午,米米一溜风跑进房间,笑声朗朗地报告一大喜讯:城内出生了第一个婴孩,一个男孩。我听后放下一切事务随她出门。她告诉说孩子在两天前出生,她是刚刚听说,孩子的母亲就是叫"水胖"的女子……我们一起看那个新生小儿,半路记起未带贺礼,于是差米米返回一趟,取来一块腊肉、一方丝巾。

尚未进入院落就听到了美丽的啼哭。米米在这声音中渗出了泪花。院内正有几人贺喜,他们大多是水胖和炼铁匠师一起的人,此刻一齐慌慌跪下……我让他们立起,然后又进内室。令我吃惊的是,水胖原是这般漂亮一个女子!她虽然刚刚产后,头上包了一块布巾,可那圆润的脸庞上一对漆目细眉都给人难忘之印象。她要伏跪,米米将她拦住。匠师从外边匆匆赶来,未及阻拦就跪在地上。他说:"先师,我们今世也不忘您的恩德!"

从水胖处出来我仍不解,问米米:"我对他们有什么恩德?"米米低下头:"所有人都蒙受了先师的恩德……"我越发惘然。

一路上不断看到卫士在四周巡视,有好几次他们阻止了行人通过,待我与米米走过才放行。类似情景以前也有,总被我阻止,看来他们并不听从。米米也几次引我走向另一巷子,这使我发觉城邑大得足以使人迷路了。几年前我常常一人在黄昏或夜间出门,那时觉得何等空旷凄凉。

也就在这个秋天的最后一次政议中,发生了一件令我大为震惊的事情。由三位老先生发起,而后得到一致拥赞的议项称:事已至此,先师该是改做陛下的时候了!一股愤怒的血流当即冲上额头,我站起又坐下,最后发现自己突然间顿失全部力气。我此时一定是脸色苍白,大口喘息着表示了一以贯之的执拗:"不可。你们不可……"

一句出口后是片刻的冷场。淳于林将军颇不冷静地站起:"先师!您太固执了,您只由自己性情,耽搁的却是众人的前程——所有事项皆可依您,唯这次还望先师再思!"我从他的口气中马上听出了陌生而严厉的东西。我镇定一下,回应一句:"那你们大可不必如此,从今起去为自己寻一位'陛下'吧……"

说完我转身步出厅堂。身后死一样沉寂。

我也不知怎么走回,像踩在软软的絮上,心中好长时间近乎空白。米米和卫士一块儿把我扶进室内,饮下一口姜水。在辣辣的气味还没有消失的那一会儿,我终于记起了政议中的全部场景,特别是淳于林将军那冷肃的面容。我闭上双眼,对米米的询问不予回答。这样一直到了黄昏,我毫无食欲。深夜,米米在我怀中小声抽泣许久,我只是一下下抚摸她的长发。这样过了一会儿,她突然跪了。

米米跪坐一旁,眼神与鹿毕肖无二。我让她躺下,她拒绝:"先师!到底怎么了先师?"这一夜只在临近黎明时才睡了一小会儿,而且还做了一个怪异的梦。梦中那个老游戏对手又出现了,就是秦王嬴政。他在梦中与我会面,奇怪的是绝无原来那般猛厉,倒是笑嘻嘻的。他仍穿黑色衮袍,浑身上下水淋淋的。他说早在我离开那一年就去世了,这一次是跨越冥界、远涉重洋来看望老友。他在吐出"老友"二字时,面部颇不自然地抽动两下。接着他说:"怎么样?如今你也是王了嘛……"

醒来后我把梦境告诉米米,她合不拢嘴巴。我又一次看到了那精巧细密的牙齿。

这一天我没有离开卧榻。因为夜间的失眠致使浑身无力,左胸一阵沉闷;还有颈部,简直像针扎一样刺疼。除了脚气病还在阴险潜伏,其余宿疾一齐攻讦。米米在一旁宽慰,后来还是有些紧张,不止一次商量去请医师,皆为我拒绝。这样坚持两个时辰,一阵刺疼使我失去了知觉。

醒来首先看到泪水糊脸的米米,接着又看到围在旁边的淳于林将军、几位先生和那个指甲长长的医师。医师在淳于林耳边咕哝几句,淳于林好像不屑于听,只专注地看我。我闭上眼睛挥了挥手。米米说:"先师想自己静一会儿……"

室内极为安静。我睁开了眼,看到淳于林并未离去。我马上有些恼怒。米米呵气似的说:"最放心不下的就是将军了,他昨夜亲自为先师守卫,一夜未眠……"我闭上了眼睛。从那次政议之后我即在心里告诫:你身边只剩下了一位将军,死去了一个兄弟!

我肃穆威武的将军啊,莱夷人的利剑!你挽救了多少危难,而这一次是刺中了我的左胸——所以它才如此刺疼。我似乎明白了,这座城邑已形成某种难移的怪力,它无影无形,又至为强蛮。每个人都将无从躲避。淳于林只不过是一个被征服者,他在梦幻中即走上了跟随之路。莱夷的利剑啊,昔日的兄弟!

我听到脚步移动之声,知道将军即要离开,就咕哝一句:"总算离开了……"谁知道马上传来低沉温和的一声:"先师,我永远不会离开您的,永远不会。"一只大手握住了我的左臂,轻轻抚动。这是淳于林的手。多少年来这只手与我一起做了不少事情。我听任它的抚摸,一动不动。我料定他还会说什么——是的,那是突然变得沙哑的嗓子:"先师!是我错了,我们太性急——都想不过是早晚的事,拖延日久又怕生出别的枝节。大家以为这也像您的婚姻,开始总要推脱的……"

我忍不住笑起来,但笑不出声音。

"先师!您惩罚我那一天的无礼吧!"

我仍闭着眼睛。我想说:是我无礼。但我已无力与之讨论,直到他无奈地离去仍未吭一声。后来我睁开眼睛,米米马上激动地喊了一声,把脸伏在我的左掌中。我抚摸她的脖颈、后脑、那一缩一缩的肩头。我小声说:"他们想让你做皇后呢……"

米米无暇思索,应一声:"我只要先师高兴。先师只要快活起来,我就快活起来了。我是您的,您也是您的……"

最后一句有点蹊跷。"您是您的"——难道这还要怀疑吗?"多么傻的孩子!"我长叹一声。

渴望已久的东部酋长的访问终于得以实现:本月十五日月满之夜,他将在一干人马的簇拥下启程,至第二天月夜到达。这个时间的选择真是完美无缺,它让人得以窥见土著人精细而浪漫的情怀。他们原来远非城里人想象的那么粗蛮。这个消息让我无暇生病了。我仿佛突然抛却了全部不快,随淳于林将军和三个卫士一起出门,商量接待酋长的具体事宜。因为来自瀛洲最大部落的友谊非同小可,这对于整个城邑的历史将是重要一页。就此也正式结束关于东征的内部争执,最好地佐证了我非同一般之远大眼光。对此我颇感欣慰和得意。

酋长的使者先行到达,传递部落意向。其中稍稍令人尴尬的是酋长提出要在拜会"大王"时亲献厚礼。禀报者说到"大王"二字面有难色,我则不语。禀报者又说:"我等对使者回复:此地并无称呼'大王'之风俗,如今只是称之为'先师'。他怕届时称谓有错,特意让我等再三重复念出……"我几次想打断禀报者,但还是作罢。看来要解释"先师"与"大王"之别已非易事。我只能咽下一腔苦笑。禀报者又喋喋不休说了若干,我都未置可否。而后他终于要离去。待他走到门边的幔帐那儿,我突然大声说了一句:"我平生最讨厌的就是'大王'了!"禀报者惊惧中立刻转身。我此时的额头一定是青筋暴起,因为对方惊愕万分。我对他摆摆手:"去吧,没你的事了。"

我终于在满月之夜见到了可爱的酋长。他比传说中的还要矮小,但胡须发达,双目尖亮,举手投足间透出过人的灵捷。那一对高颧骨和深深的凹眼使人想起什么。他称我"先师头领",我则顺从恭敬地接受了。酋长身边除了一些打扮与他大同小异的男子，还有几个女子。无论男女都穿皮衣饰羽毛，身上有海贝和石块做成的饰物，脸上则有彩色涂描。这一干人最为突出的部分就是那对尖亮逼人的目光。只是看得久了，这目光才会泛出热烈光彩。我为他们安排了最好的饮食起居，高大漂亮的馆舍令其大呼小叫。淳于林和众先生与我一起陪伴酋长，细细观看"六坊"作业，又去"三院"。酋长对"六坊"极感兴趣，看了"三院"则大为茫然。他伸手抚摸一卷卷经册，转身去看同行的部落中人，脸上仿佛是马上要泣哭一场的表情。步出经卷院时他突然提出要一卷经册带走——这使我大为惊讶。原来他把经卷当成了玩赏之物，准备带回去来复展放，倾听刷啦之声。

　　酋长一行在城邑盘桓三日，甚为畅美，第四日月亮升起时即要回返。他面向远处的蓬莱喃喃不停，一时全体肃立。待他转身时，所有人都看到了他眼中饱含泪水。接着他向传话者咕哝几句，然后直眼看我。传话者告诉：他的部落要与这个城邑永世修好，酋长将每年来此一次……如果"先师头领"能够容许他重返这条满月铺就的路径，那就娶下他的妹妹乌阿。我听到最后一句有些发怔，幸亏有人把它重复一遍。我看到月光下走出一矮矮女人，由于头上挂满饰物，已难以辨清眉眼——她正款款走出，在酋长身边安立。酋长对她咕哝几句，又对传话者说了什么。接着我听到如下的话：

　　"为了能重返这条月光铺就的路径，请尊贵的'先师头领'决断——如不嫌弃，就扯起他部落的至宝、年方十九的乌阿……"

　　那一刻所有的目光都落到了我的身上。我不由得去看那个乌阿。她正垂首站立,像一只夜鸟倚在兄长身边。我没有再想,一直向她走去。我看到酋长轻轻拍打她之肩部。她同时抬头,张开嘴巴咬了酋长的手指,转身向我走来。我们的手拉在一起。

酋长踏着月光之路走去,留下了乌阿。当夜她被人领至馆舍,只待一个吉庆之日完婚。那天夜里米米是目击者,她似乎像我一样无声地承受。第三夜,我与米米一起,在辉煌的烛光下第一次如此清楚地看了我的又一位新娘。原来她也有深陷的眼睛、高高的颧骨,那皮肤真的像红薯;她的眼睛圆得像鸽子卵,睫毛密长。她身上散发出苘麻的野生香气。我和米米都承认乌阿是可爱的——"妹妹就像一只小鹌鹑!"米米临离去时说。

婚礼隆重地准备,届时还要有东方部落的几位老人参加。要不是因为又一场突然袭来的疾病,我在当月就要度过佳期了。那天米米正在为我缝制一件新的丝绸衣裳,拉手试衣时,我突觉一阵头晕,接着胸疼泛开,豆大汗粒涌上额头。我在米米的呼叫声中卧下,一会儿一拨人围住。我的嘴里又塞满了医师的丹丸。这一次我吞咽得可真费力。

这次可怕的疾病缓解之后,所有人都夸奖我的气色。他们误以为疾病也会被众口一词的声势给吓退。我知道剩下的时间不多,有许多事情已不容迟疑。胸疼刚刚过去,我又忍着脚气病发作的折磨,尽可能神态自若地参加了那一场必将载入史册的盛大婚礼。东方部落的酋长派来了五位年长功勋人物,同时又馈赠了大批羽毛和兽皮、海贝、干肉之类。我满怀谢忱收受了这批厚礼,不知如此之多的羽毛该派什么用场。

在令人伤心泣下的新婚之夜,乌阿与我语言不通,疼怜有余,彼此只用浅吻和无伤大雅的抚摸应答。深夜,我疲劳的躯体已非两年以前,只得安卧榻上歇息,连陪伴新娘坐一会儿的力气都没了。乌阿却替我脱去衣衫,又大胆地为我褪去内裤,接着发出了让人不再遗忘的"哦哟"声。她像突然之间发现自己寻了一个多么衰老的异族新郎,充斥心身的巨大惊骇无法隐藏。她无比怜惜地抚摸了我的周身,洒下了同情的泪水。

这个新婚之夜由于过分地疲劳——这疲劳随时都可以熄灭我微弱的生命之火——连脚气病的骚扰都未能阻止我的昏睡。天不知何时大亮,乌阿坐在榻上看我,待我一醒立即为我穿衣,又服侍我洗漱。一切做过之后即按原定计划出门,因为米米正站在门口,要领我回去早餐。我像个依靠两个看护人的大孩子一样,哼哼呀呀地在她们之间来去,由她们穿衣、喂饭和抹嘴巴……

待我神气略好一些时,我也像往常一样走上街头。可是因为城区扩建、车辆行人增多,更因为我的衰老,我不得不听从米米和几个卫士的照料。通常我去看"六坊三院",再转到那个暮年得而复失的儿子——甘子墓前。我的泪水已在此洒完。在这里我想过了爱妻卞姜、区兰,我更小的儿子小林童,我甚至还想过了那个老友太史阿来和"女通灵者"。我相信,如果尚有余力的话,我会直直走到蓬莱山北的墓地上痛哭一场……如果时间还早,我就踱回"三院",去抚摸热乎乎的经卷,去大言院。

大言院的辩论一如往日,或由于增添了年轻辩士,其声势较往昔更大。只不过凭我直感,声势固人,义理却并未因此而更加透晰精辟。我坐下倾听一会儿,既不打扰,也不被打扰。但有一天似乎是个例外:辩论中涉及"开国"与"称王"之义。我不由得屏息静气起来,米米几次催我离开都被阻止。一个老先生引据"名实"之论:"'名'不存何以有'实'焉?然'名实'之'名'与'实名'之'名'又有何异?是无'名'之'实'与无'实'之'名'矣!"另一先生也大说一通,引起激烈争辩。我不得不承认自己老了,思维迟钝,已经难得明了如此深奥的义理。头脑阵阵发涨,我也只好离开了。

我在路上喃喃说:"他们在辩论,可见……"米米搀着我,为我擦去莫名的泪花,说:"先师,您得体谅大家了。时至今日,除了找一个皇帝,他们实在也想不出什么更好的办法了。"好像只是不经意的一句,却让我一怔。我再不移步,定定地看她。她叫着:"先师!我不该乱说,我再也不说了……"她慌得连连后退,竟顾不得搀我。

我却再未忘记这一句话。

想起大言院中的"名实"之争,似乎于混沌中晓悟了什么……无论是谁,眼下都"想不出更好的办法"。留给我的时间不多了,他们在我之后很快会寻到那个人的。我这些天一直回忆着甘子遇难前后那些可怕的经历。那时我一息尚存,他们却可以径自开政议、破陈规,险些将城邑引入歧途。也许我今天真的手无缚鸡之力了,真到了寻求和借助王冠之威的时刻了。仰望到处飘荡的阴阳旗,实在对其感到了厌恶——悬起它的那一天我就打定主意:总有一天要亲手把它抛到海里。这一天终于来到了。

一连三天躺在卧榻上,全身燥热,不停地饮水。除了脚气病在加倍折磨之外,其余尚能忍受。米米误以为我又到了危急时刻,几次去呼医师都被阻止。经过连续四天时眠时醒的折腾之后,全身轻松,如同一块顽石从背上刚刚滑落。第五天上,我让卫士去传淳于林将军。

整个城邑充斥着喜庆的喧哗,这隆重非常的节日才有的特异气息掺在空中,使人无可逃避。我不得不让米米严闭屋门,并垂下所有幔帐。可是那种气味仍要无所不在地涌入。米米也在兴奋之中,但她因为我的不快也只得压抑。满城都传出先师即将称王,开国典礼正在紧张准备中。听说"六坊三院"极为激切,消息得到确认的当天彻夜不眠,各大门前边都扎起了彩带,悬起了特大灯笼。淳于林将军及十余位先生一起筹备大典。他们开始每日禀报,我让他们尽情弄去,一切决断事项皆不必禀报。我只与米米静处,大半时间卧于榻上。我想整个庆典该多么繁琐,且这班人中又无亲历类似场景人物,也真难为了他们。这必定是一次艰辛漫长的劳碌,但愿我不要在这期间不合时宜地死去。

米米偶尔将乌阿接来,三人同处在一起。乌阿每有一点时间就抚摸我的身体,总无法不为我的衰老感到惋惜和惊讶。她的小手抚摸我,大概想用青春的小熨斗抹平我苍老的皱褶。我对她和米米感谢的方式也只是在一天内三两次吻过她们的额头。

可是后来我连这种可怜巴巴的礼物也不能奉送了,因为颈部又疼痛起来,而且伴随剧烈咳嗽。为不让外人打扰我们仅存的一点宁静,我就用颤抖之手写下药方,让米米为我熬制止咳药水。一连服了几日煎药,剧咳才勉强止住。但这场折腾已使我愈加精疲力竭,好长时间目色恍惚。接下去的几天,我几次把即将开始的盛典当成了正在准备的又一次婚礼,糊糊涂涂流下泪水,哀求米米和乌阿:"我已经有过四次婚姻了,再也不要参加这样的仪式了,你们去告诉他们:饶了我吧!"

她们对我反复安慰。她们的温柔让我在来生也报答不完。我知道远离故土的女子除了用尽柔情,几乎没有任何办法来排遣自己的思乡之情和无依无靠的空寂感。她们一遍又一遍地托起我无力而刺疼的脖颈,像对待一个发育不良的婴儿一样,小心地擦去我的口水和泪痕,还有进餐时洒下的米汤。她们像看自己一件得意的刺绣似的,横竖端详我无神的眼睛、疏疏的眉毛、多皱的面孔以及花白的胡须。我闭上眼睛,真分不清两只纤手有何区别。但我嗅觉灵敏时,却能够准确无误地分辨:乌阿有一股檀木和艾草混合的气息,而米米则是雏菊与蜀葵的味道。当我分辨出来时,就叹息一般叫出她们的名字。她们白天吻我时总是小心谨慎,生怕磨损了我的毛孔似的;而一旦入夜,特别是半夜三更之时,我正好被脚气病折磨得疼不欲生,呻吟不已,她们就不顾一切地对我亲吻。她们那唇与舌带着令人惊恐的一丝粗野在我脸部搜索不止,直到最后让我在黑暗中老泪纵横——因为这时我竟想到了米米说过的一句话:他们实在也想不出更好的办法了。她们此刻对于我——一个行将就木的人,也同样想不出比亲吻更好的办法了。

真是由衷地感谢她们,在她们双倍的温暖体恤以及无形的鼓励之下,我奇迹般地挺住,竟然在淳于林喜悦而激动的禀报中能够

346

侧耳倾听。当然我仍卧榻上,一是体力不支,二是一个即将被扶上王位的老人已对这类禀报彻底乏味。淳于林将军告知:经过一班人全力忙碌,各种事项均已周备;宴会、典礼、贵宾、仪式、祭祀、阅兵、颂诗……几乎无所不包;另外,由大言院贡献的一座厅堂已改建王宫,如今装扮得富丽堂皇,美轮美奂;届时将鸣放火炮六响,十二支铜管一齐欢奏;城邑外贵宾除那个最大的亲戚部族之外,还邀请了七八个小部族……我听后暗自惊喜,因为一些闻所未闻的礼仪事项、第一次听说的奇怪名堂,他们竟可以在二十多天内弄得一应俱全。这除了极高的办事效率之外,也实需渊博的知识。而据我所知,城邑内所有人等,均无这方面的奇异人才。出于好奇,我不得不问几句原委。淳于林将军的回答则简洁明了:

"先师,在我们彼岸来的这班人中,对这类事是不会有什么大难为的。"

淳于林最后告知大典之日,使我又是一阵惊讶。因为时间过于仓促了。我借口还要备下一些好的行头,想拖延几天。淳于林马上说:"先师不必过虑,一切已悉数弄好。王冠是纯金的,我掂了掂,比一张弓还要沉呢。衮服也做得考究,共三件,式样、尺寸都再三琢磨,不会错的……"

我再无言。

三天之后就得放弃"先师"的称号了。这竟让人产生出特异的恐惧。

第三天夜里,我再无法在榻上躺卧,对身边的乌阿和米米说:"扶我出去走走吧!这脚气病非把我提前打发了不可!"我在她二人的搀扶下往街巷走去。到处是浓烈的喜庆气氛,灯红得让人发腻。我让她们引我远一点,躲开这喧闹与红色。她们问到哪里去。我想了想,说就到沙岸上去吧!

我又伫立在甘子墓前了。这时我比以往更加清楚,在这些年里,我爱任何一个人都没有超过甘子。他是我暮年里真正的安慰,他是一切……海浪哗哗作响,不急不缓冲刷沙岸。星星繁密,然而无月。黛蓝的海水荡着星辰,多么神渺难测。我仰头看去,目光掠过一片苍茫。再往前,无尽的远途即是彼岸。那是我的故地,居住着杳无音信的亲戚。他们几千年后也难以遗忘我这个不肖子孙。

那时候他们会对我指指点点。他们议论起我来会说:看,一个在逃犯!或者说:看,一个羞羞答答做了皇帝的人!

面对这片茫海、比茫海更难测的历史,我一个人能有什么办法?谁来见证和记录这一切呢?有些隐秘将随肉躯埋葬,永无回应,永无诠释。谁知道呢?我在最不适宜于做新郎的时候却不止一次地完婚,在最厌恶皇帝的时候则戴上了王冠,今后大概还要在最不愿意死亡的时候死去!

看看吧,命运就是这样捉弄了一个老人。

"今个是几日了?"我像在询问夜海。

"先师,第三日了,明天一早就……"她们一块儿回我,声音小得如同鸥鸟悄语。

1992 年 8 月 8 日—1996 年 6 月 10 日于龙口—济南—龙口

附:中篇小说总目

1983 年
　　护秋之夜
　　秋天的思索

1984 年
　　你好！本林同志

1985 年
　　秋天的愤怒
　　童眸
　　黄沙

1986 年
　　葡萄园

1987 年

　　海边的风

1988 年

　　蘑菇七种

　　远行之嘱

　　请挽救艺术家

1990 年

　　金米

1996 年

　　瀛洲思絮录